Le sourire d'Emma

Irrésistible inconnue

BRENDA HARLEN

Le sourire d'Emma

éditions Harlequin

Titre original : THE BABY SURPRISE

Traduction française de MARION BOCLET

HARLEQUIN®
est une marque déposée par le Groupe Harlequin

PASSIONS®
est une marque déposée par Harlequin S.A.

Photo de couverture
Père & fils : © ROYALTY FREE DIVISION/MASTERFILE
Paysage : © AMANA IMAGES/ROYALTY FREE/GETTY IMAGES

83-85, boulevard Vincent-Auriol 75646 PARIS CEDEX 13.

Service Lectrices — Tél. : 01 45 82 47 47
www.harlequin.fr

ISBN 978-2-2802-1936-5 — ISSN 1950-2761

Prologue

Paige Wilder n'avait absolument aucune expérience avec les enfants mais, quand son amie Olivia Lowell, qui était aussi sa collègue chez Wainwright, Witmer & Wynne, lui avait demandé d'être présente à son accouchement, elle n'avait pas eu le cœur de dire non à la future mère célibataire. Et malgré son appréhension, la naissance d'Emma fut l'événement le plus stupéfiant de sa vie.

C'est pour cette raison que lorsque quelques mois plus tard, Olivia lui avait demandé de garder son bébé toute une nuit, Paige avait accepté avec enthousiasme. Ses deux cousines et meilleures amies Ashley et Megan étant enceintes, Paige avait trouvé que c'était le bon moment pour s'habituer à faire un peu de baby-sitting, et elle se sentait prête à relever le défi.

Une décision qu'elle avait amèrement regrettée. Aux alentours de 5 heures du matin, elle avait enfin pu déposer Emma dans son berceau et s'était effondrée à plat ventre sur le lit de la chambre d'amis. Vers minuit, alors qu'elle avait fini par refermer le dossier sur lequel elle travaillait pour aller se coucher, l'enfant, habituellement adorable, s'était réveillée et s'était mise à hurler, ce qu'elle avait continué à faire à intervalles réguliers jusqu'à 5 heures.

Cette expérience lui avait alors rappelé la raison pour laquelle elle n'avait jamais envisagé d'avoir un enfant. Elle avait du respect pour les parents qui parvenaient à supporter les pleurs d'un enfant la nuit et à se lever quand même pour aller travailler le lendemain matin.

Alors qu'elle se laissait enfin gagner par le sommeil, elle s'était raccrochée à cette idée rassurante : elle au moins, elle ne devait jouer les baby-sitters que pour une seule nuit.

Trois jours plus tard, les choses avaient pourtant pris une tournure bien différente.

Owen Wynne, l'associé principal du cabinet où elle travaillait depuis six ans déjà l'avait convoquée pour un entretien exceptionnel. Lorsqu'elle s'était présentée dans son bureau, il avait mis de côté les documents qu'il était en train de lire et l'avait regardée droit dans les yeux avant de prendre la parole.

Paige, déjà profondément ébranlée par l'annonce de la mort d'Olivia dans un accident de voiture, avait du mal à saisir ce qu'Owen était en train de lui expliquer d'une voix pourtant claire et égale.

— Qu'est-ce que cela signifie ?

— Cela signifie que tu es maintenant la tutrice légale d'Emma Jane Lowell, répondit-il avec patience.

— C'est impossible, avait-elle lâché, à la fois désespérée et incrédule.

Owen avait froncé les sourcils, perplexe.

— Quand Olivia est venue me voir pour rédiger son testament, j'ai supposé qu'elle en avait déjà discuté avec toi.

Muette de stupeur, elle s'était contentée de secouer la tête.

— Eh bien, dans ce cas, tu as tout à fait le droit de refuser.

Comment aurait-elle pu se résoudre à une chose pareille ? Elle savait ce qui se passerait si elle refusait : la petite Emma, âgée de neuf mois, serait livrée aux services sociaux. Elle serait peut-être adoptée par un couple merveilleux, aimée et choyée, mais elle serait peut-être aussi ballottée d'une famille d'accueil à une autre, jusqu'à ce qu'elle soit trop âgée pour que l'Etat continue à s'occuper d'elle.

Dans un cas comme dans l'autre, la fille d'Olivia ne saurait jamais rien de sa mère, elle ne saurait jamais à quel point elle avait été aimée.

Pourtant, elle avait eu du mal à prendre sa décision.

— Je ne connais rien aux enfants.

— Je n'y connaissais rien non plus, quand je suis devenu papa, lui confia Owen.

— Et le père d'Emma ? Tu es sûr qu'Olivia n'a jamais parlé de lui ?

— Pas à moi, en tout cas.

A elle non plus. Son amie lui avait dit n'avoir eu aucun contact avec lui depuis qu'elle lui avait annoncé qu'elle était enceinte. Olivia avait toujours été assez réservée, mais Paige suspectait que le père de l'enfant avait déjà une famille et que, dans ce cas précis, c'était uniquement pour cette raison qu'elle s'était montrée aussi secrète.

— Tu n'es pas obligée de prendre une décision définitive aujourd'hui.

Cependant, la décision avait déjà été prise. Olivia l'avait choisie pour être la tutrice de sa fille et même si

Paige ne comprenait pas du tout *pourquoi*, elle devait respecter les dernières volontés de son amie.

— Si, je suis obligée. Il faut régler la question le plus vite possible, pour Emma.

Elle voulait être sûre que l'enfant d'Olivia aurait l'enfance stable qu'elle-même n'avait jamais eue.

Cependant, quand elle avait signé tous les papiers et qu'elle était sortie du bureau d'Owen avec Emma dans ses bras, elle n'était pas parvenue à se départir de l'impression qu'elle était en train de se fourrer dans une situation bien compliquée…

- 1 -

Cinq mois plus tard

Quand elle était petite, Paige n'avait jamais vraiment eu l'impression d'avoir un foyer, elle ne s'était jamais sentie chez elle nulle part. Elle avait été élevée par son père, colonel divorcé, et elle avait trop souvent déménagé, avait eu trop peu d'amis sur lesquels elle avait pu compter. Cela lui avait appris très tôt à ne pas trop s'attacher aux lieux ou aux gens.

Quand elle avait eu quinze ans, son père avait décidé qu'elle représentait un poids trop lourd pour lui, et il l'avait envoyée vivre avec sa tante. Même alors, elle était restée un peu en retrait. D'ailleurs, les six premiers mois, elle avait refusé de ranger ses vêtements dans le placard de la chambre qu'on lui avait donnée, persuadée qu'elle devrait faire ses bagages et s'en aller dès qu'elle se serait sentie chez elle.

Pourtant, six mois s'étaient écoulés, puis un an, puis deux, et elle s'était rapprochée de ses cousines, Ashley et Megan, même si elle avait toujours un peu l'impression d'être une invitée.

Maintenant qu'elle vivait à Syracuse, elle ne considérait son propre appartement que comme un endroit pratique où ranger ses affaires et où dormir. Le seul endroit où elle se sentait chez elle, c'était dans la maison qu'Ashley et Megan avaient achetée quelques années plus tôt, à Pinehurst, dans l'Etat de New York. C'était sans doute pour cette raison qu'elle avait décidé d'y trouver refuge.

Lorsqu'elle s'était rendu compte que l'arrivée d'Emma dans sa vie allait nécessiter d'énormes réajustements, elle avait appelé ses cousines et leur avait demandé si elle pouvait occuper pendant quelque temps la maison, qui était alors inhabitée.

Megan avait été la première à déménager, lorsqu'elle s'était mariée avec Gage Richmond un an plus tôt, puis Ashley était partie à son tour, un mois plus tôt, après avoir épousé Cameron Turcotte. Les deux sœurs avaient décidé de mettre la maison en vente, mais elles ne s'en étaient pas encore occupées, et Paige leur avait donc proposé de leur louer pour l'été.

Elle ne savait pas encore combien de temps elle allait rester. D'habitude, elle était tellement prise par sa carrière qu'elle ne partait jamais plus de deux jours d'affilée, et même dans ces cas-là, elle faisait des heures supplémentaires avant et après pour rattraper le temps perdu. Elle ne se rappelait plus quand elle avait pris des vacances pour la dernière fois. Au cours des cinq derniers mois, elle avait été obligée de prendre une journée de temps à autre, ce que n'avaient pas manqué de remarquer les associés du cabinet, qui s'inquiétaient maintenant de son apparent manque de motivation au cabinet et vis-à-vis de ses clients.

C'était pour cette raison qu'elle faisait une pause, et on lui avait conseillé de prendre le temps de réfléchir. Comme si s'occuper d'un bébé de quatorze mois laissait le temps de réfléchir…

Au début, la suggestion l'avait tellement choquée qu'elle n'avait pas su quoi dire ou quoi faire. Son premier instinct avait été de dire qu'elle voulait ce qu'elle avait toujours voulu, ce pour quoi elle avait travaillé pendant six ans : devenir associée ; mais quand elle était allée chercher Emma chez la nourrice après le travail, elle avait été obligée de reconnaître que beaucoup de choses avaient changé au cours des cinq derniers mois, et que s'occuper d'Emma l'avait changée, *elle*.

Si elle devait vraiment choisir entre avoir son nom inscrit sur le mur dans le hall de Wainwright, Witmer & Wynne, et donner à une petite orpheline un semblant de famille, eh bien… le choix était vite fait.

Elle aimait cette petite fille de tout son cœur. Elle s'en était rendu compte très rapidement, mais cette prise de conscience avait soulevé des questions sérieuses, notamment celle de savoir ce qu'elle ferait si elle abandonnait maintenant sa carrière.

C'étaient tous ces questionnements qui l'avaient poussée à aller passer quelque temps à Pinehurst.

Cela faisait une semaine qu'elle était installée à Pinehurst et malheureusement, elle ne savait toujours pas si elle pouvait réussir à trouver un équilibre entre sa vie professionnelle et sa vie personnelle, ni même si elle en avait vraiment envie.

Il était déjà difficile d'accepter l'idée qu'Emma ne connaîtrait jamais ses parents biologiques, en plus de celle de laisser l'enfant à la garde d'une nourrice dix heures par jour. La nounou en question, Annabelle, avait été engagée par Olivia, et elle s'occupait très bien d'Emma, et cela apaisait un peu son sentiment de culpabilité.

Un jeudi soir, alors qu'elle ruminait ces pensées, elle sursauta en entendant quelqu'un frapper à la porte. Elle jeta un coup d'œil à l'horloge et vit qu'il n'était que 20 h 15. Elle s'était attendue à ce qu'il soit beaucoup plus tard, car Emma venait seulement de s'endormir entre ses bras.

Elle se leva, prenant soin de ne pas réveiller le bébé, et elle se dirigea en hâte vers la porte. Elle avait eu Ashley et Megan au téléphone un peu plus tôt, elles n'avaient pas laissé entendre qu'elles avaient prévu de passer. D'ailleurs, elles avaient toutes les deux les clés de la maison.

Elle cala Emma contre son épaule et se dépêcha d'ouvrir la porte, avant que le visiteur inopportun ne se remette à frapper.

Elle remarqua d'abord ses yeux. Ils étaient bleu foncé, perçants, et lui semblaient familiers. Lorsqu'ils se posèrent sur elle, une sensation de chaleur inattendue autant qu'indésirable l'envahit.

Puis, elle vit l'uniforme, et se glaça aussitôt.

— Etes-vous Paige Wilder ?

La voix de l'homme était grave et séduisante, et elle tressaillit étrangement, tout en essayant de ne rien laisser paraître de son trouble.

— Oui, répondit-elle, mais je ne vois pas en quoi cela peut intéresser un lieutenant-colonel de l'armée de l'air.

Il haussa les sourcils, visiblement surpris qu'elle connaisse son grade, et, une fois de plus, elle fut frappée par l'intensité de son regard et la beauté sauvage de ses traits. Il était bronzé, avait les pommettes saillantes et la mâchoire carrée. Ses cheveux courts étaient noirs et brillants, et il devait mesurer un mètre quatre-vingt-dix, environ. Large d'épaules et le torse musclé, il était à la fois imposant et élégant.

N'importe quelle femme l'aurait trouvé beau, et elle ne faisait pas exception. Apparemment, sa triste expérience de fille de militaire ne l'avait pas vaccinée contre les effets d'un bel homme en uniforme, même si l'avocate qu'elle était depuis cinq ans avait appris à ne pas s'arrêter aux apparences.

— Je ne suis pas ici à titre officiel.

— Alors pourquoi êtes-vous ici ?

— Je m'appelle Zach Crawford, répondit-il en regardant le bébé blotti contre son épaule, avant de reporter son attention sur elle. Je suis le père d'Emma.

Le père d'Emma.

Tandis que ces quelques mots résonnaient dans sa tête, elle réalisait progressivement tout ce que cela impliquait. Elle frissonna comme sous l'effet glacial d'une rafale de vent en hiver, brusquement paralysée. Instinctivement, elle serra plus fort l'enfant contre elle et fit un pas en arrière, comme pour fuir l'étranger et son extravagante affirmation.

L'homme qui se tenait sur le seuil prit ce mouvement pour une invitation, et il avança. Elle secoua la tête et se campa fermement sur ses pieds pour lui bloquer le passage.

— Emma n'a pas de père.

Une lueur amusée brilla dans les yeux de l'homme.

C'est alors qu'elle remarqua qu'il avait les mêmes yeux qu'Emma…

Elle chassa cette pensée de son esprit et essaya de

se persuader que la seule ressemblance entre les yeux d'Emma et ceux de cet homme était leur couleur.

— Vous y connaissez-vous aussi peu en biologie, madame Wilder ? demanda-t-il d'un ton taquin auquel elle ne s'était pas attendue.

Elle rougit.

— Olivia m'a dit que le père d'Emma ne voulait rien savoir d'elle.

— Eh bien, elle a menti, répliqua-t-il sans ménagement.

Agacée par son insistance, elle secoua la tête.

— Elle m'a confié Emma parce qu'elle n'avait pas de famille, parce qu'Emma n'a pas de famille.

— Ce n'est pas tout à fait vrai non plus.

Elle n'arrivait pas à le croire. Pourquoi Olivia aurait-elle menti sur quelque chose d'aussi important ? Et, surtout, que signifiait la présence de cet homme pour la petite fille qui dormait dans ses bras ?

— Ecoutez, je vois que je vous ai prise au dépourvu, continua-t-il, et je suis sûr que nous avons tous les deux plein de choses à nous dire. Nous pourrions peut-être discuter en privé ?

Elle jeta un coup d'œil au-dehors et vit la voisine, Melanie Quinlan, dans son jardin, le tuyau d'arrosage à la main. La séduisante jeune femme, qui était divorcée et ne cachait à personne qu'elle cherchait un second mari, regardait avec un intérêt non dissimulé l'homme en uniforme, indifférente à la direction qu'avait prise son jet d'arrosage — plus vers son porche que vers les fleurs qu'elle venait de planter.

Paige lui fit bonjour de la main en espérant détourner sa curiosité. Peine perdue ! La jeune femme sourit et agita à son tour la main avec enthousiasme, en roulant les yeux avec une expression gourmande.

Agacée, Paige reporta son attention sur Zach.

— Si je refusais, vous en iriez-vous ?

— Non.

Elle soupira et s'écarta pour le laisser entrer.

— Donnez-moi juste le temps de coucher Emma.

Sans vraiment savoir pourquoi, elle s'attendait presque à ce qu'il proteste, et qu'il réclame de prendre l'enfant dans ses bras, ou du moins de la regarder de plus près. Aussi fut-elle incontestablement soulagée de constater qu'il la laissait partir sans un mot.

Elle sentait malgré tout ses yeux posés sur elle, et cela la troubla profondément. Tout en essayant d'analyser la raison de son trouble, elle déposa avec précaution Emma dans son berceau et se pencha pour déposer un baiser sur sa joue toute douce. Elle respira le parfum délicat de son shampoing de bébé, et sentit soudain les larmes lui monter aux yeux. En dépit de ses interrogations et de tous les bouleversements que cela avait engendrés dans sa vie, elle avait appris à aimer la fillette comme sa propre fille, et voilà que maintenant, un étranger faisait son apparition sur le pas de sa porte et menaçait de l'en priver. Pire, de tout l'avenir qu'elle avait imaginé pour elles deux.

Elle qui n'avait jamais envisagé avoir d'enfant, alors même que tous ses amis et sa famille ne parlaient que de cela, elle s'était vraiment attachée à Emma. Elle avait dû s'adapter, changer beaucoup de choses à son mode de vie, lorsqu'elle avait appris qu'Olivia l'avait choisie comme tutrice, et cela ne s'était pas fait du jour au lendemain, mais il ne lui avait pas fallu longtemps pour s'apercevoir qu'Emma n'avait pas seulement bouleversé sa vie : la fillette l'avait également enrichie. Sa présence l'avait poussée à réfléchir à des choses auxquelles elle n'avait jamais pensé auparavant, et elle se rendait enfin compte de ce que c'était qu'être mère.

Au cours de ces derniers cinq mois, elle n'avait jamais imaginé que quelqu'un puisse débarquer dans sa vie et cherche à obtenir la garde d'Emma. L'irruption de ce Zach Crawford la prenait donc complètement au dépourvu.

Olivia s'était toujours montrée obstinément peu bavarde quant au père de l'enfant, et cela avait même été leur seul sujet de dispute. Elle-même se moquait de l'identité de l'homme en question, mais elle trouvait qu'il aurait dû assumer ses responsabilités.

Elle avait été très contrariée par la farouche détermination que son amie avait manifestée. Olivia avait toujours soutenu qu'elle était capable de se débrouiller seule et que c'était ce qu'elle voulait. Elle savait que des bruits couraient sur sa situation, non pas parce qu'elle était mère célibataire, mais parce que ce statut ne manquerait pas de limiter les opportunités professionnelles qui se présentaient à elle. Finis les réunions tardives ou les voyages d'affaires ! Or, chez Wainwright, Witmer & Wynne, de telles restrictions étaient synonymes de suicide professionnel.

Les quelques femmes qui travaillaient au cabinet avaient tout fait pour prouver qu'elles méritaient leur poste. Une femme à la fois avocate et mère de famille était inévitablement suspecte, car elle risquait de faire passer ses responsabilités familiales avant sa carrière. Karen Rosario avait attendu d'avoir été nommée associée pour fonder une famille et avoir un premier enfant à l'âge de quarante-deux ans. Ensuite, elle s'était dépêchée d'engager une nourrice pour qu'elle élève l'enfant qu'elle avait soi-disant tant désiré.

Quand Paige avait décidé de faire du droit, elle ne s'était pas rendu compte à quel point il était difficile de jongler avec une carrière et une vie de famille, mais elle y avait souvent réfléchi quand Olivia lui avait annoncé qu'elle était enceinte. Plus elle y pensait, plus elle était en colère à l'idée que son amie fasse tous les sacrifices nécessaires alors que le père de l'enfant ne prenait pas ses responsabilités.

C'était peut-être l'avocate en elle qui s'était révoltée, mais elle avait eu envie de le retrouver et d'intenter une action en recherche de paternité pour qu'il participe au moins financièrement à l'éducation de l'enfant.

— C'est une lourde responsabilité à assumer seule, avait-elle dit à son amie, abordant prudemment le sujet qu'elle avait évité pendant plusieurs mois.

Elle avait attendu, persuadée qu'Olivia finirait par lui parler du père du bébé, mais jusque-là cette dernière était restée muette.

— Je sais, avait-elle répondu.

— Es-tu sûre de devoir te débrouiller toute seule ? Peut-être que le père…

— Non, l'avait aussitôt interrompue Olivia. Cela ne le concerne pas.

— Tu es avocate, tu es bien placée pour savoir que ce n'est pas vrai. Que tu le veuilles ou non, c'est aussi son bébé, et cela signifie qu'il a des droits et des devoirs, légalement.

— Il a suffisamment de responsabilités comme cela, il n'a pas besoin d'avoir en plus celle d'un enfant que ni lui ni moi n'avions prévu d'avoir.

Cette remarque lui avait donné à réfléchir, mais Paige avait fini par demander :

— Est-ce qu'il est marié ?

A son grand soulagement, la question avait fait rire Olivia.

— Marié ? Non, il n'est pas marié, et ce n'est pas le genre d'homme qui tromperait sa femme s'il l'était.

— Mais c'est le genre d'homme qui abandonnerait la mère de son enfant ? avait-elle demandé d'un ton de défi.

Olivia avait détourné le regard.

— Arrête, Paige, je t'en prie.

Elle s'était tue, voyant qu'Olivia souffrait, et sachant mieux que quiconque que l'on ne pouvait pas forcer un homme à aimer un enfant dont il n'avait pas voulu.

Olivia ne lui avait plus jamais parlé du père du bébé, elle ne lui avait même pas dit son nom. Paige avait donc beaucoup de questions à poser au lieutenant-colonel Zach Crawford.

Lorsqu'elle redescendit, elle put constater que Zach se trouvait toujours à l'endroit où elle l'avait laissé, pieds légèrement écartés et mains jointes derrière le dos, dans une attitude typiquement militaire qui la mit mal à l'aise.

Elle se dirigea vers la cuisine et il la suivit. Elle avait passé un nombre incalculable d'heures dans cette pièce avec Ashley et Megan, et elle ne s'y était jamais sentie à l'étroit, mais la présence de Zach l'oppressait. Elle n'avait que trop conscience de sa taille imposante et de son écrasante virilité.

Elle lui jeta un coup d'œil tout en prenant la cafetière vide, et elle sentit sa gorge se serrer en voyant que ses yeux d'un bleu extraordinaire étaient rivés sur elle. Une vague de désir la submergea, et elle en fut contrariée autant que déconcertée.

Zach Crawford n'était vraiment pas le genre d'homme qui aurait dû l'attirer, non seulement à cause de l'uniforme qu'il portait, mais aussi parce qu'il avait un jour couché avec l'une de ses plus proches amies.

C'était peut-être à cause de son uniforme qu'Olivia ne lui avait jamais parlé de lui : son amie savait ce qu'elle avait vécu, elle savait qu'elle aurait remis en question sa décision d'avoir une liaison avec un homme qui ne ferait jamais ni d'elle ni de leur enfant une priorité.

Plongée dans ses pensées, elle remplit la cafetière d'eau.

— Voulez-vous du café ?

— Avec plaisir, je suis debout depuis 5 heures du matin.

Elle aussi s'était levée à 5 heures, et elle aurait préféré sauter le café pour s'écrouler dans son lit et s'endormir aussi paisiblement qu'avait fini par le faire Emma.

Elle savait pertinemment qu'elle n'arriverait pas à dormir, du moins pas avant d'avoir eu des réponses aux questions qui la taraudaient depuis que Zach Crawford avait prononcé les mots qui continuaient à résonner dans sa tête : *le père d'Emma*.

Elle prépara le café tout en réfléchissant, inquiète, à ce qui risquait de se passer. Elle comprenait aisément pourquoi Olivia avait été attirée par cet homme. Non seulement il était grand et viril, mais il dégageait un charisme impressionnant.

Elle prit deux tasses dans le placard et servit le café.

— Voulez-vous du lait, du sucre ?

— Non merci, je le prends noir.

Elle lui tendit une tasse et ajouta un nuage de lait dans l'autre.

Il attendit qu'elle se fût assise à table pour prendre place en face d'elle.

— J'ai cru comprendre que vous étiez une collègue d'Olivia chez Wainwright, Witmer & Wynne ?

Elle acquiesça d'un signe de tête.

— Vous étiez bonnes amies ?

— Oui, depuis notre première année de fac.

— Elle ne m'a jamais parlé de vous.

— Elle ne m'a jamais parlé de vous non plus. D'ailleurs, elle n'a jamais rien dit sur le père d'Emma.

Il leva un sourcil interrogateur.

— Rien du tout ?

— La seule chose qu'elle m'ait jamais dite, et seulement quand je lui ai demandé quel rôle le père du bébé allait jouer, c'était qu'il n'avait pas l'intention d'être présent dans la vie de son enfant.

— Je n'aurais peut-être pas été enchanté d'apprendre qu'elle était enceinte, si seulement elle me l'avait dit, mais elle devait quand même savoir que je n'aurais jamais abandonné mon enfant, répliqua-t-il d'un air renfrogné.

— Si Olivia ne vous a jamais dit qu'elle était enceinte, comment l'avez-vous appris ? Et comment savez-vous que vous êtes le père d'Emma ?

— Eh bien, pour l'instant, je n'en suis pas sûr à cent pour cent, admit-il, mais j'ai une lettre d'Olivia disant que je suis le père de son bébé, et je n'ai aucune raison de ne pas la croire.

— Vous venez de dire qu'Olivia avait menti.

— Qu'elle vous avait menti à *vous*, si elle vous a

dit que je ne voulais pas connaître mon enfant, car la vérité, c'est que je ne savais pas qu'elle attendait un enfant. Je l'ai appris en rentrant d'Afghanistan, quand j'ai trouvé la lettre qu'elle m'avait laissée.

— Olivia est morte il y a cinq mois et demi.

Elle sentit son cœur se serrer, pour l'enfant qui ne connaîtrait jamais sa mère encore plus que pour son amie morte prématurément.

Une ombre voila momentanément les yeux de Zach, puis il hocha la tête.

— J'ai appris cela hier, quand je me suis présenté au cabinet où vous travaillez pour la voir. La réceptionniste m'a raconté l'accident.

— Personne ne sait ce qu'elle faisait dans le New Jersey.

Il but une gorgée de café, puis reposa sa tasse. Il avait l'air encore plus sombre.

— J'habite dans le New Jersey, à Trenton. Ou, pour être plus précis, j'ai un appartement à cinq minutes de la base.

— Olivia était partie… vous voir ?

Il fit oui de la tête. Ce nouveau fait semblait ajouter foi à ses revendications. Mais bien sûr, elle n'avait pas l'intention de le croire sur parole.

— Mon propriétaire m'a dit qu'une jeune femme était passée me voir en début d'année. Quand il lui a dit que j'étais à l'étranger, elle a laissé une lettre pour moi.

— Avez-vous cette lettre avec vous ?

Il la sortit de la poche intérieure de sa veste et la lui tendit.

Elle fut envahie par une vague d'appréhension en prenant l'enveloppe d'une main tremblante. Elle en sortit une unique feuille de papier, sur laquelle était écrit :

« Zach,

» Tu dois te demander pourquoi je t'écris maintenant, après tout ce temps, d'autant plus que c'est moi qui t'ai demandé de ne pas me contacter. J'irai droit au but : tu as une fille… »

- 2 -

Paige en avait le souffle coupé. Les mots qu'elle avait sous les yeux confirmaient les affirmations de cet étranger. Elle avait envie de faire une boule avec la lettre, de la fourrer dans l'enveloppe, et de dire à Zach de s'en aller, le plus loin possible d'Emma, mais elle se força néanmoins à continuer à lire.

Lorsqu'elle eut terminé, elle replia la lettre et la remit dans l'enveloppe avant de la glisser vers Zach sur la table. Puis elle prit sa tasse de café à moitié vide, et la reposa sans avoir bu. Elle avait la nausée.

— Sauf votre respect, je n'ai pas l'intention de renoncer à la garde d'Emma simplement parce que vous surgissez chez moi avec une lettre disant que vous êtes son père.

— Une lettre écrite de la main de sa mère.

Elle ne pouvait pas être absolument sûre qu'Olivia avait écrit cette lettre : elle ne pouvait dire en toute honnêteté qu'elle reconnaissait l'écriture de son amie qui préférait utiliser, comme toutes les personnes de sa génération, des e-mails et des textos pour communiquer par écrit. Cependant, pourquoi cet homme serait-il ici s'il n'était pas sincère ?

— Olivia ne vous a pas déclaré comme étant le père d'Emma sur son extrait de naissance.

— A-t-elle mentionné quelqu'un d'autre ?

Elle ignora sa question.

— Je l'ai accompagnée aux cours d'accouchement, et j'ai assisté à la naissance d'Emma. A aucun moment, Oliva n'a cité votre nom, et, contrairement à ce qu'indique cette lettre, elle m'a toujours dit que le père d'Emma savait qu'elle était enceinte mais qu'il ne voulait pas faire partie de la vie de son enfant.

— C'est là qu'elle a menti.

Le contenu de la lettre corroborait indéniablement ses dires, mais elle n'était pas prête à lâcher si vite la partie. Elle n'était pas prête à avoir le cœur brisé, et elle savait que c'était ce qui se produirait si on lui prenait Emma.

— La meilleure chose à faire reste tout de même de faire un test de paternité.

Il regarda sa tasse vide, les sourcils froncés, puis il se leva pour se resservir.

— Très bien. Pouvons-nous nous en occuper au plus tôt ?

— Je peux passer quelques coups de téléphone demain, mais cela ne se fera probablement pas avant la semaine prochaine.

Il se renfrogna encore davantage.

— Et il va vous falloir un avocat, ajouta-t-elle.

— N'êtes-vous pas avocate ?

— Si, mais je ne vais pas vous représenter.

— Pourquoi aurais-je besoin que l'on me représente ?

— Parce que…

Elle hésita. Elle ne voulait pas lui donner l'idée de chercher à obtenir la garde d'Emma s'il n'y avait pas encore pensé. Il voulait peut-être seulement rencontrer l'enfant qu'il croyait être sa fille.

— Parce qu'il faut que vous compreniez bien quels sont vos droits et vos devoirs.

— Je connais mes droits et mes devoirs, et j'ai bien l'intention d'être le père de ma fille.

Cela ne lui disait toujours pas s'il voulait obtenir sa garde ou s'il se contenterait de la voir un week-end sur deux ou de lui rendre visite de temps en temps, quand il serait en permission.

— Pour combien de temps ? demanda-t-elle.

Il fronça les sourcils, perplexe.

— Que voulez-vous dire ?

— Quand devez-vous reprendre votre service ?

— Le 7 juillet.

C'était plus tard que ce à quoi elle s'était attendue, mais c'était quand même loin d'être suffisant s'il avait véritablement l'intention de se rapprocher d'Emma.

— Alors pourquoi êtes-vous ici ?

— Comment ça ?

— Pourquoi avez-vous pris la peine de faire toute cette route, de faire semblant de vous intéresser à cette enfant dont vous prétendez être le père, si c'est pour disparaître d'ici quelques semaines ?

— Je ne fais pas *semblant* de m'intéresser à elle, et je vais *disparaître* parce que c'est mon travail.

— Et si Emma est bel et bien votre fille, qui s'occupera d'elle pendant que vous ferez votre travail ?

Zach fut décontenancé par la question. Il se reprochait lui-même de ne pas avoir assez réfléchi avant de se lancer dans cette aventure, mais cela ne justifiait nullement qu'elle se permette de lui parler sur ce ton désapprobateur.

Il n'avait peut-être pas réponse à tout, il n'avait peut-être même *aucune* réponse, mais il était bien décidé à trouver une solution et à tenir son rôle de père.

— Je ne sais pas, reconnut-il, mais je prendrai mes dispositions.

— Vous voulez dire que vous la mettrez à la crèche.

— N'est-ce pas ce que vous avez fait ?

— Olivia avait trouvé une nourrice qui habite près du cabinet. C'est un cadre moins impersonnel qu'une crèche, et Emma s'y sent bien.

— C'est très bien, mais j'habite dans le New Jersey.

Elle baissa la tête, et ses cheveux cuivrés tombèrent devant son visage, mais il avait eu le temps de voir ses yeux s'emplir de larmes.

Il s'en voulut d'avoir été aussi indélicat. Il avait été bouleversé d'apprendre qu'il avait une fille, mais il savait très bien que cette jeune femme avait été tout aussi choquée de le voir se présenter à sa porte. Cela faisait cinq mois et demi qu'elle s'occupait d'Emma. Elle l'élevait jour après jour, et, en quelques mots, il avait menacé de détruire la relation qui les unissait.

Spontanément, il lui posa sa main sur le bras, dans un geste réconfortant. Elle sursauta, surprise par ce contact inattendu, ou peut-être par la tension qui se fit aussitôt sentir dans l'air.

Lorsqu'elle le regarda, il vit de la méfiance dans ses beaux yeux couleur chocolat. Il reporta son attention sur sa bouche, ses lèvres naturellement roses à la courbe délicate, et il se surprit à se demander si elles avaient aussi bon goût qu'elles en avaient l'air.

Stop ! Cette pensée était complètement déplacée.

Paige Wilder était la tutrice de sa fille, et il ne risquait pas de gagner sa confiance en la séduisant alors qu'il venait à peine de la rencontrer. Pourtant, il ne pouvait nier qu'il était tenté…

Bien sûr, cela faisait un an et demi qu'il était à l'étranger, et il n'avait pas fait l'amour avec une femme depuis encore plus longtemps. En fait, il n'était sorti avec aucune femme depuis qu'il avait passé ce week-end avec Olivia, quand Emma avait été conçue.

La pensée d'Emma lui rappela la raison de sa présence ici. Il retira sa main du bras de Paige, mais la tension ne se dissipa pas pour autant.

— Je ne veux pas que nous soyons des adversaires, dit-il enfin.

— Je ne vois pas comment nous pourrions être autre chose, si vous avez l'intention de perturber la vie d'Emma.

— Je veux connaître ma fille. En quoi est-ce que cela la perturberait-il ?

— Quand vous sortirez de sa vie aussi brusquement que vous y êtes entré.

Elle semblait tellement convaincue qu'il se dit aussitôt qu'elle devait avoir grandi avec un père qui n'était pas souvent là. Dans ce cas, il ne se sentait pas en mesure de lutter contre les démons intérieurs qu'elle pouvait bien avoir.

— Nous devrions peut-être poursuivre cette conversation demain, se contenta-t-il de proposer.

— Pourquoi ?

— Parce que je suis rentré hier soir, j'ai lu la lettre d'Olivia ce matin, j'ai fait la route de Trenton à Syracuse, puis de Syracuse à Pinehurst, en essayant tout au long du trajet de me faire à l'idée que j'avais une fille de quatorze mois dont j'ignorais l'existence avant aujourd'hui.

— Je pensais que vous repartiriez dans le New Jersey demain, au plus tard.

— Vous voulez dire que vous auriez préféré que je reparte.

Elle ne nia pas.

— Je n'irai nulle part tant que nous n'aurons pas trouvé une solution, reprit-il.

— Sauf si le devoir vous appelle.

— J'ai presque deux mois devant moi.

Elle eut une expression sceptique. Il comprit qu'elle n'appréciait pas qu'il soit militaire de carrière.

— Dans ce cas, revoyons-nous demain, dit-elle.

— A quelle heure ?

— Pas à 5 heures du matin, en tout cas.

Il sourit.

— A 9 heures ?

— Ce serait une heure beaucoup plus convenable.

Il lui souhaita bonne nuit et se dirigea vers la porte.

Sa rencontre avec Paige Wilder ne s'était pas passée aussi bien qu'il l'avait espéré. *Rien* ne s'était passé comme il s'y était attendu depuis que son avion avait atterri sur la piste de la base de McGuire vingt-huit heures plus tôt. Entre la nouvelle bouleversante que lui avait annoncée la lettre d'Olivia, et l'effet inattendu mais indéniable que lui faisait Paige, sa vie était soudain devenue compliquée.

Pourtant, alors qu'il se dirigeait vers sa voiture, il se surprit à siffloter et à attendre le lendemain avec impatience.

Zach avait repéré deux hôtels dans Main Street en traversant la ville un peu plus tôt. Il fit donc la route en sens inverse, et s'arrêta au premier qu'il vit, Hadfield House. L'enseigne promettait une salle de bains privée et un petit déjeuner chaud, mais tout ce qui l'intéressait était qu'on lui donne un lit, car il était épuisé.

Par chance, il voyageait toujours avec un sac contenant des vêtements de rechange et des affaires de toilette. Il ne s'était pas attendu à passer la nuit là… Il avait cru partir pour quelques heures, juste le temps de faire la route jusqu'à Syracuse, parler à Olivia, lui demander qu'elle explique sa lettre et son silence, et essayer de décider de ce qu'ils allaient bien pouvoir faire.

La nouvelle de sa mort lui avait causé un choc aussi important que d'apprendre l'existence du bébé. Même s'il déplorait le décès de la dynamique jeune femme, il était également frustré de constater qu'il ne pourrait jamais lui poser les questions qui se bousculaient dans sa tête.

Tôt le matin même, après avoir lu et relu la lettre d'Olivia, sidéré, il avait essayé de lui téléphoner, mais il était tombé sur un message annonçant que le numéro de fixe et le numéro de portable n'étaient plus attribués. Sur le coup, il avait été plus contrarié qu'inquiet, mais il avait décidé d'aller la retrouver pour avoir une petite discussion avec elle. Il s'était alors rendu là où elle habitait lorsqu'ils sortaient ensemble. Quand il était arrivé, il avait découvert que son nom n'apparaissait plus sur l'Interphone, et le concierge de l'immeuble lui avait dit qu'Olivia ne vivait plus là. Il s'était donc rendu au cabinet d'avocats pour lequel elle travaillait, persuadé qu'il approchait du but.

La réceptionniste, une certaine Louise Pringle, lui avait appris, les larmes aux yeux, qu'Olivia était morte dans un accident de voiture cinq mois plus tôt.

Un sentiment de culpabilité et de regret l'avait envahi. La gorge serrée, il avait demandé :

— Sa fille était-elle avec elle ?

— Oh, non ! avait répondu la jeune femme. Olivia l'avait confiée à Paige, Dieu merci.

— Paige ? avait-il répété, profondément soulagé.

— Paige Wilder, elle travaille ici. C'est elle qui a la garde d'Emma.

— Puis-je voir Mme Wilder ?

— Elle n'est pas là en ce moment, mais Victoria Lawrence pourra peut-être vous recevoir demain, vers 14 heures.

— Merci, mais il faut vraiment que je voie Mme Wilder, avait-il insisté. Auriez-vous son numéro de téléphone ?

Louise avait commencé à secouer la tête, puis elle avait de nouveau observé son uniforme, et elle s'était ravisée.

— Je ne peux vraiment pas vous donner ce genre d'information, mais si vous me laissez votre nom et votre numéro de téléphone et que vous me dites pourquoi vous voulez lui parler, je pourrai appeler Paige et lui dire de vous recontacter.

— C'est personnel.

L'espace d'un instant, elle avait froncé les sourcils, puis, soudain, elle avait écarquillé les yeux.

— Oh, je n'avais pas compris.

— Compris quoi ?

— Que vous étiez le père d'Emma.

Le ton neutre avec lequel elle avait affirmé cela l'avait décontenancé. Il avait cherché à voir Olivia pour en discuter, mais il ne s'était pas du tout attendu à entendre une étrangère prétendre la même chose.

— Qu'est-ce qui vous fait dire cela ? avait-il demandé, aussi méfiant que curieux.

— Elle a vos yeux.

Ses yeux étaient d'un bleu que sa mère avait toujours appelé le « bleu Crawford », car lui et ses sœurs avaient tous hérité cette couleur de leur père.

Il trouvait que le bleu était une couleur d'yeux assez commune, mais on lui avait fait suffisamment de compliments pour qu'il sache que le « bleu Crawford » était spécial. Il ne pouvait toutefois pas dire si la fille d'Olivia avait ses yeux, car la petite dormait quand il était arrivé chez Paige.

Il ne l'avait pas regardée d'assez près pour voir si elle lui ressemblait, en dehors de cela. Peut-être n'avait-il pas eu envie de le faire. Il était tout à fait disposé à faire ce qu'il fallait pour sa fille, si Emma était bien sa fille, mais, au fond, il n'était pas sûr d'être prêt à être père, avec tout ce que cela supposait. Il n'avait jamais vraiment songé à avoir des enfants, à part peut-être dans un avenir encore lointain.

Il avait trente-sept ans, et la plupart des gens de son âge qu'il connaissait étaient mariés depuis longtemps et avaient des enfants. Certains d'entre eux en étaient même déjà à leur deuxième ou troisième mariage, et c'était quelque chose qu'il ne leur enviait pas du tout.

Cependant, s'il avait une fille, comme le prétendait Olivia, il se faisait une question d'honneur de jouer son rôle de père auprès d'elle. Il avait donc pris le bout de papier que Louise lui avait discrètement donné, sur lequel était écrite l'adresse de Paige Wilder, et il avait trouvé Emma.

Il avait trouvé sa fille.

Il avait été terrifié en voyant le bébé dans les bras

de Paige. Depuis qu'il était dans l'armée de l'air, il avait vu et vécu des choses incroyables sans jamais sourciller, mais le fait de voir cette belle petite fille, si vulnérable et dépendante, l'avait stupéfié.

Après le départ de Zach, Paige alla s'asseoir à côté du berceau d'Emma et pleura, mesurant la gravité de la situation. Elle aurait beau mettre à Zach des bâtons dans les roues, essayer de gagner du temps avec toute sorte de manœuvres juridiques, ses efforts ne feraient que retarder l'inévitable. Elle ne savait que trop bien que l'apparition d'un père jusque-là inconnu présentait un changement de situation considérable, qui menacerait son rôle de tutrice.

Elle savait qu'elle aurait le cœur brisé de perdre Emma. A présent, elle en voulait amèrement à Olivia de lui avoir menti au sujet du père d'Emma. Son amie qui ne pourrait plus jamais répondre à ses questions…

Frustrée, elle laissa échapper un juron. Aussitôt, elle s'en voulut de blâmer une jeune femme morte de façon aussi tragique. Olivia avait beau avoir été l'une de ses plus proches amies, elle ne la connaissait finalement pas si bien que cela. Si elle avait su, elle se serait préparée à l'arrivée éventuelle du père d'Emma. Au lieu de cela, elle s'était attachée à l'enfant, sans jamais se dire que quelqu'un risquait de débarquer pour la lui prendre.

C'était sans aucun doute ce que Zach avait l'intention de faire. Un homme qui avait atteint le grade de lieutenant-colonel était incontestablement quelqu'un de sérieux et digne de confiance, ce n'était pas le genre d'homme qui abandonnerait sa propre enfant.

Cependant, peut-être qu'Emma n'était pas sa fille. Peut-être qu'en dépit de la lettre qu'elle avait écrite à Zach, Olivia s'était trompée sur l'identité du père de l'enfant. A part la couleur de leurs yeux, il n'y avait aucune ressemblance entre Zach et Emma !

Elle imaginait tellement bien Zach que son cœur s'emballa. Cette faiblesse ne lui ressemblait pas… Elle n'était pas du genre à se laisser troubler par un bel homme, et trouvait dangereux de laisser son imagination s'enflammer en pensant à Zach Crawford.

« Je ne veux pas que nous soyons des adversaires l'un pour l'autre », avait-il eu le culot de dire. C'était pourtant bien ce qu'ils étaient. Il ne fallait pas qu'elle perde cela de vue, et elle avait tout intérêt à ignorer le fait que le lieutenant-colonel avait éveillé en elle des sentiments qu'elle n'avait pas éprouvés depuis bien longtemps.

- 3 -

D'habitude, Zach ne rêvait pas, ou plutôt, il ne se souvenait pas de ses rêves. Pourtant, lorsqu'il se réveilla en sursaut le lendemain matin, il se souvenait de son rêve avec précision, et son cœur battait à toute allure dans sa poitrine.

Il se passa les mains sur le visage et s'efforça de se rappeler que ce n'était qu'un rêve, mais cela lui avait semblé terriblement réel.

Il pilotait un F-22 Raptor en territoire ennemi, quand l'avion se mettait brusquement à descendre en vrille. Il ne parvenait pas à le contrôler, et il tombait rapidement. Il jura et tendit la main vers la manette du siège éjectable. Il parvenait à se libérer du cockpit, mais une nouvelle épreuve l'attendait car son parachute ne s'ouvrit pas. Il baissa alors les yeux et vit qu'un bébé était assis sur ses genoux, une petite fille qui le regardait d'un air confiant. Il ne put rien faire d'autre que de la tenir fermement dans ses bras et prier avec ferveur alors qu'ils tombaient à toute vitesse vers le sol.

Repoussant les couvertures, il se dirigea vers la salle de bains. Il enleva son caleçon et entra dans la douche, avec l'espoir de chasser de son esprit ce qui subsistait de son rêve.

Il n'était pas nécessaire d'être psychiatre pour savoir

qu'apprendre qu'il avait une fille avait bouleversé sa vie. Ce qui l'inquiétait le plus était de penser que son rêve n'était peut-être pas seulement une manifestation de ses peurs, mais aussi un présage, un avertissement, censé lui faire comprendre que son apparition soudaine dans la vie d'Emma risquait de la priver de la sécurité et de la stabilité que lui offrait sa tutrice.

L'image de Paige Wilder revint le hanter. Ses cheveux cuivrés et brillants, ses yeux couleur chocolat, ses courbes sensuelles lui avaient fait forte impression. Il ne pouvait nier avoir tout de suite ressenti une vive attirance physique pour elle, dès qu'elle avait ouvert la porte, mais il n'y avait pas que sa beauté qui l'avait troublé. Il aimait son menton fièrement dressé, la lueur de détermination dans son regard, son attitude farouchement protectrice envers la petite fille qu'on lui avait confiée.

Cependant, il n'allait pas se laisser intimider par ce qu'elle pourrait dire ou faire car cette enfant était sa fille. Il en était sûr. Il soupçonnait Paige d'en être également persuadée, mais elle allait sûrement faire traîner les choses, dans l'espoir de le voir s'en aller avant d'avoir réglé quoi que ce soit.

Dans ce cas, elle allait avoir une surprise, car il n'avait pas l'intention de repartir sans sa fille.

Emma dormait toujours aussi profondément quand le soleil commença à poindre à l'horizon, mais Paige se leva quand même. Elle savait qu'il lui suffirait de promettre du pain perdu à ses cousines pour les faire accourir. Elles pourraient ainsi partager un petit déjeuner rapide avant l'arrivée de Zach.

Ashley était institutrice. Elle avait toujours rêvé de fonder une famille et, l'année précédente, elle avait quitté son petit ami infidèle et s'était mariée avec son amour de jeunesse, qui était revenu vivre à Pinehurst. Elle était devenue la belle-mère d'une adorable petite fille de sept ans qu'il avait eue d'un premier mariage, et était enceinte de six mois. Megan, quant à elle, était vice-présidente de Richmond Pharmaceuticals. Elle était mariée au plus jeune fils du président de la compagnie, et était enceinte de bientôt neuf mois.

Elles avaient l'habitude de se retrouver toutes les trois un dimanche par mois pour le brunch, et il leur arrivait de sortir ensemble le vendredi soir. Elles étaient très proches, et Paige savait que cela ne changerait jamais. C'était cette raison même qui l'avait poussée à revenir à Pinehurst, pour passer plus de temps avec ses cousines qui la connaissaient mieux que personne, qui comprenaient ses rêves et ses espoirs, et qui comprendraient aussi son désarroi actuel. Quoi qu'il puisse se passer, Ashley et Megan la soutiendraient.

Ashley arriva avec la fille de son mari au moment où le café finissait de passer et où Emma se réveillait.

— J'espère que cela ne te dérange pas que je sois venue avec Maddie, dit-elle. Je me suis dit qu'elle pourrait jouer avec Emma pendant que nous parlerions, et que nous irions à l'école toutes les deux directement d'ici.

— Bien sûr, il n'y a aucun problème !

Paige adorait Maddie.

— Maddie, tu aimes le pain perdu ?

Les yeux de la fillette pétillèrent, et elle hocha la tête avec énergie.

— J'adore le pain perdu !

— Alors c'est toi qui auras le premier morceau.

Elle trempa une tranche de pain dans le mélange d'œuf battu et de lait, puis elle la déposa dans la poêle.

Megan entra dans la cuisine quelques minutes plus tard.

— Hmm, ça sent le pain perdu, ici !

— Je vous avais promis un petit déjeuner.

— C'est vrai, dit Megan, mais tu sais bien que tu n'avais pas besoin de nous soudoyer pour que nous venions !

Emue, elle se contenta de hocher la tête. Elle glissa la spatule sous la tranche de pain et la retourna dans la poêle. Elle savait qu'elle avait éveillé la curiosité de ses cousines en les appelant la veille, dans tous ses états, mais apprécia qu'elles ne la pressent pas de questions. Elles s'affairèrent autour d'elle dans la cuisine : Ashley servit le pain dans les assiettes, et Megan prépara de la tisane pour sa sœur et elle.

Quand Maddie eut terminé son petit déjeuner, elle se lava les mains et emmena Emma dans le salon pour jouer avec elle, tandis que les trois adultes s'asseyaient à table.

— Alors, qu'as-tu à nous dire ? demanda Ashley. Est-ce que cela concerne le beau mec avec lequel Melanie t'a vue hier soir ?

— Quand as-tu vu Melanie ? s'étonna Paige.

— Quel beau mec ? demanda Megan.

— En venant ici, Maddie et moi avons croisé Melanie qui promenait son chien. Elle m'a dit qu'un très bel homme aux cheveux noirs avait sonné chez toi hier soir, et que tu l'avais invité à entrer, mais elle a ajouté qu'il n'était pas resté longtemps.

Paige secoua la tête d'un air affligé.

— Rappelez-moi pourquoi j'ai décidé de revenir ici, déjà…

— Parce que tu voulais prendre le temps de réfléchir à ton avenir, parce que tu voulais être plus proche de nous, et parce que c'est un quartier génial, où les gens sont attentifs les uns aux autres.

— Est-ce que c'est une autre façon de dire qu'ils *s'espionnent* les uns les autres ?

— On se fiche des voisins ! dit Megan. Je veux savoir qui était ce beau mec.

Paige planta sa fourchette dans un morceau de pain imbibé de sirop d'érable, mais elle la reposa sans y avoir touché, écœurée. Même le café qu'elle buvait tous les matins ne lui réussissait pas, aujourd'hui.

— Le beau mec en question est le lieutenant-colonel Zach Crawford. Il prétend…

Ses yeux s'emplirent de larmes.

— Il prétend être le père d'Emma.

— Le père d'Emma ? répéta Ashley, visiblement stupéfaite.

Elle hocha la tête.

— A-t-il des preuves ? demanda Megan.

— Il avait une lettre… d'Olivia.

Megan tendit le bras et lui serra affectueusement la main.

— Olivia t'a choisie pour être la tutrice d'Emma.

— Je sais, mais si Zach Crawford est vraiment son père…

Elle ne parvint pas à finir sa phrase. Elle n'eut pas besoin de le faire, car Ashley prit sa main libre, et Paige se rendit compte que ses cousines avaient compris la force du lien qui l'unissait à Emma. Peu importait qu'elle n'ait pas porté le bébé pendant neuf mois, elle avait accompagné Olivia aux cours d'accouchement, avait assisté à la naissance, et c'était elle qui avait pris Emma dans ses bras la première, après le médecin et la maman.

Ce n'était pas tout. Quand Olivia était morte, elle s'était rendu compte que l'enfant était seule au monde. Il y avait eu des moments où elle en avait presque voulu à son amie de l'avoir choisie comme tutrice, des moments où elle aurait voulu qu'Olivia ait choisi quelqu'un d'autre, mais les choses avaient changé. Emma et elle avaient trouvé leur rythme de croisière, et elles étaient attachées l'une à l'autre. Quand Emma pleurait, Paige savait instinctivement s'il fallait changer sa couche, si elle avait faim, si elle était fatiguée, ou si elle avait tout simplement envie qu'on la prenne dans ses bras. Elle avait découvert que rien ne l'apaisait tant que le fait de réconforter l'enfant qu'elle aimait maintenant comme sa propre fille.

— Si Zach s'était présenté il y a cinq mois, j'aurais peut-être sauté sur l'occasion pour lui confier Emma, mais maintenant… je ne peux pas imaginer ma vie sans elle.

— C'est toi l'experte en matière de loi et de garde d'enfants, dit Ashley, alors tout ce que je peux te dire, c'est que nous serons toujours là si tu as besoin de quoi que ce soit.

— Absolument, acquiesça Megan.

Elle savait qu'elle pouvait effectivement compter sur elles, et leur soutien indéfectible l'émut profondément.

— Merci… Pour l'instant, je ne sais pas ce dont j'ai besoin, je ne sais pas ce qu'il a l'intention de faire. J'ai l'impression qu'il a trouvé la lettre d'Olivia en rentrant de l'étranger, qu'il est parti aussitôt pour la voir, qu'il a découvert qu'elle avait eu un accident et que j'avais la garde d'Emma, et qu'il s'est précipité ici sans vraiment avoir réfléchi à ce qu'il ferait quand il aurait enfin en face de lui le bébé qu'il croit être le sien.

— Pauvre homme, murmura Ashley avec compassion.

Ashley la regarda ensuite et s'empressa d'ajouter :

— Je ne prends pas parti pour lui, hein, pas du tout ! Je me dis juste que la nouvelle a dû le sidérer.

— Comme cela a sidéré Paige d'apprendre qu'Olivia avait choisi de lui confier Emma, tu veux dire ? demanda Megan.

Ashley hocha la tête.

— Au moins, Paige connaissait le bébé. Cet homme ne savait même pas qu'il avait un enfant…

— *Si* c'est sa fille, ne put s'empêcher d'intervenir Paige.

— Tu ne crois pas qu'il soit le père d'Emma ?

— Je ne sais pas quoi penser, je ne comprends pas pourquoi Olivia n'a jamais parlé de lui à personne. Chaque fois que je lui posais des questions sur le père d'Emma, elle me faisait des réponses évasives. Pourtant, si j'en crois ce qu'il m'a dit, si c'est bien elle qui a écrit la lettre qu'il m'a montrée, elle a changé d'avis et a décidé de lui dire qu'il avait une fille. Elle voulait qu'il fasse partie de la vie d'Emma.

— Et toi, que veux-tu ? demanda Ashley avec douceur.

— Je veux qu'il change d'avis, qu'il se réveille ce matin et qu'il se rende compte, à tête reposée, qu'il n'est pas prêt à assumer ses responsabilités de père, et qu'il disparaisse aussi subitement qu'il est arrivé.

Cependant, elle savait que cela n'arriverait pas.

Elle en eut la confirmation quelques moments plus

tard en voyant la voiture de Zach s'engager dans l'allée, alors qu'elle disait au revoir à Ashley et Maddie.

Ashley s'arrêta sur le seuil, manifestement désireuse de s'attarder assez longtemps pour croiser Zach, mais Maddie la tira par la main pour lui rappeler qu'elles devaient toutes les deux aller à l'école. Agitant une dernière fois la main, Ashley s'en alla donc. Malheureusement, Megan était toujours à l'intérieur et il semblait qu'elle allait pouvoir assouvir sa curiosité le concernant. Maintenant qu'il était là, elle ne pouvait décemment pas le congédier, aussi lui fit-elle signe de la suivre dans la maison.

Alors qu'elle présentait Zach à Megan, elle entendit le bruit d'une petite main de bébé sur le sol carrelé, et vit Emma s'approcher à quatre pattes, attirée par le son des voix qu'elle connaissait. Quand elle aperçut Paige, ses grands yeux bleus brillèrent et elle sourit.

Paige entendit Zach retenir son souffle. Emma avait dû l'entendre aussi, car elle le regarda, avant de reculer un peu. La petite, qui ne connaissait pas beaucoup d'hommes aussi grands et imposants que Zach, se mit à pleurer.

Elle avait envie de la prendre dans ses bras, de la serrer contre elle et de lui promettre que cet homme allait s'en aller, que tout allait s'arranger, mais elle ne pouvait pas lui faire cette promesse. Elle resta donc là, sans bouger, impuissante, pendant qu'il s'accroupissait à côté d'Emma.

Il lui murmura quelque chose, à voix tellement basse qu'elle n'entendit pas ce qu'il disait, mais, malgré son ton apaisant, l'enfant se détourna de lui, des larmes coulant sur ses joues, et s'approcha d'elle à quatre pattes. Elle s'agrippa à son pantalon, se mit debout et resta cramponnée à elle, jetant un coup d'œil furtif à l'étranger, à l'abri derrière sa jambe.

Il se releva et soupira d'un air las.

— Elle se méfie un peu des étrangers, expliqua-t-elle.

Elle s'attendait à ce qu'il réplique qu'il était son père, mais il sembla comprendre que, même si c'était vrai, il était aussi un étranger.

— Mais elle se laisse très vite apprivoiser, intervint Megan, comme pour le rassurer. N'est-ce pas, Emma ? ajouta-t-elle en ébouriffant les cheveux soyeux de la petite.

Emma leva les yeux vers elle et sourit timidement. Puis, apparemment lasse de la conversation des adultes, elle se laissa retomber à quatre pattes et retourna dans le salon.

— J'ai l'intention de faire le test de paternité le plus rapidement possible, dit Zach.

— Très bien.

Elle se retint de l'envoyer au diable. Megan lui adressa un regard indiquant qu'elle savait très bien quelles noires pensées l'habitaient, puis elle se tourna vers Zach et lui demanda :

— Qu'allez-vous faire en attendant ?

— J'avais prévu d'aller en Californie demain, mais ma fille a bouleversé mes projets.

— Avoir un enfant change tout, lui fit remarquer Paige, qui avait sursauté en l'entendant désigner Emma de cette façon possessive.

Il hocha la tête.

— C'est pour cela que j'ai décidé de rester à Pinehurst jusqu'à ceque nous ayons fait le test de paternité.

Il avait l'intention de rester à Pinehurst ? Voilà qui n'augurait rien de bon.

— C'est formidable, dit Megan.

Paige lui adressa un regard noir, les sourcils froncés, mais sa cousine l'ignora.

— Cela représente une grosse responsabilité pour Paige de s'occuper seule d'Emma, continua Megan.

— Je serai ravi de me rendre utile, d'une façon ou d'une autre, dit-il.

Paige avait envie de hurler qu'elle n'avait pas besoin de son aide mais se contenta de lui lancer un regard menaçant dans l'espoir de le lui faire comprendre, mais il était tourné vers Megan, qui lui souriait.

— Emma sera moins timide quand elle se sera habituée à votre présence, continua sa cousine. Elle joue dans le salon, si vous voulez aller la voir…

Il se tourna vers Paige.

— Cela ne vous dérange pas ? lui demanda-t-il, comme si son opinion avait la moindre importance.

Elle se força à sourire, les dents serrées.

— Non, allez-y.

Elle attendit qu'il ait quitté la pièce pour se tourner vers sa cousine.

— Je n'arrive pas à croire ce que tu viens de faire.

— Je n'ai fait que veiller à ce que Zach Crawford se rende compte que tu t'occupes très bien d'Emma, qu'elle est très attachée à toi, et que cela serait très dur pour elle si elle était séparée de toi.

— Alors je suis censée croire que c'est pour moi que tu as fait tout cela ?

— Tu sais très bien qu'Ashley et moi aimons beaucoup Emma, peut-être pas de la même façon que toi, mais nous ne voulons pas que tu la perdes.

— Pourtant tu viens d'inviter l'ennemi à s'installer ici, pour ainsi dire.

— De toute façon, tu ne peux pas le forcer à quitter la ville s'il n'en a pas envie, alors autant que vous soyez en bons termes.

— Si Zach est le père d'Emma, il pourra me la prendre, alors excuse-moi de ne pas vouloir collaborer avec lui.

Megan soupira.

— Tu es l'une des personnes les plus sensées que je connais, mais sur ce sujet précis, tu es complètement déraisonnable.

Elle savait que c'était vrai, mais elle ne s'expliquait pas elle-même sa réaction.

— Il y a quelque chose chez lui qui me trouble, admit-elle enfin.

— Parce que tu as l'impression que tu ne peux pas lui faire confiance, ou parce que tu perds tes moyens en sa présence ?

Elle fronça les sourcils, perplexe.

— Ce n'est pas parce que je suis heureuse en ménage et enceinte de presque neuf mois que je n'ai pas remarqué que Zach Crawford était terriblement séduisant ! reprit Megan.

— Il est lieutenant-colonel dans l'armée de l'air.

— Pour beaucoup de femmes, cela ne ferait qu'ajouter à son charme ! Il est beau, il a un corps de rêve, du caractère, et il est dévoué à son pays.

— Rien de tout cela ne signifie qu'il est apte à s'occuper d'un bébé de quatorze mois, même s'il se trouve que ce bébé est sa fille.

Megan hocha lentement la tête.

— Je comprends mieux…

— Qu'est-ce que tu comprends ? demanda Paige avec méfiance.

— Il ne s'agit pas du tout de Zach.

— Il s'agit d'Emma.

— Peut-être, et peut-être aussi du colonel Phillip Wilder, qui était un militaire respecté mais un très mauvais père.

— Il s'agit d'Emma, répéta Paige.

Cependant, même si le bien-être de la petite l'inquiétait incontestablement, elle savait aussi bien que sa cousine qu'il n'y avait pas que cela.

Zach resta toute la matinée, sans rien faire de particulier, pendant qu'Emma jouait. Parfois, la fillette s'approchait de Paige, mais, même si elle jetait fréquemment des regards curieux dans la direction de Zach, elle resta à distance de lui.

Il fallait bien reconnaître à sa décharge qu'il n'essaya pas de la forcer à jouer avec lui ou à lui parler, et qu'il ne lui tourna pas autour. Il resta discret, se contenta d'observer en silence. Paige savait que c'était ridicule, mais elle ne pouvait s'empêcher d'avoir l'impression que chacun de ses mots et de ses gestes était surveillé par l'homme qui prétendait être le père de la petite.

Quand ce fut l'heure du déjeuner d'Emma, elle se sentit obligée d'offrir à Zach de se joindre à elles pour manger. Il manifesta une reconnaissance tellement sincère qu'elle se sentit coupable de lui avoir proposé de si mauvaise grâce.

Ils se contentèrent d'un sandwich, pendant qu'Emma mangeait des nouilles et des légumes.

— Emma va faire la sieste après le repas, dit Paige en espérant qu'il comprendrait le sous-entendu.

— Je présume que ce sera le moment pour moi de m'en aller.

— J'essaie de profiter de sa sieste pour me mettre à jour dans mes e-mails et dans mon travail.

— Je croyais que vous étiez en vacances.

Elle secoua la tête.

— Non, je suis en congé exceptionnel.

— Pourquoi ?

— Parce que je ne m'étais pas rendu compte que le cabinet désapprouvait qu'une avocate plaide avec un bébé dans un porte-bébé attaché à sa poitrine.

Il n'y a encore pas si longtemps, elle aurait été horrifiée à l'idée de mettre un porte-bébé sur l'un de ses tailleurs Armani préférés, mais six mois avec Emma avaient changé sa vision des choses, et ses priorités.

Il sourit.

— Vous avez vraiment fait cela ?

— Je n'avais pas le choix. Sa nourrice m'a appelée un matin à 6 heures pour me dire qu'elle ne pourrait pas garder Emma, un jour où je devais me présenter au tribunal, et comme personne n'était disponible pour garder Emma pendant l'audience, je l'ai emmenée avec moi.

— Qu'en a pensé le juge ?

— Le juge et l'avocat de la partie adverse ont été très compréhensifs, Emma a dormi pendant toute la séance, et mon client a gagné le procès.

— Où était le problème, alors ? s'étonna Zach.

— Emma n'a pas été aussi calme au cabinet, mais je n'avais pas non plus l'intention d'installer son parc à côté de mon bureau, j'ai seulement demandé à Rebecca de reporter mes rendez-vous pour pouvoir prendre quelques dossiers et travailler chez moi.

Malheureusement, un de nos plus gros clients, qui se trouve être le grand-père de sept petits-enfants, n'a pas pu s'empêcher de venir voir pourquoi Emma pleurait alors qu'il était en pleine réunion avec M. Wainwright.

— Ce que M. Wainwright n'a pas apprécié, devina Zach.

— Exactement. Bien sûr, il n'a rien dit sur le moment, mais pendant que le directeur général s'extasiait devant Emma, il me fusillait du regard. Le lendemain, j'ai déposé Emma chez Annabelle, et quand je suis arrivée au travail, on m'a convoquée à une réunion avec les trois associés principaux du cabinet, qui m'ont dit qu'il fallait que je revoie l'ordre de mes priorités si je voulais avoir un avenir chez Wainwright, Witmer & Wynne.

— Ils ont menacé de vous renvoyer ? demanda-t-il, visiblement aussi abasourdi qu'elle-même l'avait été.

— Je pense qu'ils n'iront pas jusque-là. Owen Wynne a suggéré que nous prenions le temps de réfléchir à tout cela. Et voilà comment je me retrouve ici. J'essaie de voir si je peux concilier ma carrière et ma vie personnelle, et si c'est ce que je veux vraiment.

— Vous voulez dire que vous allez peut-être quitter Wainwright, Winter &… Machin Chouette ?

Elle sourit.

— Wainwright, Witmer & Wynne, et je n'ai pas encore pris de décision pour l'instant.

Emma s'endormait sur sa chaise haute. Paige la prit dans ses bras, et Zach se leva.

— En parlant de décision, vous ne m'avez toujours pas dit quand et où je pourrai faire le test de paternité.

— D'habitude, je m'adresse aux laboratoires PDA.

Il fronça les sourcils et elle se sentit aussitôt rougir.

— Je suis avocate, lui rappela-t-elle, j'ai déjà dû m'occuper de ce genre de chose pour des clients.

— Alors comment cela se passe-t-il ?

— Nous contactons le laboratoire, qui envoie le matériel nécessaire au médecin de notre choix, qui se chargera du test. Il fera juste un prélèvement dans la joue d'Emma et dans la vôtre, et nous n'aurons plus qu'à attendre les résultats.

— Connaissez-vous des docteurs, ici ?

— Cameron Turcotte, le mari de ma cousine Ashley, est médecin.

Il hocha la tête.

— Quand pouvons-nous nous en occuper, au plus tôt ?

— J'appellerai le laboratoire et Cameron cet après-midi.

Il dut sentir sa réticence, car il dit :

— J'aurais cru que vous seriez aussi pressée que moi de régler cette histoire de paternité une bonne fois pour toutes.

« Pressée » n'était pas le mot qui convenait pour décrire ce qu'elle ressentait. Ses émotions étaient trop intenses et trop contradictoires pour être exprimées facilement. Impuissante, terrifiée, certes, mais aussi très déterminée : elle n'avait pas l'intention de sortir de la vie de la petite sans faire d'histoires, même si Zach s'avérait être le père d'Emma. Elle veillerait à ce que toutes les décisions qui seraient prises concernant Emma se basent non pas sur l'ADN, mais sur ce qui était le mieux pour la petite.

— Le test de paternité ne sera peut-être qu'un début, dit-elle d'un ton d'avertissement.

- 4 -

Alors qu'il retournait à l'hôtel, Zach repensa à ce que Paige venait de lui dire. Elle avait raison, bien sûr. Confirmer qu'il était bien le père d'Emma n'était que la première étape. Ni elle ni lui ne pouvaient savoir où ils allaient avant que cela ne soit fait.

Bien sûr, pour l'instant, il ne savait pas vraiment comment il ferait de la place à un enfant dans sa vie, mais il savait qu'il trouverait un moyen. Paige insistait pour qu'il fasse un test de paternité, et il n'avait accepté que pour l'apaiser. Il n'avait pas besoin de cela pour qu'on lui confirme ce qu'il savait déjà : la fille d'Olivia était sa fille et il n'avait nullement l'intention de renoncer à ses responsabilités de père.

Olivia et lui ne se connaissaient peut-être pas très bien, mais elle avait quand même dû être consciente de cela. Ils n'étaient sortis ensemble que quelques semaines, mais ils avaient passé beaucoup de temps ensemble.

Quand il avait lu sa lettre, son premier instinct avait été de refuser d'admettre ce qu'elle lui écrivait. Olivia et lui s'étaient toujours protégés. Cependant, alors même qu'il se répétait cela pour se rassurer, il entendait la voix de son père dans sa tête : « Le seul contraceptif efficace à cent pour cent est l'abstinence. » Il avait entendu cette mise en garde un nombre incalculable de fois au cours de son adolescence et, s'il ne s'était pas toujours abstenu, il avait toujours fait attention.

De toute évidence, il n'avait pas fait assez attention.

Certes, apprendre qu'il avait une fille avait été une surprise, mais il ne considérerait jamais sa naissance comme une erreur. Pour lui, rien n'arrivait sans raison, dans la vie. Il ne pouvait absolument pas trouver d'explication noble à la mort tragique et prématurée d'Olivia, qui laissait derrière elle une innocente enfant orpheline de mère.

Pourtant, Olivia s'était assurée que sa fille serait en de bonnes mains s'il lui arrivait quelque chose et, même s'il se demandait pourquoi elle avait choisi Paige Wilder pour être la tutrice d'Emma, il ne pouvait qu'approuver son choix. Paige était prévenante et affectueuse, elle allait au-devant des besoins de l'enfant et subvenait à ses besoins, et elle n'avait pas l'intention d'accepter l'idée qu'il puisse être le père d'Emma sans l'avoir mis à l'épreuve.

Eh bien ! Il lui montrerait qu'il était tout à fait disposé à faire ce qu'elle attendait de lui, et à assumer ses responsabilités. S'il devait pour cela passer du temps avec Paige, ce ne serait pas du tout un problème.

Zach revint le lendemain matin, et le surlendemain. Il n'était pas envahissant, mais Paige avait la nette impression qu'il suivait du regard le moindre de ses gestes. Et pour tout dire, sa présence la troublait profondément.

Il lui plaisait, c'était inutile de le nier. Elle ne pouvait espérer que cette attirance aboutirait à quoi que ce soit, alors que leurs motivations étaient diamétralement opposées. Il voulait être le père d'Emma, et elle n'avait pas l'intention de le laisser lui prendre la petite.

Megan lui avait donné le nom d'un ami qui travaillait aux laboratoires PDA, un certain Walter Neville. Elle l'avait contacté directement pour se renseigner sur le test ADN. Il lui avait promis d'envoyer immédiatement le matériel nécessaire au cabinet du Dr Turcotte, et il lui avait assuré qu'il s'occuperait du test en priorité dès que le médecin l'aurait renvoyé au laboratoire. Il se montra tellement obligeant qu'elle n'eut pas le cœur à lui dire qu'elle ne voulait pas qu'il s'occupe du test en priorité, et qu'elle aurait même préféré qu'il égare les prélèvements.

En revanche, elle fit savoir à Zach que Cameron la préviendrait dès qu'il recevrait ce qu'il fallait pour faire le test. Zach sembla content de l'apprendre, mais elle savait qu'il était impatient.

Quatre jours après son arrivée, il l'appela pour lui dire qu'il avait quelques courses à faire mais qu'il passerait après le déjeuner pour passer un peu de temps avec Emma. Alors qu'elle venait de mettre la petite dans son lit pour la sieste, on sonna à la porte. Paige alla ouvrir et fut étonnée de constater que ce n'était pas Zach, mais Megan qui se tenait sur le seuil.

— Quelle surprise ! dit-elle en s'écartant pour laisser passer sa cousine.

— J'espère que je ne te dérange pas. Je me suis réveillée plusieurs fois cette nuit tellement j'avais mal et Gage m'a proposé d'annuler une réunion pour rester à la maison avec moi aujourd'hui, alors je lui ai dit que je passerais l'après-midi avec toi pour qu'il n'ait pas à le faire.

— Tu as bien fait, d'ailleurs, je suis contente d'avoir un peu de compagnie.

Elle se réjouissait aussi à l'idée que sa cousine soit là quand Zach passerait.

— C'est une odeur de café que je sens ? demanda Megan, qui se dirigeait déjà vers la cuisine.

— Oui, mais je croyais que tu n'en buvais plus, le temps de ta grossesse.

— Je n'en bois plus, mais cela ne m'empêche pas d'en savourer le parfum délicieusement corsé…

Paige sourit.

— Je peux te faire du thé, si tu veux.

— Avec plaisir.

Megan se hissa sur l'un des tabourets devant l'îlot central, pendant que Paige remplissait la bouilloire et qu'elle mettait l'eau à chauffer.

— Où est Emma ?

— Elle dort.

— Ce qui signifie que je m'impose pendant le seul moment de calme que tu as dans la journée.

— C'est un peu trop calme, parfois.

— Zach est déjà passé, aujourd'hui ?

Elle fit non de la tête.

— Il a dit qu'il viendrait cet après-midi et qu'il m'accompagnerait quand j'emmènerais Emma au parc.

— Je sais que cela ne te fait pas particulièrement plaisir qu'il soit là, mais il faut reconnaître qu'il fait beaucoup d'efforts.

— Je sais… Emma commence à s'habituer à lui. Hier, elle lui a jeté un cube à la tête.

Megan haussa les sourcils, perplexe.

— C'est ce que tu appelles s'habituer ?

— Avant, elle l'ignorait complètement.

— Dans ce cas, j'imagine que tu as raison, elle doit s'habituer.

Paige avait envie de parler de n'importe quoi sauf de l'homme qui n'occupait que trop ses pensées.

— Assez parlé de Zach ! Dis-moi plutôt ce que c'était que ce mal de dos qui t'a tenue éveillée toute la nuit.

Megan haussa négligemment les épaules.

— J'ai des élancements depuis quelques jours, ce qui n'est pas surprenant, puisque je me traîne douze kilos de plus que d'habitude et que j'aurais dû accoucher il y a déjà trois jours.

Paige sourit. Elle retira la bouilloire du feu et versa de l'eau dans une tasse. A en juger par le mécontentement évident de sa cousine, elle s'était attendue à accoucher à la date prévue, et ce retard ne l'enchantait pas. Paige lui tendit son thé et posa sur la table une boîte de petits gâteaux au citron.

— Je ne viens pas de te dire que j'ai pris douze kilos ? demanda Megan, alors même qu'elle ouvrait la boîte.

— Si, mais il se trouve que je sais que ce sont les gâteaux préférés du bébé.

— Ce qui explique probablement une dizaine de ces kilos.

Elles discutèrent et grignotèrent, Megan buvant son thé et Paige son café. Au bout d'un moment, Megan se laissa glisser du tabouret.

— Tout va bien ? demanda Paige.

— Je ne peux pas rester assise trop longtemps, ni rester debout très longtemps, ni faire quoi que ce soit très longtemps sans avoir besoin de bouger et… Oh !

Paige se leva et s'approcha de sa cousine.

— Meg, qu'y a-t-il ?

Soudain pâle, les yeux écarquillés, Megan semblait à la fois surexcitée et terrifiée.

— Je crois que… je viens de perdre les eaux.

— Oh, mon Dieu !

Les pensées se bousculèrent dans la tête de Paige. Elle s'était déjà retrouvée dans cette situation avec Olivia, mais, tout à coup, elle ne savait plus ni quoi dire ni quoi faire.

— D'accord, euh… Que sommes-nous censées faire, maintenant ?

— Je ne sais pas ce que toi tu vas faire, répondit Megan d'une voix plutôt calme, mais moi, je vais appeler Gage.

— Ah oui, d'accord, bonne idée !

Elle se tourna pour prendre le téléphone posé sur le plan de travail, mais elle s'arrêta net car Megan venait de lui enfoncer ses ongles dans le bras.

— Une contraction ?

Sa cousine hocha la tête.

— Tu respires ?

Megan hocha de nouveau la tête. A ce moment-là, comme si elle n'avait pas assez à faire, on sonna à la porte.

Elle tendit le téléphone à sa cousine et alla ouvrir.

— Oh, Zach, je suis désolée, mais ce n'est vraiment pas le moment.

— Je vous ai appelée ce matin et vous m'avez dit que…

— Ce matin, ma cousine ne venait pas de perdre les eaux dans ma cuisine, et maintenant, il faut que je réveille Emma pour emmener Megan à l'hôpital et…

— Je pourrais rester avec elle, l'interrompit Zach.

— Avec Megan ?

Il sourit et, même au milieu de la confusion générale, elle sentit son cœur faire un bond dans sa poitrine.

— Avec Emma.

— Oh, oui, je vois…

Cependant, elle hésitait. Il lui proposait quelque chose de simple, mais elle ne savait plus où elle en était. Elle avait envie d'accepter tout ce qu'il pourrait bien lui offrir, mais elle n'était pas encore vraiment prête à le laisser seul avec la petite fille qu'on lui avait confiée.

— Paige !

Elle fit volte-face et retourna auprès de sa cousine, qui s'impatientait.

Zach la suivit. Réprimant un soupir de contrariété, Paige décida de l'ignorer et de reporter toute son attention sur Megan.

— Gage m'a dit qu'il nous retrouverait à l'hôpital, mais il va en avoir pour un moment.

Sachant combien le mari de sa cousine était aux petits soins avec sa femme et à quel point ils étaient tous les deux excités à l'idée d'avoir ce bébé, elle fut très étonnée d'entendre cela. Megan dut s'en rendre compte, car elle ajouta :

— Il est à Manhattan.

— A Manhattan ?

Megan fit oui de la tête, les yeux pleins de larmes.

— Il devrait être ici…

— Il va arriver, promit Paige.

Après tout, il n'y avait que trois heures et demie de trajet depuis Manhattan, et l'accouchement de Megan durerait vraisemblablement plus longtemps que cela.

— En attendant, je vais te conduire à l'hôpital.

— Il me faut mon sac.

— Je pourrais aller chercher ton sac après t'avoir emmenée à l'hôpital.

— J'ai besoin de mon sac pour aller à l'hôpital.

Paige savait que sa cousine insistait moins pour avoir son sac que parce qu'elle ne voulait pas aller à l'hôpital sans Gage, parce qu'elle ne voulait pas donner naissance à son bébé sans lui à ses côtés. Elle lui prit les mains et les serra tendrement entre les siennes. Quand sa cousine leva les yeux vers elle, elle dit simplement :

— Respire.

Megan prit une profonde inspiration, puis elle expira lentement.

— Ça va mieux ?

— Oui, mais je veux toujours mon sac.

— Chérie, ta maison est dans la direction opposée par rapport à l'hôpital.

— Je pourrais conduire Megan à l'hôpital, et vous iriez chercher son sac après la sieste d'Emma.

Paige en avait presque oublié la présence de Zach. Elle n'avait pas l'intention de le laisser s'immiscer dans sa vie privée plus qu'il ne l'avait déjà fait.

— Ce n'est pas nécessaire…

— Vous êtes sûr que cela ne vous dérangerait pas ? demanda Megan d'un ton plein d'espoir, l'interrompant.

— Sûr et certain, répondit Zach.

— Merci !

Elle se tourna vers Paige.

— Mon sac est à côté de la porte, dans la chambre d'enfant. Tu as bien la clé et le code pour l'alarme ?

— Oui, mais…

— Super !

— Ce n'est pas super, protesta-t-elle.

Cependant, sa cousine s'éloignait déjà. Elle se dirigea aussi vite que possible vers la jeep de Zach, et Paige resta là, les bras ballants, à les regarder partir.

Elle entendit Emma pleurer dans le Babyphone, et elle réprima son mécontentement et sa frustration pour se concentrer sur elle. Ensuite, elle alla chercher le fichu sac chez Megan.

Quand Paige arriva à l'hôpital près d'une heure plus tard, Megan arpentait toujours la salle d'attente, Zach à ses côtés. Paige sentit son cœur s'emballer. Ce n'était pas le premier homme qui lui faisait de l'effet, mais il n'y avait pas que son physique qui la troublait. Elle avait peine à croire qu'un homme aussi grand et fort puisse être aussi doux qu'il l'était avec Megan en ce moment même.

Elle n'entendait pas ce qu'ils disaient, mais elle vit sa cousine sourire. Puis, elle posa une main contre le mur, se préparant à affronter une nouvelle contraction, mais il lui prit la main et lui parla pour l'aider à supporter la douleur.

Paige s'arrêta dans l'embrasure de la porte, repensant un instant à l'accouchement d'Olivia. Elle avait aidé son amie à rester concentrée sur sa respiration, dans l'espoir d'apaiser un peu sa douleur, maudissant intérieurement l'homme qui lui avait fait un enfant avant de l'abandonner.

Alors qu'elle regardait Zach et Megan, elle fut frappée par le fossé qui existait entre ce qu'Olivia lui avait dit du père d'Emma et ce qu'elle voyait de Zach Crawford, après seulement quelques jours. Elle ne put s'empêcher de se demander ce qui se serait passé si Olivia avait tout de suite annoncé à Zach qu'elle était enceinte.

Dans l'hypothèse où il était bien le père d'Emma, bien entendu.

Elle mit la petite, encore somnolente, contre son autre épaule, et s'avoua qu'elle-même était lasse de nier continuellement quelque chose dont personne d'autre qu'elle ne semblait douter. Peut-être était-elle difficile et têtue, mais elle n'était pas prête à laisser Zach jouer le rôle du père d'Emma sans preuve concrète. Elle n'était pas prête à perdre la petite fille qu'elle aimait de tout son cœur.

Gage arriva à l'hôpital peu de temps après. Paige en déduisit qu'il était déjà en train de revenir de Manhattan quand Megan l'avait appelé, ou qu'il avait battu les records de vitesse. Finalement, on installa Megan dans une chambre, les parents de Gage arrivèrent, puis ce fut au tour d'Ashley qui vint directement de l'école avec Maddie.

Paige resta un peu en retrait, observant la scène tout en lisant des histoires à Emma.

Avec Olivia, les choses s'étaient déroulées discrètement. Son amie n'avait dit à personne, à part elle, qu'elle accouchait. Ses proches n'étaient venus la voir que le lendemain de la naissance d'Emma. A l'époque, Paige ne s'en était pas beaucoup préoccupée, car elle n'avait alors aucun élément de comparaison, mais maintenant, elle était triste et désolée de s'apercevoir que son amie avait été si seule.

Elle sourit à Cameron, qui alla embrasser sa belle-sœur avant d'emmener sa fille chez ses grands-parents, malgré les protestations vigoureuses de Maddie, qui le suppliait de lui permettre de rester jusqu'à la naissance de son cousin ou de sa cousine. Ashley resta à l'hôpital, surexcitée par la naissance imminente de sa nièce ou de son neveu.

Comme Megan ne semblait pas sur le point d'accoucher, Paige décida d'emmener Emma à la cafétéria pour lui donner son goûter. Bien qu'elle ne lui eût pas proposé de se joindre à elles, Zach la suivit et monta avec elle dans l'ascenseur. Il avait été tellement gentil avec Megan qu'elle ne put se résoudre à l'envoyer promener. De toute façon, même si elle l'avait fait, il n'en aurait probablement tenu aucun compte.

Bien sûr, il insista ensuite pour payer le goûter d'Emma et son café à elle, et elle se sentit encore plus coupable. Ils s'installèrent à une table et, alors qu'Emma pressait gaiement ses cubes de gelée dans ses poings, elle ne put s'empêcher de demander :

— Pourquoi êtes-vous resté, Zach ?

Il haussa négligemment les épaules.

— Je suis curieux, je ne savais même pas qu'Olivia était enceinte… Je n'ai pas su comment se déroulait sa grossesse, je n'ai pas assisté à l'accouchement.

— Vous étiez en Afghanistan pendant qu'elle accouchait à Syracuse, de toute façon.

— J'aurais pu demander une permission.

— Vous ne l'auriez pas forcément obtenue pour autant, si ?

— Non.

Il semblait tellement chagriné qu'elle se radoucit un peu.

— L'accouchement a duré dix-neuf heures.

Zach la regarda.

— C'est vrai, vous étiez avec elle.

Elle fit oui de la tête.

— J'étais surprise qu'elle me choisisse, moi. Enfin, nous étions bonnes amies à l'université, et nous étions toutes les deux ravies d'avoir été engagées chez Wainwright, Witmer & Wynne, mais je me disais qu'il devait bien y avoir quelqu'un dont elle était plus proche.

— Elle était fille unique, se rappela Zach, et elle a perdu ses parents un an après avoir obtenu son diplôme.

Elle hocha la tête et se demanda pourquoi cela l'étonnait qu'il connaisse ces détails. De toute évidence, lui et Olivia avaient discuté, ils n'avaient pas fait que coucher ensemble… Elle repoussa cette pensée car elle n'avait pas du tout envie de penser à lui sous cet angle-là…

L'attirance qu'elle éprouvait pour lui était uniquement physique, et pas vraiment surprenante, étant donné que cela faisait très longtemps qu'elle n'avait pas fait l'amour avec un homme. Elle n'avait d'ailleurs jamais connu d'homme aussi viril que Zach Crawford. Elle savait très bien qu'elle n'aurait pas dû ressentir cela, que c'était destructeur, mais, malheureusement, le fait d'en avoir conscience ne l'aidait pas à contrôler ses sentiments… Elle s'efforça de se concentrer sur la conversation.

— J'ai hésité à accepter d'être son accompagnatrice, j'étais terrifiée à l'idée de faire n'importe quoi ou de la décevoir, mais j'ai fini par dire oui. Toutes les semaines, quand nous allions au cours, elle me remerciait, elle me disait combien elle m'était reconnaissante de mon soutien, comme si je lui rendais un immense service !

— *C'était* un immense service, pour elle.

— Peut-être, mais plus l'on se rapprochait de la

naissance d'Emma, plus je me rendais compte que c'était moi qui aurais dû la remercier. Mettre un enfant au monde est un miracle, et j'étais ravie de partager ce moment avec Olivia.

— Savait-elle qu'elle allait avoir une fille ?

— Oui. Elle n'aimait pas les surprises, elle a voulu connaître le sexe de l'enfant pour pouvoir se préparer le mieux possible à son arrivée.

Il termina son café.

— Etait-elle heureuse ?

— Elle était aux anges... Je ne suis pas sûre qu'elle ait été heureuse dès le début. A ma connaissance, elle était seule quand elle a appris qu'elle était enceinte et elle ne savait pas encore ce qu'elle allait faire. Elle ne m'a annoncé la nouvelle qu'au bout de trois mois de grossesse, et elle l'a fait de façon très terre à terre, en me signalant qu'elle désirait garder le bébé et que comme le père de l'enfant ne serait pas présent, elle me demandait de l'accompagner aux cours d'accouchement.

— Je suis content d'apprendre qu'elle n'a pas hésité à garder le bébé... même si j'avoue être un peu surpris. Elle semblait tellement soucieuse de sa carrière... Quand nous sortions ensemble, elle ne m'a jamais dit qu'elle voulait avoir des enfants un jour.

— Je crois qu'elle n'avait jamais réfléchi à la question avant de se rendre compte qu'elle était enceinte, mais c'était une très bonne mère.

Elle repensa à Olivia, à son amour pour Emma, à tout ce que la petite avait perdu en perdant sa maman, et elle en eut les larmes aux yeux.

— Elle était tellement patiente... Bien sûr, il lui arrivait d'être débordée et épuisée, mais elle ne l'a jamais fait sentir à Emma. Elle adorait sa fille, purement et simplement.

— Racontez-moi la naissance d'Emma.

— Vous voulez vraiment les détails ?

— Oui.

Elle haussa négligemment les épaules.

— Olivia a perdu les eaux à 3 heures du matin. Elle savait qu'elle n'allait pas tarder à avoir les premières contractions, mais elle s'est dit qu'elle avait le temps de prendre une douche et de se raser les jambes… Comme si le médecin se souciait qu'elle ne soit pas épilée…

— J'imagine très bien Olivia capable de quelque chose comme cela, dit Zach avec un sourire.

— Oui, eh bien, elle s'est fait une entaille à la cheville, parce qu'elle avait le rasoir à la main quand elle a eu sa première contraction.

Il fit la grimace.

— Aïe !

— Et ce n'était que le début.

— Quand vous a-t-elle appelée ?

Elle essaya de se souvenir… Certains détails de ce jour-là resteraient à jamais gravés dans sa mémoire, mais d'autres étaient plus flous.

— Vers 4 heures, je crois. Elle avait réussi à prendre sa douche, à se sécher les cheveux et à s'habiller, mais les contractions étaient espacées d'une quinzaine de minutes, et elle savait qu'elle ne pouvait pas aller à l'hôpital toute seule.

— Ce qui prouve qu'elle y avait songé.

Elle acquiesça d'un hochement de tête.

— Heureusement, je n'habitais qu'à quelques rues de chez elle. Nous sommes arrivées à l'hôpital avant 5 heures. Evidemment, son médecin n'est arrivé qu'à

7 heures, et, même à ce moment-là, il n'était pas prêt à l'admettre parce que les contractions n'étaient pas encore assez rapprochées. Enfin, bref, Emma est née un peu après 22 heures, ce soir-là.

— Pourquoi ai-je l'impression que vous avez sauté une grosse partie de l'histoire ?

— J'ai pensé que vous ne voudriez pas entendre que les contractions étaient trop espacées, que le bébé était en danger, et que l'on a finalement dû faire une césarienne à Olivia.

Elle n'avait pas envie de repenser à ces complications, alors que sa cousine était sur le point d'accoucher. Elle espérait de tout son cœur que tout se passerait bien pour Megan et son bébé.

— J'ai du mal à imaginer ce que vous avez ressenti à ce moment-là, dit-il.

— Olivia a fait preuve d'un courage incroyable, mais quand on lui a tendu Emma, nous avons toutes les deux éclaté en sanglots.

— Merci, murmura-t-il.

Elle le regarda, surprise.

— De quoi ?

— De m'avoir raconté la naissance d'Emma, mais surtout d'avoir été là, pour Olivia et pour elle.

— Je suis heureuse d'avoir pu le faire, et c'était merveilleux de prendre Emma dans mes bras alors qu'elle venait juste de naître.

Elle lui jeta un coup d'œil et eut un pincement au cœur. Elle se sentit soudain coupable, comme si elle lui avait volé ce moment, qui aurait dû être à lui. Cependant, elle se rappela ce qu'elle lui avait dit un peu plus tôt : il n'aurait peut-être pas pu être là de toute façon, même s'il avait su qu'Olivia était enceinte.

En revanche, s'il l'avait su, la question de la garde d'Emma ne se serait pas posée à la mort d'Olivia… Ou l'accident n'aurait peut-être jamais eu lieu, puisque Olivia ne serait pas allée dans le New Jersey pour dire à Zach qu'il avait une fille…

Cela ne servait à rien d'imaginer des scénarios. Tout ce qu'il leur restait à faire, c'était d'aller de l'avant, même si ni lui ni elle ne savait quelle direction prendre.

Emma se tortilla sur sa chaise haute. Il y avait des cubes de gelée éparpillés sur le plateau, mais elle n'avait manifestement plus faim et elle avait envie de s'échapper. Paige jeta un coup d'œil à sa montre et fronça les sourcils.

— Je ne peux pas la garder ici toute la nuit.

— Je pourrais…

Zach s'interrompit, et elle soupira.

— Je sais que je suis déraisonnable, mais je n'arrive pas à m'en empêcher.

— Je ne sais plus quoi dire ni quoi faire pour vous rassurer, pour que vous compreniez que je ne vais pas disparaître avec elle.

Elle posa sa tasse vide sur le plateau. Elle ne savait pas si c'était l'intérêt avec lequel il avait écouté l'histoire de la naissance d'Emma qui la faisait changer d'avis ou la douceur dont il faisait preuve quand il s'occupait de la petite, mais elle décida qu'il était temps de lui accorder le bénéfice du doute.

— Me confieriez-vous votre jeep ?

Il fronça les sourcils, l'air perplexe.

— Y a-t-il une raison pour laquelle je ne devrais pas ?

Elle sortit ses clés de voiture de son sac et les lui tendit.

— Donnez-moi les vôtres et prenez ma voiture

pour ramener Emma chez moi, ce sera plus simple que de déplacer son siège. En plus, j'ai un système de pistage antivol, ne put-elle s'empêcher d'ajouter, alors si vous enlevez Emma, la police n'aura aucun mal à vous retrouver.

— La confiance règne ! dit-il d'un ton pince-sans-rire en soulevant le plateau de la chaise haute.

Emma s'élança aussitôt en avant. Prise de panique, elle se rappela qu'elle n'avait pas attaché la sangle de sécurité autour de la taille de la petite, mais Zach, qui s'était manifestement attendu à ce qu'Emma tente de s'échapper, l'empêcha de tomber d'une main assurée.

Emma fronça les sourcils et ouvrit la bouche pour protester, mais il la souleva et la posa par terre avant qu'elle n'ait eu le temps d'émettre un son. La fillette leva les yeux vers lui, reconnaissante mais toujours sur ses gardes, puis elle s'avança vers Paige d'un pas chancelant.

— Pac ? demanda-t-elle d'un ton plein d'espoir.

Le parc était son nouveau mot préféré, et son endroit préféré. Il y avait un petit parc au bout de la rue dans laquelle elles vivaient à Syracuse, et un grand parc près de la maison où elles habitaient maintenant, et Paige avait pris l'habitude d'y emmener Emma tous les jours après sa sieste. La petite n'avait pas été contente qu'on la mette dans la voiture au lieu d'aller au parc quand elle s'était réveillée aujourd'hui, et, de toute évidence, elle ne l'avait pas oublié.

— Tu vas rentrer à la maison avec Zach.

Emma jeta un coup d'œil circonspect dans la direction de Zach, puis elle secoua la tête et répéta :

— Pac !

— Je ne peux pas t'emmener au parc aujourd'hui.

— Moi, je peux, dit Zach.

Sans lâcher la jambe de Paige, Emma le regarda de nouveau.

— Qu'est-ce que tu préfères, au parc ? demanda-t-il. La balançoire, ou le toboggan ?

Emma sembla comprendre ce qu'il disait, et son amour pour le parc l'emporta apparemment sur la méfiance qu'elle éprouvait à l'égard de cet homme qui venait d'apparaître dans sa vie, car elle le regarda droit dans les yeux et dit :

— Pac ?

Il hocha la tête.

Emma lâcha Paige et tendit les bras vers Zach.

- 5 -

Quand Paige retourna à la maternité, elle constata que Craig, le frère de Gage, et sa femme, Tess, étaient arrivés.

Elle s'assit sur une chaise, à côté du canapé sur lequel étaient assis Ashley et son mari. Sa cousine avait la tête sur l'épaule de Cameron, qui avait posé une main sur son ventre. Le bébé dut donner un coup de pied, car la main de Cameron tressauta et Ashley rit.

— On pourrait s'attendre à ce que j'aie l'habitude, depuis le temps, murmura-t-il.

— Effectivement ! dit Ashley.

Paige regarda la scène avec une pointe d'envie inattendue. Elle était très heureuse pour ses cousines, mais elle n'avait jamais voulu avoir ce qu'elles avaient. Lorsqu'elle avait appris qu'elle était la tutrice d'Emma, elle avait été abasourdie, affolée, et elle était alors persuadée qu'elle ne voulait pas avoir la responsabilité d'un enfant.

Bien sûr, ses sentiments avaient rapidement évolué. Aujourd'hui, elle ne pouvait plus imaginer sa vie sans Emma, et elle refusait de songer à ce que la présence de Zach pourrait signifier.

Ashley la regarda.

— Où est Emma ?

— Elle est rentrée avec Zach.

Elle jeta un coup d'œil à sa cousine pour se rassurer.

— Je t'en prie, dis-moi que je ne viens pas de faire une énorme erreur.

— Tu ne viens pas de faire une énorme erreur.

Ces mots ne lui furent pas d'un grand réconfort. Elle se mordilla l'ongle du pouce, comme il lui arrivait de le faire quand elle était anxieuse, mais elle ne se rendit compte de son geste que lorsque Ashley lui écarta avec douceur la main de la bouche.

— Il n'a jamais été seul avec elle, expliqua-t-elle.

— Alors il est probablement temps qu'il le soit.

— Elle va bientôt avoir faim, et je ne lui ai pas dit ce qu'il fallait lui donner à manger.

— Je suis sûr qu'il se débrouillera très bien tout seul, dit Cameron.

Paige n'en était pas persuadée.

— Te souviens-tu de la première fois où tu as gardé Emma ? lui demanda Ashley.

— Oui… Je ne savais pas du tout comment m'y prendre.

— Et Emma ne savait pas parler, elle ne pouvait pas te dire si elle avait faim ou soif ou si elle était fatiguée.

— Elle ne parle toujours pas beaucoup.

— Eh bien, Zach m'a l'air d'être un homme capable de comprendre les choses, mais si tu es vraiment mal à l'aise, tu peux toujours rentrer.

— Je veux être là quand le bébé de Megan naîtra.

— Eh bien, si tu es décidée à rester, arrête de te ronger les ongles, tu me stresses.

Elle rougit et reposa sa main sur ses genoux.

*
* *

« Pas de panique », se dit Zach en posant Emma en haut du toboggan.

Il fallait qu'il soit patient, qu'il donne à Paige et à Emma le temps d'apprendre à le connaître et d'être à l'aise avec lui. Malheureusement, cela demanderait peut-être plus de temps qu'il n'en disposait.

Il avait eu l'impression que son cœur se brisait la première fois qu'Emma l'avait regardé et s'était mise à pleurer. Il savait que c'était ridicule, mais il s'était senti rejeté. Comme par une kyrielle de femmes avant elle...

Heather avait été la première à le quitter. Bien sûr, il était alors beaucoup plus jeune et beaucoup plus vulnérable. Heather était mannequin, elle était superbe, et il s'était laissé aveugler par le désir. Ils étaient sortis ensemble pendant près de deux ans, et cela avait semblé la satisfaire, tant qu'il s'adaptait à son emploi du temps. Elle lui avait même dit qu'elle l'aimait. Puis, il avait eu une première mission à l'étranger. Leur relation n'étant plus très pratique, elle l'avait plaqué sans cérémonie.

Ce premier chagrin d'amour avait été très violent, et il lui avait appris quelque chose de très utile : depuis, il était sur ses gardes. Il avait connu d'autres femmes, bien sûr, mais sa carrière ne lui avait pas donné l'opportunité de vivre des relations longues ou sérieuses. Sa relation avec Olivia n'avait pas fait exception. Pourtant, cela le blessait de constater qu'elle aussi l'avait rejeté en allant jusqu'à refuser de lui dire qu'elle était enceinte. Elle avait changé d'avis, des mois plus tard, mais cela ne lui était pas d'une grande consolation. Même s'il savait que cela n'avait aucun sens, il ne pouvait nier qu'il en voulait à Olivia de l'avoir évincé, et de lui avoir caché qu'il avait une fille.

Emma glissa sur le toboggan avec un grand sourire, ses yeux bleus pétillant. Elle rit, et il se dit qu'il n'avait jamais rien entendu de plus pur, de plus joyeux… A cet instant précis, alors qu'il admirait la belle petite fille qu'Olivia avait mise au monde, une immense vague de bonheur et d'amour emporta toute sa colère.

Il rattrapa la fillette en bas du toboggan et ne la reposa que quand elle commença à se tortiller. Il avait envie de la prendre dans ses bras et de lui donner tout l'amour et toute l'attention qu'il n'avait pas pu lui donner pendant les quatorze premiers mois de sa vie. Bien sûr, il lui faudrait pour cela gagner la confiance d'Emma, mais aussi celle de Paige, ce qui n'allait pas être facile.

Cependant, il n'avait jamais refusé un défi intéressant.

Son téléphone sonna. C'était sa petite sœur, Hayden. Elle l'avait déjà appelé plusieurs fois, mais il n'avait aucune envie de lui répondre. Il n'était pas prêt à lui avouer non plus qu'elle lui avait beaucoup manqué. Dès qu'il était rentré d'Afghanistan, il avait eu envie de se rendre en Californie et de revoir toute sa famille. Il n'avait pas renoncé à le faire, mais il avait remis ses projets à plus tard, et il ne voulait pas les repousser encore davantage.

Emma avait une grande famille qui avait hâte de la rencontrer. Ou plutôt, qui *aurait* hâte de la rencontrer, quand il aurait enfin trouvé un moyen d'annoncer à ses parents et à ses sœurs qu'il était papa.

*
* *

Il était plus de minuit lorsque Paige quitta l'hôpital et, bien qu'elle fût ravie de voir que sa cousine et son bébé allaient bien, elle fut tendue pendant tout le trajet jusque chez elle. Elle ne se rendit compte qu'elle s'inquiétait en fait pour Emma que lorsqu'elle fut assez près de sa maison pour voir que sa voiture était bien dans l'allée.

Elle trouva Emma et Zach dans le salon. La petite était pelotonnée à une extrémité du canapé, son doudou dans la main, suçant son pouce, profondément endormie. Zach était assis par terre, dos au canapé. Ses jambes étaient tendues devant lui, sa tête renversée en arrière, et il avait posé une main protectrice sur le dos d'Emma. La scène aurait dû l'émouvoir, mais elle était trop ébahie par le désordre autour d'eux pour apprécier pleinement la sérénité du moment.

Lentement, elle regarda autour d'elle, stupéfaite. Elle s'était demandé comment il se débrouillerait tout seul, et elle avait peut-être même espéré qu'Emma ne lui faciliterait pas trop la tâche, mais elle ne s'était certainement pas attendue à ce que son salon ressemble à une zone sinistrée après le passage d'un ouragan.

Il y avait des jouets, des bols en plastique, des gobelets, des vêtements et des couches absolument partout. Elle espérait au moins que les couches en question étaient propres…

Elle poussa un profond soupir, et Zach se réveilla et se leva d'un bond, sur le qui-vive, tous les muscles de son corps contractés. Il était tellement grand, tellement fort, tellement viril que, l'espace d'un instant, tout s'effaça autour d'eux et elle ne vit plus que lui.

Il soutint son regard, et une vague de désir la submergea. L'intensité de sa réaction, la violence inattendue de l'attirance qu'elle éprouvait pour lui, la surprirent tellement quelle détourna les yeux. Une fois le charme rompu, elle se rappela le désordre au milieu duquel ils se trouvaient.

— Que s'est-il passé ? demanda-t-elle à voix basse pour ne pas réveiller Emma.

Il jeta un coup d'œil autour de lui et fit la grimace, comme s'il venait seulement de se rendre compte de l'état de la pièce.

— L'ouragan Emma, murmura-t-il.

Son explication était tellement proche de ce qu'elle venait de se dire qu'elle aurait pu sourire, si l'état de son salon ne lui avait pas donné envie de pleurer. Elle se contenta de secouer la tête.

— J'ai besoin d'un café.

— Attendez…

Elle s'arrêta net.

— Vous allez me dire que la cuisine est dans un état aussi déplorable, c'est ça ?

— C'est probablement encore pire.

— Du moment que je trouve la cafetière…

Il la prit par les épaules pour l'empêcher d'aller dans la cuisine et elle sursauta. Il retira aussitôt ses mains.

— Pourquoi n'iriez-vous pas mettre Emma au lit pendant que je prépare le café ?

Elle accepta et, ignorant le frisson qui l'avait parcourue au contact de ses mains, elle se retourna vers Emma.

Après avoir changé la couche de la petite et l'avoir mise au lit, elle le rejoignit dans la cuisine. Le café était déjà prêt.

— Alors, c'est un petit garçon ou une petite fille ? demanda-t-il enfin en lui tendant une tasse.

Pour la première fois depuis qu'elle était rentrée, elle sourit.

— Un garçon, Marcus Allan Richmond, en souvenir de ses deux grands-pères. Il pèse trois kilos et neuf cents grammes, mesure cinquante-cinq centimètres, il a de grands yeux bleus et des petits cheveux blonds.

— Et comment va la jeune maman ?

— Très bien ! Elle est enchantée, et Gage est tellement heureux qu'il en a même pleuré.

— Je parie que vous aussi.

— Un tout petit peu.

— A quelle heure est né le bébé, finalement ?

— A minuit moins le quart.

Il jeta un coup d'œil à sa montre.

— Vous n'êtes pas restée très longtemps, après.

— Juste assez pour féliciter les jeunes parents et prendre le bébé dans mes bras, mais ils avaient bien assez de compagnie sans moi.

— Et bien que vous m'ayez appelé quatre fois de l'hôpital, vous vous inquiétiez pour Emma.

— Et pour cause !

Il secoua la tête.

— Non, elle contrôlait parfaitement la situation. C'est pour moi que vous auriez dû vous inquiéter.

Elle sourit.

— Merci de l'avoir gardée. Cela n'aurait pas été facile de rester à l'hôpital avec elle toute la soirée.

— Mais il faut voir ce que vous avez trouvé en rentrant…

Elle ferma les yeux et mit une main devant sa bouche pour cacher un bâillement.

— J'essaie de ne pas y penser, pour l'instant. Avec

un peu de chance, j'aurai assez d'énergie demain matin pour tout ranger.

— Vous avez l'air épuisée. Pourquoi n'iriez-vous pas vous coucher ? Je mettrai la vaisselle sale dans le lave-vaisselle avant de partir.

— Ne vous embêtez pas avec ça, vous devez être au moins aussi fatigué que moi.

— J'ai dormi un moment, lui rappela-t-il.

— Oui, vous aviez l'air d'être bien installé pour vous reposer quand je suis arrivée, dit-elle d'un ton pince-sans-rire.

— Croyez-moi, le sol de votre salon est très confortable par comparaison avec certains des endroits dans lesquels j'ai dormi.

Il sourit et elle sentit son cœur faire un bond dans sa poitrine. Son sourire était vraiment irrésistible… Trop épuisée pour continuer à lutter, elle battit en retraite.

— Eh bien, en tout cas, j'ai hâte d'être dans mon lit, dit-elle en mettant sa tasse dans le lave-vaisselle.

— Allez-y, je fermerai derrière moi.

Elle hésita, mais savait qu'elle n'avait aucune raison de ne pas lui faire confiance. De plus, s'il voulait vraiment ranger la cuisine, ce n'était pas elle qui allait l'en empêcher.

— Si vous êtes sûr que…

— J'en suis sûr, l'interrompit-il. Bonne nuit, Paige.

— Bonne nuit.

Comme d'habitude, Emma se réveilla vers 6 heures le lendemain matin. Après lui avoir changé sa couche, Paige la prit dans ses bras et descendit au rez-de-chaussée. Quand elle entra dans le salon, elle s'arrêta net et se demanda un instant si elle avait seulement rêvé du désordre, car la pièce était impeccable. Elle alla dans la cuisine, qui était aussi parfaitement propre et rangée.

Elle mit Emma dans sa chaise haute avec un jus de fruits et commença à préparer du café. Emma donna un coup dans le plateau de sa chaise avec son gobelet.

— Oui, je sais que tu veux ton petit déjeuner, dit Paige d'un ton apaisant, mais j'ai besoin de boire un petit café, le matin.

La petite cogna de nouveau son gobelet sur sa chaise, mais elle se calma un peu quand Paige lui donna quelques flocons de céréales pour la faire patienter. Elle remit la boîte de céréales dans le placard, puis ouvrit le réfrigérateur pour prendre du lait et des œufs. Ce fut seulement lorsqu'elle referma la porte qu'elle remarqua le petit mot scotché dessus :

« N'appelez pas la police ! Je ne vous ai pas volé votre voiture, je vous l'ai seulement empruntée pour aller à l'hôtel, vous avez toujours les clés de ma Jeep. Je repasserai assez tôt demain matin, mais n'hésitez pas à m'appeler (201-555-4757) si vous avez besoin de votre voiture avant. Zach »

Elle posa les œufs et la bouteille de lait sur le plan de travail et retourna dans le salon. Elle regarda par la fenêtre juste à temps pour voir sa propre voiture s'engager dans l'allée, à côté de la jeep qui était toujours garée là.

La portière s'ouvrit et Zach descendit de la voiture. Il portait des lunettes de soleil noires, un T-shirt moulant sur son torse musclé et un jean délavé qui mettait en valeur ses hanches étroites. Il était vraiment exceptionnellement viril et, à en juger par la précipitation avec laquelle Melanie Quinlan descendait son allée, elle n'était pas la seule à le penser.

De là où elle était, elle n'entendait pas Melanie, mais elle comprit qu'elle avait appelé Zach, car il se retourna pour lui parler. Cela ne dut pas durer bien longtemps car quand elle ouvrit la porte, il était déjà sur le seuil.

Il sourit et elle sentit son cœur s'emballer.

— Il n'est pas trop tôt, alors ? demanda-t-il sans préambule.

— Non, Emma est une lève-tôt !

— Pas vous, devina-t-il.

— Pas autrefois, mais j'ai appris à m'adapter.

— Je ne voulais pas m'imposer, mais je voulais vous rendre votre voiture le plus vite possible, au cas où vous en auriez eu besoin.

— J'allais faire cuire des œufs, si vous voulez vous joindre à nous…

— Je ne veux pas vous déranger.

— Si cela me dérangeait, je ne vous l'aurais pas proposé.

— Dans ce cas, ce sera avec plaisir !

Zach la suivit jusque dans la cuisine. Le visage d'Emma s'éclaira quand elle le vit, et il se sentit fondre.

— Ach ! s'écria-t-elle.

C'était apparemment sa façon à elle de dire son prénom. Elle ajouta :

— Pac !

Il sourit et lui ébouriffa les cheveux.

— Peut-être plus tard… Hmm, ce café sent délicieusement bon !

— Vous savez où sont les tasses, dit Paige.

Elle sortit ses clés de voiture de son sac et les posa sur le plan de travail.

— J'avais complètement oublié que nous avions échangé nos voitures, hier soir.

— Ce n'est pas grave.

Il s'approcha du placard à côté d'elle pour prendre des tasses et sentit son parfum subtil, très légèrement vanillé. C'était probablement une lotion plus qu'un parfum… Il ne put s'empêcher de l'imaginer en train de se mettre de la crème sur tout le corps, de faire glisser ses mains sur ses jambes, sur ses bras, sur…

— Brouillés ?

La question le fit sursauter.

— Pardon ?

— Vos œufs, vous les aimez brouillés ?

— Oui, dit-il en se servant une tasse de café.

Elle cassa les œufs dans un bol, ajouta un peu de lait, du sel et du poivre, prit un fouet pour battre le mélange, et versa enfin le tout dans une poêle, pendant qu'il buvait son café.

— Vous avez fait venir une équipe de nettoyage quand je suis allée me coucher, hier soir ?

— Ce n'était pas nécessaire, c'était bien moins grave qu'il n'y paraissait.

— Ne m'en voulez pas si je suis sceptique là-dessus.

Il sourit.

— Bon, d'accord, c'était assez terrible, mais ma maman m'a appris à toujours ranger ce que j'ai dérangé.

— Eh bien, en tout cas, c'était une bonne surprise

de me lever ce matin et de ne pas avoir à affronter le chaos d'hier soir.

— Si vous êtes impressionnée par un peu de ménage, vous devriez voir ce que je suis capable de faire avec un lit.

Il y eut un silence. Le sous-entendu involontaire resta en suspens dans l'air entre eux. Elle rougit, ce qui le conforta dans l'idée qu'elle avait pensé à la même chose que lui. Il se surprit à se demander si elle y avait pensé à moitié aussi souvent que lui. Si c'était le cas, s'ils ressentaient tous les deux cette attirance, qu'allaient-ils bien pouvoir y faire ?

Rien, répondit-il intérieurement à sa propre question, avec fermeté, catégoriquement.

Il s'éclaircit la voix.

— Je voulais dire que je savais faire un lit au carré.

Elle se contenta de hocher la tête, sans quitter la poêle des yeux, alors qu'il s'imaginait maintenant en train de défaire un lit avec elle… Il s'efforça de chasser cette pensée totalement déplacée de son esprit. Pourtant, si cette pensée était aussi déplacée que cela, pourquoi la trouvait-il tellement attrayante ?

Il se ressaisit et lui demanda :

— Je peux faire quelque chose pour vous aider ?

— Vous pouvez beurrer les tartines.

Il était content d'avoir quelque chose à faire de ses mains, car cela lui évitait de céder à l'envie de la prendre dans ses bras pour voir si oui ou non cette attirance était réciproque.

Malheureusement, cela n'empêcha pas son esprit de continuer à vagabonder. Il se surprit à apprécier cette petite routine matinale : il aida Paige à mettre la table, ramassa plusieurs fois le gobelet qu'Emma n'arrêtait pas de jeter par terre, débarrassa et rangea la cuisine avec Paige lorsqu'ils eurent fini leur petit déjeuner.

Ils discutèrent agréablement, comme s'ils prenaient soin tous les deux d'éviter le sujet de l'identité du père d'Emma, et il trouva sa compagnie apaisante. Il n'était pas complètement détendu, car chacun des mouvements de Paige le troublait. Rester vingt-trois mois sans pouvoir savourer la compagnie d'une femme était très dur, mais il ne s'était pas rendu compte à quel point cela avait été long, ce qui lui avait manqué, avant de la rencontrer.

Cela signifiait qu'il voulait Paige plus qu'il ne voulait faire l'amour et cela, il le savait, allait compliquer les choses.

Quand ils eurent débarrassé, Paige laissa Zach devant une autre tasse de café pendant qu'elle montait avec Emma pour la laver et la changer. Quand elles redescendirent, il se leva.

— Il faut que j'aille régler ma note à l'hôtel. Il n'y avait personne à la réception quand je suis parti ce matin.

— Vous vous en allez ?

Elle ne savait pas vraiment pourquoi elle était étonnée, et pourquoi elle était un peu déçue. Après tout, depuis qu'il était arrivé, elle espérait qu'il tournerait les talons et qu'il s'en irait. Pourtant, elle s'était habituée à sa présence, et elle avait commencé à croire qu'il projetait de rester.

— Je change seulement d'hôtel, dit Zach. Quand je suis arrivé, je ne savais pas combien de temps je resterais, et le réceptionniste n'a pas pensé à me dire que l'hôtel était complet pour le week-end.

— Où allez-vous dormir, alors ?

— Je vais essayer l'un des hôtels en ville.

Il ne partait donc pas, finalement… Etrangement, elle se sentait soulagée. Peut-être s'avérerait-il être un homme sur lequel elle… sur lequel *Emma*, se hâta-t-elle de rectifier intérieurement, pourrait compter. Elle hésita malgré tout un instant avant de dire :

— J'ai une chambre d'amis.

Il s'immobilisa dans l'embrasure de la porte.

— Vous m'en informez ou vous me proposez de rester ici ?

Elle n'avait pas prévu de l'inviter à rester, mais elle se sentait coupable de lui donner du fil à retordre. A moins qu'elle n'eût l'impression de lui être redevable, parce qu'il avait été tellement gentil avec Megan la veille et parce qu'il avait rangé sa maison… Certes, il était au moins en partie responsable du désordre, mais tout de même, ses efforts étaient louables. De plus, il semblait vraiment vouloir connaître Emma et être prêt à y aller lentement dans l'intérêt de la petite. Elle ne pouvait en toute conscience continuer à le rabrouer.

Quelles que soient ses motivations, elle se contenta de hocher les épaules négligemment, comme si sa proposition était anodine.

— Vous semblez résolu à passer le plus clair de votre temps ici, de toute façon.

— Je serais ravi de vous laisser tranquille, mais vous êtes prise de panique chaque fois qu'Emma n'est pas dans votre champ de vision.

C'était vrai, elle ne pouvait le nier.

— Je ne vous connais pas encore assez bien pour

vous faire confiance. Peut-être que vivre sous le même toit changera cela.

— Dans ce cas, j'accepte votre proposition. Je sais que vous n'avez aucune raison de vouloir m'aider.

— Je le fais pour Emma. Si vous êtes bien son père, je veux qu'elle s'habitue à vous.

— Vous doutez encore que je sois son père ?

— Peu importe ce que je pense, tout ce qui compte est le résultat du test ADN.

— Combien de temps cela prendra-t-il pour avoir les résultats ?

— Comme nous passons par un laboratoire privé, probablement pas plus de dix jours, peut-être une semaine.

— Quand pourrons-nous faire le test, déjà ?

— Cameron a dit qu'il pourrait nous prendre lundi après le déjeuner.

— Parfait, dit Zach.

C'était peut-être parfait pour lui. Elle aurait préféré ne jamais faire le test, mais c'était une réaction égoïste. Il ne s'agissait pas d'elle ou des conséquences que ce test pourrait avoir sur sa vie, il s'agissait d'Emma, et elle voulait vraiment ce qu'il y avait de mieux pour la petite.

— Je vais aller à l'hôtel maintenant pour régler ma note, je reviens dans une petite heure.

Il jeta un coup d'œil à Emma, qui tournait les pages d'un de ses livres préférés, assise dans son petit fauteuil.

— Ensuite, reprit-il, je pourrais peut-être emmener Emma au p-a-r-c.

Paige savait très bien qu'une fillette de quatorze mois ne pouvait pas épeler de mot, mais elle savait aussi qu'Emma avait un instinct infaillible dans certains cas, ce que la petite prouva quand elle releva brusquement la tête et qu'elle s'écria :

— Pac ?

Zach haussa les sourcils, visiblement stupéfait. Elle haussa les épaules.

— Tout à l'heure, promit-il.

Alors que Zach était au parc avec Emma, Ashley vint apporter une assiette de brownies à Paige.

— J'avais une envie de chocolat, dit sa cousine en lui tendant l'assiette.

— Merci, dit Paige d'un ton enjoué.

Ashley la suivit dans la cuisine.

Elle retira le film plastique et prit un brownie.

— Tu peux m'offrir une tasse de thé, en échange ! suggéra Ashley en s'asseyant à table.

Elle mordit dans le gâteau et ferma les yeux de plaisir.

— Oh, mon Dieu… C'est tellement bon !

Ashley sourit.

— Cela fait longtemps ?

Paige voyait très bien à quoi Ashley faisait allusion. Elle mit le reste du brownie dans sa bouche et se retourna pour remplir la bouilloire d'eau.

— Je ne pourrais même pas te dire depuis combien de temps.

— Fais-toi plaisir ! dit sa cousine en poussant l'assiette vers elle.

Paige mit deux sachets de thé dans la théière et prit des tasses dans le placard, avant de prendre un autre brownie.

— En parlant de sexe, dit Ashley, est-ce que j'ai bien vu Zach entrer ici avec son sac ?

— Je ne suis pas sûre de suivre ton raisonnement.

Sa cousine eut un petit sourire narquois.

— Tu regardes Zach Crawford comme une femme en manque de chocolat regarde une assiette de brownies.

Paige se retourna pour échapper au regard inquisiteur de sa cousine. Elle versa l'eau chaude dans la théière.

— L'hôtel était complet ce week-end, et comme Zach passe une grande partie de son temps ici de toute façon, je me suis dit qu'il pourrait prendre la chambre d'amis.

— Je ne pense pas que ce soit une mauvaise idée, je suis juste… étonnée.

— Etonnée de constater que je peux être raisonnable ?

Sa cousine sembla réprimer un sourire.

— Eh bien, tu ne t'es pas vraiment montrée raisonnable depuis que Zach est arrivé.

— C'est compréhensible, non ?

— Oui. Je sais que tu aimes cette enfant comme ta propre fille, et je sais aussi que je réagirais de la même façon : il faudrait d'abord me passer sur le corps pour me prendre mon bébé.

— En parlant de bébé, dit Paige, impatiente de changer de sujet, as-tu vu Marcus aujourd'hui ?

— Je sors juste de l'hôpital, il est encore plus beau qu'hier !

— Comment va Megan ?

— Elle est radieuse mais épuisée. Apparemment, le bébé s'est réveillé toutes les deux heures cette nuit pour téter.

Paige fit la grimace.

— Je n'imagine même pas…

— Gage s'est proposé pour lui donner un biberon afin qu'elle puisse dormir, mais Megan est bien décidée à faire ce qu'il y a de mieux pour Marcus, et elle est persuadée qu'allaiter est essentiel…

Ashley semblait songeuse, et Paige devina que sa cousine avait hâte de tenir son propre bébé dans ses bras.

— D'ici deux mois, tu pourras comparer les couches en tissu et les couches jetables.

— C'est déjà fait ! dit Ashley en prenant un brownie. Alors, revenons-en à Zach.

— Pourquoi ? demanda Paige avec méfiance.

— Parce que ce qui m'étonne vraiment, c'est que tu aies proposé à cet homme, un inconnu, de venir vivre avec toi.

— Premièrement, ce n'est pas vraiment un inconnu. Selon Olivia, c'est le père d'Emma ; deuxièmement, nous ne vivons pas ensemble, il va seulement rester là jusqu'à ce que nous ayons fait le test de paternité ; et troisièmement, Megan m'a dit que je devais collaborer avec lui.

— L'idée paraissait bonne, à l'époque, marmonna Ashley.

— Et pourquoi ne te paraît-elle pas bonne aujourd'hui ?

— Parce qu'il y a… de l'électricité dans l'air quand Zach et toi êtes dans la même pièce.

— De l'*électricité* ?

Sa cousine hocha la tête.

— C'est ce que je te disais tout à l'heure, tu le dévores des yeux, et lui te regarde comme si… comme s'il avait très envie de te déshabiller.

— Je suis sûre que tu te trompes.

— Je ne crois pas.

— Même si c'était vrai — et Zach n'a rien dit ou fait qui me laisse à penser que ce le soit —, tu dois quand même savoir que je ne m'enticherais pas d'un homme simplement parce qu'il porte un uniforme.

Sa cousine, qui savait qu'elle n'avait pas eu de bonnes relations avec son père, était bien placée pour comprendre cela.

— Ce n'est pas le fait que tu tombes amoureuse de Zach à cause de son uniforme qui m'inquiète, mais que tu tombes amoureuse de lui *en dépit de* son uniforme.

— Il n'y a aucune raison de s'inquiéter.

Elle espérait paraître plus sûre d'elle qu'elle ne l'était en réalité, car, en fait, plus elle passait de temps avec lui, plus elle oubliait l'uniforme pour ne retenir que l'homme, et elle savait que cela risquait fort de compromettre ses projets.

- 6 -

Paige avait vu suffisamment de choses au cours de sa carrière pour savoir qu'il y avait de bons parents, de mauvais parents, et d'autres qui étaient simplement indifférents. Il y avait des parents qui donnaient à leurs enfants l'éducation qu'eux-mêmes avaient reçue, et d'autres qui s'en éloignaient volontairement.

Elle-même n'avait, hélas ! aucun souvenir de sa mère. En revanche, elle ne se souvenait que trop bien de son père, de son manque d'intérêt et d'affection pour elle, de son mépris de ses besoins et de ses désirs, du peu de cas qu'il faisait de son amour. Pendant des années, elle avait cru qu'il finirait peut-être par la remarquer, par s'intéresser à elle, si elle se donnait la peine de faire beaucoup d'efforts, si elle travaillait plus, ou si elle était plus jolie.

Après son treizième anniversaire, elle s'était rendu compte qu'elle s'était trompée, et elle avait décidé que, pour attirer l'attention de son père, elle allait devoir prendre des mesures drastiques.

Elle avait alors commencé à fréquenter les enfants les plus âgés de la base, à ne pas respecter le couvre-feu et, quand elle était privée de sortie, à faire le mur pour aller à des fêtes. Puis, elle avait rencontré le sous-lieutenant Matthew Sanders. Elle savait qu'il était plus âgé qu'elle : c'était en partie ce qui lui plaisait chez lui. Il n'était pas assez vieux pour qu'elle soit accusée de rechercher une figure paternelle, mais il l'était juste assez pour que son père, justement, soit choqué, si toutefois il remarquait qu'elle sortait avec lui.

Bien sûr, le colonel Phillip Wilder n'avait rien remarqué, jusqu'à ce qu'elle pousse l'outrance plus loin qu'elle n'en avait eu l'intention, jusqu'à ce qu'elle ne puisse plus faire marche arrière.

Elle chassa ces souvenirs de son esprit.

La première fois qu'elle avait vu Zach, avec son uniforme, elle s'était attendue à ce qu'il soit comme son père. Après quelques jours seulement, elle s'était rendu compte qu'elle s'était trompée. Il ne ressemblait en rien au colonel. Sa volonté de jouer son rôle de père avec Emma en était la preuve.

Ainsi, quand ils revinrent du cabinet de Cameron et que Zach proposa une promenade au parc, elle le surprit et se surprit elle-même en lui suggérant d'y aller seul avec Emma. Elle profita de ce moment de solitude inattendu pour lire un livre au soleil, dans le calme de son jardin.

S'il y avait bien une chose que Zach savait sur Emma, c'était qu'elle adorait aller au parc. Comme il l'y emmenait maintenant tous les jours avec Paige, la petite s'était habituée à lui et se montrait toujours joyeuse. Pourtant, aujourd'hui, elle n'avait pas l'air contente.

Quand il l'emmena à la balançoire, elle préféra jouer avec les copeaux de bois éparpillés par terre. Il la laissait faire, jusqu'à ce qu'elle essaie de les mettre dans sa bouche. Il lui avait dit « non » et l'avait forcée à ouvrir ses petits poings pour en faire tomber les copeaux, ce qui l'avait bien sûr tellement contrariée qu'elle s'était mise à pleurer et à crier à plein poumons.

Quand elle arrêta enfin de pleurer, elle décida qu'elle avait envie de faire de la balançoire, mais elle se mit à gigoter pour qu'il la repose par terre dès qu'il l'eut installée dessus. Il l'emmena alors au toboggan, mais elle courut d'abord vers l'échelle de corde, puis de nouveau vers la balançoire.

Il s'efforça d'être patient, mais apparemment, rien ne lui faisait plaisir. Quand elle se mit à se frotter les yeux, il comprit enfin qu'elle était fatiguée. Elle avait fait sa sieste habituelle, mais elle avait dû se lever tôt ce matin pour aller chez le médecin faire le test ADN. Cela n'avait pas semblé la déranger sur le coup, mais il savait qu'il en payait maintenant les conséquences.

Quand il rentra, Paige était dans la cuisine et se servait un verre de thé glacé.

— Vous avez l'air épuisés, dit-elle, tous les deux.

— Qu'est-ce que cela a d'amusant ? demanda-t-il inexplicablement agacé par son petit sourire.

Elle haussa les épaules, et ne chercha pas à nier que cela l'amusait bel et bien.

— Je sais ce que vous vous êtes dit quand vous êtes arrivé ici, le premier jour.

— Ah, et qu'est-ce que je me disais, d'après vous ?

— Qu'étant donné votre longue formation militaire et votre capacité à piloter des avions de chasse, ce serait du gâteau de vous occuper d'un bébé.

— Je ne sais pas si je pensais que ce serait du gâteau, mais je ne m'attendais certainement pas à ce que ce soit aussi difficile.

— Elle fait ses dents.

— Elle est plus grincheuse qu'un général constipé, ronchonna-t-il.

Elle donna une glace à l'eau à Emma et rangea la boîte dans le congélateur. Emma se mit aussitôt à suçoter la glace avec avidité.

— Comment faites-vous pour savoir instinctivement ce qu'elle veut ?

— Ce n'est pas de l'instinct, du moins pas seulement, c'est surtout une question d'habitude. Il y a cinq mois et demi, j'étais aussi démunie que vous.

— J'ai du mal à le croire.

Elle leva un sourcil interrogateur.

— Vous supposez que j'étais automatiquement prête à m'occuper d'un enfant parce que je suis une femme ?

— Non, parce que vous vous y prenez tellement bien avec elle.

Sa réponse l'apaisa un peu.

— Comme je vous le disais, c'est une question d'habitude. Je connais Emma depuis sa naissance, j'ai appris à décoder ses messages. Vous y arriverez aussi, si vous restez dans les parages assez longtemps.

Il s'appuya contre le plan de travail et croisa les bras sur son torse.

— Vous faites ça souvent, vous savez.

— Quoi donc ?

— Me lancer ces piques pas très subtiles.

— Je n'essaie pas d'être subtile, je veux m'assurer que vous vous rendez bien compte de l'engagement que représente la condition de parent.

— Je m'en rends compte.

— Comment comptez-vous vous occuper d'un enfant avec votre carrière ?

Il ignora sa question et demanda :

— Dans quel service de l'armée travaillait votre père ?

— Dans l'armée de terre, répondit-elle machinalement, avant de lui jeter un regard furibond, comme si c'était à cause de lui qu'elle avait révélé une information qu'elle n'avait visiblement pas envie de partager. Il ne s'agit pas de moi, reprit-elle, il s'agit d'Emma.

— Sauf si vos inquiétudes concernant son avenir viennent de votre histoire personnelle.

— Ce n'est pas le cas.

Pourtant, il était convaincu qu'elle mentait.

Lorsque Zach proposa à Paige d'essayer de faire faire une autre sieste à Emma, elle accepta volontiers et retourna dehors avec son livre. Elle n'avait lu que quelques pages quand elle se rendit compte qu'elle avait oublié son verre à l'intérieur. Elle posa donc son livre sur la table et retourna dans la maison.

Elle n'était pas rentrée pour espionner Zach, mais, une fois dans la cuisine, elle entendit sa voix grave dans le babyphone posé sur le plan de travail :

— Tu crois que je ne suis pas à la hauteur, peut-être ? disait-il à Emma. Tu crois que je ne peux pas changer une couche parce que tu agites tes jambes et tes petits poings ? Je sais que Paige croit que je n'en suis pas capable, d'ailleurs, elle espère sûrement que je vais laisser tomber, continua-t-il d'un ton égal, mais j'ai une bonne nouvelle pour elle et pour toi : je suis lieutenant-colonel dans l'armée de l'air, et je n'ai pas l'intention de me laisser décontenancer par un bébé de quatorze mois, quel que soit… Oh, mon Dieu, mais qu'est-ce que tu as mangé, Emma ?

Paige sourit en imaginant l'expression horrifiée de Zach. Pendant quelques minutes, elle n'entendit plus que des bruits de fond, le bruissement de lingettes extraites de leur boîte, le babillage d'Emma, le froissement d'une couche propre dépliée, un petit gazouillis approbateur, le petit bruit sec des boutons-pression. Puis, Zach parla de nouveau.

— Nous avons déjà fait des progrès, non ? murmura-t-il d'une voix douce. Il y a quelques jours, tu m'aurais crié dessus au lieu de me sourire, et même si nous avons eu une petite anicroche au parc, maintenant tu te blottis dans mes bras et tes yeux se ferment…

Paige se rendit compte qu'il avait raison : il avait fait beaucoup de progrès en peu de temps avec Emma, à tel point que la petite le cherchait du regard quand elle entendait sa voix, et qu'elle lui souriait lorsqu'il entrait dans la pièce. Elle se demanda pour la énième fois si elle avait fait une erreur en proposant à Zach de l'héberger, car non seulement il gagnait le cœur d'Emma, mais il gagnait aussi peu à peu son cœur à *elle*. Elle commençait à bien l'aimer, et ce n'était pas seulement ridicule, c'était aussi potentiellement dangereux.

— J'ai dit *tes yeux se ferment*, répéta-t-il.

Elle sourit, imaginant aisément les grands yeux bleus obstinément ouverts, posés sur lui alors qu'il essayait de l'endormir à force de cajoleries.

Elle se demanda ce que ses copains de l'armée penseraient s'ils le voyaient maintenant, en train d'essayer d'hypnotiser un bébé. Cependant, à en juger par le silence qui suivit, il avait bel et bien réussi, et elle se demanda s'il y avait quoi que ce soit que Zach ne puisse pas faire. Etant donné qu'il allait peut-être chercher à obtenir la garde d'Emma, cette pensée n'était pas rassurante.

Avec un soupir, elle prit son verre et retourna dehors.

Après avoir lu quatre chapitres, Paige se rendit compte que Zach ne s'était pas montré depuis qu'il était monté mettre Emma au lit. Curieuse, elle rentra et monta l'escalier.

Elle jeta un coup d'œil dans la chambre d'Emma. La petite s'était finalement endormie dans les bras de Zach, qui semblait dormir, lui aussi. Elle hésita un instant sur le pas de la porte, tentée de ne pas les déranger, mais elle savait qu'Emma dormirait mieux et plus longtemps si elle était dans son berceau, et que Zach finirait par avoir un torticolis s'il restait assis dans le fauteuil la tête renversée en arrière.

Elle glissa une main sous la tête d'Emma et l'autre sous ses jambes, mais, alors qu'elle commençait à soulever l'enfant endormie, l'étreinte de Zach se resserra instinctivement et elle se retrouva coincée, incapable de retirer ses mains.

Elle sentit la chaleur qui émanait du corps de Zach, et le désir monta aussitôt en elle. Elle essaya de se dégager, mais sans succès.

Elle prit une profonde inspiration. Il sentait tellement bon… Son parfum était chaud et viril, et il était magnifique, avec son T-shirt moulant ses larges épaules et ses pectoraux, et son jean délavé. S'il était arrivé chez elle le premier jour dans cette tenue décontractée, elle aurait fondu sur place, mais l'uniforme l'avait incitée à rester sur ses gardes. Elle essayait en ce moment même de l'imaginer en uniforme, mais ne parvenait qu'à l'imaginer nu.

Elle sentit sa gorge se serrer. Elle allait avoir de gros problèmes…

— Que faites-vous ?

Elle reporta aussitôt son attention sur le visage de Zach. Il avait les yeux grands ouverts et la regardait intensément.

— Je, euh…

Seigneur ! Ses yeux étaient tellement bleus, tellement profonds, qu'elle eut du mal à retrouver le fil de sa pensée.

— Emma, j'allais mettre Emma dans son berceau.

— Je peux le faire.

— Oh, bien sûr, mais je passais et je croyais que vous dormiez aussi, et…

— J'ai juste fermé les yeux une minute.

Elle hocha la tête et retira ses mains, et Zach se leva avec Emma dans les bras.

— Je ne l'aurais pas fait tomber, vous savez.

Elle hocha de nouveau la tête. Elle savait que c'était vrai. D'ailleurs, il ne ferait jamais de mal à Emma, et l'affection évidente qu'il éprouvait pour la petite lui avait fait baisser sa garde.

Zach posa Emma dans son lit et remonta les couvertures.

— Je ferais n'importe quoi pour protéger ma fille.

Elle s'en était aperçue, et elle aurait difficilement pu résister à un homme qui aimait tant cette petite fille, mais elle ne put s'empêcher de lui demander :

— Etes-vous vraiment convaincu qu'Emma est votre fille, ou est-ce que vous êtes juste tellement têtu que vous ne pouvez même pas envisager, toute ressemblance physique superficielle mise à part, que ce n'est peut-être *pas* votre fille ?

— Olivia couchait à droite et à gauche ?

— Non, répondit-elle aussitôt avec fermeté, pour défendre son amie.

— Etait-elle malhonnête ?

— Non.

Elle voyait bien où il voulait en venir avec ces questions, mais elle ne pouvait pas lui mentir.

— Alors pourquoi ne pas la croire quand elle disait que j'étais le père de son enfant ?

Elle soupira et le suivit dans le couloir.

— Parce que la plupart des hommes ne voudraient probablement pas le croire.

— Je ne vais pas mentir et dire que j'étais enchanté en lisant la lettre d'Olivia, dit-il en commençant à descendre l'escalier. J'étais stupéfait et totalement paniqué. Mon premier instinct a peut-être été de refuser d'admettre ce qu'elle me disait, mais quand j'y ai réfléchi à tête reposée, je me suis rendu compte qu'Olivia n'aurait jamais menti sur quelque chose d'aussi important.

— Je sais que vous avez raison, reconnut-elle, mais sans aller jusqu'à mentir, Olivia aurait pu simplement se tromper. Ce n'est pas impossible qu'elle ait eu une brève aventure avec quelqu'un et qu'elle n'ait pas pensé que le bébé pouvait être de lui.

— Eh bien, je présume que nous saurons bientôt la vérité.

— Oui…

— En attendant…

Il s'arrêta au pied de l'escalier et se retourna pour être

face à elle. Comme elle était sur la dernière marche, leurs yeux étaient au même niveau. Elle referma les doigts sur la rampe et retint son souffle. Il regarda sa bouche, comme s'il avait envie de l'embrasser, et elle fit un léger mouvement en avant, comme si elle avait envie qu'il l'embrasse.

Puis, il fit un pas en arrière.

— En attendant, je voulais vous parler de quelque chose.

Elle se remit à respirer normalement.

— Oui, de quoi ?

— Je veux emmener Emma en Californie.

Elle crut que ses genoux allaient se dérober sous elle. Par chance, elle se tenait toujours à la rampe.

— Vous plaisantez…

Elle descendit de la dernière marche et passa à côté de lui, s'efforçant de comprendre le sens de ses propos.

— Vous ne croyez pas que c'est un peu prématuré ?

Il secoua la tête.

— Mes parents habitent en Californie, ils s'attendent à me voir la semaine prochaine. Je n'ai pas su quoi leur dire à propos d'Emma, je pensais ne rien dire avant d'avoir les résultats du test, mais je suis sûr et certain que c'est ma fille, Paige, et vous le savez aussi. Je veux que mes parents la rencontrent.

— Vous ne pouvez pas sérieusement imaginer que je vais vous laisser traverser tout le pays avec elle.

— Bien sûr que non, dit-il d'un ton pince-sans-rire, mais je me disais que vous auriez pu venir avec moi.

Elle faillit éclater de rire tant cette suggestion était absurde.

— Je ne peux pas faire mes bagages et partir pour la Californie.

— Pourquoi pas ?

Elle fronça les sourcils, perplexe, s'apercevant qu'elle n'avait rien à répondre à cela, qu'elle n'avait aucune raison valable pour refuser. Pourtant, son instinct lui disait que c'était une mauvaise idée d'aller où que ce soit en compagnie de Zach Crawford. Elle se contenta donc de répondre :

— Je vais y réfléchir.

La réponse de Paige était loin d'être une promesse, mais Zach s'étant attendu à un refus catégorique, il s'en contenta pour le moment.

Il comprenait qu'elle hésite, surtout à cause de l'attirance qu'ils ressentaient l'un pour l'autre depuis le début et qui semblait de plus en plus intense. Il savait très bien que Paige en avait conscience, elle aussi. Au début, il n'en avait pas été aussi sûr : elle était tellement calme, polie et distante…

Cependant, récemment, il avait remarqué qu'il lui arrivait de baisser les yeux lorsqu'il l'observait, comme si elle n'osait pas soutenir son regard. Elle sursautait quand il la touchait, même s'il ne faisait que lui frôler le bras accidentellement. Oui, elle en avait bien conscience…

Il espérait simplement qu'elle ne se méfiait pas de lui au point de refuser de l'accompagner en Californie. Il voulait vraiment qu'elle rencontre sa famille, qu'elle sache qu'il avait des parents et des sœurs qui aimeraient Emma et s'occuperaient bien d'elle, eux aussi.

Près de dix jours s'étaient écoulés depuis qu'il était arrivé à Pinehurst, et Paige ne lui avait jamais parlé de sa famille, à part Ashley et Megan, bien sûr, et il la suspectait de ne pouvoir compter que sur ses cousines. C'était peut-être pour cela qu'elle se montrait tellement réticente à lui confier de vraies responsabilités. Elle était tellement habituée à se débrouiller seule qu'elle ne savait pas accepter l'aide qu'on lui proposait.

Quelles que soient les raisons de sa résistance, il savait qu'il ne lui restait pas beaucoup de temps pour la faire changer d'avis. Il prenait l'avion pour la Californie le mercredi, et il avait déjà pris des billets pour Paige et Emma.

Paige n'arrivait pas à dormir. Elle qui avait pris des congés pour réfléchir à sa situation, devait envisager, à présent que Zach était là, la possibilité qu'Emma ne fasse plus partie de son avenir. Car même s'il semblait apprécier le rôle qu'elle avait joué dans la vie de la petite, s'il obtenait sa garde et qu'il était envoyé en Floride, en Arizona ou en Californie où sa famille vivait, elle ne la reverrait probablement jamais.

Tourmentée par cette pensée, elle n'essaya même plus de dormir. Elle repoussa les couvertures, se leva, et descendit sans bruit. Dans la cuisine, elle ouvrit une bouteille de merlot et s'en servit un verre, puis elle prit le babyphone et sortit dans le jardin.

La nuit était calme et le ciel plein d'étoiles. Elle posa le verre sur la table et s'allongea sur une chaise longue.

Elle avait beaucoup hésité en faisant ses bagages pour emmener Emma à Pinehurst pour l'été. Elle s'était dit que son travail allait lui manquer, tout comme ses collègues, ses clients, et le rythme frénétique du cabinet. Elle s'était attendue à devenir folle après une semaine dans cette ville calme où elle avait passé son adolescence.

Pourtant, l'endroit n'était pas aussi calme qu'autrefois, à moins que ce soit elle qui, en grandissant, avait appris à apprécier ce mode de vie plus paisible. Elle se rendait compte que c'était un endroit merveilleux pour élever un enfant.

Elle savait qu'elle pourrait trouver du travail ici, soit dans l'un des cabinets de la ville, soit en se mettant à son compte. Elle était une bonne avocate, et elle trouverait toujours des clients qui avaient besoin d'être représentés. Le plus difficile serait sans doute de trouver une nourrice pour Emma.

Elle soupira et prit son verre de vin, refusant de penser qu'elle n'aurait peut-être pas besoin de chercher une nourrice.

Une petite brise se leva et la fit frissonner. Elle n'avait pas pensé à mettre sa robe de chambre. Son pyjama, un short et un débardeur en coton, lui suffisait dans la maison, mais les soirées du début du mois de juin étaient encore fraîches.

A ce moment-là, la porte de la véranda s'ouvrit et Zach sortit.

Elle n'avait pas allumé la lumière extérieure, mais elle vit au clair de lune qu'il la dévorait du regard, et une vague de désir la submergea aussitôt.

Elle se sentit soudain embarrassée de n'être pas plus couverte, et peut-être encore plus gênée de constater que Zach n'était qu'à moitié habillé, lui aussi. Il portait en tout et pour tout un jean, qui n'était même pas boutonné. Il était torse nu… Ses épaules, parfaitement dessinées, étaient encore plus larges qu'elle ne le pensait, et son ventre était plat et musclé. Elle le contempla, troublée.

Elle prit une gorgée de vin et dit :

— Je, euh… Je croyais que vous dormiez.

— Je dormais, mais j'ai entendu la porte de la véranda s'ouvrir.

Ses instincts de protection étaient de toute évidence plus développés que ceux de son propre père : Philip Wilder n'avait jamais remarqué que sa fille de quatorze ans faisait le mur, ou peut-être ne s'en était-il jamais soucié.

Quoi qu'il en soit, elle aurait dû se rappeler qu'elle n'était pas seule dans la maison et mettre une robe de chambre. Bien sûr, c'était précisément la présence de Zach qui l'avait empêchée de dormir, et même si elle essayait de se persuader que seules ses angoisses au sujet d'Emma l'empêchaient de fermer l'œil, elle savait qu'il y avait une autre raison à sa nervosité : Zach l'obnubilait.

Elle le désirait, et elle se rendait compte à quel point cet élan était dangereux. Elle reposa son verre, replia les jambes et les serra contre sa poitrine, pour qu'il ne puisse pas voir ses tétons pointer sous son débardeur, pour qu'il ne devine pas à quel point elle avait envie qu'il la touche, qu'il l'embrasse, qu'il lui fasse l'amour…

Elle s'efforça d'ignorer la douce chaleur qui l'envahissait et dit :

— Je ne voulais pas vous déranger.

Il s'assit sur la chaise longue à côté d'elle, se tourna vers elle.

— Vous ne m'avez pas dérangé, vous m'avez troublé.

Elle se dit qu'il valait probablement mieux ne pas relever le sous-entendu et ne répondit pas.

Il prit le verre de vin et en respira le contenu. Puis, il

haussa les sourcils et but une gorgée. Le voir poser ses lèvres là où elle avait posé les siennes, le voir boire dans son verre, avait quelque chose d'étrangement intime.

Il sourit.

— Merlot Stonechurch, Cuvée Spéciale.

— Vous avez vu la bouteille sur le plan de travail.

Il secoua la tête.

— Mes parents ont des vignes, ou plutôt, ils *avaient* des vignes : ma sœur Hayden a repris presque toute l'affaire il y a quelques années.

Elle était stupéfaite d'apprendre qu'elle buvait du vin fait par sa famille, de même qu'elle avait été étonnée de découvrir qu'il avait une famille. Elle n'y avait jamais pensé avant qu'il parle d'emmener Emma en Californie.

C'était déjà suffisamment difficile d'admettre qu'il était peut-être le père de la petite et qu'il pourrait légitimement demander sa garde, mais si en plus elle avait pensé qu'il serait peut-être en mesure d'offrir à Emma bien plus que son nom… Emma avait peut-être des grands-parents, une tante, toute une famille qui voudrait faire partie de sa vie.

Elle se contenta de dire :

— Je ne savais pas que vous aviez une sœur.

— En fait, j'en ai trois.

— Vos parents ont eu quatre enfants ? Eh bien, ils ont dû être bien occupés.

— Je taquine toujours Hayden, la plus jeune, en lui disant que nos parents ne pouvaient pas supporter plus de quatre enfants puisqu'ils se sont arrêtés après elle.

— Que répond-elle ?

— Qu'ils se sont arrêtés parce qu'ils avaient enfin atteint la perfection avec elle.

Elle sourit.

— C'est elle qui travaille au vignoble ?

Zach acquiesça d'un hochement de tête.

— Que font vos autres sœurs ? demanda-t-elle, sincèrement intéressée.

— Lauryn est médecin et Jocelyn est professeur à l'université.

— Et vous, vous pilotez des avions, dit-elle, songeant que ses parents n'avaient vraiment pas élevé des fainéants.

Il fit oui de la tête.

— C'est ce que j'ai toujours voulu faire.

— Pourquoi l'armée de l'air ?

— J'avais entendu dire que les filles aimaient bien l'uniforme.

C'était une plaisanterie, mais elle était persuadée qu'il avait beaucoup de succès auprès des femmes… Il était extrêmement attirant, même sans uniforme.

Elle reprit son verre et but une gorgée de vin.

— Et vous ? demanda-t-il. Avez-vous toujours rêvé d'être avocate ?

— Non. J'étais en deuxième année de géologie quand j'ai dû quitter l'appartement que je louais à cause d'un dégât des eaux. Une amie m'a hébergée, et mon propriétaire m'a intenté un procès pour non-paiement de loyer. Bien sûr, je n'avais pas les moyens de me payer les services d'un avocat pour me défendre, alors j'ai commencé à me documenter sur la loi. Finalement, j'ai contre-attaqué en disant que l'on ne pouvait pas me demander de vivre dans un appartement dans lequel il y avait cinquante centimètres d'eau.

— Et vous avez gagné, devina-t-il.

Elle hocha la tête.

— C'est à ce moment-là que j'ai décidé de faire du droit.

Il se tourna légèrement, de telle sorte que ses genoux touchaient presque le côté de la chaise longue sur laquelle elle était assise.

A ce moment, elle vit les muscles de sa cuisse se contracter sous son jean usé, et son cœur se mit à battre la chamade. Elle mourait d'envie de le toucher…

Elle finit son verre de vin et se leva.

— C'est comme cela que j'ai rencontré Olivia, ajouta-t-elle.

Elle voulait lui rappeler — se rappeler — son amitié avec la femme qui avait été l'amante de Zach et avec laquelle il avait vraisemblablement eu une fille.

Il se leva à son tour et se tint devant la porte, lui bloquant le passage.

— Je tenais à Olivia, dit-il, sinon je ne serais pas sorti avec elle, mais je n'étais pas amoureux d'elle, et elle n'était pas amoureuse de moi.

Elle haussa les épaules d'un air faussement dégagé.

— Votre relation avec Olivia ne me regarde pas.

— Pourtant, vous mentionnez son nom chaque fois que nous parlons de quelque chose d'un tant soit peu personnel, comme si vous dressiez volontairement une barrière entre nous.

— Elle était l'une de mes meilleures amies.

— Vous pensez qu'elle désapprouverait que je sois là ?

Elle fit non de la tête.

— D'après la lettre que vous m'avez montrée, elle voulait que vous rencontriez Emma.

— Je parlais du fait que je suis là, avec vous.

— Vous n'êtes pas là avec moi.

Il sourit.

— Enfin… Vous êtes là, et je suis là, reprit-elle en rougissant, mais nous ne sommes pas ensemble.

— Et si je voulais changer cela ?

Elle secoua de nouveau la tête.

— Je pense que ce serait une mauvaise idée.

Il s'approcha d'elle.

— Eh bien, apparemment, nous ne sommes pas d'accord sur ce point.

Elle leva une main pour l'empêcher d'avancer et retint son souffle quand sa paume toucha son torse. Sa peau était aussi douce et chaude qu'elle en avait l'air, et elle eut brusquement envie de se pencher en avant, de se serrer contre lui, de sentir son corps puissant contre le sien.

— Zach…

Elle avait voulu prendre un ton menaçant, mais on eût dit qu'elle le suppliait.

Il lui retira le verre vide des mains et le posa sur la table derrière elle. Puis, il lui prit le visage avec douceur. Son geste était tellement inattendu, tellement tendre, qu'elle dut réprimer un soupir.

— J'ai juste envie de t'embrasser, dit-il en lui effleurant la lèvre inférieure avec le pouce, lentement, voluptueusement.

— Ce n'est vraiment pas une bonne idée…

Elle savait très bien que sa voix rauque démentait ses paroles.

— Encore une divergence d'opinions, dit-il d'un air décontracté.

Puis, il l'embrassa.

- 7 -

Paige aurait dû le repousser. Elle savait que c'était ce qu'elle aurait dû faire, mais Zach lui tenait le visage, doucement mais fermement, l'empêchant de bouger tout en l'embrassant. De toute façon, la vérité était qu'elle n'avait aucune envie de bouger.

Son baiser était aussi doux que ses mains, délicieusement irrésistible. Il embrassait comme elle imaginait qu'il faisait l'amour, lentement, avec sensualité... Elle écarta les lèvres dans un soupir, enivrée. Elle fit glisser ses mains sur son torse puissant, sur ses épaules, pour lui passer enfin les bras autour du cou.

Il lui caressa la gorge du bout des doigts, puis il descendit lentement le long de son dos, refermant ses mains sur ses fesses. Il la serra alors contre lui, et elle gémit en sentant son sexe tendu.

Il approfondit son baiser, le rendant plus vorace, tellement passionné qu'elle en frissonna. Leurs désirs se répondaient, aussi puissants, aussi irrésistibles l'un que l'autre.

Elle avait déjà eu des amants, bien sûr, mais elle n'avait jamais rien ressenti d'aussi intense. Ils continuèrent à s'embrasser et, à chaque instant, le désir en elle se faisait plus intense encore. Elle ne savait pas jusqu'où cela aurait pu aller si Zach avait continué, mais en fait, ce fut lui qui finit par détacher ses lèvres des siennes.

— Je crois que tu ferais mieux d'aller te coucher, maintenant, murmura-t-il.

Fébrile, le cœur battant la chamade, elle avait l'impression que ses jambes allaient se dérober, alors qu'il avait parlé d'une voix tellement calme et posée qu'elle se dit que le baiser qu'ils venaient d'échanger ne lui avait fait aucun effet. Puis, elle leva les yeux vers lui et comprit à son regard de braise qu'elle s'était trompée.

Etre désirée par un homme comme Zach était terriblement grisant. Le désirer à ce point était… terrifiant.

Elle ordonna à ses jambes tremblantes de bouger et s'avança vers la porte.

— Bonne nuit.

Zach la regarda entrer dans la maison, et il dut se faire violence pour ne pas la suivre. Il savait qu'il devait prendre ses distances. Paige était bien trop séduisante…

Il se reprochait déjà de l'avoir embrassée. S'il ne l'avait pas fait, il serait encore en train de se demander si ses lèvres étaient aussi douces qu'elles en avaient l'air, si elles avaient un goût aussi délicieux qu'il l'imaginait. Toutes ces questions l'avaient rendu fou, et il avait décidé d'arrêter de faire des hypothèses et de l'embrasser.

Leur baiser l'avait bouleversé. L'alchimie entre un homme et une femme était quelque chose d'imprévisible. D'autres femmes lui avaient plu, bien sûr, mais avec Paige, c'était tout simplement explosif.

Il faudrait être fou pour renoncer à quelque chose

d'aussi intense… Pourtant, il avait bien conscience qu'il risquait de se brûler s'il attisait cette flamme et, même s'il désirait Paige de toute son âme, il ne ferait rien qui puisse compromettre sa relation avec sa fille… si ce n'était déjà fait.

Car, même s'il se répétait que ce n'était « qu'un baiser », même si c'était ce qu'il avait dit à Paige, ils savaient aussi bien l'un que l'autre que ce n'était pas aussi simple que cela. Le baiser qu'ils avaient échangé n'avait rien de banal ; c'était le prélude à quelque chose d'autre, la promesse de bien plus.

Elle avait répondu à son baiser avec une passion identique à la sienne. Bien sûr, c'était lui qui en avait pris l'initiative, mais en l'espace de quelques secondes, elle s'était abandonnée, comme lui, et lui avait fait les mêmes serments muets.

Heureusement, il savait depuis bien longtemps qu'il ne pouvait pas se fier aux promesses d'une femme, et il ne se laisserait plus jamais duper.

Paige avait promis à Zach de réfléchir à sa proposition, mais plus elle y pensait, plus elle était persuadée que c'était une mauvaise idée d'aller en Californie avec lui. Malheureusement, elle n'était pas prête à lui confier la vraie raison de son appréhension : elle avait eu assez de mal comme cela à résister à la tentation dans son propre jardin, elle n'allait pas en plus lui donner l'avantage d'être sur son terrain.

Cependant, le lundi, Zach insista pour avoir une réponse, et quand elle continua à se dérober, il lui demanda :

— Est-ce que c'est parce que je t'ai embrassée ?

— Bien sûr que non.

C'était un mensonge, mais elle ne pouvait l'admettre sans accorder plus de signification que nécessaire à leur baiser.

— Parce que nous ne serons pas tout seuls, là-bas, dit-il comme s'il devinait malgré tout la vraie raison de son hésitation.

Elle leva le menton.

— Je n'ai pas peur d'être seule avec toi.

Il sourit et regarda sa bouche.

— Alors de quoi as-tu peur ?

— Je m'inquiète pour Emma. Nous avons déjà déménagé récemment, je ne sais pas comment elle réagirait si nous lui faisions faire toute la route jusqu'à la côte ouest.

— Je suis sûr que cela ira très bien.

— Tu as déjà voyagé avec un bébé ? As-tu la moindre idée de tout ce que nous devrions emporter ? Son lit pliant, son rehausseur, sa chaise haute, sa…

— Ma sœur Lauryn a deux enfants. Quand l'aîné, Regan, est né, mes parents ont transformé la chambre de Lauryn en chambre d'enfant, et ils ont un berceau, une table à langer, une chaise haute, une poussette, et plein de jouets.

— Je crois qu'il vaudrait mieux que tu ailles voir ta famille tout seul.

Il secoua la tête.

— Si vous ne venez pas toutes les deux, je n'irai pas.

Elle n'aurait pas dû se soucier qu'il aille ou non en Californie, mais elle savait que cela devait être très important pour sa famille. Il venait de passer deux ans à l'étranger et n'avait été en contact avec ses parents et ses sœurs que par e-mails ou par téléphone.

— Nous devrions avoir les résultats du test la semaine prochaine, dit-elle, nous devrions peut-être attendre jusque-là.

— J'ai déjà changé mon billet d'avion une fois, lui rappela-t-il.

Elle soupira.

— Ton avion part dans deux jours, je ne suis même pas sûre de pouvoir encore avoir un billet.

— Je me chargerai de t'en trouver un.

Elle hésitait quand même toujours.

— S'il te plaît, Paige…

Ce fut son regard suppliant encore plus que son ton qui fit pencher la balance en faveur de Zach.

— D'accord, dit-elle enfin.

Deux jours plus tard, quand leur avion se posa à San Francisco, Paige n'était plus aussi sûre que cela d'avoir pris la bonne décision.

— Je ne sais vraiment pas si c'est une bonne idée, lui dit-elle.

Zach attrapa son sac dans le coffre au-dessus de sa tête.

— C'est un petit peu tard pour avoir des doutes.

— J'ai des doutes depuis que tu m'as parlé de ce voyage, lui rappela-t-elle en prenant Emma dans ses bras. J'en ai encore plus maintenant, c'est tout.

— Tout va bien se passer.

— Je crois simplement que c'est un peu prématuré. Et si tu n'étais pas le père d'Emma, finalement ?

Au début, il avait semblé contrarié par ses remarques incessantes sur le sujet. Maintenant, il semblait seulement amusé.

— Dans ce cas, tu auras au moins eu l'occasion de découvrir la Californie avec un autochtone, dit-il d'un ton désinvolte.

— Est-ce vraiment aussi simple que cela, pour toi ?

— Non, mais je n'ai jamais été du genre à m'inquiéter pour rien.

— Même quand tu pilotes un avion ? demanda-t-elle, sincèrement curieuse.

— Surtout quand je pilote un avion. La dernière chose à faire quand on est à bord d'un avion de quinze millions de dollars est de laisser son esprit vagabonder.

— Je présume que c'est logique, mais…

Elle fut interrompue par une grande blonde très jolie qui surgit de nulle part et se jeta au cou de Zach.

— Je n'arrive pas à croire que tu sois enfin rentré !

Elle l'embrassa sur les deux joues et le serra de nouveau dans ses bras.

Il jeta un coup d'œil à Paige d'un air coupable.

— Que fais-tu là, Hayden ?

— Ça fait deux ans que tu n'es pas venu ! J'avais peur que tu aies oublié le chemin de la maison.

— Je t'ai dit que je n'avais pas besoin qu'un comité d'accueil m'attende à l'aéroport.

— Je ne suis pas un comité, je suis ta sœur, et depuis quand est-ce que je t'écoute, de toute façon ?

Il soupira.

— C'est juste.

Il se tourna vers Paige et Emma.

— Je te présente Hayden, ma sœur…

Avant qu'il n'ait eu le temps de les présenter à Hayden, celle-ci écarquilla les yeux et s'écria :

— Oh, mon Dieu !

Paige comprit aussitôt que la sœur de Zach n'était

pas au courant de sa venue, ce qui ne fit que décupler ses craintes quant à ce week-end. Quand il avait insisté pour que sa famille rencontre Emma, elle avait supposé qu'ils étaient au courant de son existence, mais à en juger par la réaction de Hayden, elle s'était trompée.

— Hayden, je te présente Paige, reprit Zach, et cette petite fille s'appelle Emma.

Hayden se tourna de nouveau vers son frère.

— C'est ta fille.

Ce n'était pas une question mais une affirmation. Cependant, Paige ne put s'empêcher d'intervenir.

— Nous attendons toujours les résultats du test ADN.

— Elle a les yeux de Zach, les yeux des Crawford, fit remarquer Hayden.

Elle tendit la main pour toucher la joue de la petite, mais Emma détourna la tête et se blottit contre l'épaule de Paige.

Hayden laissa retomber son bras le long de son corps et adressa à Paige un regard glacial.

— Pourquoi voudriez-vous prétendre le contraire ? Manifestement, vous vous êtes arrangée pour piéger mon frère en tombant enceinte…

— Hayden ! l'interrompit Zach d'un ton sec.

Hayden le regarda d'un air contrarié.

— Paige n'est pas la mère d'Emma, s'empressa-t-il de dire avant que sa sœur n'ait eu le temps d'ajouter quoi que ce soit.

Hayden fronça les sourcils, visiblement perplexe.

— Alors que fait-elle ici, avec toi ?

— La mère d'Emma est morte dans un accident de voiture il y a quelques mois, et Paige s'occupe d'elle depuis.

— Oh…

La jeune femme semblait embarrassée.

— Je suis désolée, dit-elle à Paige, je n'aurais pas dû tirer de conclusions hâtives.

— Ce n'est pas grave. Je croyais que Zach vous aurait dit que je venais, dit-elle en jetant à ce dernier un regard furibond.

— Zach nous a juste dit qu'il rentrait. Il ne nous a pas dit qu'il serait accompagné, et quand j'ai vu le bébé, j'ai pensé à tort que vous étiez sa mère.

— La maman d'Emma, Olivia, était une bonne amie.

— Je suppose que tu as beaucoup de choses à nous raconter, Zach.

— Oui, et je n'ai pas l'intention de tout raconter deux fois, alors tu devras attendre que nous soyons à la maison.

— Que dirais-tu de me faire un résumé ? demanda Hayden.

Elle prit un de leurs bagages et commença à se diriger vers la sortie.

— Non, répondit-il avec fermeté.

Paige, qui avait toujours Emma dans les bras, eut du mal à le suivre. Elle comprenait la curiosité de sa sœur, mais elle était inquiète.

— Tu n'as dit à personne que je venais ? demanda-t-elle à voix basse pour que Hayden ne l'entende pas.

— Je ne savais pas comment expliquer la situation à mes parents par téléphone.

— Alors nous allons arriver chez eux sans prévenir et sans y avoir été invités ?

— C'est chez mes parents, je n'ai pas besoin de les prévenir ou d'attendre une invitation.

— Et Emma et moi ?

— Vous êtes mes invitées.

— Des invitées imprévues, marmonna-t-elle, plus que jamais convaincue qu'elle avait fait une erreur monumentale en acceptant de l'accompagner.

L'appréhension de Paige alla croissant tout au long du trajet. Emma s'était endormie au bout de quelques minutes, l'abandonnant à ses pensées. Elle regardait le paysage défiler, mais appréhendait trop la réaction des parents de Zach pour en apprécier pleinement la beauté.

Elle ne s'aperçut qu'ils avaient quitté la nationale que lorsqu'elle vit le panneau qui annonçait le vignoble de Stonechurch. Au bout d'une longue allée sinueuse se dressait un magnifique bâtiment en pierre, avec des dizaines de fenêtres et des balcons en fer forgé, entouré de jardins pleins de fleurs aux couleurs vives. Cela ressemblait davantage à un hôtel cinq étoiles qu'à une maison de famille.

— C'est là que vous avez grandi ? demanda-t-elle à Zach et à Hayden.

Hayden rit et Zach se retourna sur son siège pour lui répondre.

— Non, c'est le château, comme ma mère aime à l'appeler.

— Pour nous, dit Hayden, c'est juste la propriété viticole.

— Eh bien ! C'est superbe.

— Le bâtiment abrite aussi le chai, la sommellerie, la boutique de souvenirs, un café et trois salles de conférences, continua Hayden. On ne peut pas le voir d'ici, mais devant la boutique de souvenirs, il y a une immense pergola avec une douzaine de tables de pique-nique. Il y a beaucoup de touristes qui aiment déjeuner dehors.

— Ne lance pas Hayden sur ce sujet, dit Zach, le vignoble est son bébé, maintenant.

— En tout cas, moi je ne vais pas surprendre maman et papa avec, le taquina Hayden.

Il la foudroya du regard. Paige sentit son ventre se nouer encore davantage.

Avec un peu de recul, Zach se rendit compte que Paige avait raison : ce n'était pas exactement la meilleure idée d'arriver à l'improviste chez ses parents avec un bébé et sa tutrice. Cependant, ils réagirent exactement comme il s'y était attendu : ils furent fous d'Emma dès qu'ils la virent.

Ils se montrèrent un peu plus réservés avec Paige. Hayden ne l'aida pas en faisant les présentations à sa façon :

— Zach est venu accompagné ! Le bébé est à lui, Paige, je ne sais pas, mais en tout cas ce n'est pas la mère d'Emma.

— Eh bien, merci d'avoir mis les choses au clair, dit sa mère d'un ton pince-sans-rire.

Hayden, contente d'elle, afficha un grand sourire. Sa mère se tourna vers Paige et lui tendit la main en souriant.

— Enchantée, je suis Kathleen.

Paige changea Emma de bras pour lui serrer la main.

— Justin, se présenta son père en lui serrant à son tour la main.

— Paige Wilder, dit-elle, et voici Emma.

Emma ouvrit les yeux et jeta un coup d'œil autour d'elle. Puis elle bâilla et referma les yeux.

— Qu'elle est jolie, dit Kathleen d'une voix douce.

— Et ce n'est pas un nourrisson, dit Justin en regardant son fils d'un air interrogateur.

— Pourrions-nous avoir une tasse de café ? demanda Zach.

Il savait qu'il allait devoir répondre à toutes leurs questions, et probablement affronter leur colère, et il avait besoin d'un petit remontant pour se donner du courage.

— Je m'en occupe, dit sa sœur en se dirigeant vers la porte d'entrée.

Sa mère se tourna vers Paige.

— Pourquoi ne viendriez-vous pas avec moi dans la cuisine pendant que les hommes vont chercher les bagages ?

Elle le regarda d'un air inquiet.

— Je devrais peut-être aider Zach à prendre nos bagages…

— J'ai bien l'impression que vous avez déjà les mains pleines, dit Kathleen en montrant Emma.

— J'en ai pour une minute, lui assura-t-il.

Avec un dernier regard désespéré, elle suivit sa mère dans la maison, tandis qu'il allait chercher leurs bagages dans la voiture, avec son père.

Elle suivit Kathleen Crawford dans une immense entrée qui donnait sur plusieurs pièces et dans laquelle il y avait un large escalier. Elles longèrent un couloir carrelé jusqu'à la cuisine. La pièce était très grande et digne d'un magazine de décoration d'intérieur. Dans les vitrines des armoires en acajou poli était empilée la vaisselle qu'elle supposait de tous les jours. Des chaises de bois massif entouraient une table gigantesque, sur laquelle était posé un ravissant bol de verre rempli de pommes vertes et brillantes.

— Quelle magnifique cuisine ! s'exclama Paige.

— Nous l'avons remise à neuf l'été dernier, et je dois reconnaître qu'elle me plaît, dit Kathleen, mais je préfère vous prévenir : certaines pièces sont encore en travaux. La maison a été construite il y a près de cent cinquante ans. Elle s'est agrandie depuis, bien sûr, et nous avons fait beaucoup de choses, mais il reste encore beaucoup à faire !

— J'adore les vieilles maisons, elles ont tellement de charme et de caractère.

— Il y a une douzaine d'années, à l'époque où nous construisions le château, Justin et moi avions envisagé d'en profiter pour bâtir une nouvelle maison, mais nous n'avions pas le cœur à démolir celle-ci.

— Je vous comprends ! dit Paige.

Elle entendit alors des pas dans le couloir et poussa un soupir de soulagement, discrètement. Un instant plus tard, Zach et son père entraient dans la pièce.

— Je viens de recevoir un message d'Emilio, dit Justin à sa fille. Il voudrait que tu ailles le voir, si tu as le temps, et si possible avant la visite de 15 heures.

Hayden jeta un coup d'œil à sa montre et laissa échapper un juron.

— Hayden, la gronda sa mère.

— Désolée, marmonna machinalement Hayden. Il faut que j'y aille maintenant ? demanda-t-elle ensuite à son père.

— Pourquoi me le demandes-tu à moi ? s'étonna Justin en s'asseyant à table. C'est toi le patron, maintenant.

Elle soupira.

— Je déteste quand tu fais ça, ça me rappelle que je dois me montrer à la hauteur de vos espérances.

— C'est pour cela que nous t'avons cédé l'affaire.

Elle se servit une grande tasse de café qu'elle emporta avec elle en prenant la direction de la porte de derrière.

— Ravie de t'avoir rencontrée, Paige ! J'attends avec impatience tous les détails de l'histoire…

— Je ne te dirai rien, dit Zach en versant du café dans les quatre tasses qu'il venait de poser sur le plan de travail.

— Oh que si ! Parce que si tu ne me dis rien, j'inventerai ma propre version des faits, dit-elle d'un ton d'avertissement avant de refermer la porte derrière elle.

Justin secoua la tête.

— Ils étaient déjà comme cela quand ils étaient enfants, dit-il.

Kathleen se tourna vers Zach.

— En parlant d'enfants…

Zach posa les tasses sur la table et leur expliqua la situation alors qu'ils buvaient le café. Paige intervint de temps en temps pour donner quelques précisions, et les parents de Zach posèrent quelques questions.

Quand Zach et elle leur eurent tout raconté, elle était tellement fatiguée qu'elle ne put s'empêcher de bâiller.

— Je suis désolée, dit-elle en s'efforçant de réprimer un autre bâillement.

— Paige et moi n'avons pas beaucoup dormi, la nuit dernière, expliqua Zach. Emma était agitée, et nous nous sommes levés tôt ce matin pour venir.

— Elle fait ses dents.

Justin s'éclaircit la gorge, l'air un peu gêné.

— Donc, vous… vivez ensemble ?

— Non, s'empressa-t-elle de répondre d'un ton

ferme. J'héberge Zach pour qu'il puisse passer du temps avec Emma.

— Ah, d'accord... C'est une bonne idée, dit Kathleen sans grande conviction.

Elle regarda son mari comme si elle attendait qu'il confirme ce qu'elle disait.

— J'habite à Pinehurst, dans l'Etat de New York, expliqua Paige. Comme c'est loin de chez Zach, il utilise ma chambre d'amis pour ne pas être obligé de faire l'aller-retour tout le temps.

— Alors c'est juste un arrangement matériel, en conclut Justin.

— Oui.

— Alors qui a la garde légale d'Emma pour le moment ? demanda Kathleen.

— Moi. Olivia m'avait désignée comme tutrice, et comme le père d'Emma était déclaré inconnu sur son extrait de naissance, le tribunal n'avait aucune raison de ne pas me la confier.

— Que se passera-t-il quand vous aurez le résultat du test ?

— Nous verrons en temps voulu, dit Zach.

Sa mère n'eut pas l'air satisfaite de cette réponse, mais elle se contenta de dire :

— Je vais vous montrer votre chambre, Paige, si vous voulez vous reposer un peu avant le dîner.

— Avec plaisir, merci.

— Tu veux que je prenne Emma ? demanda Zach.

Paige savait qu'il lui proposait simplement de s'occuper d'Emma pendant qu'elle faisait une petite sieste, mais les mots qu'il avait utilisés ravivèrent ses angoisses.

En passant du temps avec Zach et Emma, elle avait commencé à espérer qu'ils trouveraient un terrain d'entente, mais maintenant qu'elle se trouvait ici avec lui, dans sa famille, elle se rendait compte qu'il n'avait pas du tout besoin de son aide et qu'il n'en voudrait probablement pas.

— Non merci, répondit-elle.

Puis, elle suivit la mère de Zach et monta avec elle l'escalier qu'elle avait admiré en entrant.

Kathleen la fit entrer dans une chambre et dit :

— C'est l'ancienne chambre de Jocelyn, nous l'avons retapissée quand elle est partie, mais cela date un peu. Il y a une autre chambre d'amis au bout du couloir, nous l'avons remise à neuf récemment, mais celle-ci est plus près de la chambre d'enfant, et j'ai pensé que vous aimeriez être proche d'Emma.

— C'est vrai, dit Paige, et cette chambre est vraiment très jolie.

— La vue est magnifique, dit Kathleen en se dirigeant vers la fenêtre. Enfin, si vous aimez regarder les vignes.

Paige sourit.

— C'est parfait, merci beaucoup.

Kathleen revint sur ses pas. Elle s'arrêta un instant dans l'embrasure de la porte, l'air hésitant, mais elle dit seulement :

— Si vous avez besoin de quoi que ce soit, dites-le-moi.

Paige n'avait pas dormi bien longtemps quand Emma se réveilla, mais elle se sentait malgré tout un peu revigorée, et elle explora le jardin avec la petite. Zach avait dû les guetter, car elles n'étaient sorties que depuis quelques minutes lorsqu'il les rejoignit.

Il lui fit visiter le domaine, lui parla de la région, et lui expliqua comment on faisait le vin.

Un peu plus tard dans la soirée, ils dînèrent seuls avec les parents de Zach, car Hayden avait un dîner d'affaires. Emma avait retrouvé sa gaieté habituelle, et Paige constata que Kathleen et Justin étaient sous le charme.

Dans l'ensemble, la journée s'était passée mieux que ce à quoi elle s'était attendue, mais lorsqu'elle se coucha ce soir-là, elle dut bien s'avouer que ses sentiments pour Zach étaient plus confus que jamais.

Le jour où elle l'avait rencontré, quand il s'était présenté sur le pas de sa porte en uniforme, elle avait été sûre de savoir exactement qui il était, mais elle était alors pleine de préjugés, influencée par son expérience personnelle, et elle avait fini par se rendre compte qu'elle s'était bien trompée.

Zach était militaire mais, contrairement à son père, il aimait la vie de famille. Il était un fils, un frère, un oncle… peut-être un père. Le père d'Emma. Plus elle passait de temps avec lui, plus elle se rendait compte que ce serait une bonne chose pour Emma d'avoir un père tel que lui. Il était extraordinaire avec la petite.

Bien sûr, il avait beaucoup à apprendre, mais il relevait les défis de la paternité avec enthousiasme et détermination. Il n'avait pas peur de reconnaître qu'il ne savait pas tout, et il n'était pas trop fier pour demander de l'aide. Quand elle le regardait s'occuper d'Emma, elle sentait son cœur fondre…

Il était intéressé, prévenant, patient, il semblait aimer sincèrement passer du temps avec Emma, et la petite l'adorait. Une fois son appréhension initiale passée, elle était devenue folle de lui.

Elle ne pouvait pas le lui reprocher : comment la fillette aurait-elle pu résister au charme naturel de Zach et à sa tendresse ? Elle-même qui avait toutes les raisons du monde d'être méfiante, n'avait pas pu lui résister.

Le baiser qu'ils avaient échangé, qui l'avait profondément bouleversée, en était la preuve.

Cependant, Zach n'avait absolument rien tenté depuis. Peut-être avait-il simplement été curieux, et peut-être que ce baiser avait suffi à satisfaire sa curiosité, tandis qu'il n'avait fait qu'éveiller la sienne.

S'il était capable de lui faire ressentir tant de choses avec un seul baiser, que se passerait-il s'il lui faisait l'amour ?

Elle chassa ces questions de son esprit et se leva.

Elle n'avait pas entendu le moindre bruit, mais elle décida d'aller voir Emma. C'était la première fois que la petite dormait dans un endroit qu'elle ne connaissait pas, dans un lit inconnu, et elle voulait vérifier qu'elle allait bien.

Au moment où elle posait la main sur la poignée, elle se rappela que Zach l'avait déjà surprise une fois en pyjama, et elle fit demi-tour pour aller chercher sa robe de chambre.

Elle entra ensuite dans la chambre d'Emma sur la pointe des pieds, et vit que la fillette était bien emmitouflée dans sa couverture préférée et qu'elle dormait paisiblement.

Elle venait de faire demi-tour quand Zach entra dans la pièce.

— Je croyais avoir entendu Emma remuer, expliqua-t-il.

— J'ai dû faire un peu de bruit. Elle dort à poings fermés.

— Tu n'arrives pas à dormir ?

« Je n'arrête pas de penser à toi », se retint-elle de dire.

— Je suis juste un peu nerveuse, se contenta-t-elle de répondre.

— Tu veux un verre de vin pour te détendre ?

— Non.

Elle avait répondu bien trop précipitamment. Il sourit d'un air entendu, et elle sut que lui non plus n'avait pas oublié leur baiser. Il regarda sa bouche, et elle devina qu'il avait envie de l'embrasser de nouveau.

Elle fit un pas en arrière.

— J'ai peur de t'avoir induit en erreur en acceptant de venir ici.

— Tu as été très claire sur le fait que tu viendrais uniquement parce que je voulais que ma famille rencontre Emma.

— C'est vrai.

— Mais je voulais aussi que ma famille te rencontre, toi.

Cet aveu la surprit, et la façon dont il la regardait la troubla profondément.

— Pourquoi ?

— Parce que tu es la personne la plus importante pour Emma…

Leurs regards se croisèrent et, malgré la pénombre, elle sentit l'intensité de ses yeux de braise, et son cœur fondit.

—… et parce que tu es importante pour moi, aussi.

— A cause d'Emma.

— Pour de nombreuses raisons, que je ne suis pas parfaitement sûr de comprendre moi-même.

— Ne rends pas les choses encore plus compliquées qu'elles ne le sont déjà, murmura-t-elle d'un ton suppliant.

— Crois-tu que j'avais l'intention que cela se passe comme ça, entre nous ? demanda-t-il d'une voix plus douce qu'une caresse.

— Il n'y a pas de nous.

Il s'approcha d'elle.

— Es-tu en train de me dire que si je te touchais maintenant, tu pourrais t'en aller sans te retourner ?

— Oui.

Et c'est ce qu'elle fit, avant qu'il ne lui prouve le contraire.

- 8 -

Zach la laissa s'en aller. Il aurait pu la retenir, il aurait pu l'empêcher de passer et la forcer à le regarder droit dans les yeux, à regarder en face les sentiments qu'ils éprouvaient l'un pour l'autre, mais il savait qu'elle n'était pas prête pour un tel aveu. Lui-même n'était pas sûr d'y être prêt, et c'était aussi pour cela qu'il l'avait laissée partir.

Il n'arriverait pas à dormir en sachant qu'elle était dans son lit à l'autre bout du couloir. Il descendit et alla dans la cuisine, où sa mère mangeait une part de tarte au citron meringuée. Elle haussa les sourcils, l'air étonné, en le voyant entrer.

— Je n'arrive pas à croire que tu ne sois pas épuisé, dit-elle.

— Je *suis* épuisé, mais je n'arrive pas à dormir.

— Ce n'est pas étonnant, avec tout ce que tu as en tête.

Il sortit la tarte du réfrigérateur et s'en coupa une part.

— Je suis désolé de ne pas t'avoir prévenue, pour Emma.

— Si tu avais su que ta petite amie était enceinte et que tu ne nous l'avais pas dit, je serais furieuse, mais étant donné les circonstances, tu n'as pas à t'excuser.

Il n'avait jamais douté de l'amour inconditionnel

que lui portait sa mère. Il s'assit en face d'elle et prit une cuillerée de tarte en se disant qu'il avait vraiment de la chance d'avoir des parents aussi merveilleux.

A ce moment-là, elle lui demanda :

— Aimais-tu la mère d'Emma ?

Elle avait beau être merveilleuse, elle pouvait se montrer indiscrète…

— Maman…

— Je sais que l'amour n'est pas toujours nécessaire, ou même souhaitable, pour que deux personnes couchent ensemble, mais je me demandais ce que tu ressentais pour la mère de ton enfant.

— Je tenais à elle.

— Mais tu aimes Paige.

Il ne s'était avoué qu'il avait des sentiments pour Paige que récemment, il n'était pas encore prêt à donner un nom à ces sentiments. Au lieu de confirmer ou de nier ce que sa mère venait d'affirmer, il se contenta donc de dire :

— Je n'ai jamais rencontré quelqu'un comme elle. Elle est belle, intelligente, bienveillante et aimante. Elle est prête à changer de vie pour Emma, tu te rends compte !

Heather, elle, avait prétendu l'aimer mais elle n'avait pas fait le moindre compromis pour qu'ils aient un avenir ensemble.

— Alors il n'y a rien d'étonnant à ce que tu sois tombé amoureux d'elle, dit sa mère, mais que ressent-elle pour toi ?

— Tu veux dire que tu n'as pas deviné *ça* ? la taquina-t-il.

Elle sourit, mais son expression redevint vite sérieuse.

— Elle est réservée, dit-elle d'un air soucieux. Elle semble s'occuper très bien d'Emma, et elle l'aime beaucoup, c'est évident, mais en dehors de cela, ce n'est pas facile de savoir ce qu'elle pense ou ce qu'elle ressent.

— Tu as bel et bien tout compris, dit-il, songeur.

Sa mère secoua la tête.

— Elle est encore plus réservée avec toi, et je ne sais pas si c'est à cause d'Emma ou si elle a une autre raison d'être prudente.

— Mon métier lui pose problème, avoua-t-il.

Sa mère fronça les sourcils, perplexe.

— Pourquoi ?

— Je ne le sais pas vraiment, je sais seulement que son père travaillait dans l'armée et qu'elle a eu une enfance difficile.

— Et elle ne veut pas qu'Emma vive la même chose.

Il acquiesça d'un hochement de tête.

— Je la comprends.

— Je pensais que tu serais de mon côté.

— Je veux ce qu'il y a de mieux pour ma petite-fille.

Il sourit.

— Tu es persuadée que c'est ta petite-fille, hein ?

— Je l'ai su dès qu'elle a ouvert les yeux.

— J'ai ressenti la même chose la première fois que je les ai vus. J'étais stupéfait, complètement affolé, mais j'étais sûr et certain que j'étais bien son père.

— Paige n'est toujours pas convaincue, elle.

— Je crois que Paige ne veut pas admettre qu'Emma est ma fille parce qu'elle a peur de ce que cela pourrait impliquer d'un point de vue légal.

— Tu sais, si tu disais à Paige que tu voulais être avec elle autant que tu veux être avec ta fille, elle serait beaucoup moins inquiète.

— J'y travaille.

— Dans ce cas, je suis sûre que tout va s'arranger.

Le lendemain soir, ses parents organisèrent un dîner de famille pour fêter le retour de Zach, ce qui donna à Paige l'occasion de rencontrer le reste de la fratrie.

Lauryn, la sœur de Zach, était accompagnée de son mari, Sam, et de leurs fils, Regan et Shane, qui avaient respectivement quatre ans et deux ans et demi. Paige se rappelait que Lauryn était médecin, et elle apprit au cours de la conversation que son mari était anesthésiste et qu'ils s'étaient rencontrés à l'hôpital. Jocelyn, elle, était professeur à l'université, et Luke, son petit ami, était comptable. Hayden arriva la dernière, ce qui était étonnant car elle était la seule à vivre encore chez ses parents. Paige était dans la cuisine, en train de couper des légumes en morceaux, quand elle arriva.

— Ça sent bon ! dit-elle en embrassant sa mère, qui se tenait devant la cuisinière.

— C'est du poulet au parmesan, dit Kathleen.

— Miam, mon plat préféré !

— Tout est ton plat préféré, du moment que tu n'as pas à le cuisiner.

— C'est vrai.

Hayden prit un morceau de concombre sur la planche à découper qu'elle était en train d'utiliser. Sa mère lui donna une petite tape sur la main.

— Attends d'être à table, comme tout le monde.

— Quand est-ce qu'on mange ?

— Nous serions déjà à table si tu étais arrivée plus tôt pour nous aider.

— Je vais mettre le pain à table, dit Hayden en s'éloignant avec la corbeille.

Kathleen soupira.

— Parfois je me demande ce que j'ai fait pour avoir une fille aussi mal élevée.

Elle mit les légumes dans le saladier, avec la laitue.

— J'espère élever Emma ne serait-ce qu'à moitié aussi bien que vous avez élevé vos enfants.

La mère de Zach sourit.

— Je sais que je n'ai pas à me plaindre, mais je ne peux pas m'empêcher de me faire du souci pour elle, pour eux tous, à vrai dire. Je suis sûre que vous êtes inquiète vous aussi, pour Emma.

Elle haussa les épaules, un peu gênée.

— Je ne suis pas la vraie mère d'Emma, se sentit-elle obligée de lui rappeler.

— Vous l'êtes, maintenant, pour tout ce qui est important, dit Kathleen avant d'appeler tout le monde à table.

Comme toutes les réunions de famille chez les Crawford, le dîner fut bruyant. Ils fêtèrent aussi le premier anniversaire d'Emma, tardivement. Zach n'avait pas dit à Paige ce qu'il prévoyait, car il avait voulu que ce soit une surprise pour elle aussi.

— Je sais que ce n'est pas vraiment son anniversaire, lui dit-il en regardant Emma prendre une grosse fleur rose en sucre glace sur le gâteau, mais je voulais organiser quelque chose de spécial pour elle, parce que je n'étais pas là le jour de son premier anniversaire.

— C'est réussi, dit Paige.

— C'est vrai, je crois qu'elle s'amuse.

— Elle est au centre de l'attention et elle s'est gavée de gâteau, bien sûr qu'elle s'amuse !

Alors que Paige observait Emma, il remarqua qu'elle-même n'avait pas touché à la part de gâteau dans son assiette.

— C'est très gentil de ta part de t'être donné tout ce mal.

— Ce n'est pas grand-chose.

— Tu plaisantes ? Les ballons, les petits chapeaux, les cotillons et le gâteau… sans parler des cadeaux que vous lui avez tous faits. Je comprends mieux ce que c'était que toutes ces mystérieuses courses, ce matin.

— Eh bien, quel genre d'anniversaire serait-ce sans une fête digne de ce nom ?

Elle sourit, mais il vit une ombre passer dans ses yeux.

— Peux-tu me promettre quelque chose ?

— Bien sûr, répondit-il sans hésiter, prêt à lui promettre la lune.

— Promets-moi de ne jamais oublier son anniversaire.

— Evidemment que je ne l'oublierai jamais !

Il était stupéfait de constater qu'elle puisse craindre que cela se produise.

— Je suis sérieuse, Zach. Je sais que tu ne pourras pas toujours être là pour le fêter avec elle, mais où que tu sois, quoi que tu fasses, essaie au moins de l'appeler, de lui dire que tu penses à elle.

Il comprit à la gravité de son ton qu'elle ne pensait pas seulement à Emma, et même s'il soupçonnait déjà qu'elle avait eu des relations conflictuelles avec son père, il lui semblait maintenant évident qu'elle avait été profondément marquée par l'indifférence de ce dernier.

— Je te promets qu'Emma ne doutera jamais de mon amour pour elle.

Elle hocha la tête, visiblement satisfaite.

Lui-même était loin d'être satisfait : elle avait éveillé sa curiosité, et il avait de plus en plus envie d'en savoir davantage sur son passé.

Le lendemain, Paige décida d'accepter la proposition de Hayden de visiter le vignoble avec elle. Cependant, la petite sœur de Zach fut obligée de s'absenter, et ce fut Justin Crawford qui la remplaça.

La première fois qu'elle l'avait vu, Paige s'était dit qu'elle avait devant elle l'homme que deviendrait Zach dans vingt-cinq ans. Comme son fils, Justin était grand et bien bâti. Il avait quelques rides et les cheveux légèrement grisonnants, mais il était bel homme et absolument charmant.

Il reprit là où sa fille s'était arrêtée, mais alors que Hayden s'en était tenue au fait, Justin mêla des anecdotes à l'histoire de la fabrication du vin.

— Nous faisons du vin depuis quatre générations, dit-il fièrement.

— Cela doit être agréable d'avoir quelque chose à léguer à ses enfants.

— C'est une responsabilité autant qu'un héritage, et pendant un moment, Kathleen et moi n'étions pas sûrs que les enfants en veuillent. Zach a toujours voulu être pilote, Lauryn était née pour être médecin, et Jocelyn voulait déjà être professeur quand elle était petite. Quant à Hayden, eh bien, disons qu'il y a une période où Kathleen et moi pensions que son seul but dans la vie était de nous faire faire des cheveux blancs, et brusquement, alors que nous commencions à croire qu'elle ne trouverait jamais sa voie, elle est rentrée de l'université un soir et nous a dit « Je veux faire du vin ». Au début, je n'étais pas sûr que ce soit ce qu'elle avait vraiment envie de faire, j'avais peur qu'elle ait seulement choisi la solution de facilité.

— C'est difficile à imaginer, quand on voit à quel point son métier la passionne.

— Oui, et j'en suis ravi, j'aurais été vraiment malheureux de voir près de cent ans de labeur disparaître en prenant ma retraite.

— Vous passez beaucoup de temps au château pour quelqu'un qui est censé être à la retraite.

Il rit.

— Vous, vous avez parlé à ma femme !

— C'est vrai, avoua-t-elle, mais à ce que je vois, elle travaille autant que vous.

— C'est difficile d'abandonner quelque chose que l'on a fait toute sa vie.

A ce moment-là, Hayden sortit de son bureau et s'approcha d'eux.

— Personne ne t'a demandé d'abandonner, dit-elle, mais ce serait bien que tu lèves un peu le pied.

— Nous allons te laisser tranquille pendant deux semaines entières en novembre, lui rappela-t-il.

— Où allez-vous en novembre ? demanda Paige.

— Kathleen et moi partons en croisière en Méditerranée pour fêter notre quarantième anniversaire de mariage.

— Quarante ans de mariage, dit-elle d'un ton songeur. Cela se fête, effectivement !

— S'il vit assez longtemps pour cela, grommela Hayden. Je vais peut-être lui donner un coup de bouteille sur la tête et cacher son corps dans un fût en chêne, d'ici là.

— Tu ne ferais jamais une chose pareille, dit son père avec assurance, tu ne voudrais pas risquer de contaminer le vin.

Hayden sourit.

— Exact, et je ne voudrais pas non plus le faire avant le concours du *San Francisco Chronicle*, je veux te voir lever ton verre en l'honneur de la Cuvée Hayden, sur laquelle tous les juges vont s'extasier.

— Je lèverai mon verre avec plaisir, du moment qu'il est rempli d'un bon merlot.

Hayden secoua la tête et s'éloigna. Justin rit.

— J'ai raté quelque chose ? demanda Paige.

— Elle expérimente un nouveau millésime.

— Et vous désapprouvez ?

— Au contraire ! Je suis content et fier de ce qu'elle fait, mais quand Hayden a eu cette idée, elle voulait que ce soit moi qui m'en charge. Je voulais qu'elle ait assez confiance en elle pour le faire toute seule, et maintenant, ça y est. Elle est devenue une vraie viticultrice. Bien sûr, une carrière ne définit pas complètement une personne, mais c'est l'une des clés d'une vie heureuse.

— La première fois que j'ai vu Zach, il était en uniforme, et je croyais que cet uniforme le définissait, justement, mais je me suis rendu compte en le voyant ici, avec vous tous, que je m'étais trompée.

Elle s'était aussi rendu compte que l'homme qu'il était vraiment lui plaisait. Elle aimait son affection évidente pour sa famille, son dévouement et son côté responsable, son sens de l'humour. Il était beaucoup plus profond que ce à quoi elle s'était attendue, et ses sentiments pour lui étaient de plus en plus compliqués.

Depuis qu'on lui avait confié Emma, elle n'avait pas eu le temps ou l'énergie de sortir pour rencontrer quelqu'un. D'ailleurs, les amourettes et les relations sans lendemain ne lui avaient pas manqué, et elle n'avait pas eu de relation sérieuse depuis qu'elle s'était remise de sa rupture avec Matt Sanders.

Les sentiments qu'elle éprouvait pour Zach étaient déjà plus forts et plus profonds que ce qu'elle avait ressenti pour n'importe quel autre homme, et elle savait qu'elle risquait de s'attacher non seulement à lui, mais aussi à sa famille, si elle ne prenait pas garde.

— De la même manière, reprit Justin, l'arrachant à ses pensées, je suis sûr qu'être avocate ne vous définit pas entièrement.

— Cela a d'ailleurs beaucoup moins d'importance qu'avant.

Il hocha la tête.

— Je n'imagine pas comme cela a dû être dur pour vous de vous occuper d'un enfant en ayant une carrière aussi prenante.

— Il y a des jours où je regrette de ne pas m'être spécialisée dans le droit des entreprises plutôt que dans le droit de la famille : je rentre chez moi, je retrouve Emma, et je ne comprends pas comment certains parents se laissent tellement absorber par leurs différends qu'ils en oublient ce qui est bon pour les enfants.

— Etes-vous compétente dans d'autres domaines du droit ? demanda Justin d'un air intéressé.

— Pourquoi ? Avez-vous besoin d'un avocat ?

Il sourit.

— Non, mais j'ai un ami dont le fils recherche un nouvel associé pour son cabinet.

Cela la touchait beaucoup qu'il envisage de la recommander.

— Mais… Je ne suis même pas habilitée à exercer en Californie.

— Que faudrait-il que vous fassiez pour y être autorisée ?

— Il faudrait que je sois admise au barreau de l'Etat.

— Ce serait difficile ?

— Oui, assez.

— Eh bien, je voulais juste émettre cette idée. Nous serions très heureux de pouvoir vous voir régulièrement, vous et votre petite fille.

Après avoir visité le vignoble, Paige alla jouer avec Emma dans la piscine. La mère de Zach rentra d'un déjeuner avec un client alors qu'elles se séchaient. Quand elle vit Emma se frotter les yeux d'un air somnolent, elle demanda à Paige si elle pouvait aller la mettre en pyjama pour la sieste. Comme Kathleen s'était montrée courtoise et prévenante depuis leur arrivée, Paige ne put refuser.

Elle se retrouva donc seule avec ses pensées. Elle était toujours en maillot de bain quand Zach arriva quelques minutes plus tard. Elle jeta un coup d'œil à la chaise sur laquelle elle avait posé sa serviette, mais elle savait qu'elle ne ferait qu'attirer l'attention sur elle si elle donnait l'impression de chercher à se couvrir. De plus, son deux-pièces noir était assez décent.

Du moins, c'était ce qu'elle croyait, jusqu'à ce que Zach la déshabille du regard.

— Tu t'es baignée ?

Elle hocha la tête.

— Emma adore l'eau.

— Où est-elle ?

— Elle fait la sieste.

Il s'assit à côté d'elle et lui donna un petit coup d'épaule affectueux.

— Tu veux qu'on aille se baigner tout nu ?

— Non, mais merci de me l'avoir proposé, répondit-elle d'un ton pince-sans-rire.

— Je ne voulais pas dire maintenant, mais plus tard, quand il fera nuit et que…

La lueur amusée disparut de son regard lorsqu'il s'aperçut qu'elle avait les larmes aux yeux.

— Que s'est-il passé, Paige ? Qu'y a-t-il ?

Elle se hâta d'essuyer une larme qui avait coulé sur sa joue.

— Rien.

— Je sais que je ne te connais pas très bien, mais je ne crois pas que tu sois le genre de femme qui pleure pour *rien*.

Elle soupira.

— Tes parents…

— Que s'est-il passé ? l'interrompit-il. Est-ce que l'un d'eux a dit quelque chose qui t'a blessée ?

Son empressement à la défendre la fit sourire, même si ses yeux étaient toujours pleins de larmes.

— Non, personne ne m'a rien dit de blessant. Tes parents sont… merveilleux.

Il fronça les sourcils, visiblement perplexe.

— Alors où est le problème ?

— C'est justement *ça*, le problème.

— D'accord, cette fois je suis vraiment perdu.

— Toute ta famille est extraordinaire.

— Eh bien, c'est ce que j'ai toujours pensé, dit-il d'un ton un peu hésitant.

— Ils adorent Emma.

— Elle fait partie de la famille.

Sa réponse était simple et sincère, et elle savait que c'était vrai. Dès l'instant où Kathleen et Justin avaient posé les yeux sur la petite fille, ils l'avaient acceptée et aimée.

— C'est réellement aussi facile que cela pour eux, n'est-ce pas ? demanda-t-elle, émerveillée.

— Pourquoi as-tu l'air aussi étonnée ?

Elle haussa négligemment les épaules.

— Tout le monde n'accorde pas autant d'importance aux liens du sang.

Sa mère l'avait abandonnée alors qu'elle n'avait que sept ans, son père l'avait mise à la porte quand elle avait eu quinze ans, et, même si sa tante Lillian l'avait accueillie, elle avait toujours eu peur qu'elle l'ait fait par devoir plus que par affection.

— Je présume que tu fais allusion à ton père, dit Zach.

— Mon père n'a jamais cherché à cacher que son travail passait avant tout.

Elle espérait qu'il s'en tiendrait à cela, mais il demanda :

— As-tu l'intention de me dire ce qui s'est passé ?

— Quand ?

— Quand tu es allée vivre à Pinehurst.

— Qu'est-ce qui te fait croire qu'il s'est passé quelque chose ? Peut-être que mon père a simplement décidé qu'il était temps que j'aie un environnement plus stable que celui qu'il pouvait m'apporter.

— C'est ce qui s'est passé ?

Elle soupira.

— Non.

Il attendit en silence, et sa patience lui donna le courage de lui confier ce qu'elle n'avait jamais dit à personne.

— On m'a trouvée dans une situation délicate avec un sous-lieutenant. Pour parler plus crûment, son capitaine nous a surpris tout nus, et il nous a menacés de signaler la conduite inconvenante de l'officier en question, mais aussi de déposer une plainte contre lui à cause de mon âge. C'est à ce moment-là que mon père est intervenu, il a dit qu'il n'allait pas ruiner une carrière prometteuse parce que j'étais une pute, une petite allumeuse pas assez maligne pour savoir quand elle allait trop loin.

Elle se leva, alla chercher sa serviette et s'enveloppa dedans. Elle se sentait exposée au regard de Zach. Il se leva et s'approcha d'elle.

— Quel âge avais-tu ? demanda-t-il, les dents serrées.

Elle baissa la tête, regarda fixement ses pieds.

— Quinze ans.

Il lui prit le menton, la força à le regarder.

— Quel âge avait-il ?

— Vingt-deux ans, murmura-t-elle.

Les yeux de Zach lançaient des éclairs de colère.

— Et c'est à *toi* que ton père a reproché ce qui s'était passé ?

— Je n'étais pas là en spectatrice innocente.

— Tu n'étais qu'une enfant !

Rétrospectivement, elle savait que c'était vrai, mais à l'époque, elle avait cru être une vraie femme, et avait été flattée de savoir qu'un sous-lieutenant de vingt-deux ans s'intéressait à elle.

— J'étais une adolescente rebelle.

C'était vrai, et elle n'avait toujours pas réussi à se débarrasser du sentiment qu'elle était responsable de tout ce qui s'était passé avec Matt et de la dégradation des relations entre son père et elle.

— Tu cherchais désespérément à attirer l'attention de ton père.

— Eh bien, j'ai fini par y arriver.

— Et il t'a mise à la porte.

Elle hocha la tête, le cœur lourd comme si c'était arrivé la veille.

— Qu'est-il arrivé au sous-lieutenant ? demanda Zach.

— Dès que mon père a été convaincu que Matt comprenait qu'il ne fallait pas mettre sa carrière en péril pour « une paire de fesses », comme il l'a formulé, répondit-elle en rougissant, il l'a promu.

— Je suis désolé de dire ça, dit Zach d'un ton dur, mais ton père est vraiment un salaud.

— Il est éminemment respecté, il est colonel et il a été décoré.

— Il n'en est pas moins un salaud.

Zach était tellement catégorique… Elle ne s'était pas attendue à ce qu'il soit aussi compréhensif et, à sa grande honte, elle se mit à pleurer.

Elle ne pleura pas silencieusement, non : elle éclata en sanglots comme elle avait eu envie de le faire à quinze ans, quand son père l'avait réprimandée vertement après lui avoir mis une gifle. Elle avait retenu ses larmes, à l'époque, elle n'avait pas voulu lui faire le plaisir de sangloter.

Maintenant, en revanche, elle ne pouvait plus s'arrêter. Il n'essaya pas de la calmer en lui murmurant des banalités, il se contenta de la prendre dans ses bras et de la serrer contre lui.

— Personne d'autre ne sait ce qui s'est passé ce jour-là, dit-elle enfin, pas même Ashley et Megan. Je ne l'ai jamais dit à personne, je ne pouvais pas… J'avais peur que les gens pensent que tout était de ma faute, ou peut-être que je croyais que c'était de ma faute, au fond.

— Et maintenant ? demanda-t-il avec douceur.

— Maintenant…

Elle se sentait soulagée d'avoir enfin pu raconter cette histoire, de s'être débarrassée d'un peu de la culpabilité et du chagrin qui l'accablaient depuis si longtemps.

— Maintenant, je sais que c'était une erreur, ni plus ni moins, et même si je pouvais revenir en arrière, je n'agirais pas autrement, parce que c'est grâce à ce dernier conflit avec mon père que je suis venue vivre à Pinehurst avec ma tante Lillian et mes cousines.

— Je suis désolé que tu aies dû traverser tout cela.

Elle sourit.

— Tu sais, la première fois que je t'ai vu, je voulais vraiment que tu sois un sale type, toi aussi.

Il haussa les sourcils, perplexe.

— Pourquoi ?

— Parce que cela m'aurait autorisée à tout faire pour garder Emma, mon comportement aurait été juste et intègre.

— Tu fais ce que tu estimes être le mieux pour Emma, et *ça*, c'est juste et intègre.

Elle leva les yeux vers lui, se demandant s'il était possible qu'il comprenne vraiment ses motivations.

— Même si cela fait de nous des adversaires au tribunal ?

— Pourquoi n'oublierions-nous pas un peu tout cela ?

Elle fronça les sourcils, l'air grave.

— Je ne suis pas sûre que ce soit possible.

— Nous pouvons toujours essayer. D'ailleurs, j'ai une idée qui devrait nous y aider.

— Quel genre d'idée ? demanda-t-elle avec méfiance.

— Je me suis aperçu que tu n'avais pas eu l'occasion de voir ce qu'il y a derrière les portes du domaine, depuis que nous sommes arrivés.

— Cela ne fait que quelques jours que nous sommes là, et d'ailleurs nous sommes là pour que ta famille connaisse Emma, pas pour que je fasse du tourisme.

— Peut-être, mais j'aimerais quand même t'emmener quelque part, ce soir.

Elle était abasourdie.

— Ah ?

Zach sourit.

— Je voudrais t'inviter au restaurant, sans ma famille, qui est bien intentionnée mais indéniablement envahissante, et sans Emma pour donner des grands coups de gobelet et de cuillère sur sa chaise haute.

— Tu veux dire… juste nous deux ?

Il acquiesça d'un hochement de tête.

— Mes parents seront ravis de garder Emma.

— Pourquoi ? demanda-t-elle avec prudence.

— Parce qu'elle est adorable.

Elle leva les yeux au ciel.

— Je veux dire, pourquoi veux-tu m'emmener au restaurant ?

— Parce que je trouve que nous méritons tous les

deux quelques heures de répit, et parce que je connais un restaurant fabuleux qui te plairait beaucoup.

— Je ne sais même plus quand je suis sortie pour la dernière fois, avoua-t-elle.

— Dans ce cas, c'est que cela fait bien trop longtemps.

— Je me sentirais coupable de laisser Emma…

— Mes parents ont *envie* de passer du temps avec elle, et ils s'occuperont très bien d'elle.

— Je le sais, mais…

— Laisse-moi faire cela, Paige…

Zach lui prit les mains, entrelaçant ses doigts aux siens. Son étreinte était ferme, rassurante.

—… pour te remercier de tout ce que tu as fait pour Emma, pour te remercier d'avoir veillé à ce qu'elle se sente aimée quand elle a perdu sa mère. Laisse-moi faire cela pour toi.

Elle hésitait encore. Elle avait peur de vouloir bien plus que ce qu'il lui offrait.

— D'accord, dit-elle enfin. A quelle heure ?

- 9 -

Paige examina le contenu du placard dans lequel elle avait rangé ses vêtements, et se rendit compte que son choix de tenue pour aller dîner avec Zach était limité. Elle pouvait toujours mettre son pantalon gris foncé et son cache-cœur, ce serait déjà une nette amélioration par rapport aux jeans et aux T-shirts qu'elle portait depuis son arrivée. Devant la seule robe qu'elle avait apportée, elle hésita. Elle ne savait toujours pas pourquoi elle s'était laissé persuader par Ashley de la mettre dans sa valise. Puisqu'elle était là, elle n'avait qu'à la porter !

Elle enleva la robe du cintre, le cœur battant. Cela faisait longtemps qu'elle ne s'était pas pomponnée pour sortir avec un homme, et même si Zach et elle avaient veillé à ne pas parler de *rendez-vous* concernant le dîner, c'en était bien un. Elle enfila la robe, à la fois surexcitée et nerveuse. C'était une robe fourreau qui lui arrivait aux genoux, à l'encolure carrée. Elle était simple, élégante, et avait quand même un petit côté sexy.

Elle resta jambes nues et mit la paire de sandales qu'Ashley avait glissée dans sa valise, avec la robe. Puis elle se maquilla, mit un trait d'eye-liner, un peu de mascara et une touche de rouge à lèvres.

Elle descendit dans l'entrée à 7 heures moins dix.

Elle avait trop peu de temps libre pour se permettre de se faire désirer et, d'ailleurs, elle voulait voler quelques minutes avec Emma avant de s'en aller. Quand elle l'aperçut dans les bras de Zach qui l'attendait, elle sentit son ventre se nouer. Redoutait-elle de laisser Emma, ou de se retrouver seule avec Zach ?

— Paige ! s'écria Emma en la voyant, les bras tendus vers elle.

Paige lui sourit et lui tendit elle aussi les bras. Alors que Zach lui donnait l'enfant, le dos de sa main frôla son sein. C'était fugace et involontaire, mais une vague de désir la submergea aussitôt.

— Désolé, marmonna Zach.

Elle ne répondit pas, mais sentit ses joues devenir cramoisies. Peut-être refusait-elle l'idée qu'elle avait envie de lui, mais apparemment son cerveau et son corps étaient en désaccord.

— Paige joue ? demanda Emma.

Elle fit non de la tête.

— Je suis désolée, ma chérie, je ne peux pas jouer avec toi maintenant, je sors avec Zach.

Le petit front d'Emma se plissa.

— Paige joue avec Ach ?

Ah, ça oui ! Cette seule pensée suffit à la faire rougir encore davantage. Elle garda les yeux fixés sur la petite et espéra que Zach ne devinait pas ce qu'elle avait en tête.

— Non, chérie, répondit-elle, nous allons au restaurant.

La lèvre inférieure d'Emma tremblota, mais, avant qu'elle ne se mette à pleurer, la mère de Zach arriva dans l'entrée et lui dit qu'elle avait besoin d'elle pour préparer les glaces qu'elles mangeraient en regardant un film, et Emma fut ravie de la suivre dans la cuisine.

— Nous avons évité le pire ! dit Zach avec un sourire dès qu'ils furent seuls.

Cependant, son sourire la troublait tellement qu'elle se demanda s'ils avaient *vraiment* évité le pire…

Zach sentait bien que Paige appréhendait un peu d'être seule avec lui. Il s'efforça donc de rester décontracté et, au cours du repas, elle se détendit peu à peu. Quand ils eurent terminé leur dessert, elle se mit à pianoter la table du bout des doigts, au rythme de la musique.

Quand elle s'aperçut qu'il regardait sa main, elle s'arrêta.

— Emma adore cette chanson, expliqua-t-elle.

— Emma l'adore ?

Elle rougit.

— Je l'ai sur mon iPod, avoua-t-elle, et quand elle l'entend, elle se met à danser, et quand la chanson est finie, elle dit « Encore, encore ».

Il sourit.

— Tu danses avec elle ?

Elle rougit encore davantage.

— Parfois.

— Veux-tu danser avec moi ? demanda-t-il tout à trac.

La question sembla l'étonner.

— Quoi ?

— J'ai dit, veux-tu danser avec moi ?

— Pourquoi ?

— Parce qu'à en juger par la façon dont tu tapes du pied en rythme, tu préférerais sûrement danser là-bas, dit-il en indiquant la piste de danse d'un mouvement de la tête.

— Peut-être, mais…

— Il n'y a pas de « mais ».

Il se leva et lui tendit la main.

Paige se laissa entraîner sur la piste de danse, tout en se disant que, si cela faisait longtemps qu'elle n'était pas sortie avec un homme, cela faisait encore plus longtemps qu'elle n'avait pas dansé.

Il la serra contre lui alors que la chanson se terminait et que commençait une ballade d'Aerosmith. Elle n'aurait pas dû éprouver de l'attirance pour lui. La raison voulait qu'elle ne s'attache pas à quelqu'un susceptible de lui briser le cœur, comme le ferait Zach s'il lui prenait Emma, mais son désir pour lui était tellement fort qu'elle ne pouvait penser à rien d'autre lorsqu'il était près d'elle.

Le bras autour de sa taille, il la tenait tout contre lui, et elle fut soudain incapable de comprendre comment quelque chose d'aussi agréable aurait pu être mauvais pour elle.

Elle s'abandonna donc à la sensation délicieuse qui se répandait en elle comme une drogue, et qui ne faisait qu'accroître son désir.

A l'instant où Paige avait fait son apparition dans le hall d'entrée, chez ses parents, Zach avait eu envie de la toucher, de la serrer contre lui, comme il le faisait en ce moment même.

Il avait l'impression qu'elle était à sa place entre

ses bras, et elle suivait ses pas naturellement, comme s'ils avaient toujours dansé ensemble. Il se surprit à se demander s'ils trouveraient un rythme aussi spontané et aussi parfait s'ils faisaient l'amour. Car il avait envie de lui faire l'amour… Il avait envie de l'emmener loin de la foule, et de la déshabiller lentement.

Il n'y avait rien d'étonnant à ce qu'il la trouve si attirante : c'était une belle femme. Cependant, il le savait, il serait imprudent de céder à cette attirance. Paige était la tutrice de sa fille, la femme qui avait l'intention de se battre contre lui pour conserver la garde d'Emma… Pourtant, cela ne changeait rien à l'effet qu'elle lui faisait.

Un autre couple de danseurs, visiblement absorbés l'un par l'autre, heurta Paige. Elle se retrouva projetée contre lui, et la sensation de ses seins pressés sur son torse le troubla tellement qu'il retint un gémissement. Si jamais elle ne s'était pas encore aperçue qu'il était excité, elle allait maintenant s'en rendre compte.

Elle leva les yeux vers lui et il lut la surprise dans son regard, puis un désir aussi intense que le sien.

Elle détourna les yeux.

— Il est tard.

— Pas si tard que cela.

— Nous avons beaucoup de route à faire, nous devrions rentrer.

— Si c'est ce que tu veux.

Elle le regarda de nouveau, et il vit qu'elle hésitait.

— J'essaie d'être raisonnable, Zach.

— Pourquoi crois-tu que c'est raisonnable d'ignorer l'attirance que nous ressentons l'un pour l'autre ?

— Parce que je ne veux pas de cela.

Il la serra contre lui.

— Tu en es sûre ?

— Zach…

Le ton de Paige était presque suppliant.

— Allons-y, dit-il au bout de quelques instants.

Ils ne parlèrent pas beaucoup pendant le trajet du retour, mais la tension sexuelle entre eux était presque palpable. Quand ils arrivèrent, elle avait envie de mettre de la distance entre eux, mais, alors qu'ils se dirigeaient vers la maison, elle s'efforça de ne pas se précipiter. Elle ne voulait pas que Zach sache qu'elle fuyait, elle ne voulait pas qu'il devine qu'elle avait peur, non pas de lui, mais de ses propres sentiments.

D'une façon ou d'une autre, Zach dut sentir son trouble, car il s'arrêta devant la porte, la clé à la main, et se tourna vers elle.

— Nous n'avons rien fait de mal, Paige.

— Je n'ai pas dit cela.

— J'ai passé une très bonne soirée, j'ai adoré danser avec toi, te prendre dans mes bras.

Elle ne dit rien.

— Je pensais que tu avais passé une bonne soirée, toi aussi.

— J'ai passé une très bonne soirée, mais je pense simplement que nous ne devons pas oublier que nous sommes dans des camps opposés.

— Je n'en suis pas si sûr. Après tout, nous voulons tous les deux ce qu'il y a de mieux pour Emma.

— Nous ne sommes pas d'accord sur ce que c'est, c'est tout.

Il fit un pas vers elle.

— Je ne vois pas en quoi cela nous empêcherait d'être amis.

— Je ne vois pas d'inconvénient à ce que nous soyons amis, je crois juste que nous devrions éviter de danser ensemble, à l'avenir.

— Devons-nous aussi éviter de nous embrasser ?

Instinctivement, elle regarda sa bouche. Elle n'avait pas oublié le seul baiser qu'ils avaient échangé, elle n'avait pas cessé de vouloir plus, mais elle savait depuis bien longtemps que l'on ne pouvait pas toujours avoir ce que l'on voulait.

— Absolument, répondit-elle d'une voix un peu rauque.

— Parce que tu n'as pas aimé notre premier baiser ?

Elle posa les mains sur son torse pour l'empêcher d'avancer davantage.

— Précisément parce que je l'ai aimé.

Elle s'apprêtait à entrer, mais il lui attrapa le bras pour la retenir.

— Bon sang, Paige, tu ne peux pas dire quelque chose comme cela et t'en aller !

— Tu es le père d'Emma, Zach, et la mère d'Emma était l'une de mes meilleures amies.

— J'ai été l'amant d'Olivia, et je ne vais pas m'en excuser alors que la petite fille que nous aimons tous les deux ne serait pas là si je n'avais pas connu Olivia, mais je peux te dire en toute honnêteté que je n'ai jamais ressenti pour elle ce que je ressens pour toi.

Il l'embrassa sans plus attendre, et elle pouvait sentir dans ce baiser toute sa colère, sa frustration et sa passion. Les jambes flageolantes, elle se cramponna à ses biceps. En gémissant, elle s'abandonna dans ses bras, et le baiser de Zach se fit moins impétueux, plus tendre, plus doux, tandis qu'il la serrait contre lui. Brûlante de désir, elle s'imprégna de son parfum viril, enivrant…

Peut-être était-ce parce qu'elle avait eu peur de réagir ainsi qu'elle avait lutté si longtemps contre son attirance pour lui.

Sans cesser de l'embrasser, il lui passa les doigts dans les cheveux, la forçant à incliner la tête en arrière.

Finalement, il détacha ses lèvres des siennes et dit :

— Viens dans ma chambre avec moi.

— Oui, répondit-elle simplement.

Sans ajouter un mot, Zach prit Paige par la main et entra dans la maison avec elle. Il la désirait comme il n'avait jamais désiré aucune femme. Il voulait sentir son propre corps au-dessus du sien, dans le sien, il voulait la prendre, la posséder…

Alors qu'ils entraient dans sa chambre plongée dans l'obscurité, il savait qu'il aurait pu lui faire l'amour là, contre la porte, il savait qu'elle se serait laissé faire, mais il voulait beaucoup plus avec la femme qui le rendait fou depuis des semaines, et elle méritait beaucoup plus. Il se força donc à contenir ses élans, à savourer l'instant présent, le plaisir qu'il ressentait avec cette femme exceptionnelle…

Sa femme. Alors même qu'il se demandait d'où lui était venue cette possessivité inattendue, il sut qu'à partir de ce moment précis, Paige était sienne.

Il lui enleva sa robe, ne lui laissant que ses sous-vêtements de dentelle noire, puis il la prit dans ses bras et l'allongea sur le lit. Ses cheveux formaient un halo cuivré autour de sa tête, ses yeux étaient sombres, insondables, et ses lèvres légèrement entrouvertes.

Il se débarrassa rapidement de ses propres vêtements, puis chercha à tâtons dans le tiroir de la table de chevet. Il jura tout bas.

— Qu'y a-t-il ? demanda Paige.

Il se sentait parfaitement stupide. Maintenant qu'elle était dans son lit, nue et toute disposée à faire l'amour avec lui, il n'était pas prêt.

— Je n'ai pas de préservatif, avoua-t-il.

Elle s'écarta un peu de lui et attrapa son sac à main.

— Moi, oui.

— Je ne savais pas que tu t'attendais à ce qui se passe ce soir, dit-il en prenant le préservatif qu'elle lui tendait.

— Je ne m'y attendais pas, dit-elle, visiblement choquée qu'il puisse suggérer une chose pareille, mais il vaut toujours mieux être prêt.

Il la serra contre lui.

— Eh bien, je suis ravi que tu sois prête, et je t'en suis aussi très reconnaissant.

— A quel point ?

— Laisse-moi te montrer à quel point.

Il lui fit lever les deux bras au-dessus de sa tête et lui maintint les poignets d'une main. De l'autre main, il lui retira son soutien-gorge, avant de refermer la bouche sur l'un de ses tétons. Elle poussa un gémissement et se cambra. Il continua à la tourmenter, passant la langue sur ses seins, d'un téton à l'autre, se laissant guider par ses petits cris de plaisir.

Sans lui lâcher les mains, il descendit un peu plus bas, sur son ventre. Elle se débattit pour se libérer de son étreinte, brûlant du désir de le toucher à son tour. Quand il lui lâcha enfin les poignets, elle tendit les bras vers lui pour poser les mains sur son corps, sentir la chaleur de sa peau sous ses paumes. Elle lui caressa le torse, savourant le délicieux contraste entre la douceur de sa peau et la fermeté de ses muscles. D'un mouvement rapide, il lui enleva sa culotte et la jeta par terre.

« Maintenant », pensa-t-elle, impatiente de le sentir la pénétrer.

Cependant, il semblait avoir une autre idée en tête. Il lui écarta les cuisses et baissa la tête, la caressant avec sa langue. A peine eut-il commencé qu'une vague de plaisir déferla sur elle. Ses mains, qu'elle avait posées sur les épaules de Zach, retombèrent mollement sur le matelas.

— Zach, gémit-elle d'un ton plaintif.

Il ne s'arrêta pas. Il la caressa encore, avec sa langue, avec ses doigts, et elle dut se mordre la lèvre inférieure pour retenir un cri. Elle n'aurait pas cru cela possible, mais le deuxième orgasme fut encore plus intense que le premier, et tout son corps vibrait encore de plaisir quand il se plaça enfin au-dessus d'elle pour la pénétrer.

Elle pensait n'avoir plus d'énergie, n'avoir plus rien à donner, mais, alors que leurs deux corps bougeaient en rythme, elle découvrit qu'elle se trompait.

Elle avait déjà fait l'amour, de nombreuses fois et avec différents partenaires, et elle n'avait pas honte de reconnaître qu'elle aimait le sexe ; mais elle n'avait jamais fait l'amour avec quelqu'un qui faisait naître en elle un désir aussi violent, quelqu'un qui lui faisait ressentir tant de choses. Ce n'était pas une simple question de satisfaction, bien que chacune des caresses de Zach la fasse frémir. Elle se sentait liée à lui, elle n'avait jamais ressenti cela pour personne d'autre.

Lorsqu'il jouit, il l'embrassa de nouveau, tremblant de tout son corps, et elle se rendit compte que ce n'était pas seulement leurs corps qui avaient fusionné, mais aussi leurs âmes.

Ou peut-être se faisait-elle des illusions…

Il lui effleura la bouche du bout des lèvres. Maintenant que leur désir avait été satisfait, du moins pour le moment, ils échangèrent un baiser plus tendre que passionné, et cette douceur l'émut profondément.

Elle n'était pas le genre de femme contre laquelle un homme se blottissait après avoir fait l'amour, et elle savait que c'était sa faute, car, même si elle reconnaissait avoir des pulsions sexuelles, comme tout le monde, elle ne recherchait pas d'intimité, n'en avait pas besoin. Elle était forte et indépendante, elle tenait à sa vie privée et à sa liberté.

Cependant, elle n'avait plus assez d'énergie pour s'écarter de lui, pour renoncer à la chaleur de son étreinte et aller se glisser dans son propre lit, vide et glacé.

Elle se serra donc contre lui, et s'endormit en écoutant les battements de son cœur sous sa joue.

- 10 -

Zach se réveilla avec un sentiment de satisfaction qu'il n'avait pas éprouvé depuis très longtemps, et il savait que cela était dû à la présence de Paige à ses côtés.

Il était tenté de lui montrer sa reconnaissance en lui caressant le dos ou en déposant un baiser sur son front, mais il se retint, car quelque chose lui disait que le moindre mouvement la réveillerait et, malgré l'incroyable passion qui les avait animés pendant la nuit, il savait que l'aube apportait souvent des reproches et des regrets. Il ne voulait pas qu'elle regrette ce qu'ils avaient vécu, mais il ne pouvait nier que cette nuit passée ensemble allait changer les choses entre eux.

Il avait encore envie d'elle… Elle ne l'aida pas en soupirant dans son sommeil et en se blottissant contre lui. Il ferma les yeux et énuméra mentalement les tâches qu'il avait à faire au vignoble. Cela faisait des années qu'il n'y avait pas travaillé, mais l'exercice l'aiderait à se ressaisir.

Il entendit soudain des petits pas dans le couloir et fut pris de panique en pensant qu'Emma avait dû réussir à sortir de son lit, d'une façon ou d'une autre, et qu'elle cherchait probablement Paige. Il ne craignait pas qu'elle entre dans sa chambre, car il avait fermé la porte à clé, mais il avait peur qu'elle s'inquiète en ne trouvant pas Paige. Puis, il entendit sa mère lui parler, et il se détendit, rassuré de savoir que la petite n'était pas toute seule.

Il sut précisément à quel moment Paige se réveilla, car il sentit tout son corps se crisper et, en l'espace d'un instant, elle cessa d'être alanguie et langoureuse pour redevenir tendue et distante.

— Emma est réveillée, dit-elle en s'écartant de lui.

— Ma mère est avec elle.

Elle ne répondit pas. Elle repoussa les couvertures et se détourna.

Il ne put s'empêcher de remarquer qu'elle avait un très joli dos. Sa peau était pâle, douce, elle sentait bon… Il la regarda mettre sa culotte, et perdit le fil de la conversation. Cependant, s'il trouvait agréable de la regarder s'habiller, il aurait mille fois préféré lui enlever ses vêtements.

Elle l'arracha à ses pensées.

— Je devrais être avec elle, dit-elle en ramassant sa robe par terre.

— Tu n'es pas obligée d'être avec elle vingt-quatre heures sur vingt-quatre, sept jours sur sept.

— Elle est sous ma responsabilité, du moins jusqu'à ce qu'un tribunal décrète le contraire.

Il soupira. Cette remarque le ramenait brusquement à la réalité…

— Je croyais que nous allions oublier cette histoire de garde pendant quelque temps.

— Je n'y arrive pas.

Elle le regarda d'un air implorant, comme si elle lui demandait de comprendre, mais il ne le pouvait pas.

Ou peut-être ne voulait-il pas comprendre pourquoi elle le repoussait sans cesse.

— Y pensais-tu hier soir ?

Il avait besoin de lui rappeler ce qu'ils avaient partagé, de lui faire penser à ce qu'ils pourraient construire ensemble.

Elle blêmit.

— Non.

— Seigneur, Paige, arrête de te sentir aussi coupable ! Ce n'est pas parce que tu as envie de quelque chose pour toi que tu es une mère indigne.

Elle secoua la tête, visiblement pas convaincue.

— Je ne te connais que depuis trois semaines.

— Moi aussi, je ne te connais que depuis trois semaines.

— On ne porte pas le même jugement sur les hommes.

Il la regarda attentivement.

— Crois-tu que je serais capable d'utiliser ce qui s'est passé entre nous cette nuit contre toi ?

Son silence était éloquent. Il avait envie de la prendre et de la secouer, de la forcer à reconnaître que ce qu'ils avaient vécu n'avait de rapport qu'avec ce qu'ils ressentaient l'un pour l'autre, mais il savait que s'il se mettait en colère, à juste titre ou non, il ne ferait que la faire fuir encore plus vite.

— Quand on a un enfant, on n'est pas censé l'oublier quand cela nous arrange, dit-elle tout bas.

Il savait qu'elle disait cela pour elle plus que pour lui, mais il dit :

— Je n'essaie pas de l'oublier, j'essaie seulement de t'inciter à reconnaître qu'il y a quelque chose entre nous.

— La seule chose qu'il y ait entre nous, c'est le problème de la garde d'Emma.

— Si c'est vraiment ce que tu crois, tu te mens à toi-même.

Sans répondre, elle sortit et referma la porte derrière elle.

Paige avait besoin de parler à quelqu'un. Elle se sentait tellement perdue qu'elle ne savait plus quoi penser. Elle décida d'appeler Ashley, car Megan n'était pas du matin. Cependant, la voix ensommeillée d'Ashley lui apprit qu'elle l'avait réveillée.

— Je suis désolée, s'empressa-t-elle de dire.

— Paige ?

— Oui.

— Où es-tu ?

— En Californie.

— Alors pourquoi appelles-tu ?

— Parce que j'ai couché avec Zach.

Elle entendit un bruissement de draps et imagina sa cousine se redressant brusquement dans son lit.

— Très bien, je suis réveillée, maintenant, dit Ashley, mais tu peux répéter ? Parce que j'ai cru t'entendre dire que tu avais couché avec Zach.

— Tu as bien entendu.

Elle ferma les yeux un instant.

— C'était une erreur, je le sais bien, mais…

— Comment ça, une erreur ? Es-tu en train de me dire que tu as couché avec lui par accident ?

Elle sourit malgré elle.

— Non, je l'ai fait volontairement, mais ce n'était pas une très bonne idée.

— Cela complique les choses, c'est sûr.

Elle avait envie de se cogner la tête contre le mur, mais elle se contenta de s'y adosser.

— Je n'aurais jamais dû accepter de venir ici.

Il y eut un silence, puis Ashley demanda :

— Est-ce que c'était minable ?

— Quoi ? Pourquoi me demandes-tu ça ?

— Eh bien, cela me semble plus logique de regretter d'avoir couché avec quelqu'un si c'était une mauvaise expérience.

— Ce n'était pas une mauvaise expérience.

En fait, son cœur battait plus vite à la seule pensée de la nuit qu'elle avait passée avec Zach.

— Alors pourquoi es-tu au téléphone avec moi au lieu de traînasser dans son lit ? demanda Ashley.

— Je ne sais pas traînasser.

— Je parie que lui pourrait t'apprendre.

Elle soupira.

— Tu ne m'aides pas, Ashley.

— Ecoute, que veux-tu que je te dise ?

— Je ne sais pas… Je me suis réveillée à côté de Zach ce matin, et j'ai paniqué.

— Cela ne te ressemble pas.

— Je sais.

Cela ne lui ressemblait pas non plus de coucher avec un homme sans réfléchir aux conséquences que cela pourrait avoir, mais elle n'avait pensé qu'au désir qu'elle éprouvait pour lui avant de coucher avec lui.

— Zach est un type bien, dit sa cousine, et je pense qu'il pourrait te convenir, si tu le laissais faire.

— Si je le laissais faire ? Qu'est-ce que tu sous-entends ?

— Je sous-entends que tu as l'habitude de repousser

tous les hommes qui essaient de t'approcher d'un peu trop près.

— Eh bien, s'il est bel et bien le père d'Emma, la question ne se posera même pas.

— Tu n'as toujours pas eu les résultats du test ? demanda Ashley, manifestement surprise.

— Non. J'ai reçu un texto de l'ami de Megan qui travaille au laboratoire, mais je n'ai pas encore eu le temps de le rappeler.

— Tu n'as pas eu le temps, ou tu n'as pas envie de savoir ?

Elle soupira.

— La vérité est que je crois déjà savoir ce qu'il en est.

— Tu as accepté l'idée que Zach est le père d'Emma ?

— Oui.

Elle savait que c'était ridicule de continuer à nier quelque chose d'évident aux yeux de tous.

Il y eut un silence, puis Ashley demanda :

— Je peux te poser une dernière question ?

— Bien sûr.

— Avais-tu accepté cette idée avant de coucher avec Zach ?

Elle-même n'était pas sûre de le savoir.

— Est-ce vraiment important ?

— Cela pourrait l'être, si tu avais couché avec Zach pour nouer une relation personnelle avec lui dans le but de renforcer le lien qui t'unit à Emma.

Elle était abasourdie.

— Crois-tu vraiment que je sois aussi calculatrice ?

— Je crois que tu veux désespérément garder une enfant que tu aimes comme ta propre fille, dit Ashley avec douceur.

Même si sa cousine avait raison sur ce point, elle put lui dire sans hésitation :

— Je t'assure, Ashley, je ne pensais pas à Emma quand j'ai couché avec Zach !

— C'est très bon signe, dit Ashley d'un ton approbateur.

Lorsqu'elles eurent raccroché, Paige appela le laboratoire. Elle tomba sur le répondeur de Walter Neville et, soulagée et contrariée à la fois, elle lui laissa un message.

Au cours des quelques derniers jours, Paige avait pris l'habitude d'aller se promener quand elle avait besoin de s'éclaircir les idées. La plupart du temps, elle marchait à travers les vignes. Il y avait quelque chose d'apaisant dans le fait de sentir la terre sous ses pieds, et de voir les rangées de raisin gorgé de soleil.

Emma semblait aimer marcher dans les vignes, elle aussi, et y jouer à cache-cache. Elle était fascinée par les petites grappes de raisin, et Paige gardait toujours un œil sur elle pour s'assurer qu'elle ne les cueillait pas.

Quand le labo l'eut enfin rappelée, Paige alla donc se promener, mais cela ne l'aida pas à trouver un quelconque apaisement. Elle était bouleversée.

Si elle avait appris quoi que ce soit au sujet des Crawford au cours de la semaine qui venait de s'écouler, c'était que la famille était très importante pour eux. Or, Emma faisait partie de leur famille, il n'y avait maintenant plus aucun doute là-dessus.

Emma et elle se débrouillaient très bien avant l'arrivée de Zach. Elle avait toujours pensé qu'elle donnerait à la petite fille tout ce dont elle avait besoin, qu'elle veillerait à ce qu'elle soit heureuse, intégrée et aimée. Pourtant, elle ne pouvait pas lui apporter une famille comme celle de Zach.

Elle n'avait pas la naïveté de croire que les Crawford étaient parfaits, aucune famille ne l'était, mais elle savait qu'ils étaient unis, et elle voulait qu'Emma ait une famille comme celle-là, même si elle n'en ferait jamais partie.

Le départ précipité de Paige ce matin-là, quand elle avait quitté sa chambre, avait prouvé à Zach que ce n'était pas parce qu'ils avaient couché ensemble que les choses avaient changé, pour elle. Pour lui, *tout* avait changé. Dès qu'il avait appris l'existence d'Emma, il avait su qu'il voulait jouer son rôle de père. Maintenant, il voulait aussi que Paige fasse partie de sa vie.

L'exemple que ses parents leur avaient donné, à lui et à ses sœurs, le poussait à ne pas se contenter de moins. Il n'avait pas sciemment cherché la femme de sa vie, et il ne s'était certainement pas attendu à avoir une histoire d'amour avec Paige Wilder, mais lorsqu'il s'était réveillé à côté d'elle, il avait tout de suite su que c'était pourtant exactement ce qu'il avait fait.

Il lui restait maintenant à la convaincre qu'ils étaient faits pour vivre ensemble toute leur vie.

Comme sa mère le lui avait fait remarquer le premier jour, Paige prenait soin de cacher ses sentiments et, s'il avait réussi à aller au-devant de ses besoins et de ses désirs à la faveur de la nuit, il était maintenant absolument perdu.

Il espérait compenser son absence de stratégie par sa persévérance. Il sortit, aperçut Paige et Emma dans les vignes, et se dirigea vers elles. Ce fut Emma qui le vit la première. Elle pencha la tête en arrière pour le regarder, les yeux brillants, et lui adressa un grand sourire.

Il ne se serait pas cru capable d'aimer quelqu'un aussi rapidement et aussi fort, mais Emma lui avait prouvé le contraire.

— Papa ! dit-elle en tendant les bras vers lui pour qu'il la porte.

Elle avait de la terre plein les mains ainsi que sur son T-shirt, mais il la prit quand même dans ses bras. Ce fut seulement après l'avoir serrée contre son torse qu'il se rendit compte de ce qu'elle avait dit.

D'habitude, elle l'appelait *Ach*, mais cette fois-ci, elle avait très clairement dit *papa*. Il regarda Paige.

— Est-ce qu'elle vient de dire…

Sa gorge se serra et il ne parvint pas à terminer sa phrase. Elle acquiesça d'un hochement de tête et esquissa un sourire, mais ses beaux yeux marron étaient pleins de larmes.

— Tu as eu des nouvelles du laboratoire ?

— Oui, je viens d'avoir Walter Neville. Les résultats du test confirment que tu es bien le père d'Emma.

Emma tapa dans ses mains joyeusement.

— Papa ! Papa !

— Eh oui, je suis ton papa !

— Maman ! s'écria Emma en regardant Paige d'un air interrogateur.

Etait-il possible qu'elle ait fait le lien entre *papa* et *maman* et qu'elle en ait conclu qu'avoir l'un lui donnait droit à l'autre ? Ou répétait-elle simplement les mots qu'elle avait souvent entendus ensemble ?

— Non, ma chérie, ta maman est partie, lui rappela Paige d'une voix douce, mais tu as un papa, maintenant.

— Papa ! répéta Emma.

Zach et Emma se souriaient à pleines dents. Quand il regarda Paige, il s'aperçut que ce n'était pas de la joie que l'on pouvait lire sur son visage, mais un immense chagrin.

Au cours des dernières semaines, il avait commencé à croire que Paige avait accepté l'idée qu'il était le père d'Emma. Il se rendait maintenant compte que ce n'était pas cela qui l'inquiétait, mais les répercussions que cela pourrait avoir. Il ne put s'empêcher de regretter que son bonheur soit une source de malheur pour elle, tandis qu'elle retournait vers la maison. Les deux derniers jours avaient été riches en émotions, pour eux deux. Il espérait qu'ils trouveraient un moyen d'arranger les choses ensemble, qu'ils partageraient les joies et les déboires.

Il s'aperçut alors qu'il y avait une solution très simple.

En l'espace de quelques mois, la vie de Paige avait été bouleversée. Elle ne pouvait nier qu'une petite partie d'elle-même aurait voulu que Zach Crawford ne soit jamais venu sonner chez elle, mais l'on ne pouvait rien changer au passé. Il fallait qu'elle accepte les cartes que le destin lui avait distribuées et qu'elle aille de l'avant.

La meilleure façon d'y parvenir serait sans doute de retourner à Syracuse, chez Wainwright, Witmer & Wynne, et de se plonger à corps perdu dans le travail jusqu'à ce qu'elle oublie Zach et que la douleur d'avoir perdu Emma se soit enfin atténuée, si toutefois c'était possible. Plus vite elle rentrerait chez elle, plus vite le processus de guérison serait enclenché.

Elle faisait sa valise lorsque Zach entra dans la chambre. Aussitôt, ses doigts se crispèrent sur le chemisier qu'elle pliait avec soin. Elle s'était attendue à la confrontation qui allait suivre, et pourtant, elle ne se sentait pas prête. Elle ne voulait pas entendre de platitudes, ne voulait pas de sa pitié.

— Je crois que nous devrions nous marier, dit-il.

Elle le regarda fixement pendant un long moment, attendant qu'il s'explique, mais il n'ajouta rien. Il resta là, à attendre une réponse, et elle finit par dire :

— C'est à cause d'hier soir ?

— Non, ce n'est pas à cause d'hier soir, répondit-il avec un sourire, du moins pas seulement.

— Parce que nous sommes au XXIe siècle, personne ne s'attend à ce qu'un homme demande la main d'une femme parce qu'il a couché avec elle.

— J'en ai bien conscience, dit-il d'un ton pince-sans-rire, d'ailleurs, j'ai déjà couché avec des femmes sans les demander en mariage.

— Alors pourquoi moi ?

— Parce que je me suis dit que si nous nous mariions, cela réglerait la question de la garde d'Emma sans que nous ayons besoin de passer par le tribunal.

Cette demande en mariage impromptue n'avait donc vraiment rien à voir avec leur relation… Il s'agissait d'Emma. Cela n'aurait pas dû la surprendre, mais elle ne pouvait nier qu'elle était un peu déçue.

— En as-tu parlé à ton avocat ?

— Non, pourquoi ?

Elle hésita, mais elle savait qu'elle devait être honnête avec lui.

— Parce que nous n'aurons probablement pas à nous battre. Avec le test ADN qui prouve que tu es le père d'Emma, tu obtiendras sûrement la garde que l'on m'avait confiée.

Elle le savait depuis le début, c'était précisément pour cela qu'elle avait continué à nier qu'il était le père d'Emma : en le reconnaissant, cela n'aurait fait qu'accélérer l'inévitable, et elle avait essayé de se raccrocher à Emma un peu plus longtemps.

Comme s'il lisait dans ses pensées, Zach dit :

— Je ne veux pas te prendre Emma, Paige.

Elle refoula ses larmes d'un battement de paupières.

— Je t'en suis reconnaissante, mais quant à nous marier…

Elle fit non de la tête.

— A quoi es-tu opposée, au mariage en général, ou à l'idée de m'épouser, moi ?

— Je n'ai jamais vraiment songé à me marier.

— Tu ne rêves pas de te marier depuis que tu es petite ?

— J'en rêvais peut-être quand j'étais enfant, mais adulte, l'idée de tomber amoureuse ne m'a jamais vraiment intéressée.

— Tu n'as jamais été amoureuse ?

— Non.

— Tu as déjà eu une relation longue ?

De nouveau, elle fit non de la tête.

— Jamais ? demanda-t-il, visiblement stupéfait.

— Pourquoi as-tu l'air aussi surpris ?

— Parce que tu es une femme belle et passionnée.

Elle vit à l'intensité de son regard qu'il était sincère. Elle ne s'était jamais souciée qu'on la trouve belle ou passionnée, mais elle ne s'était jamais sentie aussi belle et passionnée que lorsqu'elle était avec lui…

Elle chassa ces pensées de son esprit.

— Je suis avocate aux affaires familiales, lui rappela-t-elle, peut-être ai-je vu trop de mariages mal tourner pour croire aux promesses d'éternité.

— Ou peut-être que tes parents ont faussé ta vision du mariage.

— Peut-être… Tout ce que j'ai retenu de leur mariage, c'est qu'ils n'arrêtaient pas de se disputer. J'avais sept ans quand ma mère est partie, et je me suis sentie soulagée, parce que cela signifiait que je ne les entendrais plus crier.

Elle ne s'était rendu compte que des semaines plus tard que le silence pouvait être bien pire.

— Où est ta mère, maintenant ?

— Je n'en ai aucune idée. Je ne sais même pas si elle est toujours en vie.

Il lui caressa tendrement la joue.

— Je suis désolé pour toi, Paige.

— Je ne te l'ai pas dit pour que tu sois désolé. Je voulais simplement que tu comprennes pourquoi je n'ai jamais eu une vision de l'amour idéaliste et romantique.

— Dois-je comprendre que tu vas réfléchir à ma proposition ?

Elle soupira.

— Le problème, c'est que si j'avais envisagé de me marier, je n'aurais certainement pas pensé à épouser un militaire de carrière.

— Je ne te demande pas de me suivre à travers le pays.

— Ah bon ?

— Non. Si c'était ce que tu voulais, si tu avais l'intention de m'épouser parce que tu étais désespérément amoureuse de moi et que tu ne pouvais pas supporter l'idée d'être séparée de moi, dit-il comme s'il se moquait de lui-même, je n'y verrais aucun inconvénient, mais je comprends que tu veuilles qu'Emma ait un vrai foyer et un environnement stable.

— Alors nous serions mariés, mais Emma vivrait toujours avec moi à Syracuse ?

Elle le regarda d'un air interrogateur, et il hocha la tête.

— Ou à Pinehurst, ou à n'importe quel endroit que tu jugerais meilleur pour Emma et pour ta carrière.

— On dirait que tu y as beaucoup réfléchi, fit-elle un brin sarcastique. Je n'arrive pas à croire que nous ayons cette conversation. C'est insensé et…

— Cela pourrait marcher, entre nous, Paige, dit-il, apparemment sincère.

— Comment le sais-tu ?

— Cela fait quelques semaines que nous vivons ensemble, et nous nous supportons plutôt bien.

— Il y a un fossé entre quelques semaines et toute la vie.

— Nous nous entendons aussi incroyablement bien sur le plan sexuel, ce qui est indubitablement un point positif, continua-t-il comme si elle n'avait rien dit.

— Les gens ne se marient pas parce qu'ils s'entendent bien sexuellement.

Cependant, elle se surprit à penser qu'il y aurait peut-être moins de divorces si c'était le cas.

— Et nous voulons tous les deux ce qu'il y a de mieux pour Emma, conclut Zach.

Elle soupira. Elle n'avait rien à répondre à cela,

mais elle ne pouvait pas s'empêcher de se demander ce qui ressortirait de l'arrangement qu'il lui proposait.

— Je ne comprends toujours pas pourquoi tu voudrais m'épouser, moi.

— Si nous étions mariés et que tu étais la belle-mère d'Emma, nous serions sûrs qu'elle resterait avec toi s'il m'arrivait quelque chose.

Elle ne voulait même pas imaginer qu'il puisse lui arriver quelque chose, qu'Emma puisse perdre son père aussi brusquement et tragiquement qu'elle avait perdu sa mère, mais la remarque de Zach lui rappela les risques de son métier et la décida plus que jamais à faire ce qu'il fallait pour Emma.

— En dehors de cela, reprit Zach, j'ai envie de me marier.

— Ah bon ?

Il hocha la tête.

— Je ne tiens pas à rester célibataire, c'est juste que je n'ai jamais rencontré de femme avec laquelle j'aie envie de passer le restant de mes jours, et pour moi, le mariage est synonyme d'un amour profond et constant, comme l'amour de mes parents.

— Tu as de la chance d'avoir eu cet exemple.

— Je sais, et je ne me contenterais pas de moins.

— Pourtant, tu es prêt à m'épouser.

Elle restait sceptique, prudente, mais étrangement, elle était tentée. Il esquissa un sourire.

— Alors, qu'en dis-tu ?

Accepter serait de la folie.

Refuser serait encore plus insensé : il lui offrait tout ce qu'elle voulait, elle ne perdrait pas Emma, elle aurait une famille, elle serait avec lui…

Car depuis qu'elle avait passé la nuit avec lui, elle savait qu'elle voulait bel et bien être avec lui.

Elle prit une profonde inspiration et dit :

— Eh bien… quand nous marions-nous ?

- 11 -

Les parents de Zach ne semblèrent pas du tout étonnés lorsqu'il leur annonça qu'il était bien le père d'Emma, et que lui et Paige allaient se marier. Leur première réaction fut de remarquer que la nouvelle tombait au moment idéal. Apparemment, l'une des salles de réception du château avait été réservée pour un anniversaire de mariage, mais les enfants qui avaient organisé l'événement avaient eu la surprise d'apprendre que leurs parents étaient partis fêter cela en tête à tête sur une île des Caraïbes. La salle était donc disponible, les fleurs étaient déjà commandées et un traiteur était engagé. Il ne restait plus qu'à trouver un pasteur.

Quand Zach protesta, disant qu'ils ne voulaient pas d'un mariage tape-à-l'œil, Kathleen parvint à avoir l'air à la fois furieuse et profondément blessée, de telle sorte qu'il s'empressa de s'excuser et qu'il alla aussitôt appeler le révérend Lamont, qui officiait lors de toutes les cérémonies de la famille, depuis le baptême de Zach trente-sept ans plus tôt.

Pendant ce temps-là, Kathleen s'empressa auprès de Paige.

— J'imagine que tu n'as pas emporté de robe de mariée dans ta valise.

Paige, qui ne s'était pas encore remise de ses émotions, n'avait pas eu le temps de penser à ce qu'elle allait porter le jour du mariage.

— Non, répondit-elle, mais je n'ai pas besoin de quelque chose d'extravagant.

— Je ne dis pas qu'il te faut une traîne de trois mètres de long ou une robe à crinoline, mais toute jeune femme mérite une jolie robe de mariée.

Avant qu'elle n'ait eu le temps de répondre quoi que ce soit, Kathleen ajouta :

— Laisse-moi faire cela pour toi, Paige, je t'en prie.

Cette proposition de shopping était en apparence inoffensive, mais lorsqu'elle retrouva Kathleen dans la cuisine le lendemain matin, Lauryn, Jocelyn et Hayden étaient là aussi.

— Je ne travaille pas le mercredi, dit Lauryn.

— Je me suis réveillée avec un mal de gorge épouvantable, ce matin, expliqua Jocelyn avec un clin d'œil qui démentait ses mots.

— Moi, je fais l'école buissonnière, dit franchement Hayden.

Elles montèrent donc toutes les cinq dans la voiture de Jocelyn et se dirigèrent vers le centre-ville.

C'était une embuscade, et elle se dit qu'elle aurait dû s'en douter. Car même si la mère et les sœurs de Zach semblaient ravies qu'ils aient décidé de se marier, elles attendaient manifestement d'être seules avec elle pour lui demander ce qui se passait vraiment.

Elle se rendit vite compte qu'il ne s'agissait réellement que d'une sortie entre filles. Elles s'arrêtèrent d'abord dans un salon de thé où elles prirent des croissants et du café, tout en discutant de la robe qu'elle porterait et des choix qui s'offraient à elle : blanc ou ivoire, court ou long, soie ou dentelle, voile ou chapeau.

Elles avaient toutes des avis tellement différents que Paige avait la tête qui tournait avant même d'entrer dans la boutique de robes de mariées.

Alors que les sœurs de Zach s'en allaient dans différentes directions pour trouver la robe idéale, Kathleen lui posa la main sur le bras avec douceur.

— Tout va bien ?

— Oui, je suis juste un peu… bouleversée.

— Je n'avais pas pensé que… J'étais tellement heureuse de faire cela avec toi que je ne m'étais pas rendu compte que ce n'était pas à moi de le faire, que tu préférerais sans doute le faire avec ta maman.

Paige détourna les yeux.

— Ma mère nous a abandonnés, mon père et moi, quand j'avais sept ans.

— Je suis désolée, dit Kathleen.

Paige se contenta de hausser les épaules d'un air résigné.

— Et ton père ? Viendra-t-il au mariage ?

Elle secoua la tête.

— Je ne l'ai pas vu depuis quinze ans.

Elle s'était efforcée de paraître désinvolte, mais elle savait que la mère de Zach ne comprendrait pas, comme le confirma son froncement de sourcils.

— Pourquoi ?

— C'est un homme très pris.

— Trop pris pour prendre quelques jours et assister au mariage de sa fille ? demanda-t-elle, incrédule.

Paige n'osa pas lui avouer que son père ne prendrait même pas quelques heures s'il était sur place. Elle aurait voulu avoir une famille comme celle de Zach, mais ce n'était pas le cas. Cela faisait des années qu'elle s'était faite à cette idée, mais elle ne savait pas comment l'expliquer à sa future belle-mère.

— Il est à l'étranger en ce moment…

A sa connaissance, c'était vrai.

— Il ne pourrait pas prendre quelques jours, surtout pas à la dernière minute, comme cela.

— Y a-t-il quelqu'un d'autre que tu voudrais inviter ?

De nouveau, elle fit non de la tête. Elle avait appelé ses deux cousines pour leur dire qu'elle allait se marier, mais elle savait que ni l'une ni l'autre ne pourrait faire le voyage jusqu'en Californie.

— Ma cousine Megan vient d'avoir un bébé, et sa sœur Ashley est enceinte de près de neuf mois, elles ne peuvent pas prendre l'avion en ce moment.

— Eh bien, ce n'est pas grave, dit Kathleen d'un ton décidé, parce que tu fais partie de la famille, maintenant.

Elle eut aussitôt les larmes aux yeux, et elle sentit sa gorge se serrer.

— Merci, murmura-t-elle.

Kathleen la serra dans ses bras.

Un instant plus tard, Jocelyn revint avec une masse de tissu blanc et vaporeux dans les bras. Paige regarda la robe d'un air sceptique, mais elle accepta courageusement de l'essayer.

— J'ai l'impression d'être l'abominable homme des neiges, dit-elle en montant sur l'estrade que lui indiquait la vendeuse, au centre de la pièce.

— Tu *ressembles* à l'abominable homme des neiges ! dit Hayden.

— Qui a choisi cette robe ? demanda Lauryn.

— C'est moi, répondit Jocelyn en soupirant.

Ses sœurs lui jetèrent un regard consterné et incrédule.

— C'est une Rodney Présage.

Il s'agissait d'un styliste local plein d'avenir, dont les médias n'arrêtaient pas de parler ces derniers temps.

— C'est un mauvais présage, oui ! déclara Hayden.

Jocelyn la foudroya du regard.

— Cela fait partie du plaisir d'essayer toutes sortes de robes, dit Lauryn, essayant visiblement de maintenir la paix.

Puis, elle tendit à Paige une autre robe.

Elles restèrent dans la boutique près de quatre heures, au cours desquelles Paige essaya onze robes différentes, avant d'en trouver une qui lui plaisait vraiment : une robe fourreau couleur ivoire, toute simple.

Quand elle sortit de la cabine et que les trois sœurs Crawford soupirèrent en chœur, elle sut qu'elle avait trouvé la bonne. Cependant, ce fut vers Kathleen qu'elle se tourna, l'interrogeant du regard. Les yeux brillants, la mère de Zach approuva d'un hochement de tête.

Zach était un peu inquiet pour Paige, il se demandait comment se passerait sa sortie avec sa mère et ses sœurs. Il les adorait, mais toutes les femmes de sa famille avaient de fortes personnalités, et pour quelqu'un comme Paige, qui était fille unique et avait eu une enfance aussi différente de la sienne, une sortie d'une journée entière avec elles pouvait s'avérer un peu pénible.

Lorsqu'il s'assit en face de Paige à table ce soir-là, elle lui sourit, et à ce moment précis, il se rendit compte que sa mère avait raison : il était tombé amoureux de la femme qu'il allait épouser.

Il prit son verre et but une longue gorgée de vin, stupéfait de ce qu'il venait de réaliser. A ce moment-là, Jocelyn, assise au bout de la table, demanda :

— Où allez-vous en voyage de noces ?

Tout le monde se tut, et Paige le regarda d'un air affolé. Manifestement, elle non plus n'avait pas songé à ce détail, peut-être parce qu'ils voyaient tous les deux leur mariage comme le moyen d'offrir à Emma une famille stable, et qu'ils n'avaient pas vu plus loin que cela. Pour sa famille, en revanche, qui ne connaissait pas la vraie raison de cette union précipitée, le mariage impliquait certaines traditions, dont la lune de miel.

Il décida de laisser Paige répondre, car il était soudain troublé à l'idée de partir en voyage de noces avec elle, dans une villa sur une île tropicale, ou dans un chalet au fond des bois… N'importe où, du moment qu'il pourrait passer des heures à faire l'amour avec elle.

— Eh bien, à vrai dire, expliqua Paige, nous n'avons pas l'intention de partir.

— Pourquoi ? demanda Jocelyn.

— Parce que Zach n'a plus que quelques semaines de permission, et nous pensons que c'est important que nous les passions avec Emma.

— Je comprendrais que vous ne vouliez pas partir deux semaines, dit Lauryn, mais vous pourriez quand même vous prendre un long week-end quelque part.

— Nous le ferons peut-être, dit-il, quand nous serons rentrés à Pinehurst.

— Si vous partiez en week-end d'ici, nous pourrions garder Emma, lui fit remarquer Hayden.

— Paige a de la famille à Pinehurst.

— Alors, où comptez-vous passer votre nuit de

noces ? les taquina Jocelyn. Dans des chambres séparées, dans la maison des parents ?

— Arrête d'embêter ton frère, dit Kathleen en posant un plat plein de hamburgers sur la table.

— On n'a pas souvent l'occasion de le faire, dit Hayden.

— Si vous continuez, Paige va hésiter à s'allier à notre famille.

— Si Paige se laissait intimider aussi facilement, elle ne serait jamais venue ici, dit Jocelyn.

— Et le cottage ? suggéra Hayden.

— Le cottage ? répéta Paige, luttant manifestement pour ne pas perdre le fil de la conversation.

— Pour votre nuit de noces, expliqua Lauryn.

— Ce serait un excellent compromis, dit Kathleen. C'est assez près pour que vous ne vous fassiez pas de souci pour Emma, et assez loin pour que vous ayez un peu d'intimité.

Il ne savait pas quoi dire, ni comment refuser. A vrai dire, avoir un peu d'intimité signifierait qu'ils pourraient passer des heures à faire l'amour sans risquer d'être interrompus… Il jeta un coup d'œil à Paige. Elle avait rougi, et il en conclut qu'elle pensait à la même chose que lui.

Ils avaient peut-être décidé de se marier en partie pour Emma, mais il y avait autre chose entre eux, et il espérait que cela se transformerait en amour réciproque.

Après le dîner, quand tout le monde fut reparti et qu'Emma fut couchée, Zach et Paige s'assirent dehors sous le ciel étoilé, avec une bouteille de merlot et le babyphone d'Emma.

— Tu es sûr que c'est ton premier mariage ? demanda-t-elle.

Il sourit.

— Je crois que je m'en souviendrais, si je m'étais marié.

Elle but une gorgée de vin, puis lui demanda :

— Comment se fait-il que tes parents ne mettent pas en doute notre mariage ?

— Trouves-tu qu'ils devraient le faire ?

— Oui, avoua-t-elle, surtout avec toutes les questions qu'ils nous ont posées au sujet d'Emma.

— Ils étaient surpris, à juste titre, et un peu déçus que ma fille soit née hors mariage.

— Alors pourquoi cela ne les étonne-t-il pas que tu épouses une femme que tu ne connais que depuis quelques semaines et qui n'est même pas la mère de ton enfant ?

— Parce qu'ils t'aiment bien, dit-il simplement.

Elle se contenta de lever les yeux au ciel.

— Ou peut-être qu'ils sont juste soulagés de ne pas perdre les arrhes qu'ils avaient versées au traiteur, ajouta-t-il. Ou peut-être qu'ils sentent que nous sommes follement amoureux l'un de l'autre.

— Pourrais-tu être sérieux, une minute ?

Elle était contrariée de sentir son cœur s'emballer quand il avait parlé d'amour. Elle savait bien qu'il plaisantait, mais il venait de souligner sa plus grande inquiétude : qu'ils se marient pour de mauvaises raisons.

— Oui, répondit-il, mais j'ai l'impression que tu es assez sérieuse pour deux.

— Ashley et Megan m'ont posé une multitude de questions.

Il remplit de nouveau leurs verres de vin.

— Quel genre de questions ?

— Qu'est-ce qui vous presse ? Pourquoi vous marier maintenant ? Pourquoi vous mariez-vous en Californie ?

— J'aurais dû me rendre compte qu'elles auraient envie d'assister à ton mariage.

Elle haussa les épaules.

— Evidemment, elles ne peuvent pas voyager en ce moment.

— Nous pourrions organiser une autre fête à Pinehurst.

— Une seule suffit amplement.

Elle tapota son verre du bout des doigts.

— Qu'est-ce qui te préoccupe d'autre ?

Il était tellement à l'écoute… C'en était troublant. Néanmoins, il venait de lui tendre une perche. Cela faisait des heures qu'elle hésitait à aborder le sujet, mais elle savait qu'elle ne pouvait pas continuer à tergiverser.

— Je pense que nous devrions rédiger un contrat de mariage.

Les yeux de Zach perdirent leur lueur amusée.

— Pourquoi ?

Elle était surprise qu'il ait besoin de le lui demander.

— Parce que je suis avocate depuis des années et que l'idée de se marier sans faire de contrat me semble stupide et imprudente.

— Je trouve que ce genre de disposition suppose un manque de confiance dans le mariage en question.

— Le fait est qu'un grand pourcentage des mariages se termine par un divorce, même si la plupart des couples croient, du moins au début, que leur mariage va durer éternellement.

Il y eut un silence, puis il haussa les épaules et dit :

— Très bien. Tu veux un contrat de mariage, rédiges-en un.

— C'est dans ton intérêt autant que dans le mien, alors pourquoi as-tu l'air d'être en colère ?

— Parce que toute cette conversation me prouve que malgré ce qu'il peut y avoir entre nous, nous ne nous faisons toujours pas confiance, et sans confiance, notre mariage n'a pas la moindre chance de marcher.

— Je te confierais ma vie, dit-elle sincèrement, et celle d'Emma aussi.

Il vida son verre d'un trait et se leva.

— Tu me confierais ta vie, mais pas ton argent.

Elle fronça les sourcils, perplexe.

— Tu penses vraiment que c'est de cela qu'il s'agit ?

Il haussa les épaules.

— Je ne sais pas combien d'argent tu as, mais je présume que tu es mieux payée qu'un pilote de l'armée de l'air.

— Et le vignoble ? dit-elle d'un ton de défi. Tu n'as pas d'intérêts dans l'entreprise familiale ?

— Si, bien sûr, mais…

— Et tu ne crois pas qu'il serait raisonnable de prendre des dispositions pour les protéger ?

— Je suis peut-être naïf, mais je pense qu'une femme qui réorganise toute sa vie pour s'occuper de l'enfant de quelqu'un d'autre est une femme digne de confiance.

Sans lui laisser le temps de répondre quoi que ce soit, il rentra dans la maison et la laissa seule avec la désagréable impression que ce mariage de raison n'allait pas être simple.

Elle resta éveillée tard ce soir-là et rédigea un contrat de mariage sur son ordinateur portable. Alors qu'elle le relisait, elle se rendit compte que Zach avait raison, et surtout, que ce qu'il lui apportait, sa famille, la stabilité pour Emma, avait bien plus de valeur que tout ce qu'*elle* pourrait lui apporter en se mariant avec lui.

Finalement elle était prête à prendre le risque de se marier sans contrat car, entre le moment où elle avait accepté la proposition de Zach et le moment où elle éteignit son ordinateur, elle s'était rendu compte qu'elle voulait vraiment que ce mariage marche, et pas seulement pour Emma.

Elle était en train de s'attacher à Zach. Elle ne s'était vraiment pas attendue à cela, mais plus elle passait de temps avec lui, plus elle se rendait compte qu'elle pouvait compter sur lui.

Elle avait été sincère lorsqu'elle lui avait dit qu'elle lui confierait sa vie. Elle n'était pas sûre d'être prête à lui confier son cœur, mais il était déjà entre ses mains.

- 12 -

Zach ne savait pas du tout à quoi ressemblerait la robe de Paige lorsque celle-ci remonterait l'allée centrale de l'église. Il savait qu'elle était allée l'acheter avec sa mère et ses sœurs, mais elles avaient toutes veillé à ne rien révéler en sa présence. Cela ne le dérangeait pas : il était sûr qu'elle serait magnifique quoi qu'elle ait pu choisir. Cependant, chaque fois qu'ils avaient parlé de leur mariage, Paige s'était montrée pragmatique. Il s'était donc attendu à tout sauf à ce qu'elle ait l'air d'une vraie mariée.

Elle était tellement belle qu'il en eut le souffle coupé. Il la regarda s'avancer vers lui avec l'impression que tout disparaissait autour d'eux.

La cérémonie fut courte et centrée sur l'échange des vœux et des anneaux. La main de Paige trembla légèrement quand il la lui prit pour passer l'alliance incrustée de diamants, mais ses yeux ne cillèrent pas.

Finalement, le révérend Lamont déclara :

— Vous pouvez embrasser la mariée.

C'était le moment de la cérémonie que Paige redoutait le moins, car Zach et elle s'étaient déjà embrassés, et cela lui semblait moins intimidant que la lecture des vœux ou l'échange des anneaux.

Du moins, c'était ce qu'elle croyait jusqu'à ce que

Zach l'embrasse… Il ne se contenta pas de déposer sur ses lèvres le baiser de rigueur, il l'embrassa lentement, tendrement.

Quand il s'écarta d'elle, elle était essoufflée, fébrile, et terrifiée, car, alors que les invités applaudissaient, elle comprit que ce n'était pas pour eux que Zach l'avait embrassée.

Il l'avait embrassée *elle*, pour lui faire comprendre qu'il tenait à elle, lui rappeler ce qu'ils avaient partagé. Ce baiser était une promesse de ce qui pourrait être… Elle était bouleversée.

Puis Emma rompit le charme en s'écriant, les bras levés vers Zach :

— A bras !

Il la souleva, et la petite lui déposa un baiser sur la joue, puis elle se pencha pour embrasser Paige. Même ceux qui étaient restés imperturbables en regardant les mariés s'embrasser ne purent rester insensibles devant ce geste innocent. Les invités applaudirent de nouveau, et Emma afficha un sourire rayonnant.

Après la cérémonie, on les prit en photo dans le jardin du château. Alors qu'elle se déplaçait en suivant les instructions du photographe, Paige pensait tantôt au baiser que Zach et elle venaient d'échanger, tantôt à la nuit qui les attendait, avec une impatience grandissante.

Ce fut ensuite l'heure du dîner et, bien que tout fût délicieux, elle n'avait pas d'appétit. Elle était obsédée par Zach.

Alors qu'elle s'esquivait pour aller aux toilettes se refaire une beauté, elle aperçut soudain sa tante Lillian. Elle s'arrêta net. Sa tante sourit.

— Félicitations, Paige.

— Je n'arrive pas à croire que tu sois là, murmura-t-elle.

— Je n'arrive pas à croire que tu ne m'aies pas invitée, la gronda Lillian.

— Je ne t'ai pas invitée parce que tu habites en Suisse.

Et aussi parce qu'elle ne s'était pas attendue à ce qu'elle se donne toute cette peine pour assister à son mariage… Lillian avait toujours été très gentille avec elle, mais sa bonté n'avait jamais vraiment compensé l'indifférence de son père.

— J'étais à Pinehurst chez Megan et Gage, pour voir le bébé, quand tu as appelé pour dire que tu te mariais. Megan et Ashley auraient vraiment voulu venir, mais elles ont accepté de rester tranquilles du moment que je leur promettais de venir à leur place.

— Elles n'auraient pas dû te demander cela…

— Elles ne me l'ont pas demandé, c'est moi qui leur ai proposé. Je voulais être ici, assister à ton mariage.

— Je suis très heureuse de te voir.

Spontanément, elle serra sa tante dans ses bras. Lillian sembla surprise, mais contente de ce geste affectueux. Soucieuse des apparences, cependant, elle dit :

— Fais attention à ta robe, tu vas la froisser.

Cette remarque était tellement typique de Lillian que Paige rit, ce qui l'aida à refouler les larmes qui lui étaient montées aux yeux.

— Je ferai attention, promit-elle.

L'expression de Lillian s'adoucit.

— Tu ressembles tellement à ta mère le jour de son mariage.

— C'est vrai ?

Elle était sceptique, et elle n'était pas sûre de vouloir ressembler à sa mère, une femme qui l'avait abandonnée et confiée à un père indifférent.

Sa tante hocha la tête.

— Oui, répondit-elle, mais tu es encore plus belle.

— Je ne me rappelle pas comment elle était. Quand elle est partie, mon père s'est débarrassé de tout ce qui lui faisait penser à elle. Je n'ai même pas une seule photo d'elle…

— Cela ne devrait pas m'étonner, venant de lui, marmonna Lillian. Ton père n'est pas quelqu'un de mauvais, il est juste… intransigeant.

— C'est une façon de le formuler.

— J'ai des photos de leur mariage, de toi et ta mère quand tu n'étais qu'un bébé, et même une ou deux de toi avec tes parents. Je te les donnerai.

Elle n'était pas sûre que cela serve à grand-chose après toutes ces années, mais la proposition de sa tante lui faisait plaisir.

— Merci.

— Allez maintenant, vas-y ! Ton mari t'attend.

Elle rejoignit Zach au milieu de la piste de danse, au moment où la musique s'élevait. Ils dansèrent, échangèrent encore quelques baisers, et elle avait de plus en plus hâte que la réception se termine et que la nuit de noces commence.

— A quoi penses-tu ? demanda Zach.

Elle se sentit rougir.

— A rien de particulier, mentit-elle.

Il la serra tout contre lui et lui murmura au creux de l'oreille :

— Tu veux savoir à quoi je pense, moi ?

Elle s'efforça de ne pas frissonner, de ne pas lui montrer à quel point elle était troublée.

— Oui.

— Je me demande si c'est une fermeture Eclair ou si ce sont des boutons.

Elle s'écarta un peu de lui pour le regarder, persuadée qu'elle avait mal compris.

— Comment ?

— Depuis que tu es apparue dans l'allée à l'église avec cette robe, je me demande comment te l'enlever. Si c'est une fermeture Eclair, ce sera rapide. Si c'est une longue rangée de boutons, ce sera plus long.

— Je comprends mieux pourquoi tu n'arrêtes pas de me passer la main sur le dos.

— C'est en partie pour cela que je le fais, reconnut-il, mais c'est aussi parce que j'aime te toucher. Bien sûr, cela m'obscurcit les idées, et c'est probablement pour cela que je n'ai pas réussi à élucider le mystère de cette robe.

— Ou peut-être que c'est parce que la fermeture Eclair est là, dit-elle en lui prenant la main pour la poser sur ses côtes.

Lorsque sa main frôla son sein, elle l'entendit retenir son souffle. Elle sourit, contente de la réaction qu'elle avait suscitée.

— Et si nous y allions maintenant ? suggéra-t-il.

— Je crois que nous provoquerions quelques froncements de sourcils si nous nous précipitions vers la porte à la fin de notre première danse.

— Je m'en fiche.

— Pas moi ! D'ailleurs, j'ai promis une danse à ton père.

— Méfie-toi de lui, c'est un séducteur.

— Je les ai observés, ta mère et lui. Ils ont l'air tellement heureux ensemble, même après quarante ans de mariage.

— Ils s'aiment, dit simplement Zach.

Ne sachant pas quoi répondre à cela, elle se contenta de regarder de nouveau Justin et Kathleen. Enlacés, ils dansaient les yeux dans les yeux, et Paige se rendit compte qu'elle voulait ce qu'ils avaient, cet amour éternel. Pouvait-elle connaître cela avec Zach ? Pouvait-elle être amoureuse de lui ?

Il lui effleura la tempe du bout des lèvres, et son cœur se mit à battre la chamade.

Oui, elle était presque sûre de pouvoir tomber amoureuse de lui. La vraie question était donc : *lui* pouvait-il tomber amoureux d'*elle* ?

Quelques heures plus tard, Paige et Zach dirent enfin au revoir aux invités. Ils embrassèrent Emma, puis se dirigèrent vers la sortie.

Elle s'était montrée aussi pressée que lui de s'éloigner de la foule pour se retrouver seule avec lui et, alors qu'ils quittaient la salle de réception, son cœur battait la chamade.

Elle était un peu plus nerveuse à chaque instant. C'était ridicule ! C'était peut-être sa nuit de noces, mais elle était loin d'être vierge, et ce n'était même pas la première nuit que Zach et elle passeraient ensemble.

Pourtant, étrangement, le fait qu'ils soient mariés changeait tout. Quand ils feraient l'amour ce soir, ils consommeraient leur mariage. C'était un concept archaïque, mais l'acte n'en était pas moins important.

Après cette nuit, elle serait vraiment la femme de Zach, dans tous les sens du terme.

La femme de Zach.

Après s'être forgé sa propre identité pendant près de trente ans, elle aurait cru qu'une expression aussi possessive l'aurait contrariée, mais la façon dont Zach la regardait et la touchait lui donnait simplement l'impression d'être choyée. Et quand il lui faisait l'amour…

Elle frissonna à cette pensée.

Il caressa son bras nu.

— Tu as froid ?

Comment aurait-elle pu avoir froid alors qu'elle se consumait de désir ? Elle fit non de la tête, mais il retirait déjà sa veste pour la lui poser sur les épaules. Elle se blottit dedans, s'imprégnant de sa chaleur, savourant son parfum. Elle l'imagina en train de lui enlever la veste, de la déshabiller entièrement…

Ils arrivèrent enfin devant le cottage. Une lumière brillait à la fenêtre. L'une des sœurs de Zach avait dû l'allumer. Elles avaient fait tant d'efforts pour que le mariage de leur frère soit parfait.

Il sortit la clé de sa poche et ouvrit la porte. Elle fit un pas en avant, mais il l'arrêta.

— Attends.

— Pourquoi ?

— Je dois te porter pour franchir le seuil.

— Ah bon ?

— C'est une autre tradition à laquelle ma famille accorde beaucoup d'importance, comme celle de la lune de miel.

— Ta famille n'est pas là.

Il jeta un coup d'œil autour d'eux.

— Il fait trop noir pour en être sûr.

Elle rit.

— Tu crois vraiment que tes sœurs se cachent quelque part, dans les vignes ?

— Ce ne serait pas la première fois, grommela-t-il.

— Je sens qu'il y a une histoire intéressante là-dessous !

Il la prit dans ses bras.

— Oui, mais je n'ai pas l'intention de te la raconter !

— Hayden me la racontera.

— Oui, probablement…

Il passa la porte avec elle.

—… mais pas ce soir. Ce soir, il n'y a que toi et moi.

Quand ils entrèrent, Paige constata que les craintes de Zach étaient fondées : ses sœurs les espionnaient peut-être, car quelqu'un les avait précédés. La lumière qu'elle avait vue à la fenêtre n'était pas celle d'une lampe mais celle de bougies disposées çà et là dans la pièce.

— J'entends de la musique, dit-elle.

Ravie, elle essaya de trouver d'où venait la mélodie. Il sembla hésiter un instant, puis il la suivit dans l'escalier.

Elle n'était jamais venue dans le cottage auparavant, mais elle était persuadée que la chambre d'où provenait la musique était la chambre principale. La décoration y était plutôt masculine, de bois massif et sombre, mais il y avait aussi quelques touches féminines : des rideaux fins à la fenêtre, une collection de petites bouteilles sur le secrétaire, une bergère rose dans le coin de la pièce, en dessous d'une liseuse. Sur une table étaient posés un vase rempli de roses, une bouteille de champagne au frais dans un seau argenté, et deux flûtes en cristal. Des bougies éclairaient le tout, donnant à la scène une atmosphère romantique.

Ce fut cependant le lit, au centre de la pièce, qui

retint son attention. Sur les draps de satin étaient éparpillés des pétales de roses délicieusement parfumés.

— Oh… C'est magnifique !

— Apparemment, mes sœurs sont romantiques.

— Elles sont géniales ! Toute ta famille est merveilleuse…

Elle soupira.

— J'ai l'impression de mentir à tout le monde.

Il lui prit le menton, l'obligeant à le regarder.

— Pourquoi ?

— Parce qu'ils croient tous que c'est un vrai mariage.

— C'est un vrai mariage, j'ai les papiers qui le prouvent.

Elle savait bien que c'était un mariage légal, mais ce qui pesait sur sa conscience et qu'elle n'avait pas envie de lui rappeler, c'était que ni lui ni elle n'avaient été vraiment sincères en lisant leurs vœux. Ils n'étaient pas amoureux l'un de l'autre. Cependant, ils croyaient tous les deux à ce mariage, et peut-être cela suffirait-il.

— Alors, dit-elle, que veux-tu faire ?

Elle ne put s'empêcher, alors même qu'elle lui posait cette question, de jeter un coup d'œil au lit, aux pétales veloutés.

Il fronça les sourcils.

— Tu as une idée ?

— Je me disais que nous aurions pu prendre un bon bain chaud, boire un peu de champagne, puis nous glisser dans ces draps.

— Je pensais à la même chose…

Il la prit par les épaules et l'attira vers lui.

—… sans le bain ni le champagne.

— Nous ne pouvons pas gâcher un si bon champagne, protesta-t-elle sans grande vigueur.

Il déposa un baiser sur ses lèvres.

— Nous boirons du champagne, mais plus tard.

— On ne pourra pas dire que je ne sais pas faire de compromis.

Elle l'embrassa à son tour, avec plus de passion.

Il lui retira sa veste et lui effleura l'épaule du bout des doigts, puis le bras, lui déposa une ligne de baisers au creux du cou, descendit entre ses seins gonflés par son bustier. Elle frissonna… Elle n'avait pas sa patience à lui. Elle lui retira sa cravate, déboutonna sa chemise, avide de sentir sa peau sous ses mains, puis elle défit sa ceinture, et enfin la fermeture Eclair de son pantalon, tout en le caressant. Elle sourit lorsqu'il poussa un gémissement, contente de voir qu'il était aussi excité qu'elle.

Il finit par faire glisser la fermeture Eclair de sa robe, lentement, puis il la déshabilla sensuellement. Elle était debout devant lui, en sous-vêtements. Il la dévora du regard et murmura :

— Et dire que je te trouvais sublime avec la robe…

Il la prit dans ses bras. Son cœur battait la chamade, et elle ne put retenir un soupir de pur plaisir.

— Tu aimes ? demanda-t-elle.

— Si j'aime !

Elle portait une petite culotte en dentelle et un soutien-gorge assorti, qui faisait pigeonner ses seins.

— J'adore, dit-il en dégrafant son soutien-gorge, mais je préfère encore ce qu'il y a en dessous.

Cette fois-ci, ils n'agissaient pas sur une impulsion, et ils avaient la maison pour eux tout seuls. Il n'y avait pas de bébé dans la chambre voisine, pas de parents qui dormaient paisiblement au bout du couloir.

Il n'y avait que Paige, et cette fois-ci, il allait prendre son temps. Il allait écouter sa respiration, ses soupirs… Elle gémit quand il lui mordilla le téton. C'était ce qu'il voulait : se laisser guider par ses réactions. Il continua son exploration sans se presser. Elle se cambra instinctivement lorsqu'il posa la bouche entre ses jambes, sur sa petite culotte. Il passa la main sur sa cuisse, la posa sur ses fesses et la maintint immobile sans interrompre ses caresses.

Elle gémit, se trémoussa, et, quand il écarta sa petite culotte pour passer sa langue sur son sexe, elle jouit.

Cette fois-ci, il était prêt : il avait des préservatifs dans la poche de son pantalon. Il en prit un et le mit rapidement, puis il la rejoignit sur le lit. Son sentiment d'urgence s'évanouit dès qu'il fut au-dessus d'elle. Elle était tellement belle, à la lueur des bougies, tellement parfaite…

Elle tendit les bras vers lui, lui passa les bras autour du cou et les jambes autour de la taille. Il la pénétra, le gémissement qu'il poussa se confondit avec son soupir de satisfaction. Ils commencèrent à bouger, allèrent de plus en plus vite, de plus en plus fort, jusqu'à ce qu'elle se cambre et qu'ils jouissent ensemble.

Cette fois, quand elle se réveilla dans les bras de Zach, elle ne fut pas prise de panique à l'idée qu'on la surprenne dans son lit. Ce qui l'inquiéta, en revanche, c'était de se rendre compte que cela lui plairait de se réveiller ainsi tous les matins pour le restant de ses jours.

Ce n'était peut-être pas une pensée inhabituelle pour une jeune mariée, mais c'était une pensée insolite et troublante pour une jeune femme qui avait fait un mariage de raison.

Elle avait besoin de mettre un peu de distance entre eux pour y voir plus clair. Elle commença à s'écarter de lui, mais il resserra son étreinte autour d'elle, l'empêchant de bouger.

— Où crois-tu aller ? demanda-t-il d'une voix endormie.

— Je vais, euh… prendre une douche.

— Nous en avons pris une hier soir.

— Hier soir, c'était hier soir, et c'était avant que tu décides de laisser parler ton imagination avec le champagne.

Il garda les yeux fermés mais sourit.

— Je ne me rappelle pas t'avoir entendue protester sur le moment.

— La question n'est pas là.

— Si, répliqua-t-il en refermant sa main sur son sein et en lui caressant paresseusement le téton.

— Zach…

— Oui ?

Il glissa sa main sur son ventre, puis entre ses cuisses. Elle soupira, s'abandonnant à ce dont ils avaient tous les deux envie.

— Nous pourrions peut-être essayer la baignoire, plutôt que la douche, la prochaine fois.

— Tout ce que tu voudras.

Quand ils sortirent enfin de la baignoire, ils étaient tous les deux affamés. Il ne s'attendait pas à ce que le réfrigérateur soit plein, mais il y jeta quand même un coup d'œil et y trouva un plateau avec de la viande, du fromage, des crackers et des fruits.

— Tes sœurs sont vraiment géniales, dit-elle en prenant une grosse fraise bien mûre.

— Je commence à les apprécier, moi aussi.

Elle rit. Elle mangea un cracker avec un morceau de fromage, puis but une gorgée d'eau.

— Tu les adores, et elles t'adorent !

— Elles adorent me tourmenter.

— C'est ce que des sœurs sont censées faire.

— Je n'étais pas au courant.

— Tu as de la chance. Je ne savais pas ce que c'était que d'avoir des sœurs avant de vivre avec Ashley et Megan.

— Est-ce qu'elles te taquinaient ?

— Nous nous tourmentions mutuellement, mais j'ai toujours su que je pouvais compter sur elles.

— Elles te manquent, n'est-ce pas ?

— Oui, mais nous avons pris des chemins tellement différents… Elles sont toutes les deux mariées, elles seront bientôt toutes les deux mamans, et…

— Toi aussi, tu es mariée, maintenant, lui fit-il remarquer. L'aurais-tu déjà oublié ?

Elle rougit.

— Bien sûr que non, je ne suis pas encore habituée à l'idée, c'est tout.

— Je crois que tu avais oublié, dit-il d'un air faussement indigné. Visiblement, il faut que je trouve un moyen de te rafraîchir la mémoire.

— Comme quoi, par exemple ?

— Je vais te montrer.

Après avoir de nouveau fait l'amour, ils finirent par s'habiller, à contrecœur.

— C'était... incroyable, dit-elle.

— Alors pourquoi as-tu l'air aussi triste ?

— Parce que je n'ai pas envie de retourner dans le monde réel.

— La réalité est-elle si désagréable que cela ? demanda-t-il d'une voix douce.

Il savait qu'elle faisait en fait allusion à son monde à *lui*, à sa carrière militaire.

— L'avenir le dira.

Il l'embrassa tendrement.

— J'étais sincère quand j'ai lu mes vœux. Je reviendrai toujours à la maison pour vous retrouver, toi et Emma.

Il avait aussi été sincère lorsqu'il avait promis de l'aimer, de l'honorer, de la chérir, mais il savait qu'elle n'était pas encore prête à l'entendre.

— En parlant d'Emma, il est temps de rentrer, dit-elle, comme pour lui donner raison.

S'efforçant de ne pas être déçu, il prit son sac et la suivit jusque chez ses parents.

- 13 -

Zach fut surpris de constater avec quelle facilité il s'adapta à vivre chez Paige, avec elle et Emma. Bien sûr, il avait vécu un peu avec elles avant leur séjour en Californie, mais il n'était alors qu'un invité. Maintenant, il était le mari de Paige et le père d'Emma, et il avait vraiment le sentiment qu'ils formaient une famille. Il était plus heureux et plus comblé qu'il n'aurait pu l'imaginer.

Ce n'était pas le genre de vie qu'il aurait cru avoir un jour : une maison en banlieue, une pelouse à tondre, des fleurs à arroser, des vitres à nettoyer… Il était stupéfait de voir à quel point il appréciait ces tâches banales du quotidien. Bien sûr, c'était surtout grâce à sa superbe épouse et à son adorable bébé qu'il se sentait plus épanoui que jamais.

Ils mangeaient ensemble, passaient du temps avec Emma, jouaient avec elle, s'occupaient d'elle. Quand elle était endormie, Paige et lui allaient se coucher. Il la désirait comme il n'avait jamais désiré aucune femme… Elle se montrait toujours passionnée, et ils faisaient l'amour comme s'ils ne pouvaient pas se passer l'un de l'autre.

Il ne pouvait pas s'empêcher de se demander ce qui

se passerait lorsqu'il s'en irait. Car Paige et lui savaient dès le début qu'il serait obligé de repartir…

C'était d'ailleurs pour cela qu'ils s'étaient mariés, pour qu'Emma ait une mère qui prenne soin d'elle quand il n'était pas là et qui lui apporte la stabilité que sa carrière ne pouvait pas lui offrir.

Paige, elle, essayait de décider si elle voulait retourner à Syracuse et reprendre sa place chez Wainwright, Witmer & Wynne, ou si elle préférait rester à Pinehurst pour être plus proche de ses cousines. Il avait songé à lui proposer de s'installer à Trenton, mais il savait que ce serait égoïste et injuste, d'autant plus qu'il ne serait pas si souvent là.

Cependant, plus il pensait au fait qu'il allait devoir quitter Paige et Emma, plus il doutait du choix de vie qu'il avait fait.

S'il était prêt à abandonner sa carrière, il pourrait peut-être avoir une vie normale avec Paige et Emma. Il n'avait jamais voulu avoir une vie normale auparavant, mais cela avait changé. Il avait toujours fait passer sa carrière avant tout, mais il avait donné quinze ans de sa vie à l'armée, et même s'il adorait son métier, il savait qu'il ne pourrait pas le faire éternellement.

Il avait envie de faire quelque chose pour lui, maintenant. Il y avait trop de choses dont ils n'avaient pas parlé avant de se marier, trop de choses qu'ils ignoraient l'un de l'autre, et il avait bien l'intention d'y remédier.

Pourtant, chaque fois qu'il essayait de parler de l'avenir, elle changeait de sujet. Comme il n'avait pas envie d'insister alors que tout se passait si bien entre eux, il la laissa faire, et les jours passèrent jusqu'à ce qu'il soit temps pour lui de s'en aller.

Elle ne lui demanda pas combien de temps il serait

parti, probablement parce qu'elle savait qu'il ne pourrait pas être sûr de la réponse qu'il lui ferait, et il ne lui demanda pas si elle serait là quand il rentrerait, car il avait confiance en elle.

Elle avait toujours su qu'il devrait repartir. Pourtant, cela ne l'avait pas préparée à son absence, et il laissa un grand vide derrière lui. Vingt-quatre heures après son départ, elle essayait de se souvenir de la vie qu'elle avait eue avec Emma avant de le rencontrer. Elle était heureuse, à l'époque, il ne lui manquait rien. Maintenant, sans lui, tout lui paraissait vide.

— Papa, dit Emma.

— Papa est parti.

La petite fille agita la main et dit :

— Au revoir.

— Oui, ma chérie, papa est parti, au revoir.

— Pac ? demanda Emma.

Paige sourit.

— J'ai du travail ce matin, mais nous irons au parc tout à l'heure.

Emma tapa dans ses mains.

— Pac !

Elle lui ébouriffa les cheveux. Elle aurait bien aimé qu'il y ait quelque chose qui puisse lui remonter le moral aussi facilement.

Paige était trop triste pour rester toute seule. Elle appela ses cousines et les invita à passer. Megan vint avec Marcus, qui avait déjà un mois, et Ashley avec Maddie. La fillette fut ravie de s'occuper d'Emma pendant qu'elles discutaient toutes les trois. Elles passèrent un après-midi agréable, jusqu'à ce que Megan demande :

— Zach est parti pour combien de temps ?

— Il ne reviendra probablement pas avant le nouvel an.

Elle s'efforça de ne pas penser au nombre de mois que cela représentait. Il lui manquait déjà tellement…

— C'est dur, dit Ashley.

Elle se contenta de hausser les épaules d'un air faussement désinvolte.

— Cela signifie juste que rien n'a vraiment changé dans ma vie, à part le fait que j'ai une alliance.

— Oh…

Elle fronça les sourcils, perplexe.

— Quoi ?

— Tu es amoureuse de lui.

— Non.

— Alors pourquoi son départ te bouleverse-t-il ?

— Je ne suis pas bouleversée.

Ashley et Megan se regardèrent.

— D'accord, peut-être que j'ai des sentiments pour lui, admit-elle, et peut-être que je n'ai jamais eu de sentiments aussi profonds.

— Eh bien, étant donné que tu es mariée avec lui, c'est plutôt une bonne chose, dit Megan.

— Je n'en suis pas convaincue, dit-elle.

Ashley secoua la tête.

— Tu croyais vraiment que ce mariage ne serait qu'un arrangement ?

— Oui.

Megan leva les yeux au ciel.

— Vous aviez bien couché ensemble avant de vous marier, non ?

— Et alors ?

— Alors il te plaisait déjà, manifestement.

— D'autres hommes m'ont plu sans pour autant que je sois incapable de maîtriser mes sentiments.

— Tu n'as jamais vécu avec ces hommes, lui fit remarquer Ashley.

— Tu n'es jamais sortie assez longtemps avec quelqu'un pour prendre ce genre d'engagement, dit Megan, et pourtant, tu t'es mariée avec Zach alors que tu ne le connaissais que depuis quelques semaines.

— C'était le seul moyen pour moi d'être sûre de ne pas perdre Emma.

— Eh bien, dans ce cas, je présume que tu as exactement ce que tu voulais, dit Ashley.

Paige acquiesça d'un signe de tête. Sa cousine avait raison, mais le problème, c'était que maintenant, elle voulait beaucoup plus.

Ashley accoucha le vendredi suivant. Alors que Megan avait accouché trois jours après la date prévue et que cela avait été long et douloureux, Ashley mit au monde sa petite fille avec trois semaines d'avance et en quelques heures seulement. Elle sortit de la salle de travail avec un sourire radieux, les yeux brillants et les joues roses, sa petite fille dans les bras.

Quand Zach appela Paige plus tard ce soir-là, elle lui raconta tout sur la naissance d'Alyssa. La différence entre l'accouchement d'Ashley et celui de Megan, seulement six semaines plus tôt, ne lui échappa pas. Le jour où Megan avait accouché, il était resté seul avec

Emma pour la première fois, et elle avait eu beaucoup de mal à lui faire confiance. Maintenant, ils étaient mariés, et Zach lui manquait énormément. Elle n'était pas prête à le lui avouer, mais elle dit :

— Tu manques beaucoup à Emma.

— Vous me manquez aussi, toutes les deux.

Il semblait tellement sincère que son cœur se serra. Il fallait qu'elle change de sujet avant d'en dire trop.

— J'ai eu un rendez-vous chez Wainwright, Witmer & Wynne, lundi.

— Penses-tu y retourner ?

Elle soupira.

— Non. Ces quelques derniers mois m'ont permis de me rendre compte que je ne passais pas assez de temps avec Emma. Il faut vraiment que je me remette au travail, mais j'ai décidé d'envisager d'autres options.

— A Pinehurst ?

— C'est une possibilité.

— Y en a-t-il d'autres ?

— Oui, mais je ne veux pas en parler avant d'avoir réfléchi un peu plus.

— Alors, de quoi veux-tu parler ?

— Peu importe, du moment que j'entends ta voix, je suis contente.

— Je ne manque peut-être pas qu'à Emma ?

Elle refusa de répondre à cela, et décida plutôt de lui donner des nouvelles de Californie, car elle avait eu sa mère au téléphone récemment.

Quand elle n'eut plus rien à raconter, Zach dit :

— Tu me manques vraiment, Paige. Je me couche en pensant à toi, je me réveille en pensant à toi, et chaque jour je raye un jour de plus sur mon calendrier.

Ses yeux s'emplirent de larmes et elle soupira.

— Zach ?

— Oui ?

— Tu me manques aussi.

C'était plus facile d'être honnête avec lui par téléphone, elle n'avait pas à craindre qu'il ne lise dans ses yeux ses émotions.

Paige fêtait son trentième anniversaire le 20 juillet. Elle ne s'était pas attendue à ce que qui que ce soit en fasse toute une histoire, mais Ashley, qui avait pourtant accouché une semaine plus tôt, insista pour l'inviter à dîner. Quand Paige arriva chez sa cousine avec Emma, elle s'aperçut que Megan, Gage et Marcus étaient là, eux aussi.

Les adultes mangèrent du saumon, des asperges grillées et des pommes de terre nouvelles, tandis que Maddie et Emma se régalaient d'un gratin de macaronis.

La soirée fut calme, mais très agréable. Paige se surprit plusieurs fois à regretter que Zach ne soit pas là, mais elle s'efforça de ne pas trop y penser.

Emma et elle rentrèrent assez tôt, et Paige trouva un paquet de sa tante Lillian dans la boîte aux lettres. L'enveloppe n'était pas très épaisse, mais elle était lourde, et elle était à la fois inquiète et pressée de voir ce qu'elle contenait. Elle s'occupa d'abord d'Emma, elle lui donna un bain, la mit en pyjama, et lui fit un petit câlin avant de la mettre au lit. Puis, elle redescendit et ouvrit l'enveloppe.

Elle contenait cinq photos. Celle du mariage de ses parents, dont Lillian lui avait parlé, prouvait qu'elle ressemblait effectivement beaucoup à sa mère. Paige se rendit compte cependant qu'elle n'avait aucun souvenir de sa mère, et cela lui fit énormément de peine.

Elle s'apprêtait à reposer la photo, quand son regard se posa sur le marié. Il était tellement différent de l'homme dont elle se souvenait… Elle ne l'avait jamais vu aussi heureux. Il affichait un large sourire et regardait amoureusement la femme qu'il venait d'épouser.

Que s'est-il passé ? Qu'avait-il bien pu se passer de si terrible entre eux pour que l'amour laisse la place à l'amertume et à l'animosité ?

Elle regarda les autres photos. Il y en avait une de sa mère et d'elle à l'hôpital, probablement prise quelques heures après sa naissance, une des jeunes parents avec leur bébé, une d'elle à trois ans environ, agenouillée dans le sable aux pieds de sa maman, en train de construire quelque chose qui ne ressemblait pas du tout à un château mais qui les amusait apparemment beaucoup, et enfin une d'elle assise sur les genoux de sa mère avec un livre dans les mains, mais sur celle-là, elles ne souriaient pas.

Elle se demanda si leur expression sombre indiquait qu'elles savaient que leurs vies allaient très bientôt prendre des directions différentes.

Elle soupira et remit les photos dans l'enveloppe, et ce fut seulement à ce moment-là qu'elle aperçut la feuille de papier pliée à l'intérieur. Elle la déplia et lut :

« Lynn Mackenzie, 216 Eastport Drive Berkeley, Californie

» Paige,

» Après ton mariage, j'ai ressorti de vieilles boîtes, dans lesquelles j'ai trouvé ces photos et cette adresse. Je ne sais pas si tu as envie d'essayer de contacter

ta mère, et si Lynn vit toujours en Californie, mais si tu veux la retrouver, tu peux peut-être partir de là.

» Affectueusement,

» Lillian »

Zach s'était assez facilement adapté à la routine de sa vie en Afghanistan. En revanche, il n'arrivait pas à s'habituer au fait que Paige et Emma lui manquaient.

Cela faisait quinze ans qu'il était pilote dans l'armée de l'air, et il n'avait jamais eu de mal à se concentrer. Or, il constatait que s'il faisait ce qu'il avait à faire, il agissait machinalement, et il avait la tête ailleurs.

Après une journée particulièrement longue et fatigante, il retira son costume et alla prendre une douche. Alors qu'il s'avançait sous l'eau chaude, il calcula l'heure qu'il était à Pinehurst, et se rendit compte qu'il était trop tard pour appeler Paige. Il aurait vraiment voulu entendre sa voix, l'entendre lui dire qu'il lui manquait autant qu'elle lui manquait. Visiblement, ce ne serait pas pour ce soir. Il se contenta donc de relever ses e-mails, espérant qu'elle lui aurait écrit. Il fut surpris de trouver un message de Megan Richmond, et il jura lorsqu'il eut fini de le lire. Il avait raté l'anniversaire de Paige. Dire qu'il ne connaissait même pas la date de naissance de sa femme !

Lorsqu'il parvint à l'appeler, il avait trois jours de retard pour son anniversaire. Comme d'habitude, il n'avait pas beaucoup de temps, mais Paige semblait sincèrement contente de l'entendre, même si elle passa tout de suite le téléphone à Emma pour qu'il puisse lui dire quelques mots. Lorsqu'elle reprit le combiné, il lui dit :

— Je suis vraiment désolé d'avoir raté ton anniversaire, je te promets de me rattraper quand je rentrerai.

— Ce n'est pas grave, dit-elle d'un ton calme. Les fleurs sont absolument magnifiques.

Il ne comprit pas tout de suite qu'Ashley et Megan avaient dû lui sauver la mise, et il demanda :

— Quelles fleurs ?

Il y eut un long silence. Il se maudit intérieurement.

— Tu ne m'as pas envoyé de fleurs ?

Il fit la grimace, conscient qu'il était trop tard pour revenir sur ce qu'il avait dit.

— Je l'aurais fait si j'avais su que c'était ton anniversaire, mais…

— Ce n'est pas grave, l'interrompit-elle.

Elle ne semblait plus aussi calme.

— Je me rattraperai, promit-il.

— Ce n'est pas la peine. Je t'assure.

Après cela, cependant, leur conversation fut courte et un peu guindée, et lorsqu'il dit :

— Tu me manques, Paige.

Elle se contenta de répondre :

— Fais attention à toi.

Paige ne parla pas des fleurs à Ashley et à Megan. Elle n'avait pas besoin qu'elles se confessent pour savoir que c'étaient elles qui avaient manigancé la supercherie. Même si elle savait que ses cousines n'avaient eu que de bonnes intentions, elle avait été dupée… et oubliée.

Sa raison lui disait de ne pas en vouloir à Zach d'avoir oublié quelque chose dont il n'avait jamais été au courant, mais cela n'atténua pas le sentiment de rejet qu'elle éprouvait et qui lui rappelait un autre anniversaire, depuis longtemps enfoui dans sa mémoire.

— Pourquoi est-ce que tu boudes ? lui avait demandé son père à l'époque.

Sa voix forte et autoritaire résonnait encore dans sa tête, comme si elle l'avait entendue la veille. Pourtant, la scène qu'elle revivait avait eu lieu dix-sept ans plus tôt.

— Tu as raté ma fête d'anniversaire, avait-elle répondu d'une voix douce, presque gênée.

— Ta fête d'anniversaire ?

Il n'y avait eu aucun remords dans sa voix, seulement un mépris glacial. Elle avait hoché la tête. Non seulement il n'avait pas assisté à sa fête, mais il n'avait fait aucune allusion à son anniversaire, comme s'il l'avait complètement oublié.

— J'ai perdu trois hommes hier, avait-il dit, alors tu m'excuseras si je pense que certaines choses sont plus importantes qu'un gâteau avec des bougies.

Là-dessus, il était sorti en trombe et avait claqué la porte derrière lui.

Elle n'avait plus fêté son anniversaire après cela, jusqu'à ce qu'elle vive chez sa tante Lillian, qui avait insisté pour qu'elle fasse une fête pour ses seize ans. Elle avait invité tous les amis de Paige et avait décoré le salon avec des fleurs et des serpentins.

Les efforts de sa tante l'avaient beaucoup touchée, mais elle n'avait pas pu avaler la moindre bouchée du délicieux gâteau qu'elle avait commandé pour l'occasion.

Elle chassa ces souvenirs de son esprit et regarda les fleurs, dans un vase posé sur la table.

Elles étaient magnifiques.

Elles n'étaient qu'un mensonge.

Tout comme son mariage.

Elle prit les fleurs et alla les jeter à la poubelle. Puis, elle décrocha le téléphone et composa un numéro qu'elle connaissait bien.

— Wainwright, Witmer & Wynne, bonjour ! dit Louise.

Elle prit une profonde inspiration.

— Bonjour, je voudrais prendre rendez-vous avec Karen Rosario, s'il vous plaît.

— Certainement. Puis-je vous demander pour quelle raison ?

Elle sentit sa gorge se serrer. Elle s'éclaircit la voix.

— Pour une affaire de garde d'enfant.

- 14 -

La voiture de Paige n'était pas dans l'allée lorsque Zach rentra et, même s'il était déçu, il savait qu'il ne pouvait s'en prendre qu'à lui : il aurait dû l'appeler pour la prévenir qu'il revenait, mais il avait voulu lui faire une surprise.

Il posa son sac dans l'entrée et se rendit dans la cuisine se servir un verre de soda. Alors qu'il buvait, il remarqua le voyant qui clignotait sur le répondeur, et il appuya sur le bouton pour écouter le message.

— Bonjour, Paige, c'est Karen Rosario. Je viens d'apprendre que tu avais annulé notre rendez-vous de cet après-midi, et je me demandais pourquoi. Je sais que tu as des scrupules à régler tout cela alors que ton mari est à l'étranger, mais comme je te l'expliquais l'autre jour, son absence peut jouer en ta faveur. Appelle-moi pour prévoir un autre…

Zach appuya sur le bouton stop. Il en avait assez entendu.

Il se sentait tellement bête. Il était bête, d'avoir fait tout ce qu'il avait fait, pour gagner la confiance de Paige, pour lui prouver qu'il tenait à elle et qu'il voulait jouer son rôle de père avec Emma, pour lui prouver qu'il les aimait toutes les deux et que rien n'importait plus à ses yeux qu'être avec elles…

Pendant qu'il changeait toute sa vie dans l'intérêt de sa famille, Paige essayait de la détruire. Karen Rosario était l'avocate qu'elle avait consultée quand ils avaient essayé de trouver une solution quant à la garde d'Emma, et de toute évidence elle avait de nouveau fait appel à elle.

Elle n'avait jamais prétendu l'aimer. Il avait bêtement cru qu'elle avait des sentiments pour lui, que ces sentiments se renforceraient, et qu'elle finirait par l'aimer comme il l'aimait.

Paige n'avait pas pour habitude d'agir impulsivement. Son mariage avec Zach semblait indiquer le contraire, mais le fait qu'elle ait accepté de l'épouser prouvait que toutes ses habitudes avaient été bouleversées depuis qu'il était entré dans sa vie, trois mois plus tôt.

Tout avait changé, non seulement parce qu'il représentait une menace dans sa vie de maman, mais aussi parce qu'il avait ébranlé tout ce qu'elle savait d'elle-même. Il lui faisait désirer des choses dont elle n'avait jamais voulu jusque-là : une famille, un avenir avec quelqu'un qu'elle aimerait toute sa vie. Les sentiments profonds qu'elle éprouvait pour lui la terrorisaient. Elle avait réagi bêtement, elle l'avait repoussé alors qu'elle avait envie de s'abandonner entre ses bras, au risque de briser la famille qu'ils venaient de fonder ensemble.

Elle n'avait jamais eu de relations vraiment importantes auparavant, elle n'avait jamais été amoureuse. Elle avait été trop souvent blessée pour s'autoriser à s'attacher et, comme Ashley l'avait finement observé, quand un homme s'attachait un peu trop à elle, elle le repoussait.

Elle avait envie d'aimer et d'être aimée en retour, bien sûr, mais elle ne savait pas comment faire tomber les barrières protectrices qu'elle avait dressées autour de son cœur.

Zach passa une bonne partie de la nuit éveillé, à attendre que Paige revienne, mais elle ne revint pas. Il essaya plusieurs fois de l'appeler sur son portable, mais il était systématiquement tombé sur le répondeur. A l'aube, il finit par s'endormir, et il se réveilla en sursaut, pensant à Olivia et au tragique accident qui lui avait coûté la vie. Et s'il était arrivé quelque chose à Paige et à Emma ?

Soudain, il se dit qu'Ashley et Megan devaient savoir où était Paige. Comme Ashley habitait plus près, il se rendit chez elle. Elle ouvrit la porte avec un nourrisson dans les bras et lui adressa un grand sourire.

— Bonjour, Zach ! Il m'avait semblé voir ta voiture dans l'allée hier soir, mais Paige m'avait dit que tu ne rentrais qu'après Noël…

Il savait qu'il aurait dû la féliciter pour la naissance de son bébé, mais il était trop fatigué et trop inquiet pour faire des politesses. Il se contenta de demander :

— Où est-elle ?

Ashley fronça les sourcils, déconcertée.

— Paige ?

— Oui, Paige. Où est-elle ? Où a-t-elle emmené ma fille ?

Ashley semblait perplexe, et un peu méfiante.

— Tu ne l'as pas eue au téléphone ?

— Si j'avais réussi à la joindre, je ne serais pas là.

Elle cligna des yeux, sidérée par la dureté de son ton, et elle caressa le dos de son bébé.

— Elle a emmené Emma en Californie.

— En Californie ?

— Voir tes parents.

Elle lui posa une main sur le bras dans un geste réconfortant.

— Tout va bien ? demanda-t-elle avec douceur. Que s'est-il passé ?

— C'est ce que j'essaie de comprendre, marmonna-t-il.

— Veux-tu entrer et…

— Non, merci. Il faut que j'aille à San Francisco.

Quand Paige leur annonça qu'elle était sur le départ pour la Californie avec Emma, les parents de Zach insistèrent pour aller les chercher à l'aéroport. Elle était un peu gênée, mais il fallait bien reconnaître que c'était agréable d'être attendue après un long voyage. Quand Kathleen et Justin la serrèrent dans leurs bras, elle eut vraiment le sentiment d'être rentrée chez elle.

Elle s'était attendue à ce qu'ils lui demandent pourquoi elle était venue en Californie, mais ils n'en firent rien. Peut-être attendaient-ils qu'elle le leur dise d'elle-même, ou bien étaient-ils tellement contents de voir leur petite-fille qu'ils ne se posaient pas de questions.

Le quatrième jour de son séjour, alors qu'elle aidait Kathleen à préparer le dîner, cette dernière lui demanda :

— Comment te sens-tu ?

— Que voulez-vous dire ?

— Je veux juste dire que cela ne doit pas être facile de dire au revoir à l'homme que l'on vient d'épouser en sachant que l'on ne va pas le voir pendant longtemps.

— Je pensais que cela irait… Enfin, mon père était, *est* dans l'armée, j'ai grandi avec les adieux répétés et les longues périodes d'absence.

— Tu n'as jamais eu ton mot à dire, n'est-ce pas ?

— Non, mais je savais à quoi m'attendre en épousant Zach.

— Et maintenant tu as des regrets ?

— Non, dit-elle en secouant la tête énergiquement. J'en ai peut-être eu quand il est parti… Ou plutôt, j'ai eu peur.

— Peur de quoi ?

— Peur qu'il ne revienne pas, pas parce qu'il ne le pourrait pas, mais parce qu'il n'en aurait pas envie.

— Oh, ma chérie !

Kathleen lui pressa l'épaule affectueusement.

— Je connais mon fils, je sais qu'il peut être un peu réservé, mais je suis absolument convaincue que tu n'aurais plus aucune inquiétude si vous discutiez de cela. Je peux t'assurer qu'il ne t'aurait jamais épousée s'il ne t'aimait pas.

Une lueur d'espoir se fit en elle, pour s'éteindre aussitôt : Zach tenait à elle, mais il ne lui avait jamais dit qu'il l'aimait.

— Zach m'a épousée pour qu'Emma ait une mère, avoua-t-elle à Kathleen.

— Je suis sûre que cela a joué un rôle dans sa décision.

Elle avait envie de lui dire que c'était la seule chose qui avait motivé sa décision, mais c'était inutile. Kathleen dut sentir son scepticisme, cependant, car elle lui demanda :

— Pourquoi n'arrives-tu pas à croire qu'il t'aime ?

— Parce que personne ne m'a jamais aimée.

Elle n'avait pas eu l'intention de prononcer ces mots à haute voix, elle ne s'était même pas rendu compte que le sentiment d'inutilité qu'elle éprouvait était si profondément ancré en elle. Brusquement, elle éclata en sanglots, et Kathleen la prit dans ses bras.

La compassion de sa belle-mère l'encouragea à se confier, et elle se surprit à lui raconter son passé, depuis le départ de sa mère jusqu'au moment où son père l'avait mise à la porte. Quand elle eut terminé, qu'elle eut cessé de pleurer, la mère de Zach continua à la serrer contre elle. Elle se calma peu à peu, et ses doutes se dissipèrent. Elle savait qu'elle avait pris la bonne décision, en venant en Californie, mais aussi en épousant Zach, car c'était l'homme qu'elle aimerait toute sa vie, et elle ne renoncerait jamais à leur mariage ou à leur famille.

Zach n'eut pas de vol direct pour San Francisco. Le trajet dura quatorze heures au lieu de sept. Quand il arriva, il était encore plus épuisé, et encore plus furieux contre Paige. Il loua une voiture et se rendit chez ses parents, pour apprendre qu'elle n'était même pas là.

— Où est-elle ? demanda-t-il à sa mère avec impatience.

— Je ne sais pas, répondit-elle calmement. Elle m'a dit qu'elle avait des choses à faire et elle m'a demandé si elle pouvait emprunter la voiture quelques heures.

— Où est Emma ?

— Avec Paige.

Sa mère le regarda droit dans les yeux.

— Enfin, Zach, qu'est-ce qui te prend ?

— Je… Je dois parler à Paige.

— Eh bien, elle ne devrait pas tarder à revenir. En attendant, pourquoi n'irais-tu pas voir ton père au château ?

Zach prit la direction du château en traînant les pieds, regrettant d'avoir passé sa colère sur sa mère. Il avait fait la moitié du chemin quand la petite voiture rouge de sa mère s'engagea dans l'allée. Elle ralentit, s'arrêta.

Il vit Paige descendre de la voiture, le sourire aux lèvres.

Comment pouvait-elle sourire, comme si elle était contente de le voir ? Comment pouvait-elle faire comme si tout allait bien, alors qu'elle prévoyait de mettre un terme à leur mariage ? Laissant la portière ouverte, elle se dirigea vers lui. Il savait qu'il serait perdu si elle le touchait. Il s'empressa donc de lui demander :

— Où est passé ton téléphone portable ?

Elle s'arrêta net, son sourire s'évanouit. Visiblement, ce n'était pas ce qu'elle s'était attendue à entendre. Elle le regarda, interloquée.

— Quoi ?

— Ton portable. Cela fait deux jours que j'essaie de t'appeler.

— Oh… Emma l'a fait tomber dans les toilettes.

— Dans les toilettes ?

— A l'aéroport. Il est fichu, et je n'ai pas encore pu le remplacer. Que fais-tu ici ? Et pourquoi es-tu en colère contre moi ?

— Peut-être parce que j'ai fait vingt heures de route pour revenir d'Afghanistan et que ma femme et ma fille avaient disparu.

Elle fit un pas en arrière, comme si elle avait peur de lui, puis elle releva le menton, lui rappelant qu'elle ne se laissait pas intimider si facilement.

— Si tu m'avais dit que tu rentrais, je t'aurais tenu au courant de nos projets, dit-elle d'un ton froid, et tu nous as trouvées, maintenant.

— Cela ne me dit pas ce que tu fais ici. T'es-tu aperçue qu'il était plus facile de demander le divorce dans l'Etat dans lequel tu t'étais mariée ? ne put-il s'empêcher de demander.

Demander le divorce ?

Paige le regarda fixement, stupéfaite. Son cœur se serra.

— Que… Que veux-tu dire ?

— Tu devrais passer à la maison de temps en temps pour relever tes messages. Si tu l'avais fait, tu saurais que ton avocate a essayé de te contacter.

Soudain, elle comprit sa froideur.

— Ce n'est pas ce que tu crois, Zach.

Elle voulait à tout prix lui expliquer, pour ne plus entendre son ton glacial, ne plus voir ce dédain dans ses yeux.

— Tu n'es pas allée la voir pour connaître tes chances de garder Emma si nous nous séparions ?

Elle fit la grimace.

— Si, mais…

— Bon sang, Paige ! Arrache-moi le cœur, pendant que tu y es !

Il semblait tellement triste qu'elle en eut les larmes aux yeux. Elle l'avait blessé… C'était exactement ce qu'elle avait voulu faire en contactant Karen : elle avait voulu le blesser comme il l'avait blessée. Puis, après avoir passé un moment à jouer avec Emma, elle s'était rendu compte que ce serait la petite qu'elle ferait le plus souffrir.

— J'ai fait une erreur, dit-elle, le suppliant de comprendre intérieurement.

Il lui adressa un regard dur.

— Moi aussi.

Elle sentit sa gorge se serrer.

— Tu ne veux pas me laisser t'expliquer ?

— Il n'y a rien à expliquer. Si tu veux divorcer, je n'essaierai pas de t'en dissuader.

Bien sûr que non… Il ne tenait pas assez à elle pour se battre, pour la retenir. Personne n'avait jamais assez tenu à elle pour cela. Soudain, elle se sentit impuissante, abandonnée… Puis, elle repensa à ce que Kathleen lui avait dit : il ne l'aurait pas épousée s'il ne l'aimait pas. Il fallait qu'elle y croie, qu'elle ait confiance en lui et, puisqu'elle voulait qu'il se batte pour elle, pour leur mariage, elle devait lui montrer qu'elle était prête à en faire autant.

— Je ne veux pas divorcer, dit-elle, mais je ne sais pas comment faire.

— Comment faire pour quoi ?

— Comment faire pour qu'une relation marche.

— Alors tu as décidé d'abandonner.

— C'est l'histoire de ma vie. Je n'ai jamais appris à persévérer… Peut-être n'en ai-je jamais eu envie.

— De toute évidence.

— Non ! s'écria-t-elle, les yeux pleins de larmes. Je ne veux pas abandonner, cette fois.

— Que veux-tu, alors ?

— Je veux arranger les choses.

— Pourquoi ?

— Je ne suis pas sûre de comprendre pourquoi tu me poses cette question.

— Est-ce pour Emma que tu veux arranger les choses ?

Elle savait que sa réponse pourrait déterminer son avenir. Il était temps pour elle de mettre son cœur à nu, mais Zach était tellement froid, tellement distant, qu'elle était terrifiée.

— Bien sûr, répondit-elle. Emma mérite…

— Et nous, Paige ? l'interrompit-il. Toi et moi, que méritons-nous ?

A en juger pas son ton las, elle n'aurait plus beaucoup d'occasions de lui dire ce qu'elle ressentait vraiment. Elle prit une profonde inspiration et se lança :

— Je ne sais pas ce que nous méritons, mais je sais ce que je veux. Je veux fonder une famille, avec toi et Emma.

Avant qu'il n'ait eu le temps de dire quoi que ce soit, une petite voix appela :

— Papa !

Paige soupira, à la fois soulagée et frustrée de voir Zach se diriger aussitôt vers la voiture pour aller chercher Emma. Il prit la petite fille dans ses bras, les yeux pétillants.

— Ma petite chérie ! dit-il avec tendresse.

Emma leva vers lui un visage rayonnant et déposa un baiser sur sa joue. Il la serra contre lui.

— Tu m'as tellement manqué…

— Papa ! répéta Emma.

Il lui embrassa le bout du nez.

— Oui, papa est là.

Pour combien de temps ? Paige se retint de poser la question, se rappelant qu'elle devait déjà s'estimer heureuse qu'il soit là maintenant. Et puisqu'il était là, ils pourraient peut-être réfléchir à leur avenir ensemble.

— Pac ? demanda Emma.

Zach rit.

— Pas tout de suite, ma chérie.

La petite se tourna alors vers elle.

— Pac ?

Paige secoua la tête.

— Ton grand-père a dit qu'il t'emmènerait à la piscine, tout à l'heure.

Emma battit des mains d'un air heureux.

Paige savait que Zach et elle avaient beaucoup de choses à régler, et qu'ils n'allaient pas le faire maintenant, alors qu'Emma et lui se retrouvaient. Elle ne pourrait jamais en vouloir à Emma du temps qu'elle passait avec Zach, mais elle aurait simplement voulu savoir quelle place elle avait dans l'ordre de ses priorités.

Après le dîner, alors qu'Emma était à la piscine avec son grand-père, Paige rejoignit Zach dans le salon.

— Nous pourrions peut-être finir la conversation que nous avons commencée cet après-midi, suggéra-t-elle.

— Quand tu m'expliquais pourquoi tu étais allée voir une avocate ?

Son ton était sec, mais beaucoup moins qu'avant. Elle ne savait pas si cela signifiait qu'il était prêt à écouter ses explications, ou s'il s'était simplement lassé de la conversation.

— Je t'ai dit que c'était une erreur.

— Peut-être que c'est moi qui ai fait une erreur.

Elle eut aussitôt les larmes aux yeux.

— Ne dis pas cela Zach, je t'en prie.

— Mes attentes n'étaient pas réalistes, dit-il d'un air résigné.

— Que veux-tu dire ?

— Je commençais à croire que nous n'étions pas que deux personnes cherchant à faire ce qu'il y avait de mieux pour une petite fille.

Il la regarda, et son masque glacial s'effaça enfin.

— Je suis tombé amoureux de toi.

— Tu es tombé… amoureux de moi ?

Elle était abasourdie… Elle avait envie de lui dire que c'était réciproque, mais il ne lui en laissa pas le temps.

— Je ne m'y attendais pas, dit-il, mais c'est arrivé, et j'ai pensé que tu tomberais peut-être amoureuse de moi toi aussi, un jour. Je savais que cela ne risquait pas d'arriver si j'étais en Afghanistan, alors je suis rentré, et c'est là que j'ai trouvé le message de ton avocate et…

— Je t'aime aussi !

Il s'interrompit et la regarda fixement. Il semblait décontenancé.

— Bon, d'accord, je n'étais pas censée le crier comme je viens de le faire, mais je n'avais jamais dit cela à personne.

— Je sais, dit-il d'un air méfiant, c'est pour cela que je me demande pourquoi tu me le dis maintenant.

— Parce que c'est vrai, je t'aime.

Elle poussa un soupir de soulagement. Les mots lui étaient venus un peu plus facilement cette fois-ci.

— Si tu m'aimes, pourquoi es-tu allée voir une avocate ?

— Parce que je suis une imbécile. J'étais blessée, en colère, j'ai agi sur un coup de tête… Puis j'ai changé d'avis.

— Qu'est-ce qui t'a fait changer d'avis ?

— Je me suis rendu compte que je t'aimais, et que

ce qui comptait pour moi, c'était de te voir, ne serait-ce que cinq jours par an.

— Tu le penses vraiment ? demanda-t-il prudemment.

— Oui.

Il fronça les sourcils, encore un peu perplexe.

— Alors pourquoi es-tu venue en Californie ?

— Pour plusieurs raisons.

— Pourquoi ne me l'as-tu pas dit ?

— Je ne voulais pas que tu le saches.

Il haussa les sourcils, déconcerté.

— Ce n'était pas un secret, mais plutôt une surprise… Je suis venue passer l'examen du barreau. C'était une idée de ton père, il m'avait dit que je pourrais peut-être trouver du travail en Californie.

— Tu cherches un travail en Californie ?

— Eh bien, je n'aurai les résultats que dans quelques mois, mais si je suis admise, nous pourrions peut-être envisager de nous rapprocher de ta famille.

— Et ta famille ?

— J'aime mes cousines de tout mon cœur, mais elles ont leurs propres familles maintenant, et si Emma devait avoir un petit frère ou une petite sœur un jour, ce serait bien d'être plus près de tes parents et de tes sœurs, surtout si tu es à l'étranger.

— Tu veux avoir un bébé ?

Ils n'en avaient jamais parlé, et elle ne savait pas ce qu'il en penserait, mais elle sourit car il avait posé la question d'un ton plein d'espoir.

— J'y ai beaucoup pensé ces derniers temps, mais je ne suis pas sûre de pouvoir m'occuper de deux enfants toute seule.

— Tu ne serais pas toute seule.

— Pas si nous vivons ici, près de chez tes parents.

— Je suis content que tu aies envie d'habiter près de ma famille, et je sais que mes parents seraient ravis, mais quand je disais que tu ne serais pas toute seule, je voulais dire que je serais avec toi parce que j'ai décidé de quitter l'armée.

— Mais… pourquoi ?

— Parce que tu as besoin de moi.

Elle était stupéfaite de voir qu'il était prêt à faire cela pour elle. Un sentiment de culpabilité l'envahit.

— Je n'ai pas *besoin* de toi.

— Si, tu as besoin de moi, peut-être autant que j'ai besoin de toi.

Elle resta sans voix.

— Tu ne sais plus quoi dire, hein ?

Il sourit et la prit dans ses bras.

— Oui, dit-il, j'ai besoin de toi, mais surtout, je te veux à mes côtés, tous les jours, toute la vie.

— Emma serait ravie d'avoir son papa avec elle tout le temps.

— Et toi ?

— Tous les jours, toute la vie, cela me semble parfait !

Elle lui passa les bras autour du cou.

— Je t'aime, Zach.

— Je t'aime, Paige.

Elle sourit.

— Je pourrais m'habituer à entendre cela.

— J'y veillerai.

— Si tu restes, nous pourrions peut-être partir en lune de miel ?

Il rit.

— Je suis partant !

— Nous pourrions aussi avoir un bébé ?

Il la regarda, plein d'espoir.

— Tu es sûre ?

— Oui. Cela m'a surprise moi-même, mais plus j'y pense, plus je me rends compte que c'est ce que je veux vraiment.

— Avoir ta propre famille ?

— Avoir un enfant avec toi.

Il l'embrassa.

— Je pense que nous pouvons y travailler.

— Dès ce soir ?

— Tu lis dans mes pensées.

Plus tard, Paige fit savoir à Zach l'autre raison qui l'avait poussée à venir en Californie. Ils étaient allongés dans son lit, et cette fois, elle se sentait merveilleusement bien. Alors que Zach lui caressait le dos, elle se blottit contre lui.

— Je suis allée voir ma tante, aujourd'hui.

— Lillian ?

— Non… Serena, la sœur de ma mère.

— Je ne savais pas que tu étais en contact avec la famille de ta mère.

— Ce n'était pas le cas avant aujourd'hui. Lillian m'avait donné une adresse à Berkeley. Je pensais qu'en reconstituant le puzzle de mon passé, cela m'aiderait à construire mon avenir.

— Tu as appris quelque chose ?

— Plus que je n'aurais pu l'imaginer. Phillip Wilder n'est pas mon vrai père.

Zach s'immobilisa.

— Enfin, légalement, c'est mon père, parce qu'il y a son nom sur mon extrait de naissance, mais ce n'est pas mon père biologique.

— Que ressens-tu ?

— Je ne sais pas trop. Au début, j'étais stupéfaite, puis en colère… Si ce n'est pas lui, mon père, alors qui est-ce ? Maintenant, je me sens plutôt soulagée. Je trouvais cela horrible qu'un père puisse traiter son enfant avec une telle indifférence, c'est presque plus facile de penser qu'il éprouvait en fait du ressentiment. D'après Serena, quand ma mère a décidé de quitter son mari, elle prévoyait de m'emmener avec elle, mais il est rentré alors qu'elle faisait ses valises et il lui a dit qu'elle pouvait s'en aller si cela lui chantait mais qu'elle ne lui prendrait pas sa fille. Elle lui a dit que je n'étais pas sa fille, mais il a dit que cela lui était égal. A l'époque, nous habitions en Allemagne. Ma mère ne voulait pas quitter le pays sans moi, mais elle pensait qu'elle aurait moins de mal à faire rectifier mon extrait de naissance et à obtenir ma garde une fois rentrée aux Etats-Unis.

— Que s'est-il passé, alors ? demanda Zach.

— Après s'être débattue avec l'administration pendant des mois, au moment où elle pensait que cela allait enfin aboutir, elle a appris que son mari avait été envoyé dans un autre pays. Le temps qu'elle le retrouve, on lui avait annoncé qu'elle avait la sclérose en plaques, et elle a pris la décision de renoncer de m'avoir à ses côtés seulement pour que je la voie mourir.

— Je suis désolé, Paige… Pas seulement parce que tu as perdu ta mère, mais aussi parce que tu n'avais vraiment pas besoin que je m'en prenne à toi aujourd'hui.

— Tu ne pouvais pas savoir…

— J'aurais dû savoir, j'aurais dû être là pour toi.

— Tu es là, maintenant.

Il la serra contre lui.

— Tu m'as déjà pardonné, n'est-ce pas ?

— Je t'aime, dit-elle simplement.

— J'aime t'entendre dire cela.

Elle sourit.

— Enfin bref, si je t'ai raconté tout cela, c'était pour te dire que j'avais une famille maintenant, moi aussi, non seulement Lillian, Ashley et Megan, mais aussi des oncles et des tantes, des cousins et des cousines du côté de ma mère.

— Essaies-tu de me dire que tu n'as plus besoin de ma famille ? la taquina-t-il.

— Je n'ai peut-être pas besoin de ta famille, mais je veux quand même qu'elle fasse partie de ma vie.

Elle l'embrassa. Il soupira.

— Je pourrais passer toute ma vie comme cela, avec toi, dit-il, mais je crois que je vais quand même devoir trouver du travail, un jour ou l'autre.

— As-tu déjà envisagé de passer ton brevet de pilote commercial ?

— Ce n'est pas le genre d'activité qui me permettrait de rentrer à la maison tous les soirs.

— Serais-tu parti plusieurs mois d'affilée ?

— Non ?

— Reviendrais-tu chaque fois que tu le pourrais ?

— Bien sûr.

— Tu aimes piloter ?

Il soupira.

— Oui.

— Alors tu devrais le faire.

— J'y réfléchirai.

Elle savait que c'était tout réfléchi.

— Que nous vivions à Pinehurst ou ici, nous allons devoir faire beaucoup d'allers et retours.

— Et la réduction sur les billets d'avion pourrait être utile ? devina-t-il.

Elle acquiesça d'un hochement de tête.

— Surtout si nous voyageons avec trois ou quatre enfants.

— Trois ou quatre !

Elle sourit.

— Eh bien, dans ce cas, dit-il avec un pétillement malicieux dans les yeux, je crois qu'il vaut mieux que nous nous y mettions tout de suite.

Épilogue

Neuf mois plus tard naissait Olivia Lynn Crawford, qui fut baptisée le jour du premier anniversaire de mariage de ses parents. Ashley et Megan, accompagnées de leurs maris et de leurs enfants, avaient prévu de loger à l'hôtel, mais les parents de Zach avaient insisté pour les accueillir.

— J'espérais un anniversaire de mariage plus intime, murmura Zach à l'oreille de Paige. Nous n'avons pas été seuls une seule fois depuis la naissance d'Olivia.

— Nous serons tout seuls quand les petites seront couchées.

Elle savait, en dépit des protestations de Zach, qu'il était aussi heureux qu'elle de célébrer l'événement avec toute la famille.

Cette première année de mariage avait été faite de nombreuses mises au point. Elle avait été reçue au barreau de Californie et travaillait à mi-temps avec une autre avocate qui voulait, elle aussi, passer plus de temps avec ses enfants. Paige s'était inquiétée de ne pas trouver de bonne nounou pour Emma, mais Kathleen et Justin s'étaient proposés pour garder la petite. Cela les arrangeait énormément, Zach et elle, car ils vivaient dans le cottage en attendant que la maison qu'ils faisaient construire à quelques rues de là soit terminée.

Elle regarda autour d'elle et remercia intérieurement son amie, en souvenir de laquelle ils avaient appelé sa fille Olivia. Grâce à elle, elle avait découvert l'importance de la famille.

Sa famille… qui commençait avec Zach. Elle l'aimait tellement qu'elle aurait pu le suivre au bout du monde, et lui l'aimait assez pour comprendre qu'elle avait besoin d'un foyer stable.

Comme s'il savait exactement à quoi elle pensait, Zach lui passa un bras autour des épaules et la serra contre lui. Elle leva les yeux vers lui et lui sourit, sachant que, dans ses bras, elle était enfin à sa place.

STELLA BAGWELL

Irrésistible inconnue

éditions Harlequin

Titre original : THE DEPUTY'S LOST AND FOUND

Traduction française de JULIA LOPEZ-ORTEGA

83-85, boulevard Vincent-Auriol, 75646 PARIS CEDEX 13.
Service Lectrices — Tél. : 01 45 82 47 47
www.harlequin.fr

- 1 -

La nuit était sans lune. Il était un peu moins de 23 heures, et la voiture de police patrouillait toutes fenêtres ouvertes à cause de la chaleur. Cela faisait deux heures que le shérif adjoint Brady Donovan et son coéquipier Hank parcouraient les routes désertes de cette région du Nouveau Mexique.

Les routes se changeaient parfois en de simples pistes caillouteuses, mais tout le monde savait que ces zones reculées et difficiles d'accès étaient souvent privilégiées par les malfaiteurs et autres dealers. En ce dimanche soir d'août, cependant, tout semblait particulièrement calme. Au point que Brady et Hank en arrivaient à espérer croiser le chemin d'une antilope égarée afin de briser un instant la monotonie de la ronde.

Encore quelques centaines de mètres, et ils auraient rejoint la route nationale 380, constata Brady.

Il était impatient de retrouver l'asphalte, car un hiver particulièrement rigoureux avait rendu le terrain accidenté, et cela faisait une demi-heure qu'il avait la sensation de faire du slalom entre les trous et les bosses.

— Lorsque nous aurons gagné la route nationale, prends la direction de Ruidoso, suggéra Hank. Le Blue Mesa est ouvert toute la nuit, nous pourrons y prendre un café et peut-être une part de tarte.

— Oublie ça. Nous irons jusqu'à la frontière du comté. Le shérif Hamilton ne nous a pas envoyés boire du café ou manger de la tarte, mais bien patrouiller.

— Bon sang, Brady, que veux-tu faire d'autre, par une nuit pareille ? C'est d'un ennui à mourir !

Brady ralentit pour franchir un nid-de-poule alors que la piste était à peine plus large que leur 4x4 compact.

— D'accord, concéda-t-il, nous ferons un petit crochet par Ruidoso… Bon sang ! Qu'est-ce que c'est que ça ?

Il écrasa la pédale de frein.

Sentant l'urgence dans sa voix, Hank se retourna sur son siège pour essayer de distinguer ce qui avait pu le faire piler ainsi.

— Où ça ? Je ne vois rien !

Sans prendre la peine de lui répondre Brady serra le frein à main et descendit de voiture. Hank se saisit d'une lampe torche avant de descendre à son tour, pressant le pas pour le rattraper.

— Par là, indiqua Brady. A gauche, dans le ravin. J'ai vraiment eu l'impression qu'il s'agissait d'un corps.

Le faisceau de lumière parcourut le bas-côté caillouteux où ne poussaient que de rachitiques buissons épineux. Soudain quelque chose de blanc accrocha la lumière.

— Oh, tu avais raison, on dirait bien que quelqu'un a fait une mauvaise rencontre ! s'exclama Hank.

Avant de se précipiter, Brady essaya de faire le point sur la situation.

Ils n'avaient pas croisé âme qui vive sur le chemin, aucun véhicule n'était stationné à proximité, et il régnait un silence complet sur le secteur. Un silence de mort, comme aurait dit Hank.

Pourvu qu'il ne s'agisse pas là d'un mauvais présage !

Mais les homicides n'étaient pas monnaie courante par ici. D'ailleurs depuis sept ans qu'il travaillait pour le shérif Hamilton, il n'avait approché que deux scènes de crime.

— Hank, appelle le central.

— Tout de suite. Est-ce que je demande aussi une ambulance ?

— Laisse-moi vérifier si ce n'est pas le médecin légiste que nous devons faire venir directement.

Hank lui tendit la lampe torche, et il s'avança avec précaution vers le corps inerte à plat ventre sur le sol.

Il s'agissait d'une personne plutôt mince, aux cheveux bruns. Ses vêtements étaient un simple jean et un T-shirt blanc.

Tous ses sens en éveil, il s'accroupit à proximité du corps et posa deux doigts en haut du cou de la victime. Il sentit un vif soulagement l'envahir lorsqu'il perçut de faibles pulsations sous ses doigts.

— Alors ? demanda Hank.

— Il est vivant, seulement inconscient.

Avec mille précautions, Brady entreprit de retourner le corps sur le dos. Ce fut avec stupéfaction qu'il se trouva alors face à face avec une jeune femme. Sur le côté de son visage, du sang avait maculé sa peau.

— Hank, attrape-moi la couverture dans le 4x4 et demande une ambulance de toute urgence ! C'est une femme, et elle a reçu un vilain coup sur la tête.

Tandis que son collègue s'exécutait, il examina le corps de la jeune femme afin de déterminer si elle souffrait d'autres blessures ou fractures.

A première vue, il ne voyait rien d'autre que sa blessure à la tête, mais les séquelles d'un choc n'étaient pas toujours visibles à l'œil nu. Il vérifia ses poches, en quête d'une arme ou de documents personnels, mais il n'y trouva rien.

Hank lui tendit la couverture, dont il se servit pour faire un coussin sous la tête de la victime. Lorsqu'il lui souleva doucement la nuque, elle émit un gémissement à peine audible.

— Mademoiselle, vous m'entendez ? C'est un policier qui vous parle. Est-ce que vous pouvez nous dire ce qu'il vous est arrivé ?

Elle gémit une nouvelle fois.

— Hank, elle arrive quand, cette ambulance ?

— D'ici vingt-cinq minutes. Tout à l'heure, je rejoindrai la nationale pour leur indiquer le chemin. A moins que tu ne préfères y aller ?

Brady secoua la tête.

Il serait incapable de laisser la jeune femme. Il avait l'intuition qu'elle n'avait pas été victime d'un accident, et il préférait par conséquent s'assurer que rien d'autre ne lui arrive.

— Je reste, trancha-t-il.

— Je me demande bien ce qu'elle pouvait fabriquer dans le secteur, marmonna Hank.

— C'est vrai qu'elle n'a pas l'allure des trafiquants de drogue que nous avons l'habitude d'interpeller dans le coin. Et personne ne viendrait ici pour se promener ou camper… Tout cela ne présage rien de bon.

— Et si elle avait tout bonnement eu un accident ?

— Cela n'explique toujours pas ce qu'elle serait venue faire par ici. Regarde sa tenue : ses bottes sont cousues main et doivent valoir une petite fortune. Quant à ses bijoux, ce sont de vraies turquoises, on dirait bien. Je ne pense pas qu'un voleur les aurait oubliés.

— C'est vrai, je n'y avais pas fait attention.

— Regarde un peu alentour si tu ne vois pas un sac à main ou un portefeuille qui traîne, ordonna Brady avant de tapoter la joue de la jeune femme. Allez, mademoiselle, réveillez-vous !

Cette fois-ci, les paupières de l'inconnue s'entrouvrirent, comme si sa voix était enfin parvenue jusqu'à sa conscience.

Nerveux, il chercha son regard.

— Bienvenue parmi nous.

Elle le fixa d'un regard apeuré.

— Où… Où suis-je ?

Même si sa voix était faible et hésitante, il ressentit un profond soulagement à l'entendre. Il s'approcha d'elle pour qu'elle puisse distinguer son visage et son uniforme.

— Je suis le shérif adjoint Brady Donovan.

— Shérif adjoint ? Est-ce qu'il m'est arrivé quelque chose ? Un accident ?

— On dirait bien, en effet, répondit-il en lui serrant la main. Une ambulance est en route. Est-ce que vous souffrez ?

Elle porta sa main libre à sa tempe.

— J'ai très mal à la tête…

— Oui, vous avez une blessure visible. Est-ce que vous avez mal autre part ?

Elle referma les paupières un instant, et il craignit qu'elle ne s'évanouisse de nouveau.

— Non, je n'en ai pas l'impression.

Rassuré par cette réponse, il essaya d'obtenir quelques informations.

— Pouvez-vous me raconter ce qu'il vous est arrivé ?

La confusion brouilla le regard de la jeune femme.

— Non. Je ne sais pas… Où suis-je ?

Il sortit un mouchoir de sa poche, essuya le sang qui maculait son front et frissonna.

Quiconque avait frappé cette ravissante jeune femme, l'avait selon toute évidence laissée pour morte.

— Vous vous trouvez sur une piste reculée du comté de Lincoln, au Nouveau Mexique. Est-ce que cela vous dit quelque chose ?

Elle ouvrit de grands yeux d'un gris sombre — la couleur d'un ciel d'orage en plein hiver. Ils étaient soulignés par des cils noirs et épais qui lui firent penser à un rideau de soie balayé par le vent.

— Au Nouveau Mexique ? Je… Je ne comprends pas, balbutia-t-elle en frottant ses tempes endolories. Cela ne m'évoque rien.

— Comment cela ?

— Je ne sais pas ! s'exclama-t-elle soudain en cherchant à se relever.

Son corps tremblait comme une feuille à présent, et il redoutait qu'elle ne soit en état de choc.

Il l'aida à s'asseoir, l'entoura de la couverture et la tint serrée contre lui pour qu'elle se réchauffe.

— Ne vous inquiétez pas, mademoiselle. Il est normal que vous ne puissiez pas me répondre, vous avez reçu un sacré coup sur la tête. Il faut avant tout retrouver votre calme. Nous allons prendre les choses dans l'ordre : comment vous appelez-vous ?

Elle le fixa une nouvelle fois de ses grands yeux gris où se lisait la détresse qui l'envahissait.

— Je… Je ne sais plus. Oh mon Dieu, je ne sais même pas comment je m'appelle !

Elle semblait tellement perdue et vulnérable qu'il aurait tout fait pour la rassurer.

Au fil des années, il avait été confronté à différentes personnes qui oubliaient fort commodément leur identité pour éviter des ennuis avec les autorités. Même s'il ne pouvait éliminer cette hypothèse, il sentait pourtant confusément que ce n'était pas le cas de sa victime du jour — à moins qu'elle ne soit vraiment une excellente actrice !

Comme il ne savait pas comment répondre à sa panique, il profita de la diversion que lui offrait Hank qui revenait de son inspection pour se relever et échanger quelques mots avec son équipier.

Ils firent quelques pas pour s'éloigner de la jeune femme.

— Je n'ai rien vu, Brady. Peut-être que ce sera plus facile une fois que le jour se sera levé. Qu'est-ce qu'elle dit ?

— Elle prétend ne pas savoir qui elle est ni ce qu'elle fait là, expliqua-t-il à mi-voix. Je pense qu'elle est encore en état de choc. Il faudra sans doute attendre demain pour en savoir un peu plus.

Hank jeta un coup d'œil par-dessus son épaule.

— Elle peut aussi nous mentir, en particulier s'il y a une histoire de drogue là-dessous. Et si demain elle décidait de faire appel à un avocat et de garder le silence ?

Brady hocha la tête.

Il ne croyait pas à ce scénario. Il émanait de cette jeune femme comme une aura d'innocence. Même si Hank aurait du mal à accepter cette idée sans lui rire au nez, il avait une sorte de conviction intime.

Il mit une tape sur l'épaule de son équipier.

— Espérons que cela n'arrivera pas. Tu ferais mieux

de descendre jusqu'à la route, l'ambulance ne devrait plus tarder.

Quarante-cinq minutes plus tard, l'ambulance déposait la blessée à l'hôpital général de Ruidoso. Brady et Hank la suivaient, et ils accompagnèrent les brancardiers dans les couloirs du service des urgences.

Une fois au bureau des admissions, Hank se tourna vers Brady.

— Nous n'avons pas beaucoup d'informations à leur donner, j'en ai bien peur.

— Tu as raison, à part qu'elle est blanche et de sexe féminin… Cheveux bruns, yeux gris et une vingtaine d'années. Ils vont devoir ouvrir un dossier au nom de Mlle X.

Tandis qu'ils patientaient dans le couloir, des internes et des infirmières commençaient à se presser autour de la jeune femme, et l'on emporta son brancard vers une salle qui se trouvait derrière une double porte battante.

Sans bien savoir pourquoi, Brady ressentit l'envie de la suivre, comme s'il voulait s'assurer par lui-même que l'on s'occupait bien d'elle et que tout était fait pour soulager sa douleur, alors même qu'il avait une totale confiance en cet hôpital.

C'était un peu ridicule, il en était conscient. Cela ne lui ressemblait pas le moins du monde de s'investir ainsi pour une affaire.

En tant que shérif adjoint, sa mission consistait à mettre les criminels et les délinquants hors d'état de nuire, afin d'assurer la sécurité du plus grand nombre. Il avait pour habitude de ne jamais laisser ses émotions interférer avec le travail. C'était beaucoup plus simple ainsi. Plus facile de rentrer chez lui le soir sans repenser aux personnes agressées, volées ou escroquées qu'il avait rencontrées dans l'exercice de ses fonctions. Bien sûr, dans certaines affaires, en particulier lorsque des enfants étaient impliqués, il était presque impossible de ne pas être affecté. Mais dans le cas qui les concernait actuellement, il ne s'agissait plus d'une enfant, et ce qui allait se passer à présent pour cette femme à l'hôpital n'était plus de son ressort.

— Bonsoir, Brady. Tu es là pour le travail, ou tu passes saluer ta sœur ?

Au son de la voix familière, il se retourna vers la grande blonde en blouse blanche qui venait de le héler.

— Bonsoir, Andrea. Je ne savais pas que Bridget travaillait ce soir.

Sa sœur était médecin et effectuait régulièrement des gardes à l'hôpital. Si elle était là ce soir, peut-être pourrait-il la convaincre de suivre la jeune inconnue ?

L'infirmière acquiesça.

— Je l'ai vue il y a quelques minutes à peine, elle se rendait au troisième étage, expliqua-t-elle avant de les saluer et de reprendre son travail.

Brady se tourna aussitôt vers Hank.

— Est-ce que tu peux te charger des formalités d'admission pour moi ?

— Oui, bien sûr. Qu'est-ce que tu vas faire ?

— Je vais aller voir si je trouve ma sœur.

Son coéquipier le scruta d'un œil interrogateur.

— Tu as des problèmes familiaux à régler à cette heure-ci, au beau milieu d'une affaire ?

Brady vivait avec ses parents et sa grand-mère ainsi que ses deux frères et ses trois sœurs au ranch de Diamond D. Il y avait toujours des problèmes familiaux mineurs à régler. Mais ce n'était pas de cela qu'il s'agissait.

— Non, Hank, aucun problème, lança-t-il. Je vais juste demander à ma sœur de garder un œil sur notre trouvaille. En revanche je te rappelle qu'il est interdit de filer à la cafétéria tant que je ne suis pas redescendu !

Au troisième étage, il sortit de l'ascenseur et se dirigea vers le bureau des infirmières. Il repéra aussitôt sa sœur au bout du couloir et avança à sa rencontre.

La petite jeune femme aux cheveux roux lui jeta un regard inquiet en le voyant venir à sa rencontre à cette heure de la nuit.

— Brady, qu'est-ce que tu fais là ? Tout va bien ?

— Ne t'inquiète pas, je suis ici pour le travail, comme d'habitude.

Bridget l'embrassa avant de s'écarter pour libérer le passage.

— J'espère que ce n'est pas une autre affaire de violence conjugale ?

Brady ôta son Stetson gris et se frotta la nuque.

— A vrai dire, je ne sais pas de quoi il s'agit précisément. Nous avons une jeune victime. Elle gisait inconsciente sur le bas-côté d'une piste de montagne, à quelques kilomètres de Picacho. Elle a un traumatisme crânien. Nous sommes en train de la faire admettre aux urgences. Pour tout te dire, j'espérais justement que tu pourrais l'examiner et me donner de ses nouvelles…

Bridget fronça les sourcils.

— Il n'y a pas de médecin auprès d'elle ?

Il se sentit aussitôt un peu ridicule.

Evidemment, l'hôpital regorgeait de médecins compétents, et il était certain que la jolie fille aux yeux gris recevrait ici les meilleurs des traitements, au même titre que n'importe quel autre patient. Pourquoi vouloir à tout prix s'assurer que tout était mis en œuvre pour s'occuper d'elle ?

— Si, bien sûr, des internes sont venus aussitôt… Mais disons que je me sentirais rassuré si tu pouvais rester dans les parages.

— Est-ce que tu penses la connaître ? demanda sa sœur, pleine de sollicitude.

Il fit non de la tête.

— Ce serait difficile, elle-même ne sait pas qui elle est !

— Je ne suis pas sûre de te suivre…

— Elle a perdu la mémoire. Elle ne sait pas ce qu'elle fait ici, ni comment elle s'appelle ni d'où elle vient. Rien, le trou noir.

— Tu dis qu'elle a un trauma crânien ?

— Oui, elle a une vilaine plaie au-dessus de la tempe, un coup ou une mauvaise chute, je ne saurais pas dire.

Bridget hocha la tête avant de lui poser sa main sur le bras.

— Ne t'inquiète pas trop. Je crois que le Dr Richmond est de garde cette nuit, je suis sûre qu'il prendra grand soin d'elle.

— Je n'en doute pas, mais je me disais qu'il faudrait bien qu'un médecin supervise son cas par la suite. Et comme elle ne connaît personne, j'ai pensé…

Ressentant l'insistance dans sa voix, Bridget acquiesça.

— C'est bon, Brady, j'irai lui rendre visite. Mais dis-toi bien que si sa famille débarque et demande un autre médecin, je ne pourrai rien faire de plus

Un peu soulagé, il serra sa sœur contre lui.

— Je t'ai déjà dit que tu étais ma sœur préférée ?

Bridget lui jeta un regard circonspect.

— J'ai surtout l'impression que ta favorite change au gré des jours. En tout cas, pas d'embrouille, cette fois-ci ! Je ne compte pas transgresser le règlement de l'hôpital pour tes beaux yeux comme…

— Inutile de revenir sur mes erreurs de jeunesse. Un de ces jours je m'amenderai, tu verras ! lança-t-il, amusé, en filant vers l'ascenseur.

Le box délimité par des rideaux beiges était froid et sentait le désinfectant.

Depuis son arrivée aux urgences, on lui avait enlevé ses bottes et ses vêtements pour lui faire une toilette sommaire avant de lui passer une chemise de coton bleu qui s'attachait dans le dos. Un médecin, la quarantaine, l'avait palpée et examinée, il l'avait interrogée sans qu'elle puisse répondre à la plupart de ses questions, et il n'avait finalement rien dit pour la rassurer. Il avait griffonné quelques notes sur un dossier avant d'adresser sèchement des consignes aux infirmières.

« Scanner. Points de suture. Tests neurologiques »…

Les termes techniques qu'elle parvenait à intercepter ne l'éclairaient guère. Maintenant que l'examen clinique était terminé, elle se sentait osciller entre la panique complète et le vide le plus abyssal.

Que se passait-il, qui était-elle ? Où se trouvait-elle ?

Les questions revenaient, lancinantes, dans son esprit troublé, battant à ses tempes en même temps que la douleur.

La seule lueur qui lui parvenait dans l'obscurité dans laquelle elle était plongée — semblait-il depuis toujours — était le regard bienveillant de l'officier qui l'avait secourue. Tout le reste n'était que peur et néant.

Elle essaya de repousser les bouffées d'angoisse qui menaçaient de la paralyser et se retint de fondre en sanglots lorsque le médecin quitta les lieux, la laissant entre les mains d'une jeune infirmière dont le prénom était Lilly d'après le badge qu'elle portait.

— Ecoutez, mademoiselle, nous allons commencer par traiter la douleur avant de vous descendre en radiologie. Ensuite, nous suturerons votre blessure, expliqua-t-elle d'une voix douce et rassurante.

Pendant le transfert en ambulance, on lui avait placé une perfusion. L'infirmière ajouta le contenu d'une seringue dans la poche reliée au goutte-à-goutte.

— Pourquoi dois-je faire une radio ?

— Nous voulons nous assurer que votre crâne n'est pas touché. Le Dr Richmond veut aussi vérifier que votre cerveau est indemne.

— D'accord. Est-ce que cela va prendre longtemps ?

— Non, rassurez-vous. D'autre part, les examens sont absolument indolores.

Elle ferma les yeux, luttant de nouveau contre les larmes.

— S'il vous plaît, est-ce que vous savez si l'officier qui m'a trouvée est encore là ?

— J'ai vu Hank Ridell dans le couloir il y a quelques minutes à peine, est-ce de lui qu'il s'agit ?

— Non, il s'appelait Donovan, il me semble. Il est plutôt grand et a une cicatrice juste là, expliqua-t-elle en pointant du doigt le coin de sa pommette.

Lilly eut un large sourire.

— Oh, c'est Brady ! C'est le shérif adjoint du comté et le célibataire le plus en vue de la région.

Les médicaments commençaient à faire effet. La douleur s'estompait doucement, et un nuage cotonneux semblait l'envelopper.

— Ah. Vous l'aimez bien, on dirait, marmonna-t-elle.

— Non, ce n'est pas ce que vous croyez, protesta la jeune infirmière en rougissant jusqu'aux oreilles. De toute façon, j'ai un petit ami, et je ne pense pas que Brady Donovan s'intéresserait à quelqu'un comme moi. Est-ce que vous avez besoin de lui parler de quelque chose en particulier, vous voulez que j'aille le chercher ?

Il y avait des centaines de questions qu'elle aurait souhaité poser au shérif adjoint, mais ce n'était pas la seule raison pour laquelle elle souhaitait le voir. Il était devenu son seul repère tangible dans la tempête. Sa seule lumière. Elle ne pouvait imaginer qu'il disparaisse.

— Je voudrais m'entretenir avec lui si vous pensez que c'est possible.

— Pendant que vous ferez vos radios, j'irai le chercher, assura Lilly.

Lorsque l'infirmière quitta son box, elle se surprit à prier en silence pour qu'elle ne perde pas cet homme qui était à ses yeux son dernier espoir de s'accrocher à la vie.

- 2 -

Hank et Brady étaient en train de finir leur café à la cafétéria lorsque Bridget les rejoignit.

— Vous ne devriez pas abuser de café à une heure aussi tardive, observa-t-elle.

— Mais s'ils en servent dans un hôpital, c'est que ce ne doit pas être si mauvais que ça, n'est-ce pas ? protesta Hank.

— C'est là que vous vous trompez, mais je reconnais que j'en prendrais bien un moi aussi.

— Alors, as-tu rencontré notre Mlle X ? demanda Brady, coupant court à cette plaisante discussion.

— Oui, je l'ai vue. Et je suis devenue son médecin référent en attendant d'en savoir un peu plus.

— Je t'en remercie. Alors, comment va-t-elle ?

Bridget haussa les épaules.

— Brady, tu sais bien que je ne peux rien te révéler, il s'agit du secret médical.

Il n'avait pu s'ôter la jeune femme aux yeux gris de la tête au cours des deux heures qui venaient de s'écouler, et voilà que sa propre sœur refusait de lui donner des nouvelles de sa santé…

— Mais enfin, Bridget, je ne te demande pas un rapport détaillé, je veux juste savoir si elle va récupérer la mémoire et se remettre de ses blessures.

Bridget le scruta avec curiosité avant de se retourner vers son coéquipier.

— Qu'est-ce qu'il lui arrive, il a été frappé par la foudre ? suggéra-t-elle avec ironie.

Hank sourit largement.

— Vous voulez dire, une fois encore ?

Brady était généralement plutôt prompt à la plaisanterie et n'avait pas la moindre difficulté à rire de lui-même. Mais là, il n'était pas d'humeur à plaisanter le moins du monde.

— Arrêtez donc votre petit jeu, c'est totalement ridicule ! Je vous rappelle qu'il s'agit d'une jeune femme blessée et sans mémoire.

Au ton de sa voix, sa sœur et son collègue durent sentir qu'ils avaient touché un point sensible et qu'il valait mieux qu'ils ne le titillent pas sur le sujet.

— Ecoute, Brady, je vais être franche : ta demoiselle X va se rétablir, elle est en bonne condition générale, et sa blessure est superficielle. Elle n'a pas subi de violences sexuelles et, mis à part quelques bleus, ne souffre d'aucune contusion. En revanche, pour ce qui est de sa mémoire, je suis bien incapable de te dire combien de temps il lui faudra pour la recouvrer.

— Comment ça ?

— Je te rappelle que la médecine n'est pas toujours une science exacte. Certains maux sont capricieux. Elle peut récupérer ses souvenirs dans la minute qui vient comme dans des années. Il est aussi envisageable, bien que peu probable, qu'elle ne la recouvre jamais.

Brady secoua la tête.

Le tableau que lui dressait sa sœur constituait un véritable choc pour lui. Il avait du mal à concevoir que sa belle inconnue se voie privée à tout jamais de souvenirs et d'identité.

— Il n'y a rien que l'on puisse faire, pas de traitement qui l'aide à se souvenir ?

— Calme-toi, Brady. Nous mettons évidemment en œuvre tous les moyens à notre portée, et si elle ne récupérait pas rapidement des souvenirs, nous ferions appel à des spécialistes. Mais elle reste pour le moment sous tutelle judiciaire, et le coût doit aussi être envisagé. Et puis, une chose est sûre : ne t'attends pas à des miracles de ma part, je ne suis qu'un médecin.

— Et si nous retrouvons ses papiers ou son véhicule en retournant inspecter les lieux demain matin ? Qui sait, ce sera peut-être un déclic pour elle ? suggéra Hank.

Brady avait du mal à accepter l'idée d'attendre jusqu'au lendemain. Il voulait des réponses dès à présent. Mais il le savait bien, c'était ridicule d'espérer retrouver quoi que ce soit cette nuit à la lampe torche. Ce serait bien plus simple de retourner sur les lieux lorsque le jour se serait levé.

— Tu as raison… Enfin, j'espère.

Bridget lui prit la main et la serra dans la sienne.

— Au fait, j'allais oublier de te dire qu'elle demande à te voir.

Il sentit son cœur se mettre à battre plus fort dans sa poitrine.

— Moi ?

— Oui, toi. Elle a demandé à te parler. Et ne tarde pas, car ses médicaments devraient la faire dormir sous peu.

La jeune femme aux yeux gris voulait le voir !

La nouvelle ne le surprenait pas autant qu'elle le réjouissait.

— Je reviens tout de suite, Hank, dit-il en se levant d'un bond.

Il se dirigeait vers la sortie lorsque la voix de sa sœur derrière lui le figea sur place.

— Où est-ce que tu vas ?

— A ton avis ? répondit-il, impatient, en lui jetant un regard noir par-dessus son épaule.

— Je ne sais pas. Es-tu certain de ne pas avoir besoin du numéro de sa chambre ? Il y en a plus de cinq cents dans cet hôpital…

Il sentit le feu lui monter aux joues.

— Oui, tu as raison, je n'y avais pas pensé.

— Chambre 212. Essaye de garder ton sang-froid, petit frère !

Le sourire aux lèvres, il hocha la tête.

— Ne t'inquiète pas, frangine. J'ai toujours su m'en tirer avec les femmes. Et les demoiselles en détresse, c'est ma spécialité.

Lorsque l'on frappa à sa porte, elle ne prit pas même la peine d'ouvrir les yeux.

Les infirmières n'avaient cessé de défiler dans la chambre depuis son arrivée. Elle s'attendait à ce qu'on lui prenne la tension une nouvelle fois ou que l'on vérifie sa perfusion.

— Pardon, mademoiselle, je suis le shérif adjoint Donovan, est-ce que vous vous sentez en état de parler ?

Le son grave de la voix lui fit aussitôt ouvrir les yeux, et son pouls s'emballa étrangement tandis qu'elle découvrait ses traits à la lumière des néons.

Il était là, son chapeau à la main, l'air inquiet et attentif. Il avait la peau mate et les cheveux châtain clair. Il devait avoir un peu moins de trente ans, décida-t-elle. Il était aussi et surtout terriblement séduisant avec ces traits si masculins, ces yeux verts et ces lèvres pleines.

Totalement désemparée, elle se racla la gorge avant de parler.

— Merci d'être venu, officier Donovan, dit-elle d'une voix curieusement rauque.

Un léger sourire flotta sur ses lèvres lorsqu'il lui répondit.

— Tout le plaisir est pour moi. Comment vous sentez-vous ?

Cette voix. C'était son premier et seul souvenir, et elle s'y accrochait de toutes ses forces, comme à une bouée.

— Ce n'est pas encore ça, mais ça va mieux.

— J'en suis content. D'ici peu, vous serez totalement rétablie, vous verrez !

Elle inspira profondément pour contenir l'émotion qui l'étreignait.

— Le Dr Donovan a été très encourageante. C'est votre sœur, c'est bien cela ?

— En effet. J'appartiens à une grande famille, nous avons un ranch dans les environs.

Une famille. Des parents, des enfants.

En avait-elle ? Et si tel était le cas, où se trouvaient-ils ? Si seulement elle pouvait se rappeler !

— Personne par ici ne semble me connaître. Je ne… Je ne sais même pas si j'ai une famille quelque part.

Elle sentit soudain la main de l'officier lui toucher l'épaule, diffusant une douce chaleur dans son corps, bien plus efficacement que les couvertures que lui avaient apportées les infirmières.

— Je vous promets que nous allons faire tout notre possible pour le découvrir.

Il avait l'air tellement confiant, tellement assuré dans ses propos qu'elle avait envie de s'en remettre à lui.

— Je n'arrive pas à me rappeler quoi que ce soit au sujet du lieu où vous m'avez retrouvée. Est-ce qu'il y avait une maison à proximité ?

— Non. Vous vous trouviez sur une sorte de piste écartée. Les éleveurs passent par là lorsqu'ils déplacent leurs troupeaux d'un pâturage à un autre, mais c'est à peu près toute l'activité qu'il y a. La maison la plus proche est à plus de dix kilomètres de l'endroit. Vous sembliez perdue.

— Qu'est-ce que je pouvais bien faire par là ? N'y avait-il pas un véhicule ?

— Pour l'instant nous n'avons rien vu, mais nous examinerons le secteur de façon plus poussée à la lumière du jour. Demain, nous pourrons aussi faire analyser vos vêtements à la recherche d'indices. Si vous avez laissé quoi que ce soit derrière vous, nous le retrouverons, soyez-en sûre.

Elle inspira profondément.

Son corps était à bout de forces, elle sentait la fatigue peser sur elle, même si elle luttait pour ne pas sombrer afin de profiter au maximum de la présence de cet homme qui l'apaisait et la rassurait.

— Si je ne me rappelle pas qui je suis, comment allez-vous pouvoir déterminer mon identité ?

La main de Brady serra son épaule, rassurante.

— Ne vous inquiétez pas de cela. Tout se passera pour le mieux, je vous le promets.

— Je ne peux même pas vous dire comment je me prénomme, dit-elle en s'efforçant de sourire du pathétique de la situation. J'ai cru comprendre que les patients sans identité étaient inscrits sous le nom de Jane pour les femmes ?

— C'est cela. Jane pour les femmes et John pour les hommes.

— S'il vous plaît, ne m'appelez pas Jane, je vous en prie ! J'ai toujours détesté ce prénom.

Il fronça les sourcils.

— Comment se fait-il que vous sachiez cela si vous ne vous rappelez rien ?

— Eh bien, je ne sais pas pourquoi je n'aime pas ce prénom. Je le sens au fond de moi, c'est tout. Mais vous devez avoir raison, il se peut que ma mémoire commence à revenir.

Brady n'avait jamais ressenti aussi impérieusement l'envie de serrer quelqu'un dans ses bras. Cette fille semblait désemparée et blessée, et tellement belle dans sa fragilité ! A cet instant, il aurait tout donné pour qu'elle se sente mieux grâce à lui.

— Je suis sûr que votre mémoire va vous revenir progressivement et que très bientôt vous serez en mesure de me dire comment vous vous appelez. En attendant, y a-t-il un prénom qui vous plairait ?

La jeune femme sembla chercher l'espace d'un instant mais finit par lever vers lui un regard dépité.

— Peu importe, ça m'est égal.

— Bien sûr que ça vous importe, insista-t-il. Vous ne voulez pas qu'on vous appelle Jane, c'est déjà un commencement !

Un léger sourire se dessina sur les lèvres de son interlocutrice.

— C'est différent, je ne voulais pas être une Jane parmi d'autres, une Mlle X, vous comprenez. Je voulais être quelqu'un de réel !

— Très bien. Dans ce cas, je vais vous appeler… Que diriez-vous de Lass ?

Un éclair de surprise traversa les profonds yeux gris.

— Lass, répéta-t-elle, comme pour tester le prénom dans sa bouche.

Il écarta presque involontairement une mèche de cheveux de son front, découvrant la blessure de sa tempe.

Est-ce que cette femme avait un mari quelque part ? Quelqu'un qui avait l'habitude de caresser ces cheveux noirs et d'effleurer cette peau d'albâtre ?

Tout à l'heure, en attendant l'ambulance, il avait examiné ses mains, en quête d'indices de lutte sous ses ongles.

A part quelques traces de terre sur ses mains, il n'y avait rien. Pas d'alliance, en tout cas, même si cela ne voulait rien dire en soit. On avait pu la lui dérober, ou elle avait pu ne pas la porter ce jour-là.

Elle tendit la main vers la sienne et la serra entre ses doigts. Ses paupières papillonnaient de plus en plus.

— Est-ce que cela vous plaît ? demanda-t-il en la regardant s'endormir.

— Lass, répéta-t-elle d'une voix faible. C'est très joli. Merci, officier…

Il n'eut pas le temps de répondre, car elle plongea à cet instant dans le sommeil, relâchant son étreinte autour de ses doigts.

Il était temps pour lui de s'en aller, même s'il serait bien resté quelques instants de plus auprès d'elle à contempler son visage.

Sans bien savoir pourquoi, il avait l'intuition qu'elle ne travaillait pas dans un bureau.

Elle était un peu plus petite qu'il ne se l'était figuré au départ, mais sa constitution indiquait qu'elle devait pratiquer une activité sportive régulière ou un travail physique. Ses cheveux étaient brillants et soigneusement coupés, ses mains et ses ongles soignés. Cette jeune femme prenait soin d'elle et de son apparence, selon toute évidence.

Un autre détail attirait son attention : ses boucles d'oreilles en turquoise cerclées de petites pierres qui brillaient de mille feux : il aurait mis sa main à couper qu'il s'agissait de vrais diamants.

Cela ne faisait qu'ajouter au mystère. Si le but de l'agression avait été de la voler, c'eût été stupide de lui laisser ses bijoux. Non, les choses s'étaient déroulées autrement, et il comptait bien découvrir ce qui était arrivé à la petite Lass.

Le flot de ses pensées fut interrompu par deux brefs coups donnés sur la porte.

Il se retourna et vit sa sœur entrer dans la chambre.

— Elle vient de s'endormir, expliqua-t-il, comme s'il venait de se faire surprendre en train de parler tout seul. J'allais m'en aller.

Bridget jeta un rapide regard à sa patiente.

— Moi aussi, je m'apprête à rentrer. Je voulais savoir si des souvenirs lui étaient revenus.

Il fit non de la tête.

— Rien pour le moment.

— Cela finira par venir, le rassura-t-elle en lui déposant un baiser sur la joue. Bonne nuit, Brady, et chasse cet air inquiet de ton visage. Tu finiras par découvrir d'où vient notre mystérieuse Jane.

— Elle ne veut pas qu'on la nomme Jane. Je lui ai proposé Lass, et cela lui convient. Nous pourrons l'appeler ainsi jusqu'à ce que nous mettions la main sur sa véritable identité.

Bridget lui jeta un regard amusé.

— Lass ? Tu envisages aussi de l'adopter, peut-être ?

— Ne dis pas de bêtises, Bridget !

Vexé, il prit la direction de la sortie.

Sa sœur lui emboîta le pas dans le couloir.

— Excuse-moi, dit-elle. J'essayais de faire un peu d'humour. Qu'est-ce qu'il t'arrive ce soir pour que tu sois aussi susceptible ?

Il soupira profondément.

Sincèrement, il ne savait pas ce qui le rendait aussi nerveux. Il avait eu de la chance, beaucoup de chance de passer par le chemin où se trouvait Lass. Il n'osait imaginer ce qu'il se serait passé si cela n'avait pas été le cas. Il devinait aussi que cette affaire l'ébranlait, bien plus que la plupart de celles qu'il avait eu à traiter dans sa carrière.

— Tu as raison, reconnut-il en fermant les yeux un instant. Ce n'est pas tous les jours que l'on récupère une jeune femme laissée pour morte sur le bas-côté. Elle me fait de la peine, et je veux vraiment faire tout mon possible pour qu'elle retrouve les siens.

Bridget lui prit la main avec tendresse.

— J'ai toujours pensé que tu étais bien trop gentil pour faire ce métier.

Il lui décocha un sourire mi-figue mi-raisin.

— Eh bien, à part grand-mère, tu es bien la seule de la famille à considérer que j'ai un cœur !

Bridget se mit à rire.

— Les autres ne te connaissent pas autant que nous deux, répondit-elle doucement.

Si seules sa sœur et sa grand-mère avaient su voir au-delà de son uniforme, qu'en était-il de Lass ? Comment pouvait-elle le percevoir ?

Le lendemain matin, Brady, Hank et deux autres agents reprirent le chemin de la montagne en direction de Picacho.

Heureusement, il n'avait pas plu dans la nuit, ce qui aurait pu faire disparaître des indices.

Pourtant, malgré des recherches assidues, ils ne trouvèrent rien, si ce n'est un billet de pari pour les courses hippiques de Ruidoso. Le ticket se trouvait à une bonne centaine de mètres du lieu où Lass avait été retrouvée. Il s'agissait d'une mise de vingt dollars sur le tiercé de la veille.

Il passa un coup de téléphone à l'hippodrome de Ruidoso, où on lui expliqua qu'il n'était gardé aucune trace des paris perdants une fois la course terminée.

La piste menait donc à une impasse. Toutefois, la question de savoir comment ce billet était arrivé là, au milieu de nulle part, restait entière.

— Elle aura sans doute été aux courses hier après-midi et aura perdu le ticket dans sa chute, suggéra Hank.

— Ou dans la bagarre avec son agresseur, ajouta Brady. Nous allons faire afficher des photographies d'elle au champ de courses pour commencer. Avec un peu de chance, quelqu'un la reconnaîtra.

La veille au soir, après avoir quitté l'hôpital, ils étaient repassés au poste. Il en avait profité pour passer en revue les disparitions signalées dans les

Etats voisins, mais rien ne correspondait à sa protégée. Rien de suspect n'avait été signalé par ailleurs la nuit précédente. Comme l'avait dit Hank, la nuit avait été d'un ennui à mourir. Ce matin, après un compte rendu détaillé des opérations au shérif, Brady s'était vu attribuer la direction de l'enquête.

Maintenant qu'il se retrouvait sur le terrain, il avait l'impression d'un poids immense sur ses épaules.

Le shérif Hamilton avait toujours été son mentor, son modèle. Il avait toujours suivi à la lettre ses conseils et s'appliquait à travailler avec le plus grand professionnalisme. Pourtant, il sentait que cette affaire avait pris dans son cœur un tour plus personnel, et les yeux gris de Lass revenaient un peu trop souvent s'immiscer dans son esprit.

La voix de Hank vint le tirer de ses pensées.

— Si seulement nous avions pu inspecter les lieux immédiatement, nous aurions peut-être trouvé des empreintes de pas. Mais avec ce vent qui ne cesse de souffler, tout a disparu.

Brady hocha la tête tout en continuant d'inspecter les lieux.

La végétation était loin d'être luxuriante, mais il y avait suffisamment de genévriers et de buissons pour se cacher ou se perdre. Pourtant, au fond de lui, il gardait l'intime conviction que Lass était venue des montagnes avant de se retrouver au bord du chemin.

— Je me demande si Johnny Chino ne pourrait pas venir nous donner son avis, réfléchit-il tout haut. Il nous serait utile de déterminer d'où venait Lass avant d'atterrir sur le bas-côté.

Cet Apache était le meilleur enquêteur de terrain qui soit, et il connaissait par cœur chaque grain de poussière de ces montagnes. Ils avaient parcouru ensemble tout le sud-ouest du comté. Johnny avait fini par se détourner de ces missions, mais Brady connaissait les fantômes qui le hantaient, et il avait l'espoir qu'en se remettant au travail, celui-ci parviendrait finalement à les affronter.

Hank lui adressa un regard sceptique.

— Eh bien, bonne chance ! Cela fait des années que Johnny ne nous aide plus lors des enquêtes.

Brady soupira.

— Peut-être que si je le lui demande personnellement, il acceptera. Nous nous connaissons depuis l'enfance, lui et moi.

— Comme je te l'ai dit, bonne chance, ajouta Hank.

Elle courait dans la nuit noir d'encre, trébuchant à chaque foulée sur des racines ou des branches mortes. Ses poumons étaient en feu, elle avait l'impression de recevoir des coups de poignard dans la poitrine à chacune de ses inspirations. Elle gardait pourtant l'espoir que si elle continuait de courir, elle finirait par apercevoir une lueur au bout du tunnel obscur qu'elle traversait. Il fallait juste qu'elle continue de courir.

— Lass ? C'est le Dr Donovan, réveillez-vous, tout va bien.

La voix se fraya un chemin jusqu'à sa conscience, et elle se réveilla en sursaut, quittant enfin les ténèbres qui l'entouraient.

— C'est vous, docteur ! s'exclama-t-elle, soulagée, en passant la main dans ses cheveux en bataille, tout en essayant de s'asseoir dans le lit. Je me suis endormie et je rêvais — à moins qu'il ne s'agisse de souvenirs, je ne sais pas.

La jeune femme aux cheveux roux lui serra la main en un geste de réconfort.

— Vous souvenez-vous de votre rêve ?

Elle acquiesça en réprimant un frisson.

— Je courais dans le noir. Je m'enfuyais, en fait, et j'étais terrifiée par ce que j'essayais de fuir. C'est tout ce qu'il me revient.

Le médecin sortit une petite lampe et observa ses pupilles.

— C'est un cauchemar des plus courants. Cela pourrait aussi bien être le résultat du traumatisme que vous venez de subir que des bribes de souvenirs qui vous reviendraient de ce qu'il s'est passé. En tous les cas, je tenais à vous rassurer sur les résultats de vos scanners : pas de dommage cérébral ni de fracture à constater. Vous souffrez simplement d'une contusion, ce qui devrait vous permettre de sortir sans tarder. Le fait que vous vous soyez rappelé que j'étais votre médecin est un autre point positif, c'est le signe que votre mémoire à court terme n'est pas endommagée.

— Mais qu'en est-il de ma mémoire à plus long terme ? Je passe mon temps à me creuser la tête, mais rien de rien. Quand est-ce que cela va revenir, à votre avis ?

— J'ai bon espoir qu'une fois l'hématome réduit, votre mémoire revienne toute seule, même si je ne peux rien vous garantir pour le moment. En tout cas, un spécialiste devrait venir vous voir cet après-midi.

— Un spécialiste ? Quel genre de spécialiste ?

Le sourire du Dr Donovan se voulut rassurant.

— Il s'agit d'un psychiatre.

Lass ouvrit de grands yeux.

— Vous pensez que je suis folle, c'est ça ? Oh, mon Dieu, je n'y avais pas pensé, mais cela expliquerait tout ! Et si…

A chacune de ses paroles, elle s'agitait un peu plus.

— Lass, intervint le Dr Donovan, calmez-vous. Personne n'a détecté chez vous le moindre signe de maladie mentale. Le psychiatre va essayer simplement de stimuler votre mémoire et vos souvenirs, rien de plus.

Lass inspira plus calmement.

Elle ne savait pas pourquoi son esprit s'était emballé aussi vite. Avait-elle eu des ennuis avant de se retrouver ici ?

C'était une question stupide, elle avait dû très certainement se retrouver dans une situation compliquée pour finir abandonnée sur un bas-côté de piste de montagne avec une plaie sur la tête, laissée pour morte… Il était probable qu'elle ne se trouvait pas dans ce désert pour ramasser des baies sauvages au beau milieu de la nuit !

Elle s'efforça de chasser ces questions obsédantes afin de se concentrer sur ce que lui disait son médecin.

— Combien de temps pensez-vous me garder ici ?

— Si vous ne souffrez d'aucune autre complication, vous pourrez sortir dès demain. Ce matin, une infirmière vous aidera pour votre toilette. Si vous vous en sentez capable, vous pourrez prendre une douche et marcher un peu. Mais n'en faites pas trop tout de suite, d'accord ?

Elle hocha la tête et remercia son médecin avant que celle-ci ne quitte la chambre. Une fois seule, elle soupira profondément en observant la petite chambre d'hôpital.

Pour le moment, c'était tout son univers. Demain, elle devrait partir…

Pour aller où ? Où vivait-elle, d'où venait-elle ? Qui était-elle ?

Si seulement elle le savait ! Si seulement elle parvenait à s'en souvenir !

- 3 -

Un peu plus tard dans la journée, après avoir envoyé Hank questionner le personnel du champ de courses de Ruidoso, Brady reprit le chemin de l'hôpital afin de prendre des nouvelles de sa protégée.

Il se dirigeait vers la chambre de Lass lorsqu'une infirmière aux longs cheveux bruns attira son attention en l'interpellant.

— Hé, Brady ! Qu'est-ce que tu fais là ? C'est sympa de te revoir. Est-ce que j'ai une chance de te croiser au concert de la semaine prochaine dans les arènes de rodéo ?

Il s'immobilisa, reconnaissant Miranda, une jeune femme avec qui il était sorti à l'occasion. Il s'était vite rendu compte qu'ils n'avaient pas exactement les mêmes aspirations : elle attendait de lui plus qu'une aventure sans lendemain, et il avait dû lui expliquer qu'il ne comptait pas s'engager dans une relation sérieuse. Ils s'étaient tout de même quittés en bons termes, se promettant même de se revoir à l'occasion.

— Non, ce n'est pas prévu.

Avec le cas de Lass, il risquait en prime de ne pas avoir beaucoup de temps libre les jours prochains, à moins qu'un miracle ne fasse recouvrer la mémoire à sa protégée d'ici là.

— J'imagine que tu viens pour notre Jane X ? dit Miranda. Tu sais que presque tout le personnel de l'hôpital a défilé dans sa chambre sans succès. Personne ne la reconnaît.

— Vraiment ? En tout cas, merci de me tenir au courant, Miranda.

— La pauvre, elle est si jolie… Qu'est-ce qu'il va lui arriver si elle ne se rappelle pas même son nom ? Elle ne va tout de même pas finir dans un foyer d'accueil en ville !

Brady acquiesça et profita de ce que le bip de Miranda retentissait pour filer après l'avoir rapidement saluée.

Ce que l'infirmière venait de dire lui glaçait le sang. Il était impensable pour lui d'envoyer Lass dans un centre d'accueil de quelque genre que ce soit.

Après avoir frappé deux coups, il entra dans la chambre, où il eut la surprise de trouver la jeune femme habillée, assise dans un fauteuil près de la fenêtre.

— Eh bien, vous m'avez l'air en bien meilleure forme que la dernière fois que je vous ai vue ! Comment vous sentez-vous ?

Elle portait les vêtements dans lesquels il l'avait retrouvée, et bien qu'ils soient quelque peu salis et fripés, elle avait bien meilleure allure ainsi que dans les sinistres chemises de l'hôpital. Elle avait aussi attaché ses cheveux, dégageant son œil noirci et sa tempe boursouflée, mais aussi la délicate ligne de son cou.

— Je me sens mieux. J'ai repris des forces, et ma tête me fait moins souffrir.

Il avança vers elle, s'arrêtant à quelques pas de son fauteuil.

Le soleil de la fin d'après-midi faisait miroiter ses cheveux d'ébène et donnait des reflets dorés à ses pommettes. Il remarqua sa peau claire, presque laiteuse, et dut refréner l'envie de l'effleurer du bout des doigts tant elle semblait douce et veloutée.

— C'est une bonne nouvelle. Bridget pense que vous êtes en bonne voie de guérison.

— Vous a-t-elle dit qu'elle avait demandé à un psychiatre de venir m'examiner ?

Il lui adressa un regard surpris.

— Non, je l'ignorais, mais je pense que c'est une bonne chose. Je lui ai bien précisé de faire tout ce qu'il serait possible pour essayer de vous aider, expliqua-t-il en s'asseyant sur le bord du lit. Qu'est-ce que le psychiatre vous a dit ?

Lass frotta ses mains nerveusement.

— Eh bien, il n'a pas eu l'air de penser que j'étais folle ou quoi que ce soit du genre…

Brady sourit.

— Cela, j'aurais pu le dire moi-même.

— Il a aussi suggéré que peut-être ma mémoire ne revenait pas parce que je redoutais qu'elle revienne. Comme si j'avais peur de me souvenir de quelque chose d'effrayant.

— Je vois. Une sorte de réaction psychosomatique, observa-t-il, pensif.

— Vous avez aussi étudié la médecine ? demanda-t-elle, l'air surpris.

— Non ! J'ai laissé cela à mes sœurs. Moi, je suis un homme de loi. Mais cela m'a amené à étudier les caractères humains. Croyez-moi, dans mon métier, on apprend vite les rudiments de la psychologie.

Elle soupira profondément.

— En tout cas, je ne me rappelle rien, si ce n'est ce rêve que j'ai fait et qui ne m'apprend pas grand-chose, à part que j'ai peut-être tenté de m'enfuir dans la nuit loin de quelque chose ou de quelqu'un qui me terrorisait, raconta-t-elle, l'air préoccupé. Agent Donovan, votre sœur veut me laisser sortir demain de l'hôpital, qu'est-ce qu'il va se passer ? Où est-ce que je vais aller ?

Il eut un discret sursaut.

— Appelez-moi Brady, je vous en prie, et surtout promettez-moi de ne pas vous inquiéter. Nous vous trouverons un endroit agréable où résider en attendant de découvrir quelles sont vos véritables racines.

Tout à coup, il se rendait compte que Lass n'avait absolument rien au monde, si ce n'était les vêtements qu'elle portait au moment de sa découverte. Pas de sac à main rempli de toutes ses petites affaires familières, pas de téléphone portable avec un répertoire rempli de tous ses proches que l'on pourrait appeler à la rescousse, pas de carte de crédit pour subvenir à ses besoins. Elle était totalement dépendante.

Et c'était dans ses yeux à lui qu'elle plongeait son regard pour lui demander ce qu'elle allait devenir !

Elle ne réagit pas à sa réponse, et il se dit qu'il n'y avait sans doute pas grand-chose à dire. Elle dépendait du comté jusqu'à nouvel ordre.

A moins qu'il ne décide de s'en mêler…

L'idée germa dans son esprit en un instant.

Depuis que sa sœur aînée Maura s'était mariée à Quint Cantrell, une chambre était vacante au ranch. Et les lieux étaient suffisamment spacieux pour accueillir quelqu'un sans le moindre dérangement.

Restait à voir la réaction de sa famille. Mais c'étaient bien ses parents qui lui avaient toujours appris qu'il fallait aider son prochain, après tout !

— Merci, Brady. Je ne suis guère en position de faire la fine bouche, je le sais, mais votre sollicitude me réconforte.

— J'y pense, demanda-t-il, changeant soudain de sujet, est-ce que quelqu'un du bureau du shérif est venu prendre une photographie de vous ?

Lass acquiesça.

— Oui, une jeune femme est venue. Elle m'a expliqué que vous comptiez la publier sur internet et dans les environs.

— C'est exact : nous la diffuserons aussi aux journaux locaux afin de voir si des gens qui vous connaissent se manifestent. Mais en attendant, le plus urgent consiste à vous dégotter une chambre, des vêtements de rechange et tout ce dont vous pouvez avoir besoin. J'ai une proposition à vous faire, Lass : que diriez-vous de profiter d'une chambre libre dans notre ranch familial, en attendant que votre affaire soit résolue ?

Le regard gris sembla se parer d'un voile plus sombre, une forme de méfiance, peut-être.

— Je ne comprends pas trop, Brady. Vous n'êtes pas obligé de faire cela, même si vous êtes en charge de mon affaire. Cela ne vous contraint tout de même pas…

— Ecoutez, Lass, trancha-t-il, je vais être franc : je ne me vois pas vous envoyer dans un foyer pour femmes battues. Vous risqueriez de vous trouver plongée dans un univers qui vous est totalement étranger, les femmes là-bas font face à de très sérieuses difficultés.

— Parce que ce n'est pas mon cas, peut-être ?

Il essaya d'arborer un sourire rassurant, même s'il n'y croyait qu'à moitié.

— Pour le moment, Lass, la seule difficulté dont nous ayons connaissance est votre amnésie, et je peux vous dire qu'il y a des choses bien plus terribles qui arrivent tous les jours.

— Vous ne savez pas du tout ce qu'il a pu m'arriver avant que vous ne me découvriez ! protesta-t-elle. De toute façon, je risque de n'apporter que des ennuis dans votre famille, et je ne veux certainement pas être un problème ou un fardeau pour qui que ce soit. Merci pour votre proposition généreuse, Brady, mais je ne peux pas l'accepter.

Elle se leva de son fauteuil avant de se diriger vers la fenêtre qui donnait sur le parc de l'hôpital.

Brady resta silencieux, dérouté face à son refus. Il fixa en contrebas une jeune femme qui traversait les pelouses en donnant la main à deux jeunes enfants.

Lass avait-elle des enfants à qui leur mère manquait cruellement ?

Sans bien savoir pourquoi, il ne la voyait pas comme une mère, ni même comme une épouse. Mais il était bien obligé de reconnaître que si c'était le cas, il était urgent de lui permettre de retourner auprès des siens. Plus précisément encore, c'était sa mission à lui de s'assurer qu'elle retrouve sa famille au plus vite.

— Je peux vous promettre que vous ne dérangerez pas, Lass, et je ne vois pas quels ennuis vous nous attireriez. Sans compter que votre présence au ranch me serait d'un secours certain.

La jeune femme détourna le regard du parc en fronçant les sourcils.

— Comment cela ?

— Eh bien, tant que nous n'avons pas votre identité, nous allons devoir être en relation quotidienne avec vous au bureau du shérif. Votre présence à Diamond D nous permettrait de collaborer beaucoup plus facilement au quotidien.

— Diamond D, répéta-t-elle pensive. Votre famille élève du bétail ?

— Des chevaux de course.

— Ah, dit-elle, en plissant les yeux, concentrée. C'est curieux que vous ayez des chevaux par ici, c'est une petite ville à ce qu'on m'a dit, et les champs de courses sont presque tous sur la côte.

Il alla la rejoindre près de la fenêtre.

— Si vous vous rappelez de telles choses, c'est que votre mémoire fonctionne bien, au moins partiellement. Quant à nos chevaux, nous nous chargeons avec mon frère Liam de les transporter pour les courses importantes. Mais il y a aussi un champ de courses à Ruidoso qui commence à acquérir une petite notoriété.

— Je vois, murmura-t-elle. Je ne sais pas pourquoi, ce monde des courses de chevaux me semble familier. Peut-être que j'ai un métier en relation avec cela…

Brady hocha vigoureusement la tête.

— Figurez-vous que ce matin, près de la piste où l'on vous a trouvée cette nuit, nous avons découvert un ticket de reçu pour une mise sur une course de Ruidoso. Essayez de vous concentrer encore sur les courses, les paris et les chevaux, c'est un très bon début.

Elle fixa le parc intensément pendant de longues minutes, avant de pousser un soupir découragé.

— Je regrette, Brady, mais dès que j'essaie de penser à moi, à ce qu'était ma vie, mon esprit se vide, c'est le néant. Plus je me concentre, et plus ma tête me fait souffrir.

— Ne vous forcez pas. Je ne voudrais surtout pas

que vous vous sentiez mal à cause de moi. Ma sœur m'étriperait, en prime !

Elle tendit la main vers lui et lui effleura le bras pour le rassurer.

— Non, non ! Ce n'est pas vous, n'allez pas penser cela, je sais que vous essayez simplement de m'aider.

Le contact de ses doigts fins sur sa peau donna à Brady l'impression qu'un papillon venait de se poser sur son avant-bras. Pourtant, cela suffit à l'enflammer. Il sentit les mots se bousculer dans sa tête et eut l'impression de se perdre dans la profondeur de ses pupilles.

— Je dois y aller maintenant, j'ai du travail qui m'attend, répondit-il un peu maladroitement.

Incapable de briser le contact avec ses yeux, il recula de quelques pas.

— Et que se passera-t-il demain, alors ? demanda Lass, visiblement perdue.

— Je vais m'occuper des formalités et viendrai vous chercher pour vous ramener au ranch, trancha-t-il, un sourire aux lèvres.

— Mais je…

— Ne vous inquiétez pas, ma famille sera ravie d'avoir une invitée, et vous serez bien installée.

La seule chose qui inquiétait vaguement Brady, était la nature exacte de ses propres motivations. Il espérait qu'il n'était pas en train de commettre une monumentale erreur en ramenant Lass chez lui.

Pour le moment, en tout cas, il n'y avait pas vraiment d'alternative. Elle avait besoin de lui, et c'était tout ce qui comptait à ses yeux.

***

Le matin suivant, lorsque le shérif Hamilton arriva au bureau, Brady était déjà au travail depuis plus d'une heure.

— Le jour ne s'est pas encore levé, qu'est-ce que tu fais déjà là ?

Brady leva les yeux de son écran.

Ethan Hamilton était un homme d'une stature imposante et d'un charisme impressionnant. Cela faisait onze ans maintenant qu'il s'occupait de la sécurité de ses concitoyens. Il n'avait pas été facile pour lui de se faire un nom lorsqu'il avait succédé à son oncle Roy Pardee, qui était admiré et respecté. Mais au fil des années, Ethan avait su imposer son style. Il s'était marié il y avait quelques années avec Penelope Amish, qui officiait en tant que juge et avec qui il avait eu deux garçons, des jumeaux prénommés Jake et Jase. Ethan et lui étaient devenus amis au fil des années, et personne n'ignorait qu'ils s'appréciaient et se respectaient mutuellement.

— Je pourrais te retourner la question ! rétorqua-t-il.

— C'est Penelope qui ne se sentait pas très bien, elle m'a réveillée en se levant, et je n'ai pas pu me rendormir.

— Ce n'est pas la première fois qu'elle se sent mal dernièrement, est-ce qu'elle a fait des analyses ?

Un sourire fleurit lentement sur les lèvres d'Ethan.

— Inutile, elle a vu son médecin hier. Il nous a confirmé que tout reviendra à la normale d'ici sept mois… Enfin aussi normale que puisse l'être la vie avec un nouveau bébé à la maison !

Brady était sous le choc de la nouvelle.

Les jumeaux du shérif Hamilton avaient déjà plus

de neuf ans, et après tout ce temps, il s'était imaginé que le couple ne souhaitait plus d'autres enfants.

— Penelope est enceinte ? demanda-t-il enfin.

— Oui, et nous en sommes ravis ! Nous voulions un autre enfant depuis longtemps, mais Penelope a des soucis de santé. Les jumeaux étaient déjà un miracle en eux-mêmes, ce qui fait que nous nous étions résignés à ne pas voir le prodige se répéter. Pourtant, il semblerait que le hasard en ait décidé autrement.

Ethan Hamilton était fait pour la vie de famille. Rien ne le rendait plus heureux que la présence de sa femme et de ses enfants auprès de lui. Brady s'était souvent demandé s'il pourrait un jour s'épanouir dans ce style de vie, casanier et familial. Saurait-il se fixer sur une seule et unique femme ?

Jusqu'à ce jour, aucune femme n'avait su retenir son attention plus de quelques semaines, alors imaginer rester toute sa vie auprès de la même femme, cela lui semblait une véritable gageure. Ses proches le disaient trop égoïste pour s'engager sérieusement, mais lui-même voyait les choses autrement : il fallait tomber sacrément amoureux avant d'envisager de consacrer sa vie à quelqu'un ! Et jusqu'à ce jour, c'était une maladie qui l'avait épargné.

Il serra la main de son supérieur avec enthousiasme en lui présentant ses félicitations pour la bonne nouvelle.

— Quel bonheur pour vous ! Et quelle surprise, tu dois être sur un petit nuage !

Le shérif sourit, rayonnant.

— Tu imagines bien que la nouvelle a tenu en éveil tout le clan ces derniers temps ! Pour ma part, je ne me plains pas encore d'être de corvée de petit déjeuner tous les matins. Penelope ne supporte pas les odeurs de cuisine au réveil et m'interdit même de préparer du café. A ce propos, d'ailleurs, est-ce que quelqu'un aurait eu par hasard la bonne idée d'en préparer ?

— Oui, moi. Je vais nous en chercher une tasse chacun. Ce sera l'occasion de discuter, car j'ai aussi besoin de te parler.

— Retrouve-moi dans mon bureau, dans ce cas, je vais vérifier mes messages.

Quelques instants plus tard, attablés devant deux tasses de café chaud, ils faisaient le point sur les affaires en cours.

— Alors ? demanda Ethan. Tu voulais me parler de quelque chose de privé, ou il s'agit du travail ?

Un peu embarrassé sans savoir pourquoi, Brady avala une gorgée de café avant de se lancer.

— Un peu des deux, à vrai dire. C'est au sujet de l'affaire Lass X. La jeune femme doit sortir aujourd'hui de l'hôpital, et j'envisage de l'accueillir au ranch.

Ethan leva vers lui un regard interrogateur.

— A Diamond D ?

— Exactement. Est-ce que tu trouves quelque chose à y redire ?

— Eh bien, légalement, pas vraiment… Mais je dois dire que je te le déconseille, Brady. Il y a des institutions spécialisées pour accueillir les victimes le temps que l'affaire soit démêlée.

Fronçant les sourcils, Brady leva le menton.

— Tu l'imagines un seul instant au refuge de Ruidoso ? C'est un endroit sordide, et dangereux !

— Pourquoi dis-tu cela ?

— Eh bien, le foyer partage ses locaux avec le centre d'accueil des toxicomanes, et tu sais bien qu'il y a toujours des problèmes de drogue qui circule et de dealers qui cherchent à faire taire les repentis. Lass va se retrouver dans un monde impitoyable dont elle ne fait pas partie.

— Personne n'appartient naturellement à ce genre de monde, pourquoi faire une exception pour elle ?

— Parce qu'il est évident qu'elle n'a rien à voir avec tout cela !

— Au fait, je t'ai entendu l'appeler Lass. Est-ce qu'elle se serait souvenue de son prénom ?

Brady se sentit rougir sans pouvoir faire quoi que ce soit pour le refréner.

— Non, pas vraiment. C'est moi qui lui ai donné ce prénom, il fallait bien l'appeler d'une façon ou d'une autre.

— Ah vraiment ? Et pourquoi pas Jane, alors ?

Il ne servait à rien d'essayer de masquer ses sentiments à Ethan.

— C'est bon, c'est bon, je reconnais que je suis tombé sous le charme de notre victime. Qu'est-ce que tu veux que je te dise…

Ethan plongea son regard dans le sien.

— Comme je te l'ai dit, il n'y a aucune loi qui t'interdise d'héberger cette fille, quel que soit le prénom que tu lui donnes, mais je crois que tu t'exposes à un sacré lot de problèmes sans t'en rendre compte. Cette affaire m'a l'air des plus troubles, et je ne voudrais pas que ta famille et toi pâtissiez de tout cela.

Brady sentit un vague malaise l'envahir.

Il travaillait au bureau du shérif depuis suffisamment longtemps pour savoir qu'Ethan Hamilton disait vrai. Pourtant, au fond de lui, il savait aussi que son métier consistait à servir et protéger, et à cet instant précis qui plus que Lass pouvait avoir besoin de son aide et de sa protection ?

— Je pense justement que c'est une raison de plus pour la mettre à l'abri afin que je puisse garder un œil sur elle de façon régulière.

— Très bien, Brady, je te laisse juger de la situation par toi-même. Je veux juste te rappeler de ne pas laisser tes sentiments personnels interférer avec cette affaire.

Il hocha la tête, soulagé.

— Ne t'inquiète pas pour l'enquête, je compte bien tirer cela au clair au plus vite. C'est d'ailleurs pour ça que je suis là de si bon matin.

— Au fait, as-tu reçu des réponses du fichier des empreintes digitales ?

— Rien pour le moment, mais cela n'est guère une surprise : elle n'a pas vraiment le profil d'une criminelle fichée ou d'un militaire de carrière !

— Et son dossier médical ? Hank m'a dit que ta sœur Bridget s'occupait d'elle, que pense-t-elle de son cas ?

— A son avis, seul le temps pourra l'aider à recouvrer la mémoire. Le reste est bénin.

— Espérons qu'elle guérisse vite, dans ce cas. Il doit bien y avoir des gens qui la recherchent quelque part, un petit ami, un mari, de la famille, des gens qui tiennent à elle…

Cette réalité frappa Brady de plein fouet.

Bien sûr, il devait y avoir des gens qui la connaissaient quelque part, des proches. Sans oublier qu'une aussi jolie femme devait avoir un homme dans sa vie.

Il n'avait pas le droit d'oublier que son travail consistait à la rendre au plus vite à cet homme.

- 4 -

Peu après le déjeuner, les papiers de sortie de Lass étaient complétés et signés, et Brady vint la chercher à bord du pick-up noir aux insignes du comté.

C'était une journée chaude et ensoleillée, et tandis que Brady conduisait le long de la chaîne de montagnes, Lass laissa ses pensées vagabonder.

Qu'il était plaisant de sortir enfin de l'hôpital et rassurant de se dire qu'elle ne se retrouverait pas seule dans un foyer au milieu d'inconnus encore plus infortunés qu'elle-même !

Détournant le regard du paysage, elle fixa son attention sur son conducteur.

Brady Donovan n'était pas un officier ordinaire. Il avait à ses yeux les traits d'un grand et séduisant ange gardien venu d'elle ne savait où pour la sauver d'une mort certaine. Que lui serait-il arrivé si personne ne l'avait découverte sur le chemin retiré où elle gisait, inconsciente ? Elle aurait succombé à ses blessures, aurait été dévorée par des animaux sauvages…

— Vous êtes sûr que les gens de votre famille ne seront pas gênés par ma présence chez eux pendant quelques jours ?

— C'est aussi chez moi, lui rappela-t-il. Cessez de vous faire du souci, j'ai parlé avec mes parents, et ils m'ont assuré que cela ne leur posait aucun problème. Ils sont ravis de pouvoir rendre service, au contraire.

Elle soupira.

Pendant presque toute la nuit elle avait lutté pour essayer de se souvenir de quelque chose, mais elle avait l'impression que son cerveau refusait de coopérer.

— Ils doivent être très généreux pour accepter ainsi de recevoir une étrangère dans leur foyer, observa-t-elle, essayant de ravaler les larmes de gratitude qui lui montaient aux yeux. Je ne sais vraiment pas comment vous remercier !

— Oubliez cela, Lass. Ma famille se comporte ainsi parce qu'elle en a l'occasion. Ils aiment aider leur prochain, c'est dans leur nature, vous n'avez pas à vous inquiéter.

Elle détailla une nouvelle fois les traits de Brady.

A la lumière du jour, il lui semblait encore plus attirant, mais cette constatation la dérangeait.

Y avait-il un homme dans sa propre vie ? Est-ce qu'elle ressentait pour lui le même émoi que face au shérif adjoint Brady Donovan ? Si elle était vraiment elle-même, est-ce qu'elle trouverait ce dernier aussi séduisant, sans son aura de sauveur au grand cœur ?

Au fond d'elle-même, elle avait l'impression qu'elle n'avait jamais rencontré un homme tel que lui, et surtout un homme qui lui fasse autant d'effet.

Ses cheveux châtains semblaient parés de reflets ambrés, dorés même, à la lumière du jour. Et ses yeux étaient d'un gris-vert profond qui lui rappelait l'océan les jours de gros temps. Il y avait aussi sa présence, son sourire énigmatique, et puis son regard si bon et si pétillant.

— En tout cas, je n'oublierai jamais ce que vous

faites pour moi, et je compte bien me racheter très bientôt, je vous le promets.

Brady sourit.

— Ce ne sera pas nécessaire, Lass. Donner n'aurait pas de sens si l'on attendait quelque chose en retour, c'est ce que ma mère m'a toujours appris.

Le cœur lourd, elle se plongea de nouveau dans la contemplation du paysage.

Parsemés de genévriers, les flancs des montagnes paraissaient bleutés. En contrebas, la route descendait au creux de la vallée en suivant le cours d'une rivière. Au bord de la rivière, il y avait des peupliers à perte de vue, ainsi que des saules. Les vertes prairies fleuries composaient le reste de cette vallée.

Aussi enchanteur soit ce paysage, elle n'y trouvait rien de familier, et son esprit lui paraissait un champ de ruines.

— Je me demande si j'ai encore ma mère, murmura-t-elle. Qu'est-ce qu'elle m'aura appris ?

Le silence régna un instant, puis la radio se mit à émettre des bips avant qu'une voix féminine ne passe des annonces à destination des agents sur le terrain.

Elle se sentit soulagée de cette diversion.

Pourtant, quelques instants plus tard, Brady reprit la conversation exactement là où ils l'avaient laissée.

— Vous êtes jeune. Je suis certain que votre mère est en train de vous chercher à l'heure qu'il est, sans doute avec votre père.

Elle sentit son cœur se serrer.

Elle ne savait pourquoi, elle avait le sentiment que ce n'était pas le cas. Que ses parents n'étaient pas en train de la rechercher, même si c'était ce que des parents aimants feraient face à la disparition de leur fille.

Etaient-ils seulement vivants, après tout ?

— J'espère que vous dites vrai… Est-ce que cette vallée a un nom ? ajouta-t-elle, s'efforçant de passer à autre chose.

— C'est la vallée du Hondo. Par ici, les gens élèvent du bétail et des chevaux. Est-ce que cela évoque quelque chose ?

— Pas vraiment, non.

— C'est plutôt normal pour quelqu'un qui n'est pas de la région. Ce qui est votre cas, vous pouvez en être sûre.

— Qu'est-ce qui vous fait dire cela ?

Brady eut un rire bref qui lui réchauffa le cœur de façon inattendue.

— Parce que je connais toutes les jolies filles du comté, et que je n'aurais pas pu passer à côté de vous !

Quarante minutes après avoir quitté l'hôpital général, Brady engagea son véhicule sur une piste poussiéreuse clôturée de palissades blanches.

Lorsque Lass repéra les premières juments accompagnées de leurs poulains en train de folâtrer dans l'herbe d'un vert vif, elle poussa un cri de plaisir.

— Oh, qu'ils sont beaux ! Est-ce qu'on ne pourrait pas s'arrêter pour les voir un instant ?

— Bien sûr, nous avons tout le temps.

Il descendit après avoir garé son pick-up et alla ouvrir la portière du côté passager en tendant la main à Lass pour l'aider à descendre.

— Voilà les futures générations de l'élevage Diamond D. Je crois pouvoir dire sans fausse modestie que nous avons parmi les plus belles bêtes de la côte sud-ouest.

— Je ne vous contredirai pas, répondit-elle en fixant son attention sur les chevaux, afin d'oublier que Brady lui tenait toujours la main.

Pourtant, aucune diversion ne pouvait lui faire oublier les délicieux frémissements qu'elle ressentait dans les doigts et tout le long du bras.

C'était une sensation inédite, décida-t-elle. Il était impossible qu'elle ait oublié ce genre de trouble.

— Peut-être que vous aviez des chevaux ? lança soudain Brady.

Consciente de son regard qui s'attardait sur elle, elle ne tourna pas la tête.

— Cela peut sembler curieux, mais sans le moindre souvenir précis, je sais que j'ai un lien particulier avec ces animaux. Une sorte d'affinité.

— Nous allons trouver les réponses qui vous manquent, Lass, je vous le promets. Et sachez que Brady Donovan ne fait jamais de promesse en l'air !

Elle ne put s'empêcher de lui sourire et de remarquer l'étrange lueur dans son regard.

Il devait faire chavirer bien des cœurs dans son entourage !

Cette pensée l'attrista curieusement.

— Je compte bien vous rappeler votre promesse, officier ! lança-t-elle d'une voix un peu hésitante.

Libérant délicatement sa main de celle de Brady, elle avança jusqu'à la palissade et s'y appuya pour profiter de la brise légère qui lui balayait les cheveux. L'air sentait le résineux.

C'était une odeur nouvelle pour elle.

— C'est vraiment très beau, est-ce que vous avez toujours vécu par ici ?

— Oui, nous sommes tous nés ici, moi et mes

cinq frères et sœurs. Mes grands-parents paternels, originaires d'Irlande, se sont installés d'abord dans le Kentucky. C'est là que mon père est né, avant qu'ils ne décident de s'installer ici et de bâtir le ranch en 1968.

— Sont-ils toujours en vie ?

— Ma grand-mère Kate vit avec nous, elle a quatre-vingt-quatre ans, mais elle garde toujours bon pied, bon œil. Arthur, mon grand-père, est décédé d'une attaque il y a neuf ans de cela. Il avait quelques années de plus que Kate. C'était un homme bon, même s'il avait un sacré caractère.

Elle n'avait pas besoin de demander à Brady s'il se sentait proche de sa famille. Il semblait que le clan des Donovan était bel et bien uni.

Cela ne faisait que la renvoyer à sa propre histoire : avait-elle des frères et sœurs ? Quelle famille était la sienne ?

Elle luttait de toutes ses forces pour faire remonter des images de son passé, lorsqu'une jument baie et son poulain s'approchèrent à sa rencontre.

Elle sentit aussitôt l'émotion l'envahir.

— Oh, quelle belle jument ! Elle est absolument ravissante. Et quelle belle robe, d'un brun parfait, sans un poil blanc !

Brady sourit en voyant l'animal tendre les naseaux vers eux.

— Ma sœur Dallas l'appelle Brownie, même si mon père veille à ce qu'elle ait un nom officiel dans le respect des codes équestres.

Comme Brownie venait frotter ses naseaux contre sa paume, des larmes lui emplirent les yeux au contact de leur peau veloutée avant de ruisseler sur ses joues sans le moindre contrôle.

— Lass, mais vous pleurez ! dit Brady, inquiet.

Elle rougit d'être découverte.

— Je vais bien, c'est juste que je me sens à fleur de peau en ce moment

Détournant le visage, elle s'essuya aussitôt les joues, espérant tarir le flot de larmes qui continuait de ruisseler.

Qu'est-ce qu'il lui arrivait ? Pourquoi la vue d'une jument l'émouvait-elle jusqu'aux larmes ? Elle était en train de perdre tout contrôle.

Soudain, le bras de Brady vint lui entourer les épaules.

Sa force rassurante lui donna la force de lever les yeux vers lui. L'empathie qu'elle lut sur son visage la toucha au plus haut point. Fugacement elle ressentit l'envie de reposer la tête contre son torse et de se laisser aller à pleurer tout son soûl jusqu'à ce qu'elle n'ait plus la force de s'inquiéter pour l'avenir ni de craindre le passé.

— Est-ce qu'un souvenir vous est revenu, Lass ? dit doucement Brady. Est-ce que les chevaux vous évoquent quelque chose ?

Elle se concentra sur les chevaux pour retrouver son calme.

Le poulain devait avoir six mois et serait sans doute sevré très prochainement. Son corps était élancé et ses jambes longues comme des perches Il lui suffisait de le regarder pour deviner son squelette et chacun de ses muscles… C'était un animal fait pour la vitesse, et elle devinait déjà que d'ici quelques années il développerait un galop rapide comme l'éclair.

Comment savait-elle instinctivement tout cela ? Comment se faisait-il que l'anatomie des chevaux lui soit si familière ?

— Je… je ne sais pas, Brady. Il y a quelque chose avec les chevaux, lorsque je les regarde. Je me sens émue et triste à la fois. Cela n'a pas de sens, mais j'ai l'impression que je saurais monter à cheval sans la moindre hésitation.

— Eh bien, c'est plutôt une bonne nouvelle dans ce cas, lança-t-il d'un ton plaisant. Vous allez être comme un poisson dans l'eau parmi nous, et vous pourrez monter aussi souvent que le cœur vous en dira.

Elle hocha la tête et sentit une légère pression sur ses épaules.

— Nous pouvons y aller, si vous êtes d'accord ? Je pense qu'il vaut mieux que vous vous reposiez un peu.

Gênée de s'être montrée si émotive, elle se redressa et lui fit un sourire aussi assuré qu'elle le put.

— Merci, Brady, de m'avoir laissée passer ces quelques instants avec les chevaux. Merci aussi pour tout ce que vous faites pour moi.

Sans qu'elle s'y attende le moins du monde, il tendit la main vers sa joue, qu'il effleura délicatement.

— Ne me remerciez pas Lass, j'ai moi aussi mes propres raisons personnelles qui me poussent à vous accueillir chez moi.

Le cœur de Lass qui battait la chamade se calma aussitôt.

— Oh, vraiment ? J'espère qu'elles sont professionnelles !

Il lui adressa un sourire un coin.

— A vrai dire, ce n'est pas exactement le cas. J'apprécie votre compagnie, c'est aussi simple que cela. J'espère que vous ne m'en voudrez pas de profiter ainsi de la situation pour vous garder auprès de moi.

Elle ne s'était pas attendue à une telle réponse de

la part de l'officier, et pendant un instant elle resta bouche bée.

— Bien, répondit-elle finalement. Je dois au moins vous remercier de votre franchise.

Souriant il lui serra de nouveau l'épaule.

— Pardon, Lass, je ne suis pas très doué pour la diplomatie. Mais je peux vous rassurer : je ne profiterai pas plus de la situation, à moins que ce ne soit sur votre invitation.

Se sentant à la fois flattée et un peu embarrassée, elle soupira.

— Brady, je…

— Vous… ? demanda-t-il face à son silence.

Plaquant un sourire sur son visage, elle répondit aussi légèrement qu'elle le put.

— J'allais dire que vous risquez de vous lasser de ma compagnie. Sans mémoire, je ne suis pas des plus intéressantes.

Elle eut l'impression que son regard s'adoucissait, comme s'il changeait de couleur fugacement.

— Laissez-moi en être juge, déclara-t-il galamment, avant de se diriger vers son pick-up. Pour le moment nous ferions mieux de nous remettre en route.

Ils roulèrent près de quatre kilomètres avant de venir se garer face à une immense maison de deux étages, construite en pierre et bois de cèdre.

Un muret de brique rouge délimitait l'allée qui menait à l'entrée.

Brady avança le premier et ouvrit sans frapper la lourde porte de bois aux ferrures de cuivre, la maintenant ouverte pour l'inviter à entrer.

Elle s'avança et perçut aussitôt l'odeur de la cire

qui protégeait les meubles et l'escalier. On entendait quelqu'un jouer du piano à une certaine distance.

— La musique, c'est Kate, ma grand-mère, expliqua Brady.

Elle découvrit un intérieur plutôt cossu, où les matériaux avaient été rigoureusement sélectionnés, et elle se sentit soudain mal à l'aise dans son jean et son T-shirt froissé.

Elle aurait aimé s'acheter quelque chose de propre en sortant de l'hôpital, mais sans un sou et sans carte de crédit, cela lui était impossible, d'autant plus qu'elle se refusait obstinément à demander quoi que ce soit de plus à son bienfaiteur.

Même si Brady avait eu la courtoisie de présenter son invitation comme un geste intéressé de sa part, elle se rendait compte maintenant que c'était sans doute principalement pour qu'elle se sente un peu moins redevable. Elle avait dû se faire des idées en cherchant à analyser son regard ou la façon qu'il avait eue de l'effleurer. C'était certainement ainsi qu'il se comportait avec tout le monde, et la meilleure chose qu'elle avait à faire était de bien se rentrer cela dans la tête, si elle ne voulait pas s'exposer à une déception cuisante.

— Votre famille aime la musique ?

— Ma grand-mère et Dallas sont les deux oreilles musicales de la maison. Pour ma part, je suis incapable de distinguer deux notes, répondit-il en la guidant vers le couloir. La salle de séjour est juste là, c'est le lieu où nous nous retrouvons tous pour nous détendre. Par là, il y a la cuisine, et de l'autre côté un bureau où nous recevons les importuns !

Elle se mit à rire.

— Je suis ravie que vous ne m'ayez pas fait entrer de ce côté, dans ce cas !

Au bout du long couloir, il poussa la porte de la salle de séjour et l'invita à entrer.

C'était une vaste pièce confortablement meublée, avec plusieurs fauteuils et canapés, une grande télévision et une chaîne hi-fi sophistiquée, ainsi qu'un pan de mur couvert de livres. Les larges baies vitrées laissaient entrer une douce lumière et donnaient sur les montagnes. Au fond de la pièce, une dame aux cheveux grisonnants jouait du piano.

L'instrument semblait tout droit sorti d'un musée, tandis que la dame qui en jouait dégageait une surprenante vitalité pour son âge. Elle était en train de jouer une valse endiablée qui parvint même à remonter le moral de Lass.

— Grand-mère, cesse donc ce tapage et viens saluer Lass, s'écria Brady pour couvrir le son du piano.

Aussitôt la vieille dame se retourna, les sourcils froncés.

— Oh, Brady, c'est toi !

Elle se leva et vint à leur rencontre.

Lass s'était attendue à rencontrer une frêle grand-mère. Elle eut la surprise de voir une grande femme vigoureuse au teint hâlé s'avancer vers eux, vêtue d'un jean et d'un polo. Elle fut aussitôt sous le charme.

— Eh oui, c'est moi, dit-il d'un air taquin en pinçant la joue à Kate.

La vieille dame lui administra aussitôt une tape sur la main.

— Bas les pattes, charmeur !

Brady lui sourit avec tendresse.

— C'est que tu es particulièrement en beauté aujourd'hui, grand-mère !

Feignant de soupirer de lassitude, elle se tourna vers Lass et lui tendit la main.

— Je suis Kate Donovan, lança-t-elle chaleureusement. Vous devez être la petite demoiselle perdue que mon petit-fils a retrouvée sur le chemin.

Serrant la main qui lui était tendue, Lass répondit au sourire de son hôtesse.

— Oui, madame. Appelez-moi Lass, je vous en prie, proposa-t-elle en jetant un regard en direction de Brady. C'est ainsi que votre petit-fils m'a baptisée en attendant que la mémoire me revienne. Permettez-moi de vous dire toute la gratitude que je ressens envers votre famille de me recevoir chez vous.

Kate posa une large main sur son épaule.

— Vous êtes tout à fait la bienvenue, mademoiselle. Nous aimons avoir de la compagnie, cela nous permet de cesser de nous chamailler à tout bout de champ en famille.

— Grand-mère, ne lui donne pas de nouvelles raisons de se sentir nerveuse, protesta Brady. Elle va finir par penser qu'elle est tombée dans une famille de fous !

— Mais non. Je suis sûre qu'elle aussi connaît les querelles familiales, comme tout le monde.

Brady adressa à sa grand-mère un regard impatient.

— Tu sais bien que Lass n'a pas le moindre souvenir de sa famille.

Kate lui rendit son regard.

— C'est bon, c'est bon, j'ai parlé sans réfléchir,

reconnut-elle. Mais toi non plus, tu ne me sembles pas avoir toute ta raison.

— Pourquoi dis-tu cela ? demanda Brady, l'air inquiet.

Hochant la tête en direction de Lass, Kate expliqua.

— Il ne t'est pas venu à l'esprit que notre invitée pouvait avoir besoin de se changer en sortant de l'hôpital ?

Il entrouvrit les lèvres pour répondre, mais sa grand-mère ne lui en laissa pas le temps.

— Ne t'encombre pas d'excuses, rétorqua-t-elle en invitant Lass à la suivre.

— Où allez-vous ?

— J'emmène Lass à l'étage. Fiona est en train de terminer sa chambre, nous en profiterons pour lui chercher des vêtements de rechange.

— Mais je…

La vieille dame adressa un regard qui ne tolérait pas la moindre objection à son petit-fils avant de lui lancer :

— Tu n'as pas du travail qui t'attend, par hasard ?

Brady tourna vers Lass un regard impuissant puis haussa les épaules. Il avait prévu de rester encore un peu avec elle et de terminer la visite du ranch avant de regagner ses bureaux.

— Ethan me laisse gérer mon temps à ma guise.

— Tu auras embobiné ce pauvre homme !

Il se rappela alors la nouvelle qu'il s'était promis d'annoncer à Kate.

— Au fait, savais-tu que Penelope Hamilton était enceinte ?

Le visage de sa grand-mère s'illumina.

— Enceinte, vraiment ? Mais c'est merveilleux !

— Tu n'es pas choquée ? Elle va avoir quarante ans, pourtant.

Kate adressa un clin d'œil à Lass.

— Il y a peut-être de l'espoir pour moi, alors ?

— Grand-mère ! Tu as vraiment décidé de me mettre mal à l'aise, aujourd'hui ? la taquina-t-il.

Comme Lass assistait à leur échange un peu interloquée, il la rassura aussitôt.

— Ne vous inquiétez pas, nous nous adorons. Mais nous ne pouvons nous empêcher de nous asticoter.

A cet instant, son téléphone portable retentit dans sa poche, et il décrocha rapidement. Après avoir écouté son interlocuteur quelques secondes en silence, il hocha la tête.

— Vas-y avec Tate. Je crains qu'il n'y ait quelque résistance. Je suis là dans une demi-heure.

Rempochant son téléphone, il se tourna vers les deux femmes.

— Je dois y aller. Un imprévu.

Lass sentit l'urgence dans la voix de Brady, et son cœur se mit à battre plus fort tandis qu'elle le regardait s'éloigner dans le couloir.

Kate lui tapota l'épaule.

— Ne vous inquiétez pas. Mon petit-fils est un très bon agent, il sait ce qu'il fait.

C'était sans doute vrai. Mais ce qui l'inquiétait à présent, c'était qu'elle doutait elle-même de savoir ce qu'elle faisait : alors qu'elle avait trouvé un refuge pour quelques jours, un simple regard de Brady Donovan lui donnait l'impression d'avoir trouvé un foyer à tout jamais ! C'était à elle d'être prudente avec ce qu'elle ressentait. Très prudente.

- 5 -

A la fin de la journée, alors que le soleil se couchait sur Diamond D, Lass s'installa dans le fauteuil de sa chambre et observa les étoiles qui apparaissaient dans le ciel pourpre.

Elle n'arrivait pas à comprendre comment elle avait pu se retrouver inanimée dans ce fossé, et elle avait encore plus de mal à croire qu'elle était maintenant accueillie dans cette belle demeure !

On frappa un coup léger à sa porte.

Peut-être que Brady était finalement rentré ?

Il n'avait pas quitté son esprit de l'après-midi, et elle n'avait cessé de se faire du souci à son sujet, se le représentant dans toutes sortes de situations dangereuses.

— Entrez !

Ce n'était pas Brady, mais une jeune femme aux cheveux châtain doré avec un sourire charmant qui lui fit l'impression d'un rayon de soleil qui pénétrait dans sa chambre.

— Bonjour. Je suis Dallas, la sœur de Brady.

Elle sentit aussitôt qu'elle s'entendrait bien avec la jeune femme. Lui souriant en réponse, elle se leva pour lui serrer la main.

— Je suis ravie de vous rencontrer, Dallas. Je

m'appelle… Enfin, appelez-moi Lass. C'est ainsi que votre frère m'appelle.

Dallas sourit et la salua chaleureusement.

— Eh bien, vous avez plus de chance que le dernier chat dont il a choisi le prénom… Elle vous va vraiment bien, lança-t-elle en jetant un coup d'œil à la robe bleue que portait Lass. Grand-mère m'a dit qu'avec maman, elles avaient réussi à vous trouver des vêtements dans la penderie de Bridget. C'est vrai que vous faites à peu près la même taille toutes les deux. Ecoutez, si vous cherchez une camarade de shopping, n'hésitez pas à m'en parler, je vous ferai découvrir les boutiques de Ruidoso. Après tout, on a toujours besoin d'avoir des affaires à soi, non ?

— C'est gentil, mais pour le moment c'est impossible. Votre frère n'a retrouvé ni mon portefeuille ni mes cartes de crédit. Je suis donc sans le sou.

La grande jeune femme aux cheveux cuivrés haussa les épaules.

— Et alors, cela ne durera pas toujours ! Et puis, j'ai dans l'idée de vous faire travailler en prime, annonça-t-elle en la prenant par l'épaule pour l'attirer vers la porte. Venez, nous pouvons passer à table, le dîner va être servi.

Lass la suivit.

— Est-ce que Brady est rentré ? ne put-elle se retenir de demander.

— Non, nous n'avons pas réussi à le joindre. Il semblerait qu'un employé des écuries ait entendu des coups de feu il y a plus d'une heure, mais nous n'avons pas de moyen de le contacter quand il est en mission.

Un poids tomba soudain sur les épaules de Lass.

— C'est plutôt inquiétant, non ?

— C'est vrai qu'il est plutôt rare que des interventions amènent des coups de feu, mais nous tâchons de ne pas nous faire de souci. Brady sait ce qu'il fait et ne voudrait certainement pas que nous restions à la maison à nous interroger. Bien sûr, c'est parfois impossible de ne pas redouter le pire. D'ailleurs, il a été touché l'année dernière.

— Vraiment ? A-t-il été gravement blessé ?

— Non. C'était une plaie superficielle au bras, heureusement.

Pourvu que Dallas ne lise pas sur son visage les émotions qui la traversaient !

Elles descendirent les marches qui menaient à la salle de séjour, où Fiona leur tendit aussitôt un verre de porto. Ensuite on lui présenta le père de Brady, Doyle, et ses deux frères, Conall et Liam.

De façon plutôt surprenante, aucun des trois hommes ne ressemblait à Brady. Conall était plutôt ombrageux et discret, Liam était poli mais avait un air d'indifférence, tandis que Doyle semblait être un homme entier et très carré.

Lorsque toute la famille se réunit autour de la longue table, elle ne put s'empêcher de noter le siège vacant à gauche de Fiona. Alors que l'on discutait de tout et de rien, elle avait l'impression que dans le fond, le seul sujet qui préoccupait les convives était Brady, même si chacun faisait de son mieux pour masquer son inquiétude.

— C'est sans doute une affaire de trafic de drogue, déclara finalement Fiona en servant les entrées. Qu'est-ce que des gens armés iraient faire par là ? Il n'y a que de la poussière et des cailloux !

— A moins qu'il ne s'agisse d'une scène de ménage, intervint Liam.

— Du côté de la vallée ? Personne n'habite là-bas, ça n'a pas de sens, dit alors Dallas.

— Il ne sert à rien de tirer des plans sur la comète, trancha Doyle. Brady fait son travail, et c'est tout. Tout ira pour le mieux. Maintenant, changeons de sujet.

De l'autre côté de la table, Kate prit la parole à son tour.

— Tu as raison, mon fils. Nous avons une invitée aujourd'hui, et je suis sûre qu'elle préférerait parler d'autre chose que d'embuscades et de délinquants.

Lass leva les yeux pour constater que tous les regards étaient tournés vers elle.

Elle rougit aussitôt jusqu'aux oreilles.

— Oh, je vous en prie, s'empressa-t-elle de répondre, ne vous interrompez pas pour moi. Je ne veux pas vous déranger !

L'aîné des frères, Conall, la fixait avec attention, et elle eut l'impression que ses traits avaient été sculptés dans de la glace.

— Alors comme ça, vous ne savez pas d'où vous venez ? Vous n'en avez pas la moindre idée ?

— Bien sûr qu'elle n'en sait rien, répondit Kate du tac au tac. Si ce n'était pas le cas, crois-tu qu'elle serait en train de perdre son temps à t'écouter parler ?

— Je n'en ai aucune idée, grand-mère. Peut-être qu'elle n'aimait pas la vie qu'elle menait avant ? reprit-il d'un ton mielleux.

Kate lui adressa un regard glacial.

— Tu me déçois beaucoup, parfois.

— Désolé, je crois que je suis ainsi fait, que veux-tu ?

Lass avait beaucoup de mal à envisager qu'un membre

de la famille qui l'accueillait puisse s'imaginer qu'elle feignait l'amnésie. A cet instant elle regrettait presque de ne pas être dans un refuge en ville, anonyme, plutôt qu'au sein de cette grande famille intimidante.

Est-ce que Brady avait été clair sur le fait que c'était son idée à lui de la faire venir ici ?

Elle se sentait atrocement mal à l'aise. Elle aurait tout donné pour que Brady soit à ses côtés à cet instant, mais elle fit son possible pour ne rien manifester.

— A vrai dire, répondit-elle d'une voix aussi posée que possible, je ne sais pas où je vivais, mais je fais confiance à Brady lorsqu'il me dit qu'il retrouvera ma famille.

A sa grande surprise, Doyle tourna vers elle un regard plein d'empathie.

— Moi aussi, je lui fais confiance. Et en attendant ce jour, sachez que vous êtes ici chez vous, Lass.

Elle sourit avec gratitude à ce dernier.

— Merci, monsieur Donovan, c'est très aimable à vous.

— Quant à moi, ajouta Dallas, j'ai le plaisir de vous annoncer que Lass a tout de même un souvenir important : elle sait beaucoup de choses au sujet des chevaux et croit savoir monter à cheval.

Liam fit mine d'être surpris, tandis que Conall marmonnait dans sa barbe :

— Tiens, comme par hasard !

— Justement, comme le hasard fait bien les choses, reprit Dallas, nous irons ensemble aux écuries demain. J'ai peut-être trouvé l'assistante dont j'avais besoin ! Enfin, lorsqu'elle se sera remise du choc.

Lass hocha la tête avec enthousiasme.

Dallas lui avait expliqué qu'elle s'occupait d'un centre

équestre thérapeutique pour enfants handicapés. C'était une association entièrement bénévole, et elle lui avait assuré qu'elle serait ravie d'y participer.

Elle avait besoin de s'occuper en attendant de retrouver la vie qu'elle menait avant tout cela. Et puis, elle aimait les enfants.

D'où lui venait cette certitude, au fait ? Avait-elle des enfants elle-même ? Etait-elle infirmière ou institutrice, ou simplement mère au foyer ?

— Ce jour-là, elle retrouvera peut-être la mémoire du même coup, plaisanta Liam.

— Espérons pour elle que ce soit le cas, ajouta Kate en adressant un regard noir à ses petits-fils. Je pense que vous deux ne feriez pas les malins si vous deviez vous réveiller un matin sans le moindre souvenir, sans famille ni racines, ni maison. Vous devriez y penser un peu.

Conall et Liam suivirent sans doute le conseil de Kate, car par la suite le sujet ne fut plus abordé. On évoqua les prochains convoyages de chevaux prévus qui emmèneraient Liam en Californie jusqu'au mois de septembre.

D'après ce qu'elle pouvait comprendre, les Donovan possédaient plusieurs pur-sang, ce qui était déjà relativement exceptionnel en soi. Des chevaux comme ceux dont ils parlaient valaient au bas mot un million de dollars par tête, et parfois plus encore. Cela expliquait leur maison cossue et la taille impressionnante du ranch, mais aussi les bijoux de Kate et de Fiona ainsi que leurs vêtements qui, bien que loin d'être ostentatoires, paraissaient d'une qualité irréprochable.

Lorsqu'elle eut fini de dîner, elle s'excusa et regagna sa chambre. Au bout de quelques minutes, elle se mit au lit, guettant tout de même les voix en provenance du rez-de-chaussée, au cas où celle de Brady lui parviendrait.

Comment pouvait-elle songer ainsi à cet homme qu'elle connaissait à peine, alors même qu'elle se trouvait dans une situation des plus inconfortables ?

Peut-être avait-elle finalement besoin d'un psychiatre, contrairement à ce qu'elle avait pensé.

Finalement ses pensées se voilèrent doucement, et elle s'endormit, cédant à l'épuisement des deux derniers jours.

Lass avait dû dormir profondément, car elle ne se réveilla que le lendemain, en entendant près de son oreille la voix grave de Brady.

— Réveillez-vous, belle au bois dormant, le café est prêt !

Elle eut du mal à émerger du sommeil profond dans lequel elle était plongée, mais alors elle sursauta, prenant soudain conscience qu'il se trouvait au pied de son lit, alors qu'elle n'était vêtue que d'une minuscule nuisette !

Aussitôt, elle tira la couverture jusqu'à son menton.

— Brady, mais que faites-vous ici ?

Le sourire jusqu'aux oreilles et visiblement très content de lui, il fit un signe en direction du plateau sur la table de nuit, sur lequel se trouvait une petite cafetière, une tasse, un sucrier, et même un petit pichet avec quelques fleurs rouges.

— Qu'est-ce que c'est ?

— Du café. Je suis parti du principe que vous aimiez cela, mais si vous préférez le thé, je peux…

— Non. Du café, c'est parfait ! répondit-elle en s'accrochant toujours désespérément à ses draps. Je parlais des fleurs, à vrai dire.

D'un autre côté, elle se demandait si elle avait vraiment tant besoin que cela d'une dose de caféine pour se réveiller, alors que son cœur battait la chamade.

— Ah, ça ! dit Brady en saisissant le pichet pour le lui tendre, je ne sais pas comment ça s'appelle. Je les ai cueillies dans un buisson du jardin de grand-mère en passant. Je les ai trouvées jolies, et je me suis dit que cela vous ferait plaisir.

Elle plongea le nez dans les fleurs, troublée.

Elle était gênée que Brady la voie ainsi dans son lit. Il avait été à son chevet souvent à l'hôpital, mais il fallait dire que la nuisette de soie rouge qu'elle portait ce matin n'avait pas grand-chose à voir avec les chemises de nuit de l'hôpital. Et puis, il venait de lui offrir des fleurs, ce qui n'était tout de même pas rien !

— Cela me fait plaisir, vous avez raison, répondit-elle, le regard fixé sur les pétales pourpres. Mais je crains que Kate n'apprécie pas si elle découvre que vous vous servez dans ses plates-bandes !

Il eut un petit rire grave.

— Elle me le pardonnera, en particulier si je lui explique que c'était pour vous. Car elle vous apprécie, c'est une évidence. Et sachez que ce n'est pas donné à tout le monde !

Après avoir servi le café dans la fine tasse de porcelaine, il se tourna vers elle.

— Voulez-vous du sucre, un peu de lait ?

C'était totalement incongru de voir ce policier si musclé et si vaillant occupé à lui servir son petit déjeuner au lit comme si elle était une princesse. Incongru et très agréable, il fallait le dire… Mais quelles étaient ses intentions, au fond ? Se comportait-il ainsi avec toutes les jeunes femmes qui passaient par Diamond D ?

— Un nuage de lait, s'il vous plaît. Mais je peux me servir. Vous n'avez pas besoin de faire tout cela pour moi !

— Et si j'en ai l'envie et le loisir ?

Déposant le bouquet sur ses genoux, elle se redressa et écarta les cheveux de son front avant de saisir la tasse qu'il lui tendait.

Comme elle goûtait le breuvage fumant, Brady approcha une chaise pour s'asseoir près du lit.

Il portait un jean et un polo noir à manches courtes. Ses cheveux humides avaient été peignés rapidement, et on devinait à ses joues rugueuses qu'il ne s'était pas rasé. A ses yeux légèrement cernés, on pouvait aussi supposer qu'il ne s'était pas couché de bonne heure.

— Dites-moi, Brady, est-ce le traitement que vous réservez à tous les hôtes de Diamond D ? demanda-t-elle en levant un regard malicieux derrière sa tasse.

Il sourit.

— Seulement à ceux à qui je veux faire bonne impression, plaisanta-t-il. Plus sérieusement, vous avez reçu un sacré choc, ne l'oublions pas. Mieux vaut vous ménager pendant quelques jours.

Sans qu'elle y prenne garde, ses doigts se portèrent à sa tempe blessée.

— Bridget a dit que je pouvais faire à peu près tout ce que je voulais sans excès. Aujourd'hui, je me sens vraiment bien.

— C'est une bonne nouvelle, vraiment.

Brady allongea les jambes et croisa les pieds, comme s'il prévoyait de rester là un bon moment. Il ne semblait pas le moins du monde gêné de se retrouver dans la chambre d'une presque inconnue au réveil.

Elle ne put s'empêcher de penser qu'un homme avec un physique comme le sien n'avait jamais dû manquer de compagnie féminine.

— Nous nous sommes fait du souci pour vous hier soir, murmura-t-elle sans lever les yeux de son café. Je suis contente de voir que vous êtes rentré sain et sauf.

Il lui adressa un regard chaleureux.

— Il n'y avait pas de raison de vous inquiéter. Un homme a un peu perdu les pédales et a commencé à tirer en l'air avec sa carabine. Rien de très méchant. Personne n'a été blessé, et il a passé la nuit au poste le temps de retrouver son calme.

Elle se sentit un peu ridicule d'avoir imaginé la veille Brady dans toutes sortes de situations plus périlleuses les unes que les autres.

— Ce genre d'incident se produit souvent ?

— Non, pas plus que de retrouver une charmante jeune femme atteinte d'amnésie. A croire que cette semaine, les étoiles ont perdu leur alignement !

— Il ne me reste plus qu'à espérer qu'elles le retrouvent, pour que la mémoire me revienne.

— Toujours rien ?

Elle baissa les yeux pour cacher son désarroi.

— Non, j'ai l'impression qu'il me manque encore un déclic.

— Si Bridget a dit que vous alliez finir par vous souvenir, il ne faut pas vous inquiéter, c'est que cela reviendra, vous avez juste besoin d'un peu de temps, dit-il d'une voix rassurante en se redressant. Ce matin, je vais passer au champ de courses avec Hank pour coller des photographies de vous un peu partout. Avec un peu de chance, un des employés se souviendra de vos beaux yeux !

Il se montrait si posé et rassurant qu'elle se sentit comme chaque fois rassérénée par ses propos, même si cela paraissait étrange, puisque aucun signe tangible n'était là pour la rassurer, finalement.

— Qu'est-ce que cela changerait si quelqu'un se rappelait m'avoir vue ? Il est assez peu probable que j'aie donné mon nom aux employés des paris.

— En effet. Mais si nous mettons la main sur quelqu'un qui vous a vue, ce sera déjà un très grand pas. Cela nous confirmera un point de départ pour notre enquête, il ne nous restera qu'à définir d'où vous venez et où vous êtes allée par la suite.

Elle lui adressa le sourire le plus franc qu'elle put.

— Vous avez certainement raison. Après tout, je vous fais confiance.

— Vraiment ? Vous êtes certainement la première femme dans ce cas !

Cela faisait-il d'elle une personne particulièrement ingénue ou naïve ?

Peu importait, après tout. Quoi qu'il arrive, elle n'avait d'autre choix que de lui faire confiance, puisqu'il était en charge de l'enquête la concernant. En tant qu'homme, au-delà de l'enquêteur, elle ne le connaissait pas assez pour juger. D'ailleurs, il avait peut-être une femme ou une petite amie dans sa vie, quelque part.

Décidément, il était important qu'elle fasse la part des choses entre l'homme et l'agent !

Ne sachant trop quoi répondre à sa remarque, elle reprit une gorgée de café et souhaita intérieurement qu'il parle d'autre chose.

— Alors, qu'avez-vous prévu pour aujourd'hui ? Vous comptez vous reposer, lire un peu peut-être ?

— Je suis amnésique, pas handicapée !

Brady rougit légèrement l'espace d'un instant.

— Si la lecture vous ennuie, vous pouvez faire la conversation à Kate, elle sera ravie de vous raconter sa vie, et elle a quelques anecdotes des plus sympathiques à partager !

— J'en suis sûre. Mais je me suis déjà engagée auprès de votre sœur, Dallas, elle doit m'emmener visiter les écuries ce matin.

Brady sembla un peu perplexe.

— Ne vous laissez pas entraîner par Dallas si vous ne le souhaitez pas. Elle est tellement passionnée qu'elle risque de vous fatiguer avec ses histoires de chevaux et d'enfants. En tout cas, n'hésitez pas à lui faire savoir que vous êtes fatiguée et que vous avez besoin de vous reposer à la maison.

« La maison ».

C'était drôle qu'il en parle aussi simplement, comme si c'était son foyer depuis toujours, alors qu'elle n'y avait passé qu'une seule nuit. C'était attendrissant, et en même temps cela lui faisait songer que quelque part d'autres murs formaient sa propre maison.

Y vivait-elle avec quelqu'un ? Etait-elle aimée comme on semblait s'aimer chez les Donovan ?

— Je suis persuadée que Dallas et moi nous entendrons à merveille, rassurez-vous.

— J'en suis ravi ! Bon, je resterais bien toute la matinée avec vous, en particulier vêtue de cette charmante nuisette rouge, mais il est temps pour moi d'aller travailler, dit Brady avant de lui resservir un peu de café.

Elle profita de la diversion pour jeter un regard vers son décolleté, craignant que le fin vêtement de nuit ne révèle un peu plus de son anatomie qu'il n'aurait dû.

Non, ce n'était pas le cas.

Elle saisit la tasse que Brady lui tendait tout en cherchant à remonter un peu plus le drap sur elle, menaçant de renverser le café chaud.

— Ne vous inquiétez pas, dit-il avec un sourire tendre. Vous êtes très belle, exactement comme j'imaginais que vous étiez ! Je vous verrai ce soir, normalement, sauf urgence. Et puis, qui sait, j'aurai peut-être des nouveautés à vous raconter sur l'enquête ce soir ?

— Espérons-le, dit-elle sans trop y croire.

Elle avait du mal à feindre l'enthousiasme face à cette perspective. Elle ne parvenait pas à définir s'il s'agissait de sa part de perplexité ou d'un sentiment différent, plus ambigu, comme si elle ne voulait pas forcément que Brady découvre tout de suite le fin mot de l'histoire.

Est-ce que le fait de connaître son passé résoudrait d'office ses problèmes ?

Curieusement, elle n'en avait pas l'impression. Il planait toujours autour d'elle une ombre inquiétante qui lui évoquait le danger et la crainte.

Un peu plus tard dans la matinée, Lass enfila ses santiags, ainsi que son jean et son chemisier que Kate avait tenu à faire laver la veille. Elle rejoignit Dallas qui l'attendait au volant de son pick-up, et toutes deux prirent ensemble la route en direction des montagnes.

— On dirait que nous avançons vers le désert, remarqua-t-elle. Les écuries sont retirées ?

Le sourire aux lèvres, Dallas manœuvrait avec aisance sur la piste inégale.

— Lorsque j'ai eu envie de construire ces écuries, j'ai pensé qu'il serait bon de les bâtir dans un univers différent de tout ce que connaissaient les enfants que j'allais recevoir. J'ai voulu m'éloigner du béton et du goudron, pour les dépayser un peu, expliqua-t-elle. C'est une question stupide, Lass, mais est-ce que vous pensez que vous avez des enfants ?

Lass soupira et s'absorba dans la contemplation du paysage désertique par la fenêtre de sa portière.

Instinctivement, elle aurait dit que là d'où elle venait, il y avait des arbres épais et feuillus qui ombrageaient les chemins.

Profitant de cette sensation venue de sa mémoire, elle chercha à se représenter un mari ou un enfant, mais le néant l'envahit aussitôt.

— C'est une question que je me suis posée, vous imaginez bien. J'essaie de me représenter en train de serrer un bébé dans mes bras… Mais non, conclut-elle en secouant la tête, je n'ai pas l'impression d'avoir des enfants. Oh, mon Dieu, j'espère tellement qu'il n'y a pas quelque part un bébé qui me réclame en vain !

Dallas sourit avec compassion.

— Oui, je conçois que cette pensée doit être une véritable torture.

— En tout cas, Bridget dit qu'il est peu probable que j'aie porté un bébé.

Près de cinq kilomètres après Diamond D, deux immenses granges apparurent au détour du chemin.

Elles descendirent de voiture et se dirigèrent vers le manège couvert pour s'abriter du soleil.

En entrant, elle eut la surprise de découvrir plusieurs

enfants avec des moniteurs. Ils étaient déjà en selle et marchaient paisiblement autour de la piste. Certains des enfants souffraient de handicaps physiques visibles, tandis que pour d'autres c'était plutôt de l'ordre du trouble mental. Mais ce qui la frappa le plus, ce fut que tous semblaient joyeux auprès des chevaux.

— C'est formidable, observa-t-elle. Les enfants ont l'air tellement heureux !

Dallas semblait émue.

— Oui, je pense la même chose. L'interaction avec les chevaux est vraiment profitable pour eux. Parfois, j'ai même du mal à y croire lorsque je vois les progrès qu'ils peuvent faire. J'espère que vous pourrez le voir de vos yeux pendant votre séjour.

— Je crois que c'est une évidence qui n'a besoin que d'un simple regard. Vous faites un travail formidable.

— Venez, je vais vous présenter tout le monde, répondit Dallas, visiblement touchée de sa complicité, en l'entraînant par le bras comme si elle la connaissait depuis toujours.

Plus tard dans la journée, alors que la sœur de Brady aidait un jeune cavalier en difficulté, Lass profitait d'un instant de distraction lorsqu'un mouvement dans son champ de vision capta son attention.

Un homme aux cheveux noirs était en train d'attacher un cheval blanc à un poteau.

La scène n'avait rien de particulier, et pourtant elle sentit son attention absorbée tout entière par ce qu'elle voyait.

Soudain, elle eut comme un flash.

Un cheval gris pommelé avec un tapis de selle rouge

vif, sur laquelle on était en train de placer la selle. Un homme sans visage, de grande taille, à la peau mate, portant un pantalon cargo, qui lui serrait le poignet.

« Tu viens avec moi… Viens avec moi… Viens avec moi… ».

La voix masculine répétait les mêmes mots comme une incantation, jusqu'à ce que les images se troublent et lui échappent.

Des larmes lui montaient aux paupières, et elle avait du mal à retrouver son souffle. Inspirant profondément, elle plongea son visage dans ses mains et chercha à apaiser son trouble.

Si cette scène était effectivement un souvenir, elle ne voulait pas de ce passé !

— Lass, tout va bien ?

Relevant la tête, elle vit Dallas qui s'approchait. Celle-ci semblait la regarder avec inquiétude, et elle se demanda si elle n'avait pas pleuré ou poussé un cri.

— J'ai un peu mal à la tête en fait, c'est tout.

Elle ne voulait pas parler de cette vision tout de suite. Pas avant de l'avoir racontée à Brady, le seul à pouvoir mettre du sens sur cette scène confuse.

— Oh, je ferais mieux de vous ramener à la maison, murmura Dallas. Je suis désolée, Lass. J'aurais dû être plus prudente et vous ménager davantage. Brady va être furieux contre moi.

— C'est Bridget mon médecin, pas Brady, lui rappela Lass en prenant le chemin de la sortie.

— Peut-être, mais mon frère considère que vous êtes *sa* mystérieuse inconnue !

Ces mots étaient plutôt flatteurs. Quelle femme n'aurait pas envie d'être ainsi placée sous la protection exclusive d'un shérif adjoint charmant et sexy comme Brady Donovan ?

Pourtant elle ressentait un vague malaise. Cette vision angoissante la préoccupait et lui faisait craindre le retour à la réalité que lui promettait Brady.

Pendant le reste de la journée, Lass resta enfermée à la maison, à essayer de se reposer. Elle avait d'autant plus de mal à se détendre que les images de son flash revenaient la hanter régulièrement. Cela la terrifiait au plus haut point. Elle était impatiente de retrouver Brady, non seulement pour lui raconter cela, mais aussi pour se réchauffer à son sourire et entendre sa voix assurée lui promettre que tout irait bien.

Elle s'était installée dans la véranda à l'arrière de la maison, où les deux chats des Donovan se prélassaient la plupart du temps, et lorsqu'elle entendit un bruit de pas, elle se retourna, pensant retrouver Fiona ou Kate.

Elle eut la surprise de voir arriver Brady.

— Ma mère m'a dit que vous étiez ici, expliqua-t-il en notant sa mine surprise. Qu'est-ce que vous faites, toute seule ?

— Oh, Brady, je suis tellement contente que vous soyez rentré ! s'exclama-t-elle, au bord des larmes, en se jetant dans ses bras.

Visiblement partagé entre le plaisir et l'inquiétude, il lui tapota gentiment le dos.

— Lass, tout va bien, il n'y a aucune raison de vous inquiéter pour moi. Pas le moindre coup de feu tiré à mon encontre aujourd'hui !

Reniflant pour retenir ses larmes, elle leva vers lui un regard embrumé.

— Pardon d'être aussi mélodramatique, Brady. Vous devez penser que je suis un peu folle de me jeter ainsi dans vos bras, dit-elle en s'écartant d'un pas.

Le rire grave et mélodieux de son hôte retentit, provoquant en elle un curieux frémissement.

— Vous vous excusez de venir vous serrer contre moi ? Pour ma part, je renouvelle l'expérience quand vous le souhaitez !

Tâchant d'ignorer le plaisir qu'elle avait éprouvé à se blottir ainsi dans ses bras puissants, elle inspira avant de répondre d'une voix hésitante.

— Je ne pense pas que ce serait une très bonne idée, à vrai dire.

— Pourquoi donc ?

Elle chercha une réponse raisonnable à lui adresser, mais très vite cela ne servit plus à rien, car elle sentit son souffle contre sa peau, et elle sut qu'il était là, juste derrière elle.

Doucement Brady lui releva les cheveux et déposa un léger baiser sur sa nuque.

— Parce que je risquerais de faire ça ? murmura-t-il contre sa peau. Ou encore ça ?

Ses deux larges paumes sur les épaules, il la fit tourner vers lui, et tout ce qu'elle put faire, ce fut de rester là, pantelante, à attendre son baiser.

- 6 -

Depuis la nuit où il l'avait découverte sur le bas-côté et où il avait soulevé son corps inanimé dans ses bras, Brady s'était souvent demandé ce qu'il ressentirait à serrer cette femme dans ses bras lors d'une véritable étreinte. Il avait pensé à ses lèvres, au goût qu'elles auraient sous les siennes… Et pourtant aucune de ces pensées, aussi délicieuse soit-elle, n'égalait ce qu'il ressentait à cet instant précis.

Il savait qu'il ferait mieux de résister à ses pulsions. Il devrait se rappeler à quel point elle était vulnérable, et la protection qu'il était censé lui apporter.

Mais c'était elle qui était venue à sa rencontre, et il n'était pas du genre à repousser une aussi jolie femme. En particulier lorsqu'elle lui plaisait à ce point.

Blotti contre lui, son corps lui paraissait menu et fragile, mais aussi merveilleusement souple sous ses mains. Ses lèvres étaient sucrées et chaudes, et ses mains posées contre son torse lui envoyaient de délicieux frissons partout sur la peau.

Il aurait pu rester là des heures durant à embrasser Lass avec fièvre, mais elle mit un terme à leur baiser en s'échappant brusquement d'entre ses bras.

— Je suis désolée, il doit y avoir un malentendu, murmura-t-elle, embarrassée.

Tandis qu'elle le fixait de ses grands yeux interrogateurs, il sentit en lui l'envie impérieuse de la reprendre tout contre lui pour renouveler ce plaisir intense et inconnu qu'il venait de ressentir.

— A quel moment ? demanda-t-il avec malice. Lorsque tu t'es blottie dans mes bras ou lorsque tu m'as embrassé ?

Elle baissa les yeux et porta la main à sa bouche comme pour masquer son trouble.

— Je n'aurais rien dû faire de ce que tu viens de décrire, répondit-elle vaillamment, en lui rendant son tutoiement. Je t'en prie, oublie ce qu'il vient de se passer.

Un sourire aux lèvres, il détailla ses traits, son visage, son cou.

Elle était si belle, si parfaite !

Il se rendait bien compte qu'elle était sérieusement gênée, mais il ne pouvait s'empêcher de trouver la situation irrésistible.

— Tu plaisantes, j'espère. Je me refuse à tirer un trait sur un instant aussi magique !

Elle inspira profondément, gonflant sa poitrine ronde et ferme, et des images lui revinrent de leur entrevue matinale : la fine soie rouge qui révélait presque le contour de ses seins nus, ces courbes qu'il mourait d'envie d'épouser de ses doigts.

C'était le même désir impérieux qui s'était emparé de lui il y avait quelques minutes à peine.

— Brady, laisse-moi t'expliquer. Je…

— Lass, tu n'as pas à te justifier pour un petit baiser, tu sembles aussi troublée que si c'était ton tout premier ! plaisanta-t-il pour dédramatiser un peu.

Il était convaincu qu'elle avait apprécié ce baiser et ne comprenait pas qu'elle en soit aussi bouleversée.

— C'est presque le cas, si tu veux le savoir, étant donné que je ne me rappelle pas avoir embrassé qui que ce soit dans ma vie ! Pardon, Brady, je crois que je perds un peu les pédales. Je fais tout mon possible pour garder le contrôle, mais depuis ce matin c'est devenu très difficile.

Il lui saisit la main pour l'encourager à poursuivre et eut la bonne surprise de constater qu'elle ne le repoussait pas mais serrait cette fois sa paume contre la sienne.

— Que s'est-il passé ce matin ?

Lass soupira et ferma les paupières un instant.

— Je ne sais pas précisément, j'en viens à croire que je m'invente tout cela. Mais ce que j'ai vu dans ma tête était si présent ! Ça ne me quitte plus. Cela doit bien vouloir dire quelque chose, non ? Peut-être un premier souvenir ?

— Attends, Lass, ne t'emballe pas. Raconte-moi tout ça depuis le commencement. Tu t'es souvenue de quelque chose ?

Elle acquiesça de la tête, comme pour tempérer sa fébrilité.

— J'en ai eu l'impression, en tout cas. J'étais aux écuries ce matin avec Dallas. Je m'étais assise et je regardais les enfants. Et puis j'ai vu un des hommes qui travaillent là-bas en train de s'occuper d'un cheval, et ça a été comme un flash. Il y avait des images dans mon esprit.

— Quel genre d'images ?

— Un cheval gris que l'on était en train de seller. Je ne sais pas qui s'en occupait, mais il y avait un tapis rouge vif et une selle anglaise. Ensuite, le cheval a disparu de mes visions, et j'ai vu un homme qui me tenait fermement par le poignet. Il me faisait mal et me répétait que je devais aller avec lui.

Brady sentit tous ses sens s'éveiller.

— Est-ce que tu as reconnu cet homme ?

— Non. C'était un peu comme dans un rêve où je ne distinguais pas son visage. Mais je peux te dire qu'il était grand et avait les cheveux bruns.

— Et sa voix, l'as-tu reconnue ?

— Elle me semble familière, mais je ne saurais l'identifier. Pour être honnête, cette voix me donne la chair de poule, ajouta la jeune femme en serrant sa main plus fort. Elle m'a hantée toute la journée. Après avoir désespérément souhaité me souvenir, j'en suis à espérer que je vais arriver à l'oublier !

— Je ne sais pas si cela va pouvoir nous servir en l'état, réfléchit-il tout haut. Cette scène peut avoir eu lieu il y a des années ou être un produit de ton imagination.

Lass ne parut pas convaincue. Il était visiblement impossible pour elle de ranger ces images au rang de rêves.

— Je suis sûre que cette scène a déjà eu lieu dans ma vie, Brady, même si je ne peux en dire plus pour le moment.

Il hocha la tête.

Lui-même devait reconnaître que le trouble que lui provoquaient ces images n'était pas anodin.

— Je suis sûr que tu auras d'autres flashes comme ceux-là et que, petit à petit, le puzzle se mettra en place, la rassura-t-il. En revanche, nous sommes rentrés bredouilles de notre passage au champ de course, personne ne t'a identifiée. Une serveuse dans un restaurant pense t'avoir déjà vue, mais elle ne peut nous en dire plus. Ces gens voient passer des centaines de visages par jour…

— Bien sûr, dit Lass, essayant à l'évidence de garder un ton de voix enjoué malgré sa déception. Peut-être que quelqu'un finira par se souvenir de moi en voyant les affiches avec ma photo. De toute façon, je dois bien venir de quelque part, non ? Les Martiens ne portent ni jean ni santiags, quand-même !

Soulagé de voir qu'elle gardait son sens de l'humour, il lui sourit et déposa un léger baiser sur son front.

Derrière eux une porte s'ouvrit, et Kate s'éclaircit soigneusement la voix avant de prendre la parole.

— Tout le monde s'est retrouvé autour d'un verre, est-ce que vous souhaitez vous joindre à nous ?

Sachant que ce moment d'intimité avec Lass touchait à sa fin, Brady se tourna vers sa grand-mère.

— Tu sais que tu as le chic pour arriver au mauvais moment ? protesta-t-il en roulant des yeux terribles.

Kate sourit.

— J'ai l'impression au contraire que j'arrive juste à temps pour tirer notre invitée de tes griffes !

La main sur la taille de Lass, il conduisit la jeune femme vers la porte.

— Quel est le problème avec mes griffes, grand-mère ? Ne t'est-il pas venu à l'esprit que Lass pouvait les apprécier ?

Sans se départir de son large sourire, Kate fit demi-tour.

— Elle est bien trop maligne pour ça, mon petit !

Décidément, chaque repas chez les Donovan soulevait de nouvelles histoires de famille. Ce soir Opal, la cuisinière de longue date de Diamond D, avait mis les petits plats dans les grands, et à chaque tour de service la conversation changeait de sujet. Lorsque les tartes aux fraises arrivèrent pour le dessert, Conall faisait le bilan de production d'une mine d'or dont sa sœur Maura était propriétaire.

Brady ne paraissait pas plus qu'elle passionné par la discussion, constata Lass. Quelque chose semblait occuper toutes ses pensées, son regard souvent s'arrêtait sur elle, et chaque fois elle ne pouvait s'empêcher de se rejouer mentalement la scène du baiser.

Qu'est-ce qui avait poussé Brady à faire cela ? Qu'est-ce qui, dans son attitude à elle, l'avait incité à l'embrasser ?

A l'instant où il avait franchi la porte, ne s'était-elle pas jetée sur lui littéralement, telle une amante désespérée ? Se comportait-elle souvent ainsi lorsqu'elle rencontrait quelqu'un qui lui plaisait ?

Elle avait du mal à le croire. Sans bien savoir pourquoi, elle avait le sentiment que sa nature profonde n'était pas celle d'une femme facile qui se lançait sans réfléchir dans des aventures sans lendemain. Elle faisait par ailleurs très clairement la différence entre ce que lui inspirait Brady et les autres beaux mâles dont elle avait croisé le chemin ces jours-ci, comme Hank ou Conall.

Brady, elle l'attendait toute la journée avec une impatience qu'elle-même avait du mal à s'expliquer. Elle brûlait de revoir son bienfaiteur, de lui parler. Pourtant, elle n'avait jamais imaginé l'embrasser comme elle l'avait fait…

Eh bien, elle s'était trouvée bouleversée par les images qui s'imposaient à elle, et lorsqu'il était apparu, le soulagement l'avait envahie et poussée dans ses bras, voilà tout. C'était aussi simple que cela !

Maintenant, il la regardait avec un regard gourmand, et elle se remémora malgré elle la sensation de joie absolue ressentie lorsque leurs lèvres s'étaient finalement réunies en un baiser fougueux — sans même parler de la façon qu'avaient eue ses mains de parcourir son corps et de la serrer contre lui !

Pendant tout le repas, elle s'efforça de se convaincre que ce petit incident ne méritait pas qu'elle y accorde autant d'importance. Il ne s'agissait somme toute que d'un petit baiser improvisé.

Comme tout le monde quittait la salle à manger, Brady s'excusa et s'isola pour passer un coup de téléphone. Comme il était un peu tôt pour regagner sa chambre, elle suivit Kate et les parents de Brady dans la salle de séjour.

Kate s'installa au piano où elle joua un medley d'airs traditionnels irlandais, tandis que Fiona et Doyle se lançaient dans une partie de cartes.

Lass prit un journal au hasard et se mit à le feuilleter.

Quelques minutes plus tard, Brady venait s'asseoir sur l'accoudoir de son fauteuil.

— En train de rattraper le temps perdu ?

Elle leva les yeux vers lui tout en intimant à son cœur de cesser de battre ainsi à tout rompre dès qu'il s'approchait d'elle.

— J'essaye, reconnut-elle en souriant. C'est curieux, mais je me rends compte en lisant ce journal que je connais déjà notre président et la plupart des personnages publics qui sont cités. C'est quand même incroyable que je me rappelle ce genre de choses, et pas mes propres parents !

Brandy écouta avec intérêt ses remarques.

— Est-ce que les faits divers locaux ont éveillé en toi quelque souvenir ? Une ville, un nom qui te dirait quelque chose ? Ce serait toujours un indice, si mince soit-il.

— Pas vraiment, mais je n'en suis pas surprise. Je suis de plus en plus convaincue de ne pas être de la région. D'ailleurs, c'est curieux, mais je me rends compte qu'en lisant les annonces je m'attendrais à trouver un autre indicatif que celui du Nouveau Mexique. Je crois même que c'est au Texas que je pense.

— Tu viendrais du Texas ?

Elle hocha la tête.

— Je n'en ai aucune certitude, c'est une sorte d'intuition. Si j'avais loué une voiture, pourrait-on retrouver sa trace ? Ou bien dans les archives des compagnies aériennes du Texas qui desservent l'aéroport de Ruidoso ?

— Le personnel de l'aéroport a déjà été questionné, mais sans un nom, il est difficile de demander de vérifier les listings. Quant aux agences de location de voitures, Hank s'en est déjà chargé, et personne ne semble te reconnaître, ce qui signifierait que tu as pris un taxi. Nous avons fait circuler ton portrait dans les compagnies de taxi qui desservent l'aéroport, mais j'ai bien peur qu'ils soient confrontés à tellement de visages inconnus qu'ils ne parviennent pas à nous éclairer. Reste aussi la possibilité que quelqu'un t'ait accompagnée avec son propre véhicule.

— Qui donc pourrait m'avoir emmenée jusqu'au chemin isolé où vous m'avez retrouvée ? Si j'étais avec des proches ou de la famille, où sont-ils maintenant ? Qui aurait pu me laisser pour morte sur le bas-côté ?

— Je sais que tout cela n'a pas de sens pour le moment, Lass, mais en tant qu'agent je dois envisager toutes les options. Il se pourrait par exemple que quelqu'un que tu avais rencontré en ville t'ait proposé de te déposer quelque part et t'ait laissée sur le bord du chemin.

— C'est sûr, murmura-t-elle.

Tout cela la troublait au plus haut point. Elle voulait tellement que Brady découvre sa véritable identité, remette en ordre le puzzle de sa vie ! Et pourtant, au fond de son cœur, elle avait la vague sensation qu'elle ne voulait pas retrouver sa vie d'avant.

Et si sa vie commençait seulement maintenant ? Ici, avec lui ?

Bon sang, mais qu'était-il en train de lui arriver ?

— Allons, tu as déjà passé toute la journée à te faire du souci, c'est suffisant. Que dirais-tu d'une petite promenade pour te changer les idées ?

Contente que Brady prenne l'initiative de changer de sujet, elle lui sourit.

— C'est une très bonne idée, j'en serais ravie !

Ils s'éclipsèrent discrètement, sans même saluer le reste de la famille. Au bout du long couloir, Brady s'arrêta pour attraper un châle blanc suspendu près de la porte vitrée.

— Je suis sûr que ma mère ne nous en voudra pas de lui emprunter son châle. Il se pourrait qu'il fasse frais, expliqua-t-il en la drapant dans le fin tissu crocheté.

Un peu nerveuse, elle baissa les yeux.

— Merci, Brady.

— Tout le plaisir est pour moi.

Une fois dehors, ils inspirèrent l'air frais du crépuscule.

— Allons au petit jardin, suggéra Brady. Est-ce que tu es déjà descendue jusqu'à la piscine ?

— Non, je n'en ai pas eu l'occasion.

Il la guida, et ils descendirent doucement, côte à côte dans la fraîcheur du soir.

Les immenses pins projetaient leurs grandes ombres le long de l'allée. La main de Brady qui effleurait la sienne lui semblait brûlante.

Elle se concentra sur ses respirations, essayant de chasser les pensées troublantes que lui inspirait leur proximité physique.

— Est-ce que tu es heureux de vivre ainsi auprès de ta famille ? demanda-t-elle pour briser le silence.

— Pour tout te dire, je ne me vois pas vivre ailleurs. Cela doit te paraître un peu curieux, non, qu'à mon âge je ne rêve pas d'avoir mon propre foyer ?

— Je ne sais pas, je ne me suis pas posé la question, répondit-elle. Je constate simplement que tu aimes ta famille.

— Tu pourrais aussi penser que je suis trop immature pour couper le cordon !

Elle sourit en silence.

Elle le considérait comme l'exact opposé de l'immaturité, justement. Brady était fort, indépendant et courageux. L'exact opposé de…

Fugacement, un visage masculin lui traversa l'esprit, mais ce fut si fugitif qu'elle laissa filer l'image sans réussir à la fixer.

— Certainement pas, protesta-t-elle. Je ne penserais jamais cela de toi !

La main de Brady se déplaça doucement jusqu'à trouver le creux de sa taille.

— Tu es trop bien élevée, décréta-t-il.

— Ce n'est pas une question de politesse, je t'assure. En revanche, je suis curieuse de savoir ce qui t'a poussé du côté de la défense de la loi, alors que tes frères ont repris la gestion du ranch avec votre père.

Ils arrivaient devant le petit jardin qui embaumait le chèvrefeuille, et Brady s'arrêta pour lui faire face.

— J'ai eu de la chance, Lass. Depuis notre plus tendre enfance, notre père nous a encouragés à suivre notre propre chemin. Il n'a jamais essayé de faire pression sur nous pour que nous reprenions l'affaire familiale, même si cela lui tenait à cœur.

— Tu n'aimes pas travailler auprès des chevaux ?

Elle avait du mal à concevoir que l'on puisse ne pas rêver de ce genre de métier.

— Bien sûr que si ! J'adore les chevaux, et j'aide au ranch dès que je peux. Mais je n'ai jamais eu leur talent ni leur passion. J'avais d'autres projets pour ma carrière.

— C'était ton rêve d'enfant de travailler dans les forces de police ?

— Pas exactement. Au départ, j'avais envisagé des études de droit pour travailler comme avocat ou juriste, peut-être même pour le ranch.

— Avocat ? répéta-t-elle. J'ai du mal à t'imaginer dans un tribunal.

— Vraiment ? Pourtant, grand-mère m'y voyait très bien. Elle trouve que je suis un négociateur hors pair depuis mon plus jeune âge, même ! Mais j'avais à peine commencé mes études que j'ai acquis la certitude que je serais incapable de vivre enfermé entre quatre murs.

— Alors, tu as arrêté tes études ?

— Pas tout à fait. J'ai commencé à travailler à temps partiel pour le bureau du shérif tout en poursuivant mes études en criminologie et justice pénale lors de cours du soir. Je ne te cache pas que ces années ont été particulièrement dures, mais maintenant je ne regrette absolument pas les efforts que j'ai fournis. Bon, assez parlé de moi, parlons de toi !

Ils se trouvaient maintenant au bord d'une piscine ovale éclairée de l'intérieur.

L'eau turquoise était particulièrement tentante…

Une seconde, elle se vit dans le même genre de piscine, un jour de grosse chaleur. Elle essaya de s'accrocher à cette image, d'en mémoriser des détails, mais encore une fois cela s'échappa trop vite.

— Hélas, Brady, nous ne pouvons pas parler de moi, déclara-t-elle tristement. Je n'ai rien à raconter !

Il l'accompagna vers les chaises longues au bout du bassin et l'invita à prendre place avant de l'imiter, prenant soin de garder sa main dans la sienne.

— Pardon, Lass, ce n'est pas ce que je voulais dire. J'avais juste envie de bavarder avec toi, et certainement pas de te rendre triste ou mélancolique en mettant bêtement les pieds dans le plat.

Hochant la tête, elle fixa le ciel nocturne d'un bleu profond.

— Ne t'inquiète pas, je ne veux pas que tu te sentes obligé de marcher sur des œufs avec moi. Je suis plus dure que je n'en ai l'air.

Brady se tourna vers Lass et, de sa main libre, caressa son bras avec douceur.

Il y avait quelque chose de bouleversant chez cette femme, quelque chose qui le frappait en plein cœur. Quelque chose qui avait à voir avec la confiance qu'il lisait dans son regard vert et qui lui donnait envie de la protéger, d'être son héros à tout jamais.

— Dure n'est pas le mot, à mon avis. Je dirais volontaire, mais pas dure.

La dentelle du châle révélait la peau si douce de ses épaules, et il avait envie de la goûter, de la toucher, dans l'espoir fou de s'en rassasier.

Les longs cils de Lass battirent rapidement.

— Brady, je croyais que nous allions faire un tour, et nous voici déjà assis au bord de la piscine !

Du bout des doigts il effleura la courbe de son menton, luttant de toutes ses forces contre l'envie de l'embrasser de nouveau.

— En tant que shérif adjoint du comté, je peux t'assurer que rester assis ne constitue pas un crime.

Visiblement nerveuse, elle détourna le regard avant de reprendre.

— Brady, ce baiser tout à l'heure…

— Oui ?

— Je crois que nous avons fait une erreur.

Elle semblait un peu perdue, et lui-même n'était pas totalement à l'aise.

Pourtant, embrasser une jolie femme, cela ne l'avait jamais perturbé en aucune manière. Pourquoi se le reprocher aujourd'hui ?

Il devait reconnaître qu'embrasser Lass était différent. Tellement différent qu'il y pensait tout le temps et qu'il rêvait de renouveler l'expérience, pour confirmer les sensations incroyables qu'il avait ressenties la première fois.

— Pour quelle raison ? demanda-t-il.

Lass resta bouche bée un instant.

— Tu me poses la question ? Mais, Brady, je ne peux même pas te dire mon nom ni mon âge !

Il l'interrompit en lui effleurant doucement la joue de la paume de la main.

Cela lui rappelait le moment où elle avait recouvré ses esprits, lorsqu'il l'avait découverte et qu'elle s'était blottie dans ses bras à la recherche d'un refuge. Il avait alors ressenti quelque chose qui n'avait rien de professionnel, comme une porte qui s'entrouvrait en lui, dans son cœur. Et cette porte n'avait cessé de s'ouvrir plus grand depuis qu'il la côtoyait. En tant que célibataire endurci, il aurait dû prendre ses jambes à son cou devant de tels sentiments, mais c'était loin d'être le cas.

— Tu as pourtant bien un nom, Lass.

— C'est temporaire, tu le sais bien.

— Quant à ton âge, poursuivit-il en ignorant délibérément sa réponse, je ne le connais pas avec précision, mais je sais que tu es en âge d'échanger un baiser avec un autre adulte consentant.

Elle soupira.

— Kate avait raison de me prévenir que tu étais un séducteur impénitent !

— Grand-mère ne sait pas tenir sa langue.

— Mais cela n'enlève rien à la véracité de ses propos.

Il glissa délicatement ses doigts dans ses cheveux.

— Ecoute, Lass, je ne vais pas essayer de te faire croire que je suis un saint ou que je l'ai été, mais…

— Excuse-moi, Brady. Je ne sais pas de quel droit je te demanderais des comptes alors que je suis incapable de me souvenir de mon propre passé. C'est ridicule !

— Lass, je n'ai pas besoin de ton curriculum détaillé pour savoir à qui j'ai affaire. Et malgré quelques incartades, je puis t'assurer que je suis un gentleman dans l'âme.

Les traits de la jeune femme s'adoucirent, et elle s'approcha de lui.

— Je sais que tu en es un, murmura-t-elle.

A l'instant où leurs lèvres se touchèrent, il se rendit compte qu'il s'était trompé : leur baiser n'était pas un mélange détonnant de sensations délicieuses, c'était bien plus que cela. Tout son corps était parcouru par le plaisir le plus total et par l'envie impérieuse de la serrer plus fort encore, de l'embrasser plus profondément et de percer à jour le mystère qu'elle représentait.

Quelques secondes s'étaient écoulées, ou quelques minutes, il n'en savait rien, quand il sentit les bras de Lass s'enrouler autour de son cou. Elle l'embrassait avec ardeur maintenant, comme si elle avait finalement oublié la retenue qu'elle s'était imposée un peu plus tôt et qui l'avait poussée à interrompre leur baiser.

Cela lui tira un soupir de satisfaction. Il eut envie de se laisser emporter par la vague de plaisir et d'oublier tout le reste.

Mais à ce moment précis, il sentit les mains de sa partenaire se poser sur ses épaules et le repousser doucement mais fermement.

Bon Dieu, qu'est-ce qui n'allait pas ? Comment avait-elle pu interrompre ce moment de pure magie ?

Mais un seul coup d'œil à son visage bouleversé lui suffit pour comprendre.

Ils avaient tous les deux été sur le point de perdre le contrôle. Quelques instants de plus, et ils auraient fait l'amour là, au bord de la piscine !

Lass le savait aussi, et visiblement cela la plongeait dans un abîme de questions.

Ecartant une mèche de cheveux de devant ses yeux, elle dit d'une voix grave :

— Je crois que notre promenade a été assez loin pour ce soir, n'est-ce pas ?

S'attendait-elle vraiment à ce qu'il lui réponde ?

Il détourna le regard et inspira profondément pour essayer de reprendre prise sur les sensations qui se bousculaient en lui.

Qu'est-ce qu'il était en train de se passer ? Il n'était pas censé la désirer à ce point. Il n'avait jamais été prévu qu'il désire une femme de cette façon.

Il se leva de sa chaise longue et lui tendit la main.

— C'est vrai, nous ferions mieux de rentrer avant que notre promenade ne nous mène plus loin que nous ne le prévoyions.

- 7 -

Le matin suivant, comme Brady se dirigeait vers la réserve apache de Mescalero, il se répétait sans cesse la même chose : il avait eu tort d'embrasser Lass.

Il avait commis une erreur de jugement. Au lieu d'échanger un plaisant baiser de rien du tout, ils s'étaient retrouvés fiévreusement enlacés.

Il avait passé le reste de la soirée absorbé dans le souvenir de cette expérience. Et maintenant encore, tout ce qu'il pouvait faire, c'était revivre encore et encore la scène mentalement et se demander ce que cela signifiait.

Y avait-il donc une alchimie particulière entre eux ?

Cela ne laissait aucun doute. Pourtant, il avait déjà eu l'occasion de sortir avec des jeunes femmes séduisantes par le passé, occasions qui avaient débouché sur des nuits torrides. Mais, il devait le reconnaître, jamais il n'avait été aussi préoccupé après une de ces rencontres. Jamais il ne s'était retrouvé dans ce genre de trouble.

Il soupira et jeta un coup d'œil au siège vide à côté de lui.

Il avait laissé ce matin Hank à Ruidoso afin que celui-ci continue de sillonner les lieux où Lass avait pu être vue, tels les hôtels et les restaurants.

Dans des circonstances normales, un cas comme celui de Lass n'entraînait pas un tel investissement du bureau du shérif, car on transmettait rapidement l'affaire aux services sociaux. Mais cette fois, à sa demande, Ethan avait accepté qu'il prolonge son enquête, au motif que les circonstances entourant la découverte de Lass étaient pour le moins mystérieuses.

Il ne savait pas combien de temps Ethan accepterait de garder l'affaire ouverte, ni quels moyens il mettrait à sa disposition. Evidemment, cette enquête ne pourrait pas s'éterniser, ne serait-ce qu'à cause des coûts engendrés pour le comté. Mais il ne s'imaginait pas annonçant à Lass que les recherches pour l'identifier et pour retrouver sa famille étaient terminées. Il le savait au fond de lui, il continuerait, en son nom propre s'il le fallait. Mais avant cela, il espérait que des indices sérieux seraient amassés. Avec un peu de chance même, Lass se rappellerait toute seule.

En attendant, il avait du pain sur la planche, et pas seulement professionnellement : il devrait gérer son attraction grandissante envers la jeune femme. Et penser à garder ses mains dans ses poches !

Johnny Chino avait deux ans de plus que lui. Il avait été élevé depuis son plus jeune âge par ses grands-parents, Charlie et Naomie. Sa mère était encore adolescente lorsqu'elle était tombée enceinte. Elle était bien trop irresponsable pour s'occuper de ce bébé, qu'elle s'était empressée de déposer chez ses parents avant de disparaître sans laisser d'adresse. On avait appris son décès des années plus tard, suite à un accident de voiture.

Les grands-parents de Johnny avaient tous les deux plus de quatre-vingt-dix ans aujourd'hui, mais ils étaient toujours en bonne forme, même si Johnny hésitait toujours à s'éloigner du domicile familial. Brady s'était toujours demandé si ce n'était pas pour eux qu'il avait décidé d'abandonner son métier d'enquêteur. Des rumeurs avaient évoqué un drame personnel en Californie, mais il n'était pas du genre à écouter les on-dit, pas plus qu'il n'était du genre à questionner un ami pour satisfaire sa curiosité.

Lorsqu'il gara son pick-up devant la maison, deux gros chiens sortirent à sa rencontre en aboyant.

Il ouvrit sa portière, priant pour que les molosses se rappellent qu'il avait déjà rendu visite à leur maître quelques mois auparavant.

A ce moment-là, une porte s'ouvrit, et Johnny apparut sous le porche de bois.

Il était grand et fort, ses longs cheveux noirs de jais étaient attachés en une queue-de-cheval. Sur sa pommette droite, on distinguait une cicatrice. Mais c'était dans son regard noir que les souvenirs de son passé douloureux se voyaient le plus.

Il resta debout, immobile, attendant que Brady le rejoigne à l'ombre.

La main levée pour le saluer, Brady avança, escorté par les deux chiens.

— Ils se souviennent de toi, dit Johnny.

— Bien sûr, répondit Brady. Je suis inoubliable, tu le sais bien !

Un demi-sourire apparut sur les lèvres de son ami, qui lui indiqua d'un geste un fauteuil sur la terrasse.

— Viens t'asseoir !

Il s'exécuta tandis que Johnny sortait un canif de sa poche et entreprenait de tailler une branche de saule.

— Comment vont tes grands-parents ?

— Ils vieillissent chaque jour un peu plus.

Son ami avait toujours eu une façon bien à lui de résumer les situations.

— Tu dois déjà savoir pourquoi je viens te voir ?

— C'est possible.

Il eut du mal à retenir un soupir d'impatience, mais il savait qu'il ne fallait pas précipiter les choses, au risque de se voir éconduire avant même d'avoir pu demander quoi que ce soit à Johnny.

— Cette femme ne sait pas qui elle est, expliqua-t-il. Et je n'arrive pas à savoir comment elle est arrivée là où je l'ai trouvée. En tout cas, pour l'instant, je n'ai presque rien trouvé sur elle.

— Je ne suis pas policier.

— Non, mais tu ferais un très bon agent, répondit Brady sincèrement.

La lame du couteau de Johnny découpa un long copeau tendre dans la branche de saule.

— Je ne mène plus d'enquêtes.

Brady se devait d'insister, il n'avait pas le choix.

— J'avais espéré que tu accepterais exceptionnellement d'intervenir dans mon enquête, juste pour cette fois.

— Les chiens non plus n'ont plus l'habitude de suivre des pistes.

— Depuis quand est-ce que tu as besoin des chiens ?

— Je ne mène plus d'enquêtes.

Brady se frotta les genoux avec frustration.

— Johnny, nous sommes amis, non ? De bons amis même, il me semble.

Les traits anguleux du visage de Johnny semblèrent se durcir encore, mais il garda le silence, et une minute, puis deux et trois s'écoulèrent dans un silence pesant.

Avec n'importe qui d'autre, Brady se serait lancé dans un discours sur les valeurs de l'amitié, mais il savait que c'était inutile, car Johnny n'avait rien oublié de ce qui les unissait.

— Cette fille, demanda finalement Johnny, elle compte beaucoup pour toi ?

Il soupira. Il ne s'était pas vraiment posé la question en ces termes.

— Eh bien, je crois que je peux dire qu'elle compte plus que toutes les autres filles que j'ai connues.

— Montre-moi où tu l'as trouvée, répondit Johnny. On va voir si les chiens veulent bien renifler par là.

Profondément soulagé, Brady s'avança vers son ami.

Il aurait pu lui dire à quel point il appréciait son aide et le remercier d'être toujours là pour lui, mais Johnny savait déjà tout cela, et l'Apache qu'il était serait insulté de se voir ainsi flatté. Selon lui, un lien sincère n'avait pas besoin de mots.

Il posa donc simplement sa main sur l'épaule vigoureuse de son ami.

— Parfait. Je voudrais simplement saluer tes grands-parents avant d'y aller.

Johnny ouvrit la porte et lui fit signe d'entrer.

En pénétrant dans la pièce obscure, tout ce qu'il parvenait à penser était qu'il tenait là son meilleur espoir de faire avancer l'enquête. Mais quel serait le résultat de tout cela ? Est-ce qu'il ne risquait pas de perdre Lass pour toujours en lui rendant son passé ?

Il n'avait pas le droit de raisonner ainsi, il fallait qu'il fasse son travail de shérif adjoint et qu'il mette de côté ses intérêts personnels.

*
* *

Accompagnée par Dallas, Lass parcourait les rayons d'une petite boutique de lingerie de Ruidoso.

— J'aime bien cette couleur, dit Dallas en effleurant un ensemble rose. Je suis sûre que cela t'irait à merveille !

Lass rougit légèrement.

— C'est tout de même un peu cher, non ? D'autant plus que je suis célibataire pour le moment et que personne ne pourra en profiter.

— Mais enfin, Lass, pourquoi une femme n'aurait-elle pas le droit de s'acheter ce qu'il lui plaît, simplement pour se sentir séduisante et sexy ? Et puis, le prix n'est pas un problème pour moi.

Lass adressa à sa nouvelle amie une grimace mi-figue mi-raisin.

C'était Dallas qui avait insisté pour l'emmener en ville faire des emplettes. Pour le moment, elle avait acheté du maquillage, deux paires de chaussures, un sac à main et un portefeuille. Evidemment, restait à savoir ce qu'elle pourrait bien mettre dans son portefeuille, étant donné qu'elle était toujours sans argent, sans papiers d'identité ni carnet de chèques. Mais Dallas s'était montrée tellement convaincante qu'elle avait fini par se laisser faire, faisant confiance à la jeune femme qui lui assurait que Brady ne tarderait pas à tirer au clair son affaire.

— Je te remercie, Dallas, mais je ne peux pas dépenser ainsi ton argent.

— Ecoute, Lass, je quitte rarement mes écuries, et je fais encore plus rarement du shopping. En prime, faire des achats pour quelqu'un d'autre est encore plus réjouissant à mes yeux, alors laisse-moi ce plaisir ! Allez, essaye cet ensemble pendant que je t'en cherche un noir. Avec tes cheveux, ce sera épatant !

Lass se surprit alors à imaginer ce que Brady penserait de ces ensembles affriolants. Puis, rougissant encore davantage, elle chassa ces pensées malvenues.

Enfin, qu'est-ce qu'il lui prenait ?

Au fond d'elle-même, elle avait le sentiment que jamais elle n'avait ressenti ce genre d'émoi par le passé, même si elle n'avait aucun souvenir pour corroborer cela.

— Bon, d'accord, je vais l'essayer… Vraiment, je ne sais pas ce que je ferais sans vous tous. Vous me recevez si gentiment, et tu t'occupes de moi avec tellement d'attention. Sans parler de ton frère…

— Tu sais, je crois être en mesure de dire que mon frère t'apprécie beaucoup, déclara son amie en l'entraînant vers les cabines d'essayage.

Lass regarda autour d'elle, terrorisée, comme si elle s'attendait à entendre quelqu'un pouffer de rire à ces paroles.

D'après ce que Kate lui avait laissé entendre, Brady n'avait jamais manqué d'attention féminine. Il fallait dire qu'après ces baisers échangés la veille, elle devait reconnaître qu'il disposait d'un talent certain.

— J'ai cru comprendre que Brady appréciait de nombreuses jeunes femmes, observa-t-elle d'un ton innocent, tout en examinant un bustier agrémenté de dentelle.

Dallas sourit largement.

— Ce n'est pas faux, mais c'est différent.

Lass leva les yeux vers elle.

— Comment cela ?

— Eh bien, par exemple, il n'a jamais amené personne au ranch jusqu'à présent, et d'ici à ce qu'il présente quelqu'un à grand-mère, il y a encore du chemin, tu peux me croire. Je crois qu'il ne se lancera que le jour où il sera vraiment sûr de lui.

Elle eut du mal à cacher son sourire de contentement, pourtant celui-ci s'effaça d'un coup lorsqu'elle se rappela que sa vie pouvait à tout instant la rattraper et qu'il lui faudrait alors tirer un trait sur Brady.

Que se passerait-il, alors ? Quel genre de vie retrouverait-elle ?

Continuer de se faire des idées au sujet de Brady Donovan était une folie qui risquait de lui briser le cœur à tout moment.

Plus tard ce jour-là, dans les bureaux de Carrizozo, Brady recherchait des données sur son ordinateur lorsqu'une tasse de café fumant surgit sous son nez, lui faisant relever la tête vers Hank.

— En quel honneur ?

— Je viens d'en refaire, et je me suis dit que tu en avais peut-être besoin.

— Merci, tu as raison. J'ai eu une longue journée, et elle est loin d'être finie.

— A qui le dis-tu ! Depuis que je suis revenu de ma pause déjeuner, le téléphone n'arrête pas de sonner ! Au fait, est-ce que tu as du nouveau au sujet de Lass ?

— Pour le moment, rien. Je consulte les dernières déclarations de disparitions, mais personne qui ressemble de près ou de loin à notre protégée.

Il regarda sa montre.

Il était déjà tard, mais avant de rentrer au ranch,

il devait discuter avec Ethan de ce que Johnny avait découvert. Pour le moment, le shérif était trop occupé pour être dérangé, et il commençait à trouver le temps long. Il était aussi impatient de retrouver Lass ce soir.

— As-tu tapé les comptes rendus de tes visites de ce matin ?

— Cela n'a pas été nécessaire, personne ne sait rien. Ah, et j'allais oublier de te donner cela de la part de la jeune fille rousse de la réception de l'hôtel Aspen.

Brady serra les dents pour éviter de se mettre à crier sur Hank pour lui expliquer qu'il était seul juge de la nécessité de taper ou non les procès-verbaux. Il froissa le papier sans y jeter un coup d'œil et le jeta à la poubelle.

— Je ne suis pas d'humeur à flirter avec qui que ce soit, qu'elle soit rousse ou pas, et je veux que tu me fasses la liste de tous les lieux que tu as visités ce matin, en notant ce que l'on t'a répondu chaque fois, est-ce que c'est clair ?

Un peu penaud, Hank hocha la tête et fila rejoindre son bureau.

De l'autre côté de la pièce, la porte d'Ethan finit par s'ouvrir.

— Qu'est-ce qu'il se passe, ici ? Tu as l'air en colère.

Brady acquiesça.

Il était rare qu'il hausse la voix, mais toute cette affaire le perturbait au plus haut point. Surtout en y ajoutant ce que Johnny avait découvert.

— C'est Hank qui m'a mis en colère, rien de grave.

— Est-ce que tu as des pistes concernant ton affaire ? demanda Ethan en hochant la tête.

— Johnny a trouvé quelque chose.

Ethan lui adressa un regard interloqué.

— Tu as réussi à convaincre Johnny Chino de reprendre du service ?

Johnny avait longtemps collaboré avec le shérif, jusqu'à ce qu'il donne sa démission du jour au lendemain.

— Nous avons passé l'après-midi sur les lieux de la découverte. Il a réussi à identifier un endroit sur la bande d'arrêt d'urgence, en contrebas, où la voiture dans laquelle elle venait s'est arrêtée. Il a dû y avoir une altercation à cet endroit, et Lass s'est dirigée vers le bas-côté. Son agresseur l'a poursuivie un moment mais a rebroussé chemin pour revenir vers la voiture, sans doute à cause de l'obscurité. Les traces de Lass continuent vers la montagne. Johnny a retrouvé l'endroit où elle a dû trébucher sur une branche avant de se cogner la tête à un rocher. Elle a réussi à avancer encore quelques centaines de mètres avant de s'évanouir là où nous l'avons retrouvée.

Ethan se frotta le menton, visiblement concentré sur ces nouvelles informations.

— Est-ce que Johnny pense que l'agresseur est revenu chercher Lass par la suite ?

— Non. Je lui ai posé la question, mais pour lui le véhicule est reparti en direction de l'est et n'est jamais revenu. Aucune autre trace récente n'a été découverte.

— Nous sommes donc bien face à un cas d'amnésie compliqué d'agression. Ton analyse initiale est confirmée, ce qui nous donne toute légitimité pour poursuivre l'enquête.

— Je m'en occupe, sois tranquille.

— Cela ne va pas être trop dur de raconter cela à Lass ?

— Quel autre choix crois-tu que j'aie ? demanda Brady en haussant les épaules.

— Cela me rappelle une affaire qui date d'avant que je sois marié avec Penelope, alors qu'elle était juge. Un criminel avait envoyé un courrier pour annoncer son intention de la tuer. J'avais été chargé de lui annoncer qu'un être humain la détestait au point de vouloir mettre fin à ses jours, tout en étant celui qui devait assurer sa protection. Cela a été délicat.

— C'était avant que vous ne sortiez ensemble ?

Ethan sourit.

— C'est là que je suis tombé amoureux d'elle !

Brady sentit son cœur battre plus fort.

Qu'est-ce que son supérieur était en train de lui dire ? Que s'il n'y prenait garde, il risquait de s'amouracher de Lass ?

Puis Ethan le salua avant de regagner son bureau.

Brady se retourna vers son écran d'ordinateur, tout aussi morose et préoccupé qu'auparavant. Peut-être même un peu plus inquiet encore quant à Lass et à ce qu'il éprouvait à son égard.

Il devait se ressaisir au plus vite, il ne pouvait pas laisser une simple remarque générer en lui un tourbillon de questions et de remises en cause. Après tout, il avait toujours été un homme fort, qui contrôlait ses émotions et sa vie et il n'y avait aucune raison que cela change tout à coup, simplement parce qu'une ravissante jeune femme aux yeux gris avait fait irruption dans sa vie, bousculant toute certitude sur son passage.

- 8 -

Malgré sa charge de travail, Brady fit en sorte de rentrer à Diamond D avant le dîner et eut même le temps de prendre une douche. En passant devant la chambre de Lass, il frappa à la porte, au cas où elle ne serait pas encore descendue rejoindre à table le reste de la famille.

— Lass ?

Il entendit un bruit de pas, et la porte s'ouvrit.

— Brady ! Est-ce que je suis en retard pour le dîner ?

Il faillit sursauter en la découvrant vêtue d'une petite robe neuve bleu ciel parfaitement ajustée à sa silhouette.

Il sourit à la jeune femme, faisant de son mieux pour ne pas la déshabiller du regard.

Elle s'était maquillée et avait relevé ses cheveux noirs sur la nuque. Son très joli décolleté attira aussi son attention.

Il sentit sa gorge se nouer.

— Non, je ne crois pas que tout le monde soit déjà là, mais je voulais passer te voir avant de descendre.

— Ah. Tout va bien, j'espère ?

— Oui, oui. Est-ce que je peux entrer ?

— Bien sûr.

Elle lui fit signe d'entrer, et en passant à sa hauteur

il sentit un parfum fleuri qu'il ne connaissait pas. Puis, du coin de l'œil, il distingua des pièces de lingerie fine étalées sur le lit.

Il ne lui en fallait pas plus pour que les images les plus torrides s'immiscent dans son esprit !

Chassant tant bien que mal ces pensées dérangeantes, il prit Lass par le coude pour l'entraîner vers le balcon.

— Prenons l'air, si tu le veux bien.

Un peu d'air frais ne serait pas de trop pour lui remettre les idées en place !

— Ne peux-tu pas me parler à table avec tout le monde ? interrogea-t-elle.

— Si tu le souhaites, seulement je préférerais t'exposer la situation en privé auparavant.

C'était la première fois qu'il rapportait du travail à la maison à la fin de la journée, et il commençait à comprendre les réserves qu'avait émises Ethan lorsqu'il lui avait dit qu'il souhaitait héberger Lass le temps de l'enquête. Un agent devait travailler avec sa tête et non avec son cœur. Il était en train de comprendre qu'il avait brisé son propre code.

Les yeux gris de la jeune femme semblaient s'être soudain chargés d'ombres.

— Tu as découvert quelque chose sur moi, sur ce qu'il m'est arrivé ?

Il acquiesça d'un signe de tête, se remémorant les mots d'Ethan concernant la difficulté de dire à une personne à qui l'on tenait que quelqu'un d'autre lui en voulait suffisamment pour mettre sa vie en danger.

— Oui. Cet après-midi, je suis retourné avec un ami, Johnny Chino, sur les lieux où nous t'avons retrouvée. Johnny est un Indien apache que je connais depuis mon enfance. Nous sommes allés fureter en quête d'indices qui nous auraient échappé la première fois.

Lass semblait un peu perdue.

— Je ne comprends pas, Brady. Tu crois qu'il est encore possible de retrouver des traces près de cinq jours après ?

Il eut un petit sourire.

— Tu serais étonnée de tout ce que Johnny peut trouver. Nous avons eu de la chance, par ailleurs, car il y a eu peu de vent et pas de pluie au cours des derniers jours.

Elle soupira, un peu fébrile, et il ne put s'empêcher de lui prendre la main pour la réconforter.

— Qu'a-t-il trouvé, alors ? Des affaires m'appartenant ?

— Il n'a pas trouvé d'objet, Lass, mais il a recomposé le scénario.

Les lèvres de la jeune femme s'entrouvrirent sous le coup de la surprise, et il lutta contre l'envie de la serrer, de l'embrasser jusqu'à ce qu'elle n'ait plus peur de rien et que le désir brûlant s'apaise enfin en lui.

— Le scénario ?

— Il y a encore quelques trous, mais cela nous permet tout de même de comprendre ce qu'il s'est passé la nuit où tu as perdu la mémoire.

Lass porta la main à son cou, comme si elle devinait que cela n'allait pas lui plaire.

Il aurait tant voulu pouvoir lui dire que tout allait bien, qu'il la protégerait pour toujours de quiconque voudrait lui faire du mal… Quelque chose en elle éveillait chez lui un instinct protecteur qu'il ne se connaissait pas.

— Raconte-moi, murmura-t-elle.

Aussi clairement qu'il le put, il expliqua le parcours que Johnny avait reconstitué, décrivant l'endroit où elle était tombée pour se cogner la tête et la direction qu'elle avait prise avant de s'effondrer sur le bas-côté.

Lorsqu'il eut terminé son récit, elle ferma les paupières un moment, comme si elle prenait le temps d'assimiler tout cela, peut-être de rattacher ce scénario aux flashes qu'elle avait eus ces derniers temps.

— Mon Dieu, Brady, cela signifie que quelqu'un a réellement voulu me faire du mal ! Même si je me doutais que je n'étais pas arrivée dans les montagnes par le ciel et qu'il fallait bien que quelqu'un m'y ait conduite… Pourquoi ? Pourquoi est-ce que je me serais battue avec qui que ce soit ?

Avant qu'il puisse répondre, Lass s'avança jusqu'à la balustrade, des larmes plein les yeux, et fixa les cimes des pins et les crêtes lointaines des montagnes.

On distinguait dans le lointain les éclairs et les nuages gris d'un gros orage. Le temps dans les montagnes semblait faire écho à la tempête que ses révélations avaient déclenchée dans l'esprit de la jeune femme.

Un sanglot long et amer sortit de la gorge de Lass.

— Je suis désolé, dit-il en venant entourer ses épaules d'un bras protecteur. Si seulement rien de tout cela n'avait eu lieu…

Lass secoua la tête avec accablement.

Non seulement elle était amnésique, mais en plus elle était en train de perdre la tête. Au fond d'elle, elle devait reconnaître qu'elle était par instants presque heureuse d'avoir connu cette sordide mésaventure. Sans cela, jamais elle n'aurait rencontré Brady, jamais elle n'aurait connu la chaleur de sa main sur la sienne, ou l'un de ses baisers tellement ensorcelants.

Elle se tourna vers lui en soupirant.

— Pourtant, c'est bien ce qu'il m'est arrivé, Brady. Où est cette personne qui m'accompagnait ? Peut-on au moins s'assurer qu'il n'est pas quelque part alentour en train de me guetter ?

Brady l'entoura de son bras et l'attira contre son torse.

— Personne ne viendra te faire du mal tant que tu seras ici, lui murmura-t-il à l'oreille. Tu es parfaitement en sécurité dans le ranch.

— Mais Dallas et moi avons été faire des courses en ville aujourd'hui, il aurait pu nous suivre !

— A mon avis, il a filé bien loin d'ici depuis longtemps. Et si ce n'est pas le cas, je me charge personnellement de mettre la main dessus. Pour l'instant, tu resteras au ranch ou tu me feras prévenir si tu sors.

Elle ne put réprimer un frisson d'angoisse.

— D'accord.

Il lui saisit délicatement le menton pour la faire pivoter vers lui.

— Est-ce que tu me fais confiance pour te protéger ?

Bien sûr qu'elle avait une confiance absolue en lui pour assurer sa sécurité, même si elle sentait que son cœur courait un tout autre péril en sa présence... Mais pour le moment, elle se contentait de savourer le plaisir d'être blottie tout contre lui.

— Oui, murmura-t-elle, je te fais confiance.

Du bout des doigts, il effleura ses joues avant de redescendre vers sa nuque.

Sans même lever les yeux vers le ciel, elle sentait que les lointains nuages noirs observés tout à l'heure s'étaient rapprochés et menaçaient maintenant les environs du ranch, mais elle se moquait bien de cet orage lorsqu'elle était au creux des bras de cet homme.

— J'ai l'impression qu'il y a comme un doute dans ta réponse, Lass ?

Elle retint un soupir lorsqu'il posa la main sur la partie dénudée de son dos.

— C'est certainement parce que je redoute de te faire entièrement confiance.

— Il y a des choses contre lesquelles on ne peut pas lutter, murmura-t-il. Tout comme je ne peux pas m'empêcher de t'embrasser.

Cette fois-ci, elle se hissa sur la pointe des pieds, et ce fut elle qui posa sa bouche sur la sienne en étouffant un gémissement de plaisir lorsqu'il accepta ce qu'elle lui offrait.

La tendre caresse de ses lèvres contrastait avec la fougue à peine contenue du baiser qu'ils avaient échangé près de la piscine, et pourtant c'était tout aussi fort.

Elle agrippa les mains autour de son cou, comme si elle cherchait un soutien pour ses jambes chancelantes, tandis que tout son corps était parcouru de frissons délicieux.

Elle se consumait déjà de désir, lorsqu'une bourrasque de vent glacial se leva, aussitôt suivie par de grosses gouttes de pluie.

Brady la prit par la main.

— Nous ferions mieux de rentrer si nous ne voulons pas être trempés jusqu'aux os.

A peine avaient-ils refermé la porte-fenêtre que des éclairs se mirent à strier le ciel et que le tonnerre gronda avec une force impressionnante.

Elle fit de son mieux pour cacher sa déception.

On aurait dit que les éléments se liguaient contre eux pour mettre un terme à leur étreinte !

A cet instant Brady formula la même pensée, mais en y mettant un sens opposé.

— C'est probablement une chance que la pluie nous ait fait rentrer. Il est l'heure de dîner, et si nous ne descendons pas, c'est grand-mère qui viendra nous chercher. Elle est comme mon père : très à cheval sur les horaires des repas.

Lass savait qu'il disait vrai. La veille, Kate était venue les chercher, et peut-être les avait-elle vus en train de s'embrasser dans la véranda, même si elle n'avait rien laissé paraître. En tout cas, de manière générale, la vieille dame n'ignorait certainement rien de ce qu'il se passait sous le toit des Donovan.

— Dans ce cas, nous ferions mieux de ne pas traîner, je ne voudrais pas qu'elle m'en veuille de te mettre en retard. Je me demande si j'ai une grand-mère comme Kate, moi aussi…

Brady sourit et lui effleura la taille de la main tandis qu'elle gagnait la porte de la chambre.

— Je ne te le souhaite pas ! plaisanta-t-il en descendant l'escalier à côté d'elle.

— Remarque, c'est ridicule de m'inquiéter de mes grands-parents, vu que je ne sais même pas si j'ai des parents !

— Bien sûr que tu en as. Quelqu'un t'a forcément mise au monde et élevée.

— Dans ce cas, pourquoi est-ce qu'ils ne me cherchent pas ?

— Ils sont certainement en train de le faire, Lass, mais sans doute pas au bon endroit.

Elle soupira.

— Je crains que lorsque tu raconteras ce qu'il s'est passé à Fiona et Doyle, ils ne préfèrent que je m'en aille avant que je ne vous crée des ennuis, dit-elle gravement. Et je crois qu'ils auront raison.

Brady la saisit par le bras.

— Mais enfin, quelle idée ! Mes parents ont déjà mesuré les enjeux qu'il y avait à t'accueillir. Ils seront inquiets pour toi, sans doute, mais jamais ils ne souhaiteront ton départ ! Tu sais, ils ont six enfants, et je pense qu'ils seraient heureux que quelqu'un leur vienne en aide si ceux-ci se trouvaient dans le besoin.

— Dans ce cas, j'espère que mes parents sont des gens au cœur aussi grand que les tiens.

— J'en suis convaincu. Comment auraient-ils eu une fille telle que toi, sinon ?

Touchée de ce compliment, elle essaya de chasser les images qui la tourmentaient depuis que Brady lui avait raconté ce qu'ils avaient trouvé cet après-midi.

Mais elle n'arrêtait pas de penser à cet homme sans visage qui la maintenait par le poignet en lui ordonnant de le suivre…

Soudain, tout se mit à tourner autour d'elle, et elle eut juste le temps de s'accrocher à la rampe d'escalier pour ne pas tomber.

Brady la saisit par la taille et l'aida à descendre les dernières marches.

— Lass ! Qu'est-ce qu'il t'arrive ?

Fermant les yeux, elle posa la main sur son front, le souffle court.

— Je ne sais pas, je…

Le reste des mots se perdit dans le brouillard.

Derrière ses paupières closes, un visage féminin lui apparut. Un visage doux, avec des cheveux noirs et un sourire si tendre qu'il la frappa en plein cœur. Ce sourire si aimant l'avait déjà rassurée bien des fois au cours du temps, l'avait encouragée à affronter ses peurs et à se dépasser.

Sa mère ? Oui, c'était bien sa chère maman qu'elle voyait là.

Elle chercha à retenir l'image de son mieux, à y mettre un prénom, un lieu. Et soudain, une autre vision s'imposa à elle.

Une tombe. Une tombe couverte de fleurs à côté de laquelle elle se tenait, et dans le cimetière des gens en deuil, comme elle. Elle sentait la présence de son père à ses côtés mais ne parvenait pas à le voir, et surtout elle le détestait de lui annoncer que sa mère était partie à tout jamais.

— Oh, mon Dieu, non ! s'écria-t-elle avant de rouvrir les yeux pour fixer Brady, la gorge nouée. Je viens de voir ma mère, et elle est… Et elle est morte !

Sous le choc, Brady essaya de rassurer Lass, bouleversé qu'il était par l'expression de douleur et de tristesse qu'il lisait dans ses yeux.

— Lass, est-ce que tu en es sûre ? Tu as peut-être vu quelqu'un d'autre, c'est peut-être un tour que te joue ta mémoire ?

— Non, c'est bien ma mère, mon cœur le sent. Même si je ne sais toujours pas son nom ni celui de l'endroit où elle est enterrée, je sais que c'était elle et qu'elle est décédée.

— Tout ira bien, Lass, je te le promets.

Il posa la main sur son dos, tendrement, sans parler, pour lui laisser le temps de pleurer.

Un bruit de pas se fit entendre, et il leva les yeux pour voir sa grand-mère arriver.

En un regard, la vieille dame comprit que quelque chose de grave venait de se passer.

— Qu'est-il arrivé ?

Il se racla la gorge.

— Lass vient de se rappeler sa mère.

Kate lui jeta un regard interrogateur.

— N'est-ce pas une bonne nouvelle ?

— Elle vient surtout de se rappeler qu'elle était décédée.

— Oh, mon Dieu, ma pauvre enfant ! s'exclama Kate en venant serrer Lass dans ses bras. Venez vous allonger dans le séjour un instant.

Il regarda Lass s'éloigner au bras de sa grand-mère.

Il se sentait curieusement vide et choqué. La voir affronter une telle douleur était pour lui comme un coup de poignard. Il avait envie de courir la serrer dans ses bras, mais il restait immobile et figé.

C'était à lui de la consoler. C'était lui qui devrait essuyer ses larmes et lui rendre le sourire…

Mais comment imaginer jouer ce rôle, quand il ne pouvait même pas l'appeler par son vrai prénom ?

- 9 -

Pendant les dix jours qui suivirent, Lass s'efforça d'affronter la nouvelle de la disparition de sa mère avec tout le courage dont elle était capable.

Ses souvenirs de l'homme menaçant ajoutés à ceux de sa mère lui laissaient présager que sa vie n'avait pas été des plus simples, et elle avait du mal à faire face à cette réalité. Sans parler de son père, dont elle ne se remémorait pas les traits, tout en ayant la certitude que c'était bien lui qui était près d'elle dans le cimetière. Elle pouvait cependant en retirer deux détails : sa large stature et sa voix grave. Chaque fois qu'elle songeait à lui, elle se sentait envahie d'une tristesse et d'une confusion totales. Il devait y avoir des conflits entre eux, mais elle ne parvenait pas à déterminer ce qui avait pu générer autant de tension… Quoi qu'il se soit passé, cela lui laissait une sensation de vide et de froid.

Bridget l'avait reçue régulièrement et avait insisté pour qu'elle consulte un thérapeute spécialisé, mais elle avait du mal à s'y résoudre. Elle se rappelait assez de choses pour savoir qu'il y avait dans sa mémoire de mauvais souvenirs, et elle se refusait à les affronter.

Qui pouvait avoir envie de se retrouver projeté dans un passé de souffrances ? Elle voulait aller de l'avant, et cela lui faisait penser à ce que le psychiatre de l'hôpital avait suggéré lors de leur première entrevue : peut-être son cerveau bloquait-il les souvenirs délibérément ?

Elle savait pourtant au fond d'elle-même qu'elle ne pourrait pas vivre toute sa vie durant dans les limbes de l'oubli. Le jour viendrait où elle devrait se confronter à la réalité, qu'elle le veuille ou non.

Mais en attendant, elle voulait pouvoir vivre une vie normale.

Ces jours derniers, elle avait travaillé avec Dallas du matin jusqu'au soir, préparant les chevaux, les sellant, et même assistant la sœur de Brady dans ses cours.

S'occuper d'enfants et de chevaux était pour elle l'occupation rêvée. Elle en retirait non seulement un plaisir certain, mais aussi une confiance en elle renouvelée. Elle avait l'impression d'avoir un but et ne culpabilisait plus de passer ses journées à la charge des Donovan. Sans oublier que les passages réguliers de Brady aux écuries rendaient les journées plus plaisantes encore.

Dallas lui avait expliqué qu'il était fréquent que son frère vienne donner un coup de main lorsqu'il avait un moment de libre ou un jour de repos, mais elle avait aussi largement souligné que jamais il ne s'était montré aussi assidu !

Son amie attribuait ce soudain regain d'intérêt à sa présence à elle, mais Lass n'était pas convaincue que ce soit la seule raison. Brady avait l'air de vraiment s'intéresser aux enfants et à leurs progrès. Un après-midi, il avait ainsi passé plus d'une heure en selle avec une petite fille pour l'aider à surpasser ses appréhensions.

Elle découvrait là un nouvel aspect du Brady qu'elle connaissait. Malgré son image de célibataire endurci, il avait un vrai don auprès des enfants, et bien qu'il ait déprécié ses qualités en tant que cavalier, elle trouvait qu'il se débrouillait tout à fait honorablement !

Elle était surtout en train de découvrir qu'il avait de multiples facettes, et que chaque nouveau trait de caractère découvert l'attirait un peu plus vers lui…

Pourtant, pas un jour ne passait sans qu'elle ne se rappelle que le temps passé auprès de lui était un sursis. Elle ne pouvait se permettre de laisser libre court à ses émotions, au risque de mettre en péril son cœur déjà fragilisé par les derniers événements.

Ils ne s'étaient plus embrassés. Elle ne cessait de penser à leur dernière étreinte, mais leurs contacts se limitaient désormais à de fugaces effleurements des mains ou de simples bises, et elle se répétait que c'était très bien ainsi, sans vraiment parvenir à y croire.

Ce soir, par exemple, elle devait reconnaître qu'elle ne quittait pas des yeux l'entrée du manège, espérant à tout instant le voir surgir.

La plupart des enfants avaient terminé, et il ne restait que quatre ou cinq chevaux en piste. Un peu plus tôt dans l'après-midi, Dallas s'était rendue à Ruidoso et lui avait confié le groupe. Elle n'avait eu aucun problème avec les enfants, mis à part un adolescent aux cheveux noirs et aux grands yeux tristes prénommé Tyler, qui avait une attelle à une jambe. Celui-ci avait catégoriquement refusé de monter sur la jument qu'elle avait sellée pour lui.

Décidée à tenter sa chance une nouvelle fois, elle alla à sa rencontre.

— Tyler, tu n'en as pas assez de rester assis là ? Tu ne veux pas m'accompagner dans la sellerie ?

— Non, je suis bien ici.

— D'accord. Est-ce que tu me ferais une petite place à côté de toi ?

— Comme vous voulez, répondit-il en haussant les épaules.

Elle se hissa sur le ballot de paille où Tyler s'était assis.

— C'est la première fois que tu visites les écuries ?

L'air profondément las, le jeune garçon répondit de mauvaise grâce.

— Non, je suis déjà venu une fois, il y a longtemps.

— Etais-tu monté à cheval à l'époque ?

— Non, je n'en avais pas plus envie que maintenant. Je suis venu uniquement parce que ma mère m'y a obligé.

— Oh, c'est dommage, soupira-t-elle. Quand je t'ai vu arriver, j'étais persuadée que tu aimais les chevaux au moins autant que moi. J'ai dû me tromper sur toute la ligne.

Le jeune garçon pinça les lèvres, comme s'il se refusait à répondre, alors même que cela lui brûlait les lèvres.

— Ce n'est pas vrai, j'aime les chevaux ! lança-t-il enfin.

Elle sourit intérieurement.

— Ah vraiment ? Je suis contente de te l'entendre dire, comment se fait-il que tu ne montes pas, dans ce cas ?

Tyler lui adressa une moue qui suggérait qu'elle devait être stupide ou aveugle pour ne pas avoir trouvé la réponse elle-même, et il hocha la tête en direction de son attelle.

— Vous ne voyez pas ma jambe ? Je ne peux même pas la plier !

— Et alors ? Cela ne t'empêche pas de t'asseoir sur une selle, non ? Tu es bien assis sur une botte de foin ! Dallas a sellé Cloudwalker pour toi, c'est un beau petit cheval noir et blanc, très doux. Tu ne veux pas essayer ?

L'adolescent semblait à la fois tenté et en colère. Il finit par acquiescer d'un hochement de tête.

— Oui, mais je ne veux pas tomber !

Lui passant la main sur l'épaule, elle essaya de le rassurer.

— Ecoute, Tyler, c'est normal d'avoir peur, et je sais exactement ce que tu ressens.

— Ah oui ? Vous avez déjà porté une attelle comme la mienne ?

— Non, mais j'ai dû porter un plâtre au bras pendant de longues semaines, et lorsque j'ai enfin pu remonter à cheval, je me suis retrouvée pétrifiée à l'idée de tomber et de me casser le bras une nouvelle fois.

— Et qu'est-ce que vous avez fait ?

— Mon père m'a rappelé que mon cheval, Rusty, était plus qu'un simple cheval. Que c'était mon meilleur ami et qu'il sentirait que j'avais besoin de plus de sécurité que d'habitude. Mon père m'a dit que si je ne pouvais pas faire confiance à mon meilleur ami, alors j'aurais toujours peur de tout pour le reste de ma vie. C'est ce qui m'a convaincue de remonter en selle. Et je ne l'ai pas regretté !

Tyler sembla réfléchir un instant à ce qu'elle venait de lui raconter.

— Oui, mais Cloudwalker n'est pas mon meilleur ami, il ne me connaît même pas !

— Pas encore, mais ce n'est pas un cheval ordinaire.

Il me rappelle Rusty. Tu sais, je suis sûre que tu peux lui faire confiance pour prendre soin de toi.

— Alors, qu'est-ce qu'il se passe par ici, tu donnes du fil à retordre à mon amie ?

Tyler et Lass tournèrent la tête en même temps pour découvrir Brady à quelques pas d'eux.

Il portait encore son uniforme, mais avait enlevé son ceinturon avec son arme et ses munitions.

Elle sauta de la balle de foin pour le saluer, et il passa son bras autour de sa taille. Elle lui sourit, le cœur battant la chamade.

Elle se sentait si bien lorsqu'il l'entourait de ses bras !

— C'est votre amie ? demanda Tyler.

— En effet, répondit Brady en resserrant son étreinte autour de sa taille.

— Rassurez-vous, je n'essayais pas de la draguer, hein !

— Je préfère cela, j'ai cru pendant un instant que tu lui faisais les yeux doux, plaisanta Brady. Alors, comment se fait-il que tu ne sois pas en selle ? Tu as peur de tomber devant tout le monde, c'est ça ?

Elle retint son souffle en priant pour qu'il sache ce qu'il était en train de faire avec Tyler.

N'était-il pas en train de se montrer trop dur avec lui ?

Tyler la détrompa aussitôt en sautant à terre et en faisant face à Brady.

— Si vous croyez que j'ai peur d'un de vos chevaux, vous vous mettez le doigt dans l'œil ! Je sais monter comme le meilleur des cow-boys, alors vous pouvez attendre un moment avant de me voir à terre !

Le sourire aux lèvres, Brady passa affectueusement la main dans les cheveux du jeune homme.

— Content de l'entendre ! Allez, viens me montrer de quel bois tu es fait !

— Mademoiselle, est-ce que vous pouvez amener Cloudwalker pour que je donne une leçon d'équitation à votre ami ? demanda Tyler.

Le sourire aux lèvres, elle s'exécuta.

Décidément, elle ne comprendrait jamais rien à la psychologie masculine !

Dix minutes plus tard, Tyler était en selle et négociait le droit de tenir seul les rênes pour guider son cheval.

Brady lui tendit les liens de cuir après lui avoir donné quelques instructions.

— Et si tu as besoin de quoi que ce soit, appelle Lass ou moi, surtout.

— Ce ne sera pas nécessaire.

En effet, on pouvait observer que le jeune Tyler était parfaitement à l'aise sur sa monture.

— Eh bien, quelle démonstration ! s'exclama-t-elle.

— Tu lui avais déjà expliqué comment contrôler ses peurs, je n'avais plus qu'à le mettre en mouvement, répondit Brady.

— Tu m'as entendue lui parler de moi ?

— Cela faisait un petit moment que j'étais là, sans que vous ne vous en soyez rendu compte. En tout cas, tu as bien fait d'inventer cette histoire de bras cassé, c'était vraiment ingénieux.

Elle lui adressa un regard interloqué.

— Inventer ? Mais pas du tout. Cela m'est vraiment arrivé !

— Vraiment ?

— Oui. Cela peut paraître étrange, je le conçois, que je me rappelle ce genre de détails sans savoir comment je m'appelle…

— Mais ta mémoire revient, et c'est ça qui compte. D'ici quelques jours, je suis sûr que tout sera clair pour toi !

— Tu as peut-être raison, murmura-t-elle.

C'était vrai, chaque jour qui passait elle arrivait à retenir de plus en plus d'instantanés de sa vie passée. Bridget lui disait que son amnésie était en train de se résorber, mais curieusement cette idée ne la réjouissait pas plus que cela. Etait-ce de crainte d'affronter un passé douloureux ? Ou bien parce que la perspective de devoir quitter Brady lui était insupportable ? Etait-elle tombée amoureuse de lui ?

— Lass, ce cheval, Rusty, est-ce que tu te rappelles d'où il venait, à quoi il ressemblait ?

Elle plissa le front, essayant de se concentrer.

— Pas vraiment. C'était un alezan, avec une crinière longue et ondulée. Il avait une tache claire sur le devant de la tête, il me semble.

— Pas d'idée sur sa provenance ? Pas de marquage au fer, par exemple ?

— Je ne sais pas, dit-elle en fermant les paupières pour se remémorer le cheval de ses jeunes années. Je me demande s'il n'y avait pas une lettre sur sa croupe, du côté gauche… Un P, je crois.

Brady sourit.

— Bravo, c'est un bon début. Es-tu sûre qu'il n'y avait rien d'autre ? Il est peu courant d'utiliser une seule lettre, il y a souvent un symbole associé. Est-ce que ça te dit quelque chose ?

Elle réfléchit de toutes ses forces, déchirée entre l'envie de lui répondre et le vide qui commençait à envahir son esprit.

— Non, rien ne me revient. Mais je ferai de mon mieux pour me le rappeler, je te le promets.

— Ne t'inquiète pas, Lass, je suis sûr que ça reviendra tout seul, dit-il en tournant la tête vers les jeunes cavaliers dans le manège.

Elle l'imita et eut le plaisir de constater que Tyler communiquait déjà avec les autres jeunes du groupe. Et à en juger par le sourire qu'il affichait, il semblait passer un très bon moment.

— Je n'ai pas encore eu l'occasion de te dire l'essentiel : j'ai obtenu de nouvelles informations te concernant cet après-midi, annonça alors Brady.

Elle retint son souffle.

— A quel sujet ?

— Un jockey qui participait à une course à Ruidoso le dimanche où tu as été blessée… Il semble t'avoir reconnue.

Son cœur se mit à battre plus fort.

— Comment se fait-il qu'il ne témoigne que maintenant ? demanda-t-elle. Est-ce qu'il me connaît personnellement ?

— Non, non. Il nous a expliqué qu'après la course de dimanche il a embarqué pour la Californie. Il avait une autre course à Hollywood Park, ce qui a fait qu'il n'est rentré qu'hier. C'est là qu'il a vu ta photographie affichée au champ de courses.

— Comment peut-il donc se souvenir de mon visage parmi la foule, cela paraît curieux, non ?

— Il nous dit t'avoir vue juste à la sortie des paddocks, et il se le rappelle clairement parce qu'il a été mis à terre par son cheval juste devant toi, ce qu'il avait trouvé des plus humiliants.

Comment se faisait-il que cela ne lui évoque rien ?

Si cet homme était tombé de cheval devant elle, elle devrait tout de même en avoir gardé un infime souvenir dans les tréfonds de sa mémoire, non ?

— A-t-il donné d'autres informations utiles ?

Brady secoua la tête, pensif.

— Pas vraiment, sauf qu'il pense que tu étais accompagnée par un homme. Il l'a décrit grand, aux cheveux noirs, proche de la trentaine. Cela correspond avec le scénario de Johnny selon lequel tu étais en présence d'un homme avec qui tu t'es battue.

Elle avait du mal à garder son calme, l'angoisse et la peur la suffoquaient presque.

— Oh, mon Dieu, Brady, mais qui était cet homme ? demanda-t-elle en s'accrochant à son bras. Pourquoi me serais-je rendue aux courses en compagnie d'un homme qui me voulait du mal ?

— Lass, ne t'es-tu jamais dit que peut-être tu n'étais pas avec lui de ton plein gré ?

C'était peut-être le cas, à moins qu'elle ne lui ait abusivement accordé sa confiance ?

Soudain une scène s'imposa à elle, violente :

« Allons, chérie, ce n'était pas un simple baiser, je sais que tu as apprécié cela autant que moi. Allez, montre-moi encore combien tu me désires ! »

Puis les lèvres de cet homme sur les siennes. Un baiser brutal, qui la dégoûtait et lui faisait mal.

Elle le repoussait de toutes ses forces et partait en courant.

— Lass, qu'est-ce qui ne va pas ?

La main de Brady lui entoura le bras, tandis qu'elle se débattait avec ces images qui l'assaillaient.

— Non, tout va bien, murmura-t-elle, d'une toute petite voix qui disait le contraire.

— Lass, mais tu trembles de la tête aux pieds ! Ecoute, va dans le bureau de Dallas et allonge-toi sur le canapé, je te rejoins dès que les enfants seront descendus de cheval.

Elle fit non de la tête.

Elle en avait maintenant la certitude : avant son accident, un homme avait essayé d'abuser d'elle et de la manipuler. Restait à déterminer qui et pourquoi. Pourquoi l'avait-il embrassée, pourquoi détestait-elle son contact à ce point ?

Il faisait partie de ces souvenirs négatifs qu'elle continuait de fuir. Tôt ou tard, elle devrait affronter cet homme et tout ce qu'elle avait laissé derrière elle.

— Je vais bien, Brady, c'est juste que je ne veux plus parler de cela, dit-elle en libérant son bras. Je vais surveiller les enfants.

Brady laissa Lass s'éloigner bien qu'il mourût d'envie de la retenir.

Il y avait quelque chose qui la troublait, il le voyait bien, quelque chose de plus dur à accepter que son amnésie.

Il avait la conviction qu'une part d'elle-même se refusait à dissiper le mystère qui entourait son accident. Et il devait bien admettre par ailleurs qu'une part de lui se refusait aussi à faire toute la lumière sur cette affaire.

- 10 -

Le lendemain, Lass rentra de bonne heure et se prépara longuement pour le dîner. Après avoir pris une douche et enfilé une robe légère rose pâle avec une paire de sandales, elle descendit l'escalier pour rejoindre la salle de séjour.

Généralement, Kate était là la première et savourait un verre de vin tout en jouant du piano.

Au fil des jours passés à Diamond D, Lass s'était rapprochée de la vieille dame. Kate Donovan pouvait parfois se montrer très directe, mais il y avait en elle un mélange de sérénité et d'assurance qui l'apaisait.

— Juste à temps ! lança la voix de Brady du bas de l'escalier. Et en prime, tu as mis la tenue parfaite pour l'occasion.

Elle baissa les yeux et le vit, habillé d'un jean et d'un T-shirt bleu près du corps qui lui allaient à ravir. Il était infiniment sexy, bien sûr, mais ce fut son sourire un brin intimidé qui lui alla droit au cœur.

— Bonsoir, Brady, dit-elle, cherchant à masquer l'émotion qui l'envahissait. Je ne pensais pas te voir ce soir. Tu devais travailler tard, non ?

En bas de l'escalier, il prit la main qu'elle lui tendait et lui déposa un baiser sur la joue.

— Mes horaires ont été modifiés à la dernière

minute. Je dois me rendre à une soirée, et je voudrais que tu viennes avec moi. Ordre du shérif.

Elle leva vers lui de grands yeux.

— Moi ? Mais je ne connais pas le shérif. Et je ne me sens pas très à l'aise pour évoquer mon histoire devant des inconnus…

— Ne t'inquiète pas, nous ne parlerons pas travail ce soir. Et si quiconque te pose la moindre question personnelle, tu lui conseilleras de s'occuper de ses affaires.

— Oh, Brady, je ne me vois pas dire cela, c'est impoli et embarrassant !

— Ecoute, ma chère, ce qui serait impoli et embarrassant, ce serait de me laisser me rendre à cette soirée sans cavalière, ne crois-tu pas ? D'autant plus que je compte sur toi.

Elle sentit naître sur ses lèvres un sourire vaincu.

Comment refuser quelque chose à un homme aussi charmant ? D'autant plus que tout son être ne demandait qu'une chose : rester près de lui.

Depuis qu'elle s'était rappelé la mort de sa mère, leur relation avait pris un tour différent. Brady semblait plus attentif, plus tendre avec elle. Lorsque leurs lèvres se rencontraient, au-delà du désir physique, elle sentait toute l'émotion partagée, toute la tendre passion qui l'envahissait. Elle ne savait pas si Brady voyait quelqu'un d'autre en dehors et ne se sentait pas le droit de le lui demander, mais tout au fond de son cœur, sans trop se l'avouer, elle nourrissait le secret espoir d'être unique à ses yeux.

— Bien, bien. Dans ces conditions, je dois pouvoir faire un effort. Allons-nous dîner d'abord ici ? Et ma tenue, es-tu sûr qu'elle est appropriée ?

— Nous dînons chez les Hamilton, ils fêtent les douze ans de leurs deux garçons. Si tu veux aller chercher un sac ou quelque chose à l'étage, c'est maintenant ou jamais, nous sommes sur le départ !

Un peu déstabilisée, elle prit le parti d'en rire.

— Toi, tu sais parler aux femmes !

— Je leur laisse surtout le moins de temps possible pour me faire faux bond, plaisanta-t-il.

Elle remonta donc jusqu'à sa chambre pour prendre un sac à main.

Elle avait du mal à imaginer une femme faisant faux bond à Brady Donovan !

Pourtant, elle se sentait fébrile à l'idée de sortir pour la première fois en sa compagnie.

Pourvu qu'elle ne se montre pas trop naïve ! Elle risquerait de s'en mordre les doigts tôt ou tard.

Mais elle devait le reconnaître, le sourire qu'il lui avait adressé depuis le bas de l'escalier avait fait fondre toutes ses réticences comme neige au soleil.

Brady pénétra dans l'allée des Hamilton alors que le soleil se couchait dans le lointain.

Leur ranch se trouvait à quelques kilomètres à l'est de Carrizozo. Des figuiers de Barbarie en fleur balisaient le chemin.

Ces sortes de roses jaunes évoquèrent à Lass un lointain souvenir. Un lieu où il faisait chaud et où les sabots des chevaux résonnaient sur la terre battue. Où des arbres géants ombrageaient les pâtures de leurs bras protecteurs…

Etait-ce chez elle ?

Ces images faisaient naître en elle un sentiment de

nostalgie. Pourtant, lorsqu'elle tourna les yeux vers Brady, l'idée de le perdre lui était plus douloureuse encore.

— Tu es bien silencieuse. A quoi penses-tu ? demanda celui-ci en remontant l'allée caillouteuse. Tu es nerveuse à l'idée de rencontrer mes amis ?

— Un peu, reconnut-elle, mais j'étais surtout soufflée par la beauté du paysage. C'est tellement différent de là d'où je viens !

Il tourna la tête vers elle.

— Vraiment ? demanda-t-il, avant de se raviser. Excuse-moi, je sais que tu préfères ne pas évoquer ton amnésie ce soir.

— Ce n'est pas un sujet des plus plaisants, en effet, mais je sais que c'est un sujet que je ne peux pas éviter longtemps. Tout ce que je regarde, tout ce à quoi je pense, dont je parle, se relie à ma mémoire. J'ai parfois l'impression d'avoir perdu la part la plus importante de mon cerveau.

— Tu vas la retrouver, Lass, j'en ai la certitude.

Elle se tourna vers lui, pensive.

— Pour répondre à ta dernière question, oui. Je suis sûre que là où je vivais, il n'y avait pas de désert. Mais j'ai aussi acquis la certitude que je suis déjà venue dans le Nouveau Mexique par le passé. Il y a trop de choses qui me semblent familières… A moins que ce ne soit la vie au sein du ranch qui me fait me sentir comme chez moi.

— J'en suis heureux, répondit Brady. Quant à mes amis, ne t'inquiète pas, ils sont du même acabit que ma famille et moi-même. Des gens simples.

— Toi, simple ? Ça m'étonnerait ! Je suis sûre que

tu te faisais déjà remarquer au lycée... Je parie que tu sortais déjà avec les filles les plus en vue de ta classe.

— Moi ? Certainement pas. Ce genre de filles est trop compliqué pour moi, et puis elles passaient le plus clair de leur temps à se regarder, alors je ne vois pas comment j'aurais pu attirer leur attention !

Amusée, elle se piqua au jeu.

— Ah vraiment ? Ne me dis pas que tu appréciais le genre première de la classe ?

— Eh bien, figure-toi que je suis sorti une fois avec une fille comme ça. Mais c'est vrai qu'elle appréciait moins le temps passé avec moi que la satisfaction qu'elle éprouvait à recevoir une bonne note.

— Hum, je vois. Alors, quel est ton genre de fille ? lança-t-elle en lui jetant un coup d'œil en coin.

— Oh, c'est plutôt simple. J'aime les filles qui sont incapables de se rappeler leur prénom !

Elle se mit à rire et il lui prit la main.

Lorsque leurs doigts s'unirent, elle se demanda comment il était possible qu'un simple contact la rende aussi légère et joyeuse à la fois. Elle ne savait pas qui elle était, ni d'où elle venait, et pourtant, aussi longtemps qu'elle se trouvait auprès de cet homme, elle se sentait pleine d'espoir et de joie.

N'était-elle pas en train de tomber amoureuse ?

Le fait de le reconnaître la soulageait d'une certaine manière, même si elle ne s'imaginait pas l'avouer à Brady. Elle savait que si elle le lui disait, ce serait quitte ou double, soit ils se rapprocheraient pour de bon, soit ils seraient séparés à tout jamais. Elle devait reconnaître que les deux issues l'effrayaient aussi totalement l'une que l'autre.

La soirée chez les Hamilton se révéla être suffisamment fréquentée pour qu'elle n'ait pas à affronter trop de conversations en tête à tête avec les amis de Brady. Ce dernier la présenta à tout le monde en restant juste suffisamment longtemps pour évoquer légèrement un ou deux sujets généraux.

Les deux jumeaux, Jacob et Jason, étaient plutôt timides et visiblement impatients de s'échapper avec les amis de leur âge invités pour l'occasion. Une fois l'apéritif fini, les enfants allèrent passer la soirée entre eux dans une grange aménagée de l'autre côté du jardin.

— Ce doit être un sacré travail d'élever deux garçons du même âge, non ? s'enquit-elle auprès de la mère des deux préadolescents, alors qu'elle savourait une coupe de champagne en sa compagnie.

Trois heures s'étaient déjà écoulées depuis leur arrivée, et la plupart des invités étaient déjà sur le départ. Finalement, ils étaient restés les deux derniers convives. Penelope et elle profitaient de la quiétude retrouvée, tandis que Brady et Ethan s'étaient échappés un instant à l'intérieur de la maison.

— Oh que oui ! répondit Penelope dans un soupir. Mais cela vaut tout l'or du monde.

— Brady m'a annoncé que vous attendiez un enfant, félicitations !

— Merci, répondit son hôtesse avec un regard ému. J'ai donné naissance à mes jumeaux peu avant Noël par une tempête de neige, et celui-ci est censé arriver juste après le nouvel an. J'espère que cette fois-ci, je n'aurai pas à affronter de blizzard !

Cela devait être tellement merveilleux d'attendre un bébé de l'homme que l'on aimait, songea Lass. Prévoir ensemble son arrivée, choisir son prénom…

Instinctivement, elle plaça ses deux mains sur son abdomen.

Elle avait eu tout le loisir d'y penser depuis que Bridget lui avait confirmé qu'elle n'avait pas dû vivre de grossesse. Elle en était convaincue maintenant, mais elle sentait aussi qu'avoir un enfant était un désir qu'elle nourrissait depuis longtemps au fond de son cœur. Sans doute n'avait-elle jamais rencontré d'homme qui lui donne envie de faire de ce rêve une réalité. En tout cas, jamais avant qu'elle ne rencontre Brady…

— Est-ce que vous savez si ce sont encore des jumeaux, cette fois-ci ?

Penelope sourit.

— Je peux vous dire qu'on y a pensé avec Ethan ! Lui, il rêve secrètement de jumelles. Mais il est encore trop tôt pour que nous sachions combien de bébés il y a.

— Je croise les doigts pour que vous ayez ces deux petites filles.

— Pour tout vous dire, je crois que je ne saurais pas quoi faire avec des petites filles, je me suis habituée aux jeux virils des garçons, maintenant. Mais je suis sûre qu'avec un peu d'entraînement, j'arriverai à m'en sortir avec des barrettes et des queues de cheval !

Elles rirent de bon cœur et trinquèrent amicalement.

— Brady m'a dit que vous travailliez avec Dallas à l'écurie ?

— C'est vrai, et je dois avouer que j'apprécie particulièrement d'être au contact des enfants.

— Alors, je suis sûre que bientôt ce sera votre tour de fonder une famille. Vous imaginez-vous déjà avec une grande maison résonnant de cris d'enfants ?

Avait-elle seulement le droit de s'autoriser ce genre de rêverie ?

Il lui était difficile d'exclure Brady de ses projections d'avenir, et la famille de Brady avait fait suffisamment d'allusions au fait que ce dernier était un célibataire endurci sans aucune intention de se marier ou d'avoir des enfants. Et puis, rien ne lui disait qu'un mari ne l'attendait pas quelque part.

Un mari qui avait peut-être essayé de lui faire du mal…

Elle fit de son mieux pour chasser de son esprit ces sombres pensées.

— J'espère que vous avez raison, Penelope, mais en attendant que ce jour vienne, je suis heureuse de pouvoir me rendre utile auprès de Dallas. Des chevaux et des enfants, c'est une combinaison à laquelle je ne peux pas résister.

Il ne manquait que Brady pour obtenir un tiercé gagnant.

Combien de temps devrait-elle attendre avant que l'homme de ses flash-backs, cet homme qu'elle haïssait de tout son être sans même pouvoir lui attribuer un visage, ne se présente à Diamond D et ne jette à terre tous ses rêves et ses espoirs ?

Sur le chemin du retour, Brady et Lass étaient absorbés chacun dans ses pensées. Ils n'échangèrent pas un mot de tout le trajet, et ce ne fut qu'une fois arrivés au ranch familial que Lass brisa le silence.

— Brady ? Est-ce que tout va bien ? J'espère que je ne t'ai pas mis mal à l'aise ce soir.

Il entoura sa taille pour la serrer contre lui en se dirigeant vers l'escalier de bois.

— Tu plaisantes, j'espère ? Comment peux-tu penser

cela ? Tu étais absolument parfaite, tout le monde t'a adorée.

— C'est juste que tu es resté très silencieux depuis que nous sommes partis de chez les Hamilton.

— Je suis désolé, Lass, j'avais l'esprit ailleurs.

— Ethan et toi êtes partis un bon moment ensemble, vous parliez travail, n'est-ce pas ?

Brady laissa échapper un soupir.

— Tu as raison, nous avons effectivement parlé de nos dossiers en cours. Essentiellement de toi d'ailleurs, pour tout te dire.

— Oh, Brady, murmura-t-elle en rougissant. J'ai l'impression d'être un tel poids pour toi et ta famille ! Je devrais vraiment m'en aller d'ici et vous laisser tranquilles.

Ils étaient arrivés en haut de l'escalier, devant la porte de sa chambre.

Brady lui saisit le bras pour l'obliger à lui faire face.

— Et que ferais-tu, Lass ? L'idée de te retrouver dans un refuge pour femmes battues te semble plus attractive ?

— Mais je peux travailler ! rétorqua-t-elle, piquée au vif, avant de se radoucir. Je suis désolée, je dois te paraître bien ingrate, et ce n'est pas du tout mon intention. Je ne veux pas partir d'ici. C'est juste que…

Brady posa doucement la main sur l'épaule de Lass.

— Ecoute, je ne t'en ai pas parlé, mais j'ai fait parvenir des photographies de toi à la plupart des journaux texans, en racontant les conditions de ta découverte. Depuis hier, nous avons commencé à recevoir des appels que nous sommes en train de contrôler, car ils proviennent de lieux différents et font allusion à des personnes aussi diverses qu'une vendeuse à Dallas ou une maîtresse d'école dans un village retiré. Il nous faudra donc un certain temps avant de déterminer si certains des appelants sont bien de ta famille, mais je crois que nous sommes sur une piste intéressante.

La jeune femme leva les yeux vers lui, et malgré la pénombre il reconnut le trouble qui l'habitait lui aussi.

C'était comme si l'expression de Lass traduisait ses propres émotions.

— Et qu'est-ce que tu en penses ? demanda-t-elle.

Il inclina la tête jusqu'à poser un instant son front contre le sien, puis il se redressa, laissant échapper un soupir.

— Je suis tiraillé entre deux sentiments. Je ne peux pas me résoudre à te voir partir.

Dans sa poitrine, il sentait son cœur battre si fort qu'il avait l'impression que Lass pouvait l'entendre. Il arrêta son regard sur ses lèvres, et le désir s'empara de lui, intense et brûlant.

Elle leva les yeux vers lui.

— Tu es vraiment sûr de ce que tu dis ? demanda-t-elle d'une voix rauque.

— Comment peux-tu en douter ? Depuis que tu es entrée dans ma vie, rien n'est plus pareil, j'ai changé. Etre auprès de toi, c'est tout ce qui compte à mes yeux.

Pour lui prouver ce qu'il avançait, il inclina la tête et l'embrassa.

Il sentit les lèvres de la jeune femme s'entrouvrir pour l'accueillir et ses bras s'enrouler autour de son cou en une tendre étreinte. Au-delà du plaisir, c'était un véritable bonheur qui l'envahissait.

Rapidement, leur baiser prit un tour plus passionné. Il sentait une chaleur inconnue l'embraser. Le désir envahissait chaque parcelle de son être, et l'envie de lui faire l'amour se fit obsession.

Il ne sut pas comment il parvint à défaire sa bouche de la sienne.

— Viens ! murmura-t-il, le souffle court.

Il entraîna Lass par la main le long du couloir, et elle se laissa guider.

— Brady, mais où va-t-on ?

Sans prendre la peine de répondre, il ouvrit la porte de sa chambre et alluma.

— C'est ici que je voulais t'emmener. Dans ma chambre.

Il referma la porte, et ils se retrouvèrent tous deux dans le clair-obscur de la petite lampe.

— Et si quelqu'un entrait dans ta chambre et nous surprenait ?

— Au beau milieu de la nuit ? Aucun risque. Et puis, j'ai verrouillé ma porte, ne t'en fais pas. Nous sommes enfin seuls tous les deux !

Lass baissa timidement les yeux en s'appuyant contre lui.

— Tous les deux, répéta-t-elle comme si elle ne parvenait à y croire. J'ai tellement rêvé de ce moment…

Ces mots murmurés si doucement ranimèrent si besoin était la flamme en lui. Sans prévenir, il la souleva de terre pour la porter jusqu'à son lit, où il la déposa doucement avant de s'allonger à côté d'elle. Son regard s'arrêta sur ses grands yeux gris, et il s'abîma dans leur contemplation.

— Pourquoi ce regard si… étrange ? demanda-t-elle à mi-voix.

Il sourit du coin des lèvres.

— Etrange n'est pas le mot. Tu es la première femme

qui s'allonge avec moi sur ce lit, et je ne m'étais pas imaginé que cela m'emplirait à ce point de bonheur.

Elle sourit presque tristement à cet aveu.

— Ce n'est pas parce que j'ai perdu la mémoire que je suis devenue brusquement stupide, Brady. Je sais bien qu'il y a eu d'autres femmes dans ton lit avant moi.

Il glissa la main sous sa nuque pour lui relever la tête.

— Tu n'as pas bien compris ce que je voulais te dire. Oui, j'ai connu d'autres femmes, mais aucune n'est venue dans ce lit-là avant toi. Cette chambre est celle que j'ai toujours occupée depuis tout petit, c'est mon jardin secret, et c'est là que j'ai rêvé de toi tant de fois ces dernières semaines. Et voilà que tu es là pour de vrai avec moi ! Je ne parviens pas à me rassasier de ton image, de ton contact.

Il ferma les yeux et posa alors les lèvres sur celles de Lass. Comme elle poussait un gémissement de plaisir, il l'étreignit fermement tout en caressant son dos depuis la courbe de ses reins jusqu'à sa nuque délicate.

La robe qu'elle portait se fermait dans le dos, et ce fut d'une main légèrement tremblante qu'il chercha la fermeture et la fit lentement coulisser jusqu'à la courbe de ses fesses.

Sous ses doigts, la peau de Lass semblait douce comme du satin. Il fit doucement glisser les bretelles de sa robe le long de ses épaules et déposa un baiser dans le creux de son cou.

Il eut l'impression de goûter un fruit sucré.

De par son métier, il s'était toujours imaginé son protecteur, mais avec elle dans ses bras, cette sensation était encore décuplée. Il avait envie de la défendre contre le monde entier, de lui offrir contre son torse un abri, un refuge d'où jamais personne ne pourrait l'enlever.

Déposant des baisers le long de sa gorge, il remonta sous son menton.

Il pouvait sentir chacun de ses soupirs et de ses souffles, entendre son cœur battre contre le sien, tandis que ses mains continuaient de découvrir son corps.

Rapidement, il ressentit le besoin d'éprouver à son tour le contact des doigts de la jeune femme contre sa peau, et il déboutonna sa chemise. Tandis qu'il l'enlevait, elle l'imita en finissant d'ôter sa robe, qui glissa le long de ses jambes avant de tomber par terre dans un souffle.

La vue de ses dessous de dentelle rose eut raison de ce qu'il lui restait de réserve. Le désir qui l'habitait était impérieux, urgent — et pourtant il était décidé à faire durer le moment aussi longtemps que possible, afin de mémoriser chaque centimètre carré de sa peau douce.

Il finit d'enlever ses vêtements, attrapant au passage un préservatif dans son portefeuille.

Lass se dévêtit à son tour, enlevant son slip de dentelle et dégrafant son soutien gorge. Il nota son souffle court qui gonflait sa poitrine de façon saccadée. Lorsqu'il se tourna de nouveau vers elle dans la splendeur de son désir, la question de ce qu'ils s'apprêtaient à faire se posa un instant, avant de s'évanouir dans un baiser.

— Depuis la première fois que je t'ai vue, je t'ai désirée comme à cet instant, murmura-t-il.

Lass lui caressa la joue.

— Moi aussi, je t'ai désiré.

Une flamme dans son regard l'invitait à continuer.

Il ressentit cela comme un coup de poing dans le ventre qui libérait toutes ses émotions mêlées.

— Oh, Lass, ma Lass ! dit-il d'une voix rauque.

Il ne put en dire plus tant sa gorge était nouée. Il la serra contre lui avec force et prit ses lèvres qu'elle lui offrait.

Cette fois-ci, il n'y avait plus aucune résistance possible, il se sentait incapable de patienter une seconde de plus, son corps la désirait de toutes ses forces. Il la voulait sienne, entièrement.

Il sentit ses jambes s'ouvrir lentement sous les ondulations de son corps, l'invitant à poursuivre ce qu'il avait commencé. D'un seul mouvement ample, il se glissa en elle avec un soupir de plaisir.

Il resta immobile, comme paralysé par les sensations qui prenaient possession de son corps. Il sentait sa chaleur, sa douceur, et était envahi d'un plaisir qu'il n'avait jamais connu avec une telle intensité.

Doucement, les hanches de Lass se mirent à onduler contre les siennes. Son dos se cambra, ses seins ronds vinrent lui effleurer le torse.

Tiré de la torpeur bienheureuse qui l'avait saisi, il se mit à son tour en mouvement, et cette fois les sensations qui l'avaient paralysé le galvanisèrent. Il avait l'impression d'être emporté toujours plus loin, vers des sommets qu'il n'avait jamais atteints.

Ce fut alors au tour de Lass de paraître submergée par une vague incontrôlable, il devina toute proche l'explosion de son plaisir, la redoutant et l'attendant à la fois. Lorsque le moment fut venu, elle s'accrocha de toutes ses forces à ses épaules. Il sentit alors son corps se tendre autour du sien, ses ongles s'enfoncer délicieusement dans la chair de son dos, entendit le râle étouffé dans sa gorge.

Il se laissa alors aller à son propre plaisir, comme

on s'abandonne à une vague dévastatrice. De peur de crier, il enfouit la tête dans l'oreiller et se laissa porter.

Il resta longtemps immobile, haletant, savourant les sensations délicieuses qui continuaient de parcourir sa peau. Au bout de longues minutes, il se rendit compte qu'il était allongé de tout son long sur Lass, et il roula sur le côté.

Ainsi, c'était cela, faire l'amour ?

Il n'avait jamais imaginé qu'un tel échange pouvait exister entre un homme et une femme. Il était abasourdi de la force des sensations qui s'étaient emparées de lui. Du fin fond de son esprit, soudain, la peur s'insinua dans ses pensées, et il se retourna vivement pour regarder Lass.

Ses cheveux noirs en bataille s'étalaient sur le drap, ses lèvres entrouvertes semblaient plus charnues encore après les baisers échangés, ses joues encore rouges, et ses grands yeux gris étaient remplis de larmes.

Il n'avait jamais vu un si beau tableau, et, bien que n'ayant pas encore retrouvé son souffle, il sentit le désir s'insinuer de nouveau en lui.

— A quoi est-ce que tu penses ? demanda-t-il en glissant une mèche de ses cheveux derrière son oreille.

Lass sourit tristement.

— Je pense... Je pense que je t'aime, Brady Donovan.

- 11 -

« Je t’aime ».

Les trois petits mots avaient pris Brady par surprise.

Malgré sa réputation de coureur de jupons, il n’avait jamais entendu depuis ses années de lycée une de ses conquêtes lui dire qu’elle l’aimait. Mais ce qui le touchait au-delà des mots, c’était l’émotion qu’il avait perçue dans la voix de Lass, qu’il avait lue dans ses yeux brillants, et qui l’avait fait se sentir si important. Cela lui donnait une sensation de peur, presque un vertige. Cette femme méritait un homme qui l’aime vraiment, totalement, qui lui offre tout ce dont elle rêvait. Mais en était-il seulement capable ?

Son esprit se mit fébrilement en quête d’une réponse adaptée. En vain.

— Lass, je ne sais pas quoi dire…

Elle tendit l’index et le lui posa sur les lèvres, lui intimant le silence.

— Chut, tu n’as pas besoin de dire quoi que ce soit. Surtout, ne te sens pas obligé de me dire que tu m’aimes en retour.

Elle se blottit dans ses bras, et son odeur si féminine vint lui embrumer les sens. Elle laissa le bout de ses doigts effleurer sa colonne vertébrale et descendre le long de son dos, lui donnant la chair de poule.

— J'avais juste besoin de te dire ce que je ressentais, expliqua-t-elle à voix basse. C'est tout.

Il sentit sa gorge totalement nouée et son cœur tellement serré que c'en était presque douloureux.

Est-ce que l'amour faisait mal ? Est-ce que c'était comme un coup de poing dans le ventre qui vous coupait le souffle et vous empêchait de respirer ? Si c'était bien cela qu'on appelait l'amour, alors il avait peur. Peur que cette douleur ne s'arrête jamais.

— Lass, peut-être que ce que tu ressens vraiment pour moi est plutôt de la gratitude parce que je t'ai trouvée cette nuit-là ?

— Je sais ce qu'est la gratitude, et même si je ne me rappelle pas mon prénom, je crois que je peux t'affirmer que ce n'est pas ainsi que j'ai l'habitude de remercier les gens !

— Je l'espère bien.

Elle baissa les yeux en se mordant les lèvres.

— Je n'aurais jamais dû te dire ce que je ressentais. Je vois bien que tu es mal à l'aise maintenant, et je ne sais pas comment faire pour que tu ne le sois pas. Comment te convaincre que je n'attends pas de ta part de déclaration enflammée ou de promesses éternelles ? Je ne suis pas aveugle, je vois bien que tu n'es pas disposé à t'engager dans une relation sérieuse avec qui que ce soit.

Il eut la surprise de se sentir profondément blessé par ces paroles.

— Vraiment ? demanda-t-il. Tu arrives à voir cela malgré toutes les couches d'égoïsme et de superficialité qui m'entourent ?

Il eut soudain honte de ce qu'il venait de dire. Il ne savait pas ce qui l'avait poussé à dire cela. Sans doute cette oppression bizarre dans sa poitrine qui avait parlé à sa place ?

La déception emplit le regard de Lass. Elle poussa un soupir et s'écarta de lui avant de se lever du lit.

Bouleversé, il la regarda se diriger vers la fenêtre et observer le ciel noir d'encre. D'abord hypnotisé par le spectacle enchanteur de sa nudité, il devina sa mélancolie, et cela l'incita à se lever pour la rejoindre. S'approchant derrière elle, il l'entoura de ses bras et déposa un baiser sur son épaule nue.

Sa peau était tiède et salée. Il avait envie de la mordiller, mais il arrêta son geste.

— Je suis désolé, Lass. Je me rends compte que je parle à tort et à travers.

— Peut-être ferais-tu mieux de ne rien dire dans ce cas, suggéra-t-elle d'une voix froide.

— C'est impossible, je veux que tu comprennes que tu m'as pris par surprise.

Elle fit demi-tour et plongea son regard dans le sien.

— Comment cela ?

— Je ne sais pas, c'est nouveau pour moi, tout ça. Je ne sais pas vraiment ce que c'est que d'être amoureux, et je n'ai jamais fréquenté quiconque assez longtemps pour m'entendre dire « je t'aime ».

— Pourquoi ?

Il soupira en secouant la tête.

— C'est peut-être ridicule, mais pour moi l'amour est un engagement de toute une vie, comme le mariage. A mes yeux, c'est pour toujours.

— C'est pour cela que tu ne t'autorises pas à tomber amoureux ? Tu as peur de te retrouver attaché à la même personne pour toujours ?

Il la serra contre lui, passa avec tendresse la main dans sa chevelure.

— Est-ce que tu sais que mes deux frères ont été mariés ?

— Oui, Kate m'a dit que Conall était divorcé et que Liam, lui, était veuf.

— En effet. Conall était marié depuis peu lorsque les choses ont commencé à mal tourner entre sa femme et lui. Quant à Liam, sa femme est morte dans un accident de voiture. Elle était enceinte de leur premier enfant, à l'époque.

— Oh, mon Dieu !

— Oui, je peux t'assurer qu'ils ont tous les deux traversé des moments très difficiles et en sont sortis avec le cœur brisé.

— Tu veux dire que tu redoutes toi aussi une tragédie du même ordre ? C'est cela qui te fait craindre tout engagement ?

— Pas vraiment. C'est drôle d'ailleurs que tu penses cela à mon sujet. Ma famille m'a catalogué superficiel et inconstant. Ils s'imaginent que je brise les cœurs à tour de bras… C'est vrai que je suis sorti avec un certain nombre de femmes, mais pour moi l'amour et le mariage sont des sujets sérieux. Je sais que mon travail n'est pas anodin et que celle qui vivra à mes côtés devra pouvoir le comprendre. Je voulais aussi attendre d'être un peu plus expérimenté dans la vie avant de faire le grand saut pour un mariage comme celui de mes parents.

— C'est ce que tu ambitionnes, un mariage comme celui de tes parents ?

Il soupira encore.

— Je veux une femme que je sache aimer, comme

mon père aime ma mère ou mon grand-père a aimé ma grand-mère. Ce lien indestructible qu'ils ont su créer. C'est à cela que je rêve, et je me refuse à prêter serment devant Dieu à moins d'en être vraiment sûr.

Elle sourit avec malice.

— Eh bien, Brady, je ne t'imaginais pas aussi traditionnel dans ta façon de concevoir la vie à deux !

Il lui entoura la taille de ses bras.

— Tu trouves ça traditionnel ? Ma mère dit que je suis au contraire un peu trop excentrique, expliqua-t-il en souriant. Quant à moi, je suis en train de me demander si tu n'es pas justement cette femme que je cherche depuis si longtemps.

— Oh, Brady, je…

— Chut ! Ne perdons pas plus de temps en discussions, l'interrompit-il doucement. Demain sera là bien assez tôt.

Lass devait être de son avis, car elle se hissa sur la pointe des pieds sans ajouter un mot et déposa un baiser sur ses lèvres.

Il laissa le désir s'emparer de lui et mit ainsi un terme aux pensées qui ne cessaient de tourner et retourner dans son esprit et dans son cœur.

Lorsque son réveil retentit le lendemain matin, Brady tourna la tête, s'attendant à trouver Lass à côté de lui.

Mais non, il était seul. Tout seul avec le souvenir de leur nuit d'amour…

Comment devait-il interpréter le fait qu'elle avait choisi de filer avant même qu'il ne se réveille ?

Il croyait que leur nuit ensemble avait tout changé.

Il pensait qu'ils étaient unis par quelque chose d'incomparable. Peut-être s'était-il un peu emballé ?

Il se frotta le visage, se demandant s'il n'était pas en train de devenir un peu trop sentimental.

Après tout, il était délicat d'attendre de Lass qu'elle reste à ses côtés toute la nuit avant de l'accompagner pour le petit déjeuner en famille comme s'ils étaient un couple officiel. Elle le respectait trop et respectait trop sa famille pour cela, il le savait. D'ailleurs lui-même la respectait trop pour le lui imposer.

Que voulait-il, au fond, qu'attendait-il ? Telle était la question. Voulait-il faire d'elle sa femme, partager sa vie et son lit avec elle pour toujours ? Etait-elle bien celle qu'il attendait ?

Pour toujours, c'était long, sacrément long, réfléchit-il en se levant du lit pour aller dans la salle de bains. Et s'il se lassait un jour de n'avoir auprès de lui qu'une seule femme ?

Il se retourna pour regarder le lit dans lequel ils s'étaient aimés.

Comment pouvait-il penser cela ? Comment pourrait-il jamais se lasser d'elle ? S'il se la représentait grisonnante et vieillissante, il la désirait toujours, il l'aimait encore.

Oui, il l'aimait, et il parvenait à l'admettre. Mais le dire à Lass, c'était une autre affaire, évidemment. Et si elle était déjà fiancée à quelqu'un d'autre ? Quelle option leur resterait-il ?

Après avoir pris une douche rapide, il gagna la cuisine dans l'espoir de la croiser avant qu'elle ne file aux écuries avec Dallas.

Il ne trouva que Conall.

De ses deux frères, Conall était le plus énigmatique.

Avec ses cheveux aussi noirs que ceux de leur mère et ses yeux verts comme le trèfle irlandais, il était d'une beauté redoutable. Ou en tout cas, il pourrait l'être s'il parvenait à accrocher un sourire à son visage. Mais toute son énergie était focalisée sur ses affaires et les responsabilités qu'il assumait. Brady ne parvenait pas même à se rappeler la dernière fois qu'il avait pris du temps pour lui en dehors du ranch.

Vêtu de son immuable costume, il buvait un café en feuilletant le journal local.

— Tu te lèves tard ce matin, remarqua Conall en le voyant faire son entrée dans la cuisine.

— Non, mon planning a été changé et je travaille plus tard ce soir.

Il se servit à son tour une tasse de café et alla se chercher une portion d'œufs au bacon qu'Opal avait laissés au chaud dans le four. Par la fenêtre, il repéra sa grand-mère occupée à tailler ses rosiers.

Cette vue le réconforta.

— Où est passé tout le monde ?

— Tu veux parler de Lass ?

La pointe de sarcasme dans la voix de son frère l'irrita.

— On peut commencer par elle, en effet. Est-ce que tu l'as vue, ce matin ?

— Elle est partie aux écuries avec Dallas. Il aurait fallu te lever un peu plus tôt si tu prévoyais de l'embrasser avant de partir.

Il serra les dents.

Conall et lui avaient toujours été différents, mais la plupart du temps ils parvenaient tout de même à s'entendre. Il ne savait pas vraiment quelle mouche avait piqué son frère ce matin, mais il n'était pas d'humeur à supporter ses remarques désagréables.

— Qu'est-ce que tu veux dire par là ?

Conall replia son journal.

— Oh, arrête un peu, Brady. Tout le monde peut voir que tu en pinces pour elle, mais de là à ce que cela te rende complètement ridicule, il y a un pas !

Tomber amoureux de Lass le rendait ridicule ?

L'espace d'un instant, Brady fut tenté de sauter au cou de son frère et de lui faire retirer ses paroles. Mais il savait que le temps des affrontements physiques était derrière eux et qu'il lui faudrait se défendre par le dialogue.

— Tu mériterais que je te fasse taire.

— Pourquoi t'énerver si vite, aurais-je touché un point sensible ? J'essaye juste de t'éviter de commettre une grosse erreur.

— Ah bon ? Je ne savais pas que tu avais autorité en matière de femmes, rétorqua-t-il sèchement. C'est tout de même un comble. Tu peux les garder, tes précieux conseils !

Conall se leva de son fauteuil et avança jusqu'à la table où était installé Brady pour y prendre place.

— Je ne suis peut-être pas une référence en matière sentimentale, mais j'essaye de t'éviter des souffrances inutiles.

— Comme celles que tu as connues ?

— C'est un coup bas, Brady.

C'était le cas, et il le savait, mais il était tellement torturé lui-même que les remarques acerbes de son frère l'avaient piqué au vif.

— Tu as raison, mais Lass est importante à mes yeux et…

— Justement, répondit Conall. Tu ne sais pas qui elle est, ni d'où elle vient. Elle a peut-être un passé bien plus trouble que ce que tu n'imagines. Est-ce vraiment le genre de femme que tu veux ramener dans la famille ?

— Lass est quelqu'un de bon, je n'ai pas besoin de son casier judiciaire pour le déterminer avec certitude.

Conall se leva en haussant les épaules.

— Je ne sais même pas pourquoi je me fais du souci, tu finis toujours par te lasser au bout de dix ou quinze jours. Lass ne changera rien à cela.

Rongeant son frein, Brady fit un effort surhumain pour détourner le regard de son frère et fixer son assiette, le temps que la colère se dissipe.

— Je te le dis pour la dernière fois, grand frère, occupe-toi de tes affaires.

Sans un mot de plus, Conall tourna les talons et quitta la pièce.

Les quatre jours qui suivirent, Brady travailla de nuit, ce qui impliquait qu'il quittait le ranch pendant que Lass travaillait encore aux écuries, et ne rentrait qu'au beau milieu de la nuit. Ils arrivaient parfois à échanger quelques mots au téléphone, mais la plupart du temps les conversations étaient brèves, car elle se trouvait en compagnie de Dallas ou de l'un des animateurs.

Ils avaient donc eu peu d'occasions de parler de façon personnelle, mais il saisissait chacune d'entre elles pour lui dire qu'il n'avait pas oublié la nuit passée auprès d'elle. Un soir, elle trouva une fleur sur son oreiller, et le lendemain, ce fut un paquet sur sa table de chevet, dans lequel elle découvrit un châle de dentelle, avec un petit mot pour lui souhaiter qu'il lui tienne chaud durant son absence, en attendant qu'il puisse lui-même la réchauffer dans ses bras.

Elle était totalement obnubilée par Brady, et ces quelques jours sans lui ne faisaient que souligner combien elle se sentait soudain désemparée sans lui.

Cette prise de conscience n'était pas sans lui causer un certain tourment et ajoutait à la confusion qui régnait dans son esprit. Car les images de son passé lui revenaient de plus en plus fréquemment, et dernièrement les flashes se faisaient de plus en plus réalistes et effrayants. A tout moment, une vision pouvait l'assaillir et la laisser totalement terrifiée et angoissée.

David. Cet homme qui l'embrassait contre sa volonté s'appelait David. Il l'avait embarquée de force dans sa voiture et l'avait poursuivie ensuite dans le désert. Pourtant, même si elle arrivait à mettre un nom sur un visage, cela ne voulait pas dire qu'elle s'était réapproprié son passé.

La nuit précédente, c'était l'image de son père qui était revenue la hanter, même si elle n'avait pas pu distinguer précisément ses traits. Mais elle avait reconnu sa large carrure sans la moindre hésitation. Dans sa vision, elle se voyait en train de se disputer violemment avec lui et lui crier qu'elle ne voulait plus jamais le revoir, mais elle n'arrivait pas à déterminer pourquoi.

Pourquoi était-elle donc aussi furieuse contre lui ? Lui avait-il fait du mal ? Est-ce que cela avait un lien avec le décès de sa mère ? Est-ce qu'il avait fait quelque chose à sa mère ? Est-ce que ce David et son père avaient été de mèche pour lui nuire ?

Si seulement elle parvenait à remettre en ordre les pièces du puzzle, peut-être qu'ainsi tout le reste lui reviendrait en même temps. Mais quelles répercussions cela aurait-il sur ses relations avec Brady ?

Elle l'aimait, mais elle comprenait aussi que pour lui leur histoire n'était qu'à son commencement et que peut-être il ne tomberait jamais amoureux d'elle.

Si elle retrouvait la mémoire et qu'elle devait quitter Diamond D, quelle chance lui resterait-il de se faire aimer de lui ?

— Lass, est-ce que tu es là ?

Au son de la voix de Dallas, elle se retourna.

— Oui, ici. Je rangeais le matériel.

— Les derniers cavaliers viennent de partir, est-ce que tu es prête à y aller ?

— Tu veux dire que Tyler aussi est parti ? Je voulais lui dire au revoir.

— Oui, sa mère est venue le chercher il y a quelques minutes. Il fait des progrès énormes depuis que Brady et toi avez réussi à le convaincre de dépasser sa peur.

Elle sourit en repensant à la scène.

— Tu savais que Brady était aussi doué avec les enfants ?

Dallas éclata de rire.

— Non, je l'ignorais. Mais il semble que mon frère dispose de certains talents cachés…

Lass détourna le regard en rougissant.

— C'est possible.

Son amie l'entoura de ses bras, chaleureusement.

— Il t'a manqué ces derniers jours, n'est-ce pas ?

Lass resta le regard rivé sur ses bottes.

— Tu veux me dire que cela se voit tant que cela ?

— Pas vraiment chez toi, en fait. C'est plutôt Brady qui a des allures d'homme amoureux, selon grand-mère.

Elle soupira et avança vers la porte de la grange pour contempler les montagnes dans le lointain. Lorsqu'elle reprit la parole, sa voix était grave.

— Oh, Dallas, je crois que je n'ai pas perdu que la mémoire, mais aussi le peu de bon sens qu'il me restait. La dernière chose qu'il me fallait était de tomber amoureuse de ton frère. Je n'en avais tout bonnement pas le droit.

— Pourquoi dis-tu cela ?

— Tu me poses sincèrement la question ? demanda-t-elle, surprise.

Dallas leva les paumes pour exprimer sa sincérité.

— Eh bien, tu es une jolie jeune femme, et mon frère est un homme célibataire, je ne vois pas où est le problème.

— Tu as raison, mais c'est que… J'ai des flashes de souvenirs, des morceaux de ma vie d'avant qui me reviennent, et je sais qu'il y avait un homme, même si je ne suis pas sûre de la nature de nos relations. Et puis, il y a mon père. Je n'arrive pas à retrouver son nom, mais je peux voir son visage. Nous nous disputons violemment, et je lui dis des choses horribles. Quelque chose n'allait pas dans ma vie, dans ma famille, c'est une certitude. Et cela ne m'autorise pas à m'engager dans une relation… Pas avec un tel bagage.

Dallas secoua la tête, montrant sa désapprobation.

— Lass, on traverse tous des moments difficiles, mais ils finissent par se résoudre un beau jour, et j'ai bien l'impression que c'est à cela que travaille Brady. Allons, arrête de te poser toutes ces questions. Rentrons dîner. Qui sait, peut-être qu'il sera des nôtres ce soir ?

*
* *

Dans la soirée, Brady et Hank firent une petite pause dans leur ronde pour savourer une tasse de café au Blue Mesa. Il était plus de minuit, et à part un couple qui mangeait des hamburgers, la cafétéria était déserte.

— Brady, pourquoi est-ce que tu ne poses pas ton dossier deux minutes ? Ton café va refroidir.

Brady leva à peine les yeux.

— Je bois mon café, ne t'inquiète pas, marmonna-t-il.

Avant de partir du bureau, il avait imprimé l'ensemble du dossier sur Lass, et cette pause était sa seule occasion d'y jeter un coup d'œil.

— Etant donné ta plaisante compagnie de ce soir, remarqua Hank avec une grimace, je crois que j'aurais aussi bien pu faire cette patrouille tout seul. Depuis que nous sommes partis, j'ai l'impression que tu es ailleurs.

— Je travaille, Hank. Et rappelle-toi que c'est aussi ce que tu es censé faire.

— Bien sûr, mais on ne nous demande pas non plus de faire deux choses à la fois, en l'occurrence patrouiller et jouer les détectives. Qu'est-ce que tu cherches, de toute façon ?

— C'est au sujet d'un détail que Lass m'a donné. J'ai là la liste de tous les éleveurs de chevaux du Texas.

— Quelle logique implacable ! Elle ne se rappelle pas son propre nom, mais elle connaîtrait le marquage de ses chevaux ? Tu y crois vraiment, Brady ?

— Pourquoi inventerait-elle cela ? Bien sûr que j'y crois.

— Excuse-moi, mais depuis que nous avons trouvé cette fille, tu es devenu tellement différent.

Brady réfléchit un instant à la remarque de son coéquipier.

Pour une fois, Hank avait sans doute raison. Plus rien n'était pareil depuis que Lass était entrée dans sa vie. Il n'était plus cet homme qui vivait au jour le jour et n'avait que deux objectifs dans la vie : travailler et se divertir. Il se projetait, il rêvait d'un avenir, il avait des projets… Des projets avec Lass.

Mais rien de tout cela ne pourrait se réaliser s'il n'arrivait pas à acquérir la certitude qu'elle était en mesure de devenir sienne, totalement. Il fallait donc avant tout la libérer de ce passé oublié.

— Elle est devenue importante à mes yeux, Hank, c'est vrai. Je veux réussir à lui rendre le nom qu'elle a oublié, et pour cela je dois résoudre cette affaire.

— Lui rendre son nom ou lui donner le tien ? rétorqua Hank.

Brady resta silencieux un instant.

— Peut-être les deux, en effet.

Son ami siffla pour manifester sa surprise.

— Mon cher, tu t'es mis dans un sacré guêpier !

— Qu'est-ce que tu veux dire par là ?

— Réfléchis deux minutes, Brady. Une femme aussi jolie qu'elle devait forcément avoir quelqu'un dans sa vie ! Je suis sûr qu'il y a un fiancé ou un mari qui l'attend quelque part.

Bien sûr, c'était une option qu'il ne pouvait écarter. Il le savait tellement que cette idée le hantait nuit et jour depuis des semaines.

— Mais si tel est le cas, pourquoi personne ne s'est-il manifesté depuis tout ce temps ? C'est cela que je ne comprends pas.

Hank haussa les épaules sans répondre.

— A moins qu'il n'ait pas envie qu'on la retrouve ? suggéra-t-il finalement.

— Seul un malade mental aurait pu laisser une jeune femme pour morte en plein désert ! lança Brady en frappant du poing sur la table.

— C'est pour cela qu'il vaudrait mieux que tu le retrouves le premier, conclut Hank.

Son collègue avait raison. La seule façon de mettre Lass à l'abri une bonne fois pour toutes était de retrouver son identité, et son seul espoir était qu'elle le choisisse, lui.

- 12 -

Le lendemain, un peu avant midi, Brady était installé à son bureau, occupé à passer en revue l'interminable liste des éleveurs texans, lorsque son regard tomba finalement sur ce qu'il était en train de chercher depuis la veille.

En tout cas, cela ressemblait fortement à ce qu'il s'était imaginé !

Le symbole représentait un P et un F entremêlés. Cet emblème de marquage avait été déposé près de quarante ans plus tôt par un certain Francis Porter.

Malgré le manque de sommeil, il sentit l'adrénaline se diffuser dans son corps.

C'était déjà une piste, non ? Même s'il ne savait pas si ce Francis était toujours en vie à l'heure actuelle.

Ces derniers jours, Lass lui avait terriblement manqué, et il attendait la fin de la journée avec impatience, car il se retrouvait en congé pour trois jours.

Enfin, il pourrait la serrer contre lui, lui faire l'amour de nouveau. Si seulement il était en mesure de lui offrir en plus son identité…

Il se connecta à internet pour rechercher des données sur l'élevage Porter et eut la bonne surprise de tomber sur un site entièrement consacré à cette ferme familiale.

Les chevaux qui y étaient élevés étaient de la race

des quarter horses, qui ne concouraient pas du tout dans la même catégorie que ceux de Diamond D. Les réseaux fréquentés par sa famille et les Porter étaient donc totalement différents. Restait à déterminer si Lass avait un lien quelconque avec cette famille.

Il y avait sur le site de nombreuses photos du ranch et des chevaux. A première vue, le site était de qualité professionnelle, et les chevaux magnifiques. La famille devait être aisée, ce qui correspondait avec ce qu'il avait noté de la tenue de Lass ou de ses bijoux de prix. Il y avait évidemment une adresse et un numéro de téléphone, qu'il nota aussitôt avant de décrocher le téléphone.

Tout cela semblait un peu trop facile, mais il se devait d'aller jusqu'au bout.

Au bout de trois sonneries, une femme décrocha et annonça le nom du ranch.

Il était sans doute tombé sur une sorte de secrétariat.

— Bonjour, je suis Brady Donovan, shérif adjoint du comté de Lincoln au Nouveau Mexique, annonça-t-il. Je souhaiterais parler à un membre de la famille Porter.

Il y eut un silence à l'autre bout de la ligne.

— J'ai peur que ce ne soit difficile, car M. Porter est absent pour l'instant, et Mlle Camille est… en déplacement.

Mlle Camille. En déplacement.

Le cœur de Brady se mit à battre plus fort.

— Est-elle la fille de M. Porter ?

— Oui, tout à fait. Est-ce que tout va bien, monsieur l'agent, est-ce une urgence ?

— Pas exactement, mais n'y a-t-il pas un autre membre de la famille que je pourrais joindre ? Un fils, ou Mme Porter ?

— Non, Mme Porter est décédée il y a quelques mois, et Mlle Camille est fille unique.

— Je vois, répondit-il. Ecoutez, pourriez-vous demander à M. Porter de me joindre au plus vite ?

La coïncidence était frappante. Les pièces du puzzle semblaient décidément s'imbriquer de façon troublante.

Son esprit était en ébullition. Est-ce que ce M. Porter allait le rappeler, devrait-il contacter ses collègues du Texas pour une descente dans le ranch ?

Il communiqua à la jeune femme ses coordonnées téléphoniques avant de raccrocher et de se précipiter dans le bureau d'Ethan.

Il expliqua de façon détaillée ses découvertes à Ethan, et ils évoquèrent ensemble les issues possibles.

Au bout de quinze minutes, son téléphone retentit. D'après le numéro qui s'affichait, l'appel provenait du Texas.

La gorge nouée, il décrocha.

— Agent Donovan, j'écoute.

Il y eut d'abord un silence, et il craignit que la ligne ne soit coupée, puis quelqu'un déclara :

— Je suis Ward Porter. Ma secrétaire m'a dit que vous souhaitiez me parler ?

— C'est exact. Je travaille sur un cas de personne disparue. Une jeune femme a été découverte, elle doit avoir aux alentours de vingt-cinq ans, a les cheveux noirs et les yeux gris.

— C'est Camille ! C'est ma fille, mais elle n'est pas portée disparue.

— Votre secrétaire m'a indiqué qu'elle n'était pas présente à votre domicile.

— C'est vrai, elle est partie en vacances.

— Où ça ?

— Je ne le sais pas, elle n'a pas voulu me le dire.

— Puis-je savoir quand vous lui avez parlé pour la dernière fois ?

— Cela doit faire trois semaines environ, peut-être un peu plus.

L'homme à l'autre bout de la ligne semblait de plus en plus nerveux, et Brady avait le sentiment désagréable qu'il lui cachait quelque chose.

— Et cela ne vous inquiète pas ?

— Eh bien si, cela m'inquiète. Mais que voulez-vous que j'y fasse si ma fille ne veut pas me parler, je n'y peux rien. Elle a été catégorique : elle ne voulait pas rester au ranch. Elle est partie avec sa voiture de sport pour l'aéroport de San Antonio, et la dernière fois que j'ai vérifié, la voiture était toujours au parking.

Brady serra les dents.

Il savait qu'il n'avait pas le droit de s'emporter contre cet homme ni de lui demander des comptes, même si cela lui brûlait les lèvres.

— Etes-vous bien sûr de ce que vous me dites ?

Il y eut une autre pause au bout du fil, puis l'homme sembla se radoucir.

— Attendez, je ne suis pas sûr de comprendre. Vous voulez dire que vous avez retrouvé ma fille ? Qu'est-ce qu'il lui est arrivé, est-elle…

— La personne que nous avons trouvée ne sait ni son nom ni d'où elle vient. Depuis trois semaines que nous l'avons recueillie, elle souffre d'amnésie, et nous sommes à la recherche de personnes de son entourage.

— Oh, mon Dieu ! Mais comment est-ce arrivé, est-ce que vous êtes sûr que c'est bien ma fille Camille ?

— Nous ne sommes encore sûrs de rien. Elle a reçu une blessure à la tête, et le choc lui a fait perdre la mémoire. Nous savons qu'elle avait un lien avec les chevaux de course. Est-ce que cela correspond ?

— Bien sûr, elle est passionnée de courses hippiques, expliqua l'homme, la voix nouée par l'émotion. Est-ce que je peux venir la voir dès demain ?

Brady lui donna les indications pour trouver le Diamond D, en lui rappelant de venir avec ses papiers d'identité ainsi que ceux de sa fille.

Ethan hocha la tête lorsqu'il raccrocha.

— Je crois que ce monsieur va avoir deux ou trois choses à nous expliquer !

— Peut-être même un peu plus, ajouta Brady. Quand je pense que cet homme ne faisait pas la moindre recherche au bout de plus de trois semaines sans nouvelles de sa propre fille !

Il était dévasté.

Lass méritait une famille aimante et attentive… Ward Porter allait arriver demain, que se passerait-il ensuite ?

— J'espère pour lui que sa version des faits tiendra la route, marmonna-t-il entre ses dents.

— Que vas-tu dire à Lass en rentrant ?

— Je n'ai pas le choix, il faut que je lui annonce que son père vient la chercher. Et je peux t'assurer que je n'ai pas la moindre idée de ce que sera sa réaction.

— Tu as eu ton compte d'émotions pour aujourd'hui, décida Ethan. Rentre chez toi et parle avec Lass, tu me tiendras au courant de la suite des événements demain. Et ne la laisse pas repartir sans tous les documents légaux en règle !

— Plutôt deux fois qu'une !

En ce qui le concernait, il aurait besoin de bien

plus que quelques papiers pour laisser Lass repartir avec cet homme.

Pourtant il n'était qu'un agent, chargé de protéger les droits des personnes et non de s'assurer de leur bonheur.

En arrivant au ranch une heure plus tard, Brady trouva la maison déserte. Il monta directement à l'étage et se changea rapidement avant de regagner son pick-up en direction des écuries. Une fois arrivé, il trouva Dallas qui menait un poney en longe.

— Tiens, mon petit frère réapparaît finalement ! lança-t-elle en le voyant. Nous commencions à penser qu'il nous faudrait ressortir les albums photo pour nous rappeler à quoi tu ressemblais !

— J'ai eu beaucoup de travail, c'était la panique au bureau, expliqua-t-il.

— Excuse-moi, je voulais simplement plaisanter, répondit Dallas en l'observant avec plus d'attention. Tu as l'air épuisé, est-ce que tout va bien ?

Il acquiesça d'un bref signe de tête.

— Il y a du nouveau, j'ai besoin de voir Lass.

— Elle est dans la sellerie.

— Merci.

Il s'apprêtait à filer, lorsque Dallas le retint par le bras.

— Vous devriez aller discuter en privé, suggéra-t-elle.

— Tu as raison. Tu me laisses ton bureau ?

— Non, il y a toujours des allées et venues. Mais le refuge est libre, si cela t'intéresse, et comme j'ai prévu d'y faire une sortie prochainement, les réserves de nourriture sont faites. Là-haut, personne ne viendra vous ennuyer, c'est une certitude.

Il serra sa sœur dans les bras.

— Merci, sœurette. Tu es vraiment la meilleure !

— Ne l'oublie pas, surtout ! plaisanta Dallas en s'éloignant.

Il entra dans la sellerie et repéra aussitôt Lass, qui sourit en le voyant arriver.

— Je suis tellement contente de te voir !

— Je ne savais pas que nous allions passer tant de jours sans nous voir, expliqua-t-il en lui rendant son sourire. J'ai eu des journées plus que chargées. Mais je t'expliquerai tout cela plus tard. Pour le moment, nous levons le camp ! Dallas est déjà au courant.

La jeune femme le scruta avec attention.

— Nous partons ? Mais pourquoi ?

— Il faut que nous parlions.

Au ton grave de sa voix, elle acquiesça sans poser plus de questions.

— Je vais chercher mes affaires, et je te rejoins à ton pick-up.

Le refuge était un chalet de bois situé à quelques kilomètres des écuries. La piste qui y menait n'était pas goudronnée, mais elle permettait de passer avec une voiture sans problème.

Au bout de quelques centaines de mètres, Lass se tourna vers lui, l'air inquiet.

— Où est-ce que nous allons ? Je pensais que tu voulais rentrer pour parler ?

— Nous allons quelque part où personne ne viendra nous déranger. Tu comprendras lorsque nous y serons.

— Pourquoi est-ce que tu ne m'expliques pas d'ores

et déjà ce qu'il se passe ? Est-ce qu'il y a un problème ? Tu m'en veux pour quelque chose ?

Il lui saisit aussitôt la main pour la rassurer.

— Non, absolument pas, Lass. Enfin, je n'ai aucune raison de t'en vouloir de quoi que ce soit !

— Je ne sais pas, j'ai tellement peur que tu regrettes ce qu'il s'est passé l'autre nuit. Tu pourrais t'en vouloir et souhaiter que cela n'ait jamais eu lieu, que je ne sois pas tombée amoureuse de toi…

Elle semblait profondément attristée, et il se sentit le dernier des misérables.

— Non. Ce qui me tracasse, c'est…, commença-t-il avant de s'interrompre en arrivant au refuge. Nous y voilà, entrons nous installer.

Une fois dans le refuge, ils ouvrirent les fenêtres pour aérer et rafraîchir un peu l'ambiance.

Lass découvrit le chalet avec plaisir, même si elle restait tendue dans l'expectative de ce que Brady allait lui annoncer.

Cela devait se lire sur son visage, car lorsque leurs regards se croisèrent, celui-ci l'invita à s'asseoir sur le canapé.

— Viens t'asseoir avec moi, nous pourrons parler tranquillement.

Elle s'installa sur les coussins verts.

Les derniers jours sans Brady lui avaient semblé vides et sans saveur. Elle attendait chaque jour le moment où ils se retrouveraient enfin. Son corps l'avait tant désiré pendant ces quatre jours qu'elle n'avait pu s'empêcher de rêver au moment où il la prendrait de nouveau dans ses bras, à leur prochain baiser de retrouvailles... Mais ce temps de séparation n'avait-il pas eu raison du désir de Brady ?

— J'ai du nouveau dans ton affaire, commença-t-il, et je voulais que nous soyons tous les deux tranquilles pour te le dire.

— Quel genre de nouveauté ?

Il se frotta le visage et inspira avant de se lancer.

— Je ne sais pas vraiment comment te l'annoncer autrement, Lass, mais il semblerait que j'aie retrouvé ton père.

Elle sentit un frémissement lui parcourir la peau.

— Mon père ? lança-t-elle, incrédule. Je ne m'attendais certainement pas à ce que l'enquête aille si vite ! Est-ce que tu es certain que c'est bien lui ?

— Cela me paraît très probable, même si je dois encore effectuer quelques vérifications.

Ses lèvres s'étaient mises à trembler, elle porta la main à sa bouche.

— Oh, Brady ! Comment est-ce que tu l'as retrouvé ?

— C'est grâce au symbole marqué sur ton cheval. En fait, il représentait un F et un P entremêlés, pour les Fermes Porter. Est-ce que cela t'évoque quelque chose ?

Elle ferma les yeux, et toutes sortes d'images se mirent à défiler devant ses yeux. Elle voyait des meubles, des pièces, des écuries et des granges, de grands arbres et une pelouse épaisse et verte. Il y avait des merles dans les branches, et la voix de sa mère qui l'appelait. Qui l'appelait par son prénom.

« Camille ».

— Je m'appelle Camille Porter ! s'exclama-t-elle tout à coup en rouvrant les yeux.

Brady hocha la tête.

C'était bien cela !

Elle se jeta à son cou.

— Qu'est-ce qu'il va se passer maintenant ? Qu'est-ce qu'il va m'arriver ?

Il l'entoura de ses bras et la serra bien fort contre lui.

— Ton père doit venir demain. J'imagine qu'il projette de te ramener à la maison… Est-ce que tu te souviens de lui ?

— Je revois son visage, maintenant. J'étais furieuse après lui en quittant le ranch, et chaque fois que j'essaie de penser à lui, je ressens la même chose, comme s'il m'avait trahie, déçue. Mais je n'arrive pas à savoir pourquoi. Brady, je ne veux pas repartir avec lui, ajouta-t-elle, bouleversée.

— Oh, Lass chérie, ne prends pas de décision dès maintenant, tout cela est trop frais. Nous verrons bien ce qu'il va se passer.

Une pensée la fit sursauter, et elle se redressa d'entre ses bras.

— Brady, est-ce que tu as découvert qui était cet homme, celui qui m'aurait emmenée aux courses ? Est-ce que mon père a mentionné un fiancé ou un mari ?

— Non, rien de la sorte. Lorsque j'ai appelé, je suis tombé sur une secrétaire qui a simplement mentionné l'existence de M. Porter et de sa fille. Je n'ai rien dit au sujet de l'homme dont tu m'as parlé, je préfère garder quelques cartes en main.

— Comment cela ?

Il lui entoura les épaules en un geste rassurant.

— Il n'est pas totalement exclu que ton père ait un lien avec cet homme qui te voulait du mal. Je dois tirer cela au clair avant toute autre chose.

Sous le choc de ce que Brady venait de dire, elle recula.

— Tu veux dire que tu imagines que mon propre père aurait pu envoyer quelqu'un pour me faire du mal ?

Ses yeux se remplirent de larmes, et elle se prit la tête à deux mains.

— Oh, Brady, je n'arrive plus à réfléchir ! Tout se mélange en moi, les émotions, l'angoisse, les souvenirs. Mon Dieu, il faut vraiment que cela cesse !

La serrant tout contre lui, Brady parla à voix basse, près de son oreille.

— Il ne va rien t'arriver, Lass.

— Et si je dois partir, te laisser ? demanda-t-elle en sanglotant.

Plaçant un doigt sous son menton, il lui fit redresser la tête.

Elle sécha ses larmes pour le regarder et lui trouva une expression qu'elle n'avait jamais vue auparavant.

— Lass, déclara-t-il, depuis cette nuit où nous avons fait l'amour — et même avant cela, d'ailleurs —, j'ai su que tu étais quelqu'un de vraiment hors du commun. J'ai senti que quelque chose était en train de naître entre nous, même si je me refusais à admettre que j'étais en train de tomber amoureux de toi. Je n'étais tout simplement pas préparé à cette éventualité. Mais c'était oublier que l'amour est quelque chose qui ne se prépare et ne se contrôle pas.

— Brady, demanda-t-elle, le cœur battant, qu'est-ce que tu es en train d'essayer de me dire ?

Il glissa ses doigts dans ses cheveux, lui effleurant doucement les tempes de ses pouces.

— Je suis en train de te dire que je t'aime, Lass.

Des larmes perlèrent aussitôt à ses paupières et roulèrent sur ses joues malgré elle.

— Est-ce que tu ne dis pas cela parce que tu penses que j'ai besoin de l'entendre ?

Brady soupira.

— Mais enfin, Lass, comment peux-tu me croire capable de te dire cela si je ne le pensais pas de tout mon cœur ? Je ne voulais pas t'en parler. Pas maintenant, avec tout ce qu'il nous reste à régler. Je pensais qu'il valait mieux que tu t'occupes de toi avant d'avoir à songer à moi.

— Mais ne comprends-tu pas que rien d'autre ne m'importe plus que cela ? T'entendre me dire que tu m'aimes est la seule chose qui compte à mes yeux.

Secouant la tête, Brady enfouit son visage dans ses cheveux.

— Pourtant, ton passé compte. Tu ne peux pas tirer un trait sur la vie que tu as menée jusqu'à ce que je te trouve comme si elle n'avait pas existé. Tu dois rentrer chez toi pour te rappeler, pour affronter les problèmes que tu avais fuis. Je crains que si tu ne fais pas cela, tu ne trouves jamais vraiment le bonheur !

En disant cela, Brady sentait son cœur battre comme lorsqu'il affrontait un danger imminent. Il courait un risque, et il en était conscient. Mais il savait aussi qu'il ne pouvait pas en faire l'économie.

— Mais Brady…

— Cet homme, l'homme du champ de courses, si tu l'as vu t'embrasser, c'est que vous deviez avoir une relation, quelle qu'elle soit. Je pense qu'il faut que tu rentres chez toi pour faire le point sur ce que cet homme signifiait à tes yeux. Je ne veux pas que nous commettions une erreur, tu comprends.

Lass se recula, stupéfaite.

— Mais je t'avais dit qu'il m'embrassait *contre ma volonté* ! C'est lui qui a essayé de me faire du mal, peut-être même de me tuer ! Comment peux-tu imaginer une seconde que je puisse avoir des sentiments à son égard ?

Il ferma les yeux un instant.

— Parce que tu ne sais pas ce qu'il représentait pour toi avant cette scène. Les couples peuvent se disputer, avoir des mots terribles avant de se réconcilier, et même plus parfois.

— Pas moi, décréta Lass, catégorique.

Il lui jeta un regard surpris.

— Peut-être que c'est le cas, peut-être que cette histoire ne signifiait rien à tes yeux, mais es-tu certaine qu'il n'y avait personne d'autre ? Quelqu'un dont tu serais tombée amoureuse et qui aurait été à l'origine des disputes avec cet autre homme ?

Des larmes se formèrent dans les yeux gris.

— Oui, Brady. Parce que si c'était le cas, si mon cœur était déjà pris, je ne ressentirais pas ce que je ressens lorsque je te vois, lorsque je te touche. Lorsque je sonde le fond de mon cœur, Brady, tout ce que je trouve c'est l'amour que j'éprouve pour toi !

Il se plongea dans son regard un long moment, avant de poser son front contre le sien.

— Oh, Lass, j'espère tellement que tu as raison ! Parce que pour ma part, je ne suis pas sûr d'être capable de vivre sans toi.

— Brady, murmura-t-elle simplement.

Il s'avança pour capturer ses lèvres et l'embrassa avec

tout le désir dévorant qui l'habitait depuis des jours. Il sentit avec satisfaction et une pointe d'appréhension qu'elle s'abandonnait totalement à son étreinte.

Il avait tellement besoin, tellement envie d'elle, pourvu qu'il ne perde pas tout de suite le contrôle !

Les bras de Lass vinrent entourer son cou, et ses doigts se glissèrent dans ses cheveux. Leurs chaleurs respectives s'unirent, décuplant aussitôt la fougue de leur baiser.

Poussant un soupir, il l'allongea sur la banquette confortable et la recouvrit de son corps. Leurs lèvres ne se séparèrent pas un instant, leurs bras et leurs jambes s'entremêlèrent, et ils s'absorbèrent totalement dans leur étreinte.

Lorsqu'il releva la tête et entrouvrit les yeux, Lass le fixa avec un mélange de désir et d'assurance dans le regard. Une assurance qu'il ne lui avait jamais vue.

— Lass, cela ne résoudra rien, murmura-t-il, les sourcils froncés. Demain…

— Demain sera un autre jour, trancha-t-elle aussitôt. Je refuse de perdre de précieuses minutes à évoquer ce qu'il risque de se passer au cours des prochains jours. Aime-moi, Brady. Aime-moi maintenant !

Elle n'eut pas besoin de répéter sa supplique une fois de plus. Après une seconde d'hésitation, il posa de nouveau ses lèvres sur les siennes, et tout s'évanouit dans l'instant.

Non, à ce moment, hier n'existait plus, ni demain.

- 13 -

Le lendemain, peu après le déjeuner, Brady se trouvait dans la salle de séjour en compagnie de sa grand-mère lorsque sa mère vint leur annoncer que Ward Porter était arrivé et les attendait dans le salon.

Il se leva et adressa un regard inquiet à sa grand-mère.

— Eh bien, on dirait que l'heure a sonné, dit-il sobrement. Dire que depuis que j'ai trouvé Lass, j'ai travaillé d'arrache-pied pour résoudre cette enquête, et que maintenant que le dénouement semble à portée de main, je me sens horriblement mal.

Kate plaça sa main noueuse sur son avant-bras.

— Est-ce que tu veux que je t'accompagne ?

— Non, je vais avoir besoin de quelques minutes pour tirer au clair certaines choses avec cet homme, mais d'ici un moment, tu pourras aller chercher Lass dans sa chambre, dit-il en lui effleurant la main, avec un sourire de gratitude pour le soutien qu'elle lui témoignait.

Le long du couloir qui menait dans le salon, il se sentit rassuré de savoir que Lass recevrait le même genre de soutien discret de la part de Kate.

Depuis qu'elle s'était installée à Diamond D, Lass et la vieille dame avaient appris à se connaître et à tisser des liens. L'affection que portait sa grand-mère à la jeune femme le rassurait aussi quant à ses sentiments, à l'inverse de ce que laissait entendre Conall.

Que se passerait-il lorsqu'elle se trouverait face à son père ? Recouvrerait-elle instantanément la mémoire ? Se rappellerait-elle un autre homme, là-bas, au Texas, qu'elle aimait et qui l'aimait en retour ?

Bon sang, l'idée de la perdre le terrifiait plus sûrement que celle d'affronter les pires des malfrats.

Avant d'ouvrir la porte, il resta un temps immobile, la main sur la poignée.

Lorsqu'il ouvrit la porte, il trouva Ward Porter installé dans un fauteuil vert, les coudes sur les genoux et un Stetson noir entre les mains. Il semblait plutôt grand et robuste, ses cheveux étaient grisonnants et son expression préoccupée.

Dans quel état serait son propre père s'il avait découvert que l'un de ses enfants était porté disparu et plongé dans une amnésie profonde ? Doyle serait sans aucun doute totalement dévasté. Il lui fallait donc envisager que c'était peut-être l'état dans lequel se trouvait cet homme devant lui.

Toussotant pour signaler sa présence, il traversa la pièce en direction de Ward Porter, qui releva la tête pour l'étudier attentivement.

— Bonjour, monsieur Porter, je suis Brady Donovan, shérif adjoint de Carrizozo. C'est moi que vous avez eu au téléphone hier.

Il tendit la main en direction de l'homme, qui le considéra avec un air surpris avant de finalement se lever et serrer la main qui lui était tendue.

— Je ne suis pas sûr de bien comprendre ce qu'il se passe, dit l'homme, les sourcils froncés. J'ai déjà entendu parler de vos chevaux, le ranch de Diamond D est plutôt célèbre dans le métier. Est-ce ici que Camille réside depuis qu'elle a perdu la mémoire ?

Brady fit signe à son interlocuteur de s'asseoir et approcha une chaise.

— C'est exact, monsieur Porter. Vous vous trouvez dans la demeure de ma famille. Nous avons estimé qu'il valait mieux que votre fille se retrouve ici plutôt que dans un refuge à Ruidoso, ce qui était la seule autre option que nous avions.

— Oh, très bien. Je vous suis vraiment redevable de votre hospitalité ! D'ailleurs, vous pouvez m'appeler Ward, pas de formalités entre nous.

— Comme vous voulez.

Maintenant que Brady avait le loisir d'étudier les traits de Ward Porter, il pouvait constater que Lass ne lui ressemblait pas le moins du monde. Son père avait un visage large, aux traits plutôt disgracieux, ses cheveux passaient du blond cendré au gris foncé, et ses yeux étaient marron, loin du gris profond des iris de Lass.

Ward se pencha pour saisir une mallette qu'il avait posée au pied de son fauteuil.

— J'ai apporté tous les papiers dont vous m'aviez parlé et quelques photos qui devraient vous éclairer aussi. Au cas où vous auriez des doutes, expliqua-t-il.

Brady avait toutes sortes de doutes, mais il ne pouvait les évoquer devant cet homme pour le moment. Il savait aussi d'expérience que l'on en apprenait parfois plus en écoutant qu'en questionnant.

Il hocha la tête.

— Je vais y jeter un coup d'œil, mais avant toute chose, je voudrais parler avec vous de Lass. Vous m'avez dit hier que vous ne saviez pas où elle se trouvait ?

Ward lui adressa un regard interrogateur.

— Lass ? Est-ce ainsi qu'elle vous a dit s'appeler ?

— Non, nous ignorions tout de son identité, et elle ne voulait surtout pas que nous la baptisions Jane, comme de coutume dans les administrations.

L'homme tressaillit.

— Je comprends.

— Vraiment ? demanda Brady. Parce que j'ai l'impression que vous ne saisissez pas vraiment l'enfer qu'a traversé votre fille durant les trois dernières semaines. Personne ne s'est manifesté, pas de famille ni d'amis, personne ne semblait la rechercher. Je crois qu'elle commençait à se dire qu'elle était seule au monde.

Ward, qui avait d'abord pâli, sembla rougir quelque peu à cet instant.

— Ecoutez, si ce sont des reproches, je dois vous dire que je ne prétends pas au titre de père de l'année. Mais vous devez comprendre que je n'avais aucune information quant à sa présence ici, expliqua Ward, sur la défensive. Ma fille a quitté le ranch de sa propre volonté. Elle a refusé de me dire où elle se rendait. Pas un mot. A part la suivre, je ne vois guère ce que je pouvais faire de plus. Elle a vingt-six ans et est en mesure de prendre ses propres décisions.

L'homme semblait nerveux, il devait être affecté par tout cela et s'en sentir coupable malgré ce qu'il disait.

— Ainsi, vous ne savez absolument pas ce qu'elle a pu venir faire ici au Nouveau Mexique, et à Ruidoso en particulier ?

— En fait j'aurais dû m'en douter. Elle aimait beaucoup cette région et ne serait jamais allée dans un endroit sans champ de courses à proximité, ça c'est une certitude. J'imagine qu'elle aura tiré cela de moi. Elle ne se souvenait pas du tout de moi ou de ce qu'il s'est passé ?

— Pas complètement, même si elle avait reconstitué une partie de l'énigme. Elle se souvenait qu'elle était fâchée contre vous, mais elle ne parvenait pas à se remémorer pourquoi.

Ward baissa les yeux, l'air contrit.

— C'est vrai, dit-il, nous étions fâchés. Vous savez, quelques semaines avant qu'elle ne s'en aille du ranch, sa mère est décédée. Elles étaient très proches toutes les deux, et ce fut un coup très dur pour Camille. Judith et moi n'avons pas eu d'autre enfant, et je pense que nous étions peut-être un peu trop possessifs envers notre petite fille.

Brady sentit son cœur se serrer.

— Est-ce que le décès de votre épouse a été soudain ?

— Non, nous y étions préparés. Elle souffrait d'un cancer, et son état s'était dégradé au cours des dernières semaines. A la fin, elle a elle-même décidé de cesser ses traitements, et j'ai accédé à sa demande. Camille juge que c'est de ma faute. Pour tout vous dire, elle m'en veut de la mort de sa maman.

La voix de Ward s'était faite hésitante et douloureuse, et Brady sentit qu'ils touchaient au but.

— Comment cela se fait-il ?

Ward se leva soudain, évitant son regard, et enfouit les mains au fond de ses poches.

— Eh bien, il se trouve qu'elle a découvert que j'avais une maîtresse. Une certaine Jane.

— Oh, je vois.

— Je ne sais pas si vous pouvez comprendre pleinement tout ce que cela impliquait. Je doute que votre père aurait été aussi faible que je l'ai été, aussi minable…

— Mon père n'est pas parfait, il a déjà commis des erreurs. Mais il a toujours su les reconnaître, et c'est ce qui compte à mes yeux.

— Je pourrais essayer de justifier pourquoi Jane est entrée dans ma vie ces dernières années, mais même si je me justifiais, cela ne changerait rien aux yeux de Camille. Elle a perdu tout respect pour moi, et je doute qu'elle le retrouve un jour.

— Je ne dirais pas cela. Elle a un grand cœur. Peut-être a-t-elle simplement besoin d'un peu de temps ? Elle a subi un sacré choc, dont les médecins ne savent pas vraiment comment elle s'en sortira, ni même si elle récupérera totalement la mémoire.

— Je comprends. En tout cas, une fois rentrés à la maison, je peux vous assurer que je ferai de mon mieux pour me racheter et pour l'aider à se rappeler.

Inspirant rapidement, Brady se risqua alors à poser la question qui lui brûlait les lèvres.

— Est-ce que votre fille était en couple avant de quitter votre ranch ?

— Vous voulez dire avec un fiancé ou quelque chose comme ça ? demanda l'homme, surpris.

— Oui. Ou un mari, bien entendu.

— Non, Camille n'a eu que quelques petits amis, mais aucun de vraiment sérieux. Ma femme avait coutume de dire qu'elle mettait tout son amour dans ses chevaux et que c'était pour cela qu'elle n'était pas encore mariée. A mes yeux, elle était juste trop exigeante. J'ai pourtant fait de mon mieux pour qu'elle s'intéresse à David, mon assistant, mais elle ne voulait pas en entendre parler.

Brady serra les poings à s'en blanchir les jointures. Mais ce n'était certainement pas le bon moment pour évoquer ses propres relations avec Lass, il restait trop de questions sans réponses pour cela.

— Il se trouve que votre fille s'est blessée en courant pour essayer d'échapper à un homme. Un homme qui a été vu avec elle aux courses. Elle se rappelle avoir dû lutter contre lui, mais ne peut pas l'identifier. Je me suis dit que vous pourriez peut-être m'orienter.

Ward parut aussitôt perturbé par cette annonce. Finalement, il devait tenir profondément à sa fille.

— Je n'en ai pas la moindre idée, grommela-t-il. Je ne vois aucun de ses amis capable d'être violent envers elle. Camille est quelqu'un qui n'a pas d'ennemi, elle a toujours été gentille avec tout le monde, et je ne la vois pas se laisser séduire par un inconnu sur un champ de courses.

Brady hocha la tête.

Le père de Lass avait raison. Et en l'écoutant parler, il pressentait qu'il faudrait que la jeune femme retourne chez elle pour retrouver son passé avant de pouvoir reconstruire sa vie. Si cela signifiait qu'il fallait qu'elle revoie cet homme, alors il était prêt à l'accepter. Car il l'aimait. Au-delà de son propre bonheur, c'était celui de Lass qui lui importait plus que tout.

C'était bien la première fois que ce genre de pensée lui effleurait le cerveau ! Faire passer le bien-être d'une femme avant son propre désir, c'était un concept inconnu pour lui.

Peut-être prenait-il seulement conscience que jusqu'à Lass, l'amour n'avait été à ses yeux qu'un jeu ?

Un jeu où l'on pouvait miser ou passer son tour selon son humeur et son envie. Et puis, elle était apparue dans sa vie et lui avait appris que l'amour était tout sauf un jeu, que cela allait bien au-delà du désir ou du plaisir : l'amour s'exprimait avant tout par le besoin irrépressible d'œuvrer au bonheur de l'autre, de le protéger et de le choyer.

Cette prise de conscience l'ébranlait au plus haut point.

Il s'apprêtait à répondre à Ward, lorsqu'un bruit de pas le fit se retourner, et il vit Lass entrer, accompagnée de sa grand-mère. Cette dernière avait passé son bras autour de la taille de la jeune femme, donnant l'impression qu'elle la soutenait pour avancer, comme si le fait d'aller au-devant de son père lui demandait un effort surhumain.

Il perçut le souffle de Ward Porter, qui fit un pas dans la direction de sa fille au moment où il la vit, avant de s'immobiliser, comme paralysé.

— Camille, ma chérie, murmura-t-il.

De son côté, Lass semblait sur le point de s'évanouir malgré l'appui solide que lui prodiguait Kate.

— Bonjour papa, murmura-t-elle d'une voix perdue.

L'espace d'un instant, Ward resta silencieux, puis son armure d'impassibilité se fendit, et son visage laissa finalement transparaître l'émotion qui l'envahissait.

— Tu te souviens de moi ? demanda-t-il d'une voix chevrotante.

Lass acquiesça.

— Oui, maintenant tout est beaucoup plus clair dans mon esprit.

Derrière elle, Kate toussota avant d'annoncer :

— Si vous voulez bien m'excuser, je vais aller demander qu'on nous prépare du thé.

— Je viens avec toi, ajouta Brady en tournant les talons pour emboîter le pas à sa grand-mère.

Il avait le cœur qui saignait en repensant à cette nuit délicieuse passée ensemble dans le refuge, car il savait qu'il était possible que ce soit la dernière. Cet homme était le père de Camille, cela ne laissait plus aucun doute. Que se passerait-il maintenant ? Est-ce qu'elle le quitterait en laissant Diamond D pour retrouver sa vie d'avant ?

— Non, Brady ! lança Lass, visiblement paniquée à l'idée de le voir quitter la pièce. S'il te plaît, reste avec moi.

— Comme tu préfères, répondit-il.

Il vint la rejoindre et perçut un bref soupir de soulagement de sa part lorsqu'il posa la main sur sa taille.

— Ma chérie, reprit Ward, tu es partie sans un mot, je n'avais pas la moindre idée de ta destination, tu ne répondais pas au téléphone. J'ai pensé que tu avais décidé de me faire payer mon comportement. Je n'avais pas idée que tu pouvais traverser une telle épreuve ou qu'un accident t'était arrivé. Sinon, tu peux me croire, j'aurais accouru aussitôt.

Lass jeta un coup d'œil vers Brady et esquissa un petit sourire.

— Peut-être est-ce mieux que tu ne m'aies pas retrouvée aussitôt, finalement, dit-elle d'une voix douce.

Le regard de Ward se fit interrogateur en passant de l'un à l'autre.

— Comment est-ce que tu te sens, maintenant ? demanda-t-il après une hésitation. Est-ce que tu es prête à faire le voyage jusqu'au Texas ?

— Je ne crois pas que je vais rentrer à la maison avec toi, annonça-t-elle sobrement.

Brady lui adressa à son tour un regard surpris, tandis que Ward poussait un soupir impatient.

— Nous n'allons pas recommencer avec cette histoire, Camille.

— Je ne suis plus Camille. Je préfère rester Lass, dorénavant.

Outré, l'homme se tourna vers Brady.

— Qu'est-ce que vous lui avez fait, enfin ? Vous avez profité de sa faiblesse pour lui laver le cerveau ? Vous voyez bien qu'elle est confuse, elle ne se rappelle même pas son prénom !

— Personne ne m'a lavé le cerveau, papa, si ce n'est toi ! lança Lass avec force, comme si la colère de son père lui avait débloqué la mémoire. C'est toi qui as essayé de me faire croire que ton histoire avec cette Jane était acceptable, que votre liaison n'avait rien à voir avec la mort de maman. Tu peux bien essayer de t'en convaincre si cela te permet de te sentir mieux, mais moi je suis persuadée du contraire. Maman s'est laissée mourir pour ne pas vivre auprès d'un menteur tel que toi. Tu étais toute sa vie, et tu l'as trompée avec sa plus chère amie. Tu as aussi trahi ma confiance du même coup.

— Camille, ce n'est ni l'endroit ni le moment de laver notre linge sale. Prends tes affaires, nous rentrons à la maison avant que tu ne dises quelque chose que tu regretterais vraiment !

Ignorant totalement la colère de son père, Lass se tourna vers Brady.

— Je n'ai pas besoin de rentrer chez moi, Brady. Je me souviens de tout maintenant. Il m'a suffi d'entendre la voix de mon père pour que tous les moindres détails de ma vie me reviennent à la mémoire. Je suis libre. Libre de rester auprès de toi et de t'aimer !

Brady poussa une exclamation de joie. Avant que Ward, abasourdi, n'ait le temps de dire un mot, il la serra dans ses bras de toutes ses forces.

Lorsque leurs lèvres se retrouvèrent, des larmes envahirent les beaux yeux gris.

— Mais bon sang, qu'est-ce qu'il se passe ici ! vociféra Ward Porter.

Alors que Brady s'apprêtait à lui répondre, on sonna à la porte.

— Excusez-moi, dit-il en se dirigeant vers la porte. Je reviens tout de suite.

Dès que Brady eut quitté la pièce, son père pressa Lass de questions.

— Tu t'es entichée de cet homme ? C'est pour ça que tu refuses de rentrer avec moi ?

Elle sentit ses lèvres trembler.

Son père l'avait blessée, il avait annihilé tout le respect qu'elle éprouvait pour lui et avait jeté une ombre sur des années de bonheur familial, lorsqu'ils étaient encore unis.

Pourtant, au fond de son cœur, une part d'elle continuait à aimer son père. Elle ne pouvait se résoudre à perdre son unique parent.

— Je l'aime, papa. Et il faut que tu comprennes que ma vie à la ferme Porter est derrière moi. Je pensais que c'était clair depuis que maman est morte et que j'ai appris pour Jane.

Ward secoua la tête.

— Tout ce que je te demande, ma chérie, c'est une deuxième chance.

— Je ne suis pas en train de dire que je veux te rayer totalement de ma vie. Mais j'aurai besoin de temps pour donner du sens à tout ce qu'il s'est passé.

Ward lui effleura la joue avec tendresse.

— Ta mère et toi, vous avez toujours été toute ma vie. Tout ce pour quoi j'ai travaillé au quotidien. La ferme, les chevaux, j'ai toujours fait tout cela pour vous deux.

— Je le sais, papa, répondit-elle, la gorge nouée.

Un bruit de pas les interrompit, et ils se tournèrent tous deux vers Brady qui entrait dans la pièce, suivi d'un autre homme auquel sa large carrure faisait écran.

Qui était-ce donc ? Le shérif Hamilton s'était-il déplacé pour interroger son père dans le cadre de l'enquête ?

Mais au moment où Brady fit un pas de côté, elle découvrit qu'il ne s'agissait pas du shérif.

Elle fixa le nouveau venu, incapable de le quitter des yeux, comme si son cauchemar avait finalement pris corps.

Celui-ci la regarda à son tour et lui adressa un sourire de compassion, comme s'il s'adressait à quelqu'un ne disposant pas de toutes ses facultés mentales.

— David, lança Ward, est-ce que tu as pu voir les écuries du Diamond D ?

— C'était très intéressant, Ward. Vous devriez demander à M. Donovan de vous faire visiter avant que nous ne partions. Ils ont même un bassin pour les chevaux, figurez-vous !

Elle s'entendit alors pousser un cri terrible, comme si sa gorge venait soudain de se libérer afin de laisser passer cette plainte coincée en elle depuis trop longtemps.

Brady accourut auprès d'elle.

— Qu'est-ce qu'il se passe, Lass ? Qu'est-ce qui ne va pas ?

Horrifiée, elle tendit un doigt tremblant en direction de David.

— C'est lui. C'est lui qui m'a attaquée dans la montagne, c'est lui qui conduisait la voiture ! Il croit que je ne me rappelle pas, et c'est ce qui lui donne le culot de se présenter ici !

Feignant l'outrage, David leva les mains comme pour se défendre.

— Camille, je suis désolé pour ton accident. Ton père m'a dit que tu es amnésique, et je constate par moi-même à quel point tu es confuse. Mais je sais que très bientôt tu récupéreras, et tu comprendras alors que je tiens bien trop à toi pour te faire du mal.

Comme il tendait une main dans sa direction, elle recula contre Brady, dont elle sentit la force rassurante contre son dos.

— Menteur ! rétorqua-t-elle. Tu es vraiment le dernier des traîtres. Raconte à mon père ce que tu prévoyais de me faire, et de lui faire ensuite !

Ward toussota et parla d'une voix qui se voulait apaisante.

— Ma chérie, tu te trompes. Il s'agit de David, notre assistant, notre ami. Tu te rappelles ? Ce n'est certainement pas lui qui a pu te faire du mal.

— Ce n'est pas un ami, papa. Il avait projeté de t'extorquer le ranch grâce à moi. Cela faisait des mois que j'essayais de t'ouvrir les yeux à son sujet, mais tu refusais de me croire. Et maintenant, après tout ce qu'il s'est passé, tu continues à être de son côté !

— Camille, intervint David qui perdait un peu de son calme, tu n'es visiblement pas dans ton état normal ! Tu dois me confondre avec quelqu'un d'autre.

— C'est lorsque tu m'as embarquée de force dans ta voiture que je n'étais pas dans mon état normal. J'aurais dû hurler de toutes mes forces pour alerter quelqu'un ! répliqua-t-elle, folle de rage.

Son père semblait quelque peu ébranlé, il se tourna vers Brady en fronçant les sourcils.

— Quelques jours après le départ de Camille, David est parti pour un voyage en Floride, soi-disant pour voir sa famille. Je pense qu'il faudrait leur passer un coup de fil pour vérifier ce qu'ils en disent, suggéra-t-il.

Progressivement, l'expression de David se faisait moins sereine.

— Alors, vous aussi, vous mettez en doute ma bonne foi ? éructa-t-il. Tenez, je sors prendre l'air quelques minutes. J'espère que cela vous suffira pour recouvrer la raison et vous rendre compte que votre fille est en plein délire !

— Vous n'allez *nulle part* ! intervint Brady d'une voix qui ne tolérait aucune objection. J'ai quelques questions à vous poser avant cela.

— Je ne crois pas avoir quoi que ce soit à vous dire, répliqua l'assistant avec mépris.

Puis il se retourna et tenta de s'enfuir.

Mais Brady jaillit rapidement et le saisit par le bras, qu'il maintint en le relevant dans son dos jusqu'aux omoplates.

David résista et lui envoya son autre poing dans le visage, mais Brady évita facilement le coup et le fit basculer. Dans sa chute, David accrocha une console. Le meuble et la lampe posée dessus ne résistèrent pas et s'écrasèrent au sol, et l'assistant de son père termina sa chute au milieu des débris.

— Bon Dieu, mais qu'est-ce que vous faites ? s'exclama Ward.

Brady leva les yeux vers lui, farouche.

— Vous êtes en train d'assister à une arrestation à la mode du Nouveau Mexique.

— Dans ce cas, je suis exactement dans les temps, intervint Kate en entrant dans la pièce, un large plateau d'argent entre les mains. J'ai cru entendre du remue-ménage, et j'ai pensé que tu aurais besoin de cela.

A côté des tasses à thé et du sucrier se trouvait une paire de menottes.

Brady éclata d'un rire bref.

— Ne me dis pas que ce sont les menottes que je t'ai offertes pour te faire enrager ?

Kate sourit en réponse.

— Je savais bien que je finirais par en avoir besoin un de ces jours !

Après avoir essuyé son front sur la manche de son T-shirt tout en maintenant David à terre, Brady saisit les menottes et déposa un baiser sur la joue de sa grand-mère.

— Tu as toujours une longueur d'avance !

— Quelques années, tout au plus, répondit-elle, visiblement flattée.

Brady s'empara des mains de David et le menotta avant de le relever pour le placer sur une chaise. Ce ne fut qu'alors qu'il chercha Lass du regard.

Debout dans un coin de la pièce, elle le fixa avec

anxiété, attendant un signe de lui pour s'assurer que tout était bel et bien terminé.

Aussitôt qu'il lui tendit la main, elle se précipita dans ses bras et enfouit son visage contre sa poitrine.

— Oh, Brady ! soupira-t-elle. Le cauchemar prend finalement fin.

Brady la serra fort contre lui.

— La vie — notre vie — ne fait que commencer, mon amour.

Plus tard dans la soirée, Lass et Brady s'étaient enlacés tendrement dans l'intimité du refuge de montagne.

A présent, la lune dardait la chambre de ses rayons et baignait Lass d'une douce lueur argentée dans la douce somnolence d'après l'amour.

Elle se sentait si heureuse qu'elle refusait de se laisser emporter par le sommeil.

Un sourire plaqué sur le visage, elle tourna la tête pour contempler le visage de l'homme de sa vie.

Les cheveux de Brady étaient en bataille, et ses traits détendus contrastaient avec l'expression qu'il avait eue cet après-midi lorsqu'il avait interpellé David.

— Est-ce que tu regrettes que grand-mère ait décidé d'inviter ton père à rester au ranch quelques jours ? demanda-t-il. Elle ne voulait pas te contrarier, j'en suis sûr, je sais à quel point elle t'apprécie.

Elle sourit avant de répondre.

— Je le sais aussi. J'ai compris qu'elle voulait nous donner une chance de parler ensemble et peut-être de prendre un nouveau départ.

— Je crois aussi que c'est important, ajouta Brady

en lui caressant doucement les cheveux. Est-ce que tu crois que c'est possible ?

— Je ne le croyais pas jusque-là, mais je ne suis plus aussi catégorique. Lorsque j'ai enfin pu reconstituer l'enchaînement des faits et confondre David, j'ai compris aussi que je ne regardais pas les choses sous le bon angle. Tu sais, mon père a toujours été un homme travailleur et ambitieux, et David est le même genre d'homme. Je suppose que c'est pour cela qu'ils s'entendent si bien, et pour cela aussi que mon père n'arrivait pas à me croire lorsque j'essayais de le prévenir que David manœuvrait dans son dos et essayait de le manipuler.

— Est-ce que cet homme a travaillé longtemps pour votre famille ?

— Environ trois ans. J'ai accepté une fois de sortir avec lui, mais il m'a fallu moins d'une heure pour me rendre compte qu'il n'était absolument pas quelqu'un pour moi. Seulement, de son côté, il a refusé d'accepter que je puisse repousser ses avances, expliqua-t-elle en soupirant. Qu'est-ce qu'il va se passer, maintenant ?

Un peu plus tôt dans l'après-midi, Brady avait appelé une voiture pour envoyer David en garde à vue à Carrizozo. L'homme passait donc sa première nuit derrière les barreaux en attendant que sa sentence tombe.

— C'est la cour qui en décidera, Lass. En ce qui me concerne, ils peuvent bien l'enfermer aussi longtemps que possible.

Elle frissonna.

Maintenant que sa mémoire lui était revenue, les images de ce qui s'était passé entre eux l'assaillaient à tout moment et la terrifiaient. Pourtant, au fond de son cœur, une partie d'elle était soulagée de pouvoir se rappeler tous les détails. Se les rappeler lui permettrait peut-être d'en finir une bonne fois pour toutes à l'avenir.

— Lorsqu'il s'est présenté au champ de courses, j'étais comme paralysée. J'étais allée jeter un coup d'œil à la préparation des chevaux, et il est sorti de nulle part. Je n'avais pas la moindre idée de comment il avait pu savoir que je me trouvais au Nouveau Mexique. J'imagine qu'il m'aura entendue réserver mes billets d'avion par téléphone.

— Que t'a-t-il dit pour justifier sa présence ?

— Il a prétendu que mon père était tombé malade et qu'il venait me chercher pour me ramener à la maison, mais j'ai tout de suite eu des doutes. J'ai décidé aussitôt de téléphoner à mon père. C'est alors qu'il m'a arraché mon téléphone portable des mains et qu'il m'a entraînée jusqu'à sa voiture.

Brady retint la colère qui montait en lui.

— Promets-moi de ne plus jamais monter en voiture avec quelqu'un en qui tu n'as pas confiance !

— Crois-moi, j'ai bien appris ma leçon. J'aurais dû hurler, ameuter du monde, mais j'étais comme tétanisée. Au fond, je le croyais incapable de me faire du mal. Une fois dans la voiture, il s'est mis à me raconter qu'il m'aimait et qu'une fois que mon père serait mort nous aurions la ferme Porter pour nous tout seuls. J'étais terrifiée. Il paraissait calme et si sûr de son fait. Il disait qu'il me donnerait des calmants et qu'il raconterait à tout le monde que je faisais une dépression suite au décès de ma mère. Il avait précisé que si j'essayais de m'enfuir, il risquait de m'arriver un accident.

— Penses-tu qu'il prévoyait d'assassiner ton père ?

— Je n'en sais rien, mais il semblait tellement machiavélique quand il m'exposait ses projets ! De mon côté, je cherchais tous les moyens possibles pour m'enfuir, et je me suis dit qu'il n'y aurait que dans les montagnes que je pourrais trouver un endroit où me cacher. J'ai prétendu que j'avais la nausée, et j'ai insisté pour qu'il s'arrête. Mais je me trouvais sur un espace dégagé, sans nulle part où me cacher. Lorsqu'il a voulu m'empoigner pour me ramener à la voiture, j'ai vu que son regard avait changé. Il voulait autre chose. Il m'a même dit qu'il était temps pour lui de s'amuser un petit peu avec moi.

— Quel salaud ! s'exclama Brady. Si j'avais su, je l'aurais frappé !

— Eh bien, c'est ce que j'ai fait. Je l'ai frappé de toutes mes forces, et je l'ai griffé aux yeux avant de partir à toutes jambes. Je crois qu'il n'y voyait plus très clair à ce moment-là, car il m'a laissé un peu d'avance. Une fois sur la montagne, j'ai senti que je l'avais distancé, et c'est là que je suis tombée. Ensuite, la seule chose que je me rappelle, c'est ton visage au-dessus du mien.

— Et te voilà au creux de mes bras… Je ne vais pas pouvoir me débarrasser de toi, maintenant.

— Tu veux te débarrasser de moi ? demanda-t-elle, à demi sérieuse. C'est vrai que tu ne me connais pas vraiment, tu devrais peut-être te méfier.

— Qu'est-ce que je dois savoir, alors ?

— Eh bien, voyons… J'étais plutôt bonne élève à l'école. Je chantais dans la chorale de l'église quand j'étais enfant.

— Tu sais chanter ? demanda Brady, amusé.

— Juste sous la douche !

— Très bien, cela suffira.

— J'ai fait des études de commerce à l'université du Texas, et ensuite j'ai travaillé au ranch. Les chevaux sont ma passion, j'ai toujours voulu travailler auprès d'eux. Est-ce que cela te pose un problème ?

— Non, pas tant que tu passes plus de temps avec moi que dans les écuries ! En revanche, est-ce que mon métier à moi te pose un problème ? demanda-t-il, soudain grave.

— Eh bien, je ne te cache pas que je vais parfois me faire du souci à l'idée que tu puisses être en danger. Mais je sais que chacun doit faire ce pour quoi il est fait. Il faudra simplement que nous n'oubliions pas de profiter de chaque moment passé ensemble.

— Tu as raison, murmura Brady avant de l'embrasser tendrement. Lorsque tout sera réglé, nous nous marierons, déclara-t-il ensuite solennellement.

Le sourire aux lèvres, elle lui caressa doucement la joue.

— Est-ce que tu es sûr que c'est ce que tu veux, Brady ? Il n'y a pas d'urgence pour nous, maintenant. Peut-être as-tu besoin d'un peu plus de temps pour réfléchir à tout cela ?

— Lass, je suis en train de te demander de m'épouser, et tu essaies de m'en dissuader ?

— Je veux juste que tu sois un homme heureux. Il y a quelques heures à peine, tu voulais me convaincre de retourner au ranch de mon père. Je suppose que tu arrivais à envisager la vie sans moi…

Brondy fronça les sourcils.

— Je voulais simplement m'assurer que tu ne regretterais rien et que tu serais pleinement heureuse ensuite. C'est ce qui m'importe le plus au monde,

Lass, expliqua-t-il. Alors, quelle est ta réponse à ma demande, est-ce que je vais devoir te supplier pour te soutirer un oui ?

— Ce ne sera pas nécessaire, murmura-t-elle en souriant. Tout ce que tu as à faire, c'est m'aimer !

— Jusqu'à la fin de mes jours, mon amour !

Épilogue

Trois mois plus tard, par un froid matin de décembre, Brady guidait Dallas qui manœuvrait un camion pour sortir de la cour du ranch.

— Dallas cherche toujours le cheval idéal pour Angel Wing, remarqua Lass tout en observant la manœuvre. Tu aurais dû voir son impatience lorsque Maura lui a parlé du cheval que vend Jake Rollins !

Brady grimaça.

— Pour tout te dire, je préférerais qu'elle ne fasse pas affaire avec Jake.

Elle le regarda, surprise.

Jake était le contremaître de sa sœur Maura. Qu'avait-il donc contre cet homme ?

— Pour quelle raison ? Tu penses que Jake est malhonnête ?

Brady fit non de la tête.

— Pas du tout, il est très consciencieux et s'y connaît en chevaux, mais c'est avec les femmes qu'il est dangereux !

Elle se mit à rire.

— Il me semble que tu faisais partie de cette catégorie, toi aussi, il fut un temps !

Passant son bras autour de sa taille, il la serra tout contre lui.

— Oui, mais c'était avant de rencontrer l'amour.

Elle sourit, pensive.

— Peut-être que c'est aussi ce que Jake attend : de rencontrer l'amour.

— Tu as sans doute raison, répondit Brady avant de se mettre en marche. Bon, profitons de notre journée pour aller faire quelques courses en ville.

— Des courses ? demanda-t-elle, surprise. Je croyais que tu avais horreur de faire les courses.

— C'est le cas habituellement, mais je fais une exception pour Noël. Nous avons de nombreux cadeaux à acheter, cette année.

Lass opina en souriant.

Ce serait son premier Noël en tant que Mme Donovan, songea-t-elle en chemin. Un Noël d'autant plus merveilleux qu'elle avait appris ce matin même qu'elle serait en mesure d'offrir à son mari le plus beau des cadeaux. Elle attendait simplement le bon moment pour le lui annoncer.

— Hum, plaisanta-t-elle, il va falloir que je me creuse la cervelle, car je n'ai pas la moindre idée de cadeau pour toi.

Brady lui sourit.

— Oublie les cadeaux, j'ai déjà tout ce dont je peux rêver !

A la maison, ils se réchauffèrent avec une bonne tasse de café avant de monter se changer dans la chambre.

Il faisait un froid sec, auquel Lass avait encore à s'habituer, tout comme elle apprenait progressivement à faire partie d'une grande famille.

Avec le temps, même le distant Conall avait fini par l'accepter et l'accueillir à sa façon. Maintenant, elle se sentait enfin pleinement chez elle. Pourtant, il y avait des moments, comme ce matin lorsqu'elle avait fait son test de grossesse, où elle aurait tout donné pour avoir sa mère auprès d'elle.

Il y avait tant de choses qu'elle aurait rêvé de partager avec elle ! Lui dire combien Brady la rendait heureuse, combien elle l'aimait, lui parler de son travail avec Dallas, des enfants auprès de qui elle travaillait… Elle aurait aussi voulu dire à sa mère qu'elle comprenait à présent que son mariage avec Ward n'avait pas été un échec complet comme elle se l'était imaginé.

Au cours des derniers mois, elle avait beaucoup échangé avec son père, et elle avait fini par comprendre que malgré ses erreurs, Ward avait vraiment aimé sa famille. Une fois que la culpabilité de David avait été reconnue et que ce dernier avait écopé d'une peine de prison, leur relation semblait avoir pris un nouveau départ. Il était même prévu qu'il vienne passer quelques jours pour les fêtes à Diamond D, et cette fois elle était contente de le voir.

Le pardon n'était pas une chose aisée, mais c'était la seule voie possible, elle s'en était rendu compte avec le temps. De toute façon, il lui serait impossible de ne pas pardonner alors qu'elle-même avait reçu tant de bonheur ces derniers temps.

— Et si tu me disais ce que tu aimerais pour Noël ? demanda Brady, la tirant de ses rêveries. Je voudrais tellement t'offrir quelque chose de spécial, qui te fasse vraiment plaisir.

Le bonheur l'envahit. Peu lui importait ce qu'il lui offrirait, tant que ce le serait avec autant d'amour.

— Au fait, qu'as-tu prévu de m'offrir ? poursuivit Brady. Tu n'es pas obligée de tout me dévoiler, mais tu ne peux pas me donner un indice ?

Elle ne put empêcher ses yeux de s'embuer lorsqu'elle se tourna vers lui.

— Eh bien, je peux te dire que la commande est déjà passée. Mais je ne pourrai guère t'en dire plus avant la livraison.

— C'est vraiment mystérieux, dis donc, commenta-t-il.

— Je pense que tu seras plutôt sous le choc, en effet, ajouta-t-elle, un sourire aux lèvres.

Brady tourna vers elle un regard interrogateur.

— Bon, maintenant tu en as trop dit. Pourquoi est-ce que tu ne me dévoiles pas ce que c'est ? Tu veux vraiment garder la surprise ?

— Ce n'est pas cela, poursuivit-elle, c'est que je n'ai pas pu passer une commande précise. J'ai laissé le ciel prendre la décision finale, c'est du cinquante-cinquante. Tout ce que je peux te dire, c'est qu'il y a de fortes chances que ce soit un petit shérif ou une petite cavalière.

Lorsque Brady saisit enfin l'allusion, le trouble se lut sur son visage. Il la prit par les épaules et planta son regard plein de questions dans le sien.

— Un bébé, c'est ça ? Tu es en train de me dire que nous allons avoir un bébé ?

Elle acquiesça avec émotion tandis que Brady poussait un cri de joie.

— Oh, mon amour ! Je suis l'homme le plus heureux de la planète ! Comment veux-tu que je rivalise avec un tel cadeau de Noël ? lança-t-il, fou de bonheur.

— Il faudra peut-être que tu m'en offres un autre à Noël prochain !

En riant, il sortit de la pièce pour s'exclamer depuis le palier :

— Eh, tout le monde ! Nous allons avoir un bébé ! Vous entendez ça ?

Le cœur prêt à exploser de tant d'amour et d'émotion, elle sortit rejoindre son mari pour répandre avec lui la bonne nouvelle.

Passions

— Le 1er mars —

Passions n°251

Troublant arrangement - Rachel Bailey

C'est avec une immense appréhension que Lily décide d'annoncer à Damon Blakely qu'elle attend un enfant de lui. Ne lui a-t-il pas précisé, au début de leur liaison, qu'il n'était pas homme à se marier, ni à fonder une famille ? Elle est donc extrêmement surprise de l'empressement avec lequel il la demande en mariage lorsqu'elle lui apprend la nouvelle...

Une nuit pour t'aimer - Brenda Jackson

Alors qu'elle fait la connaissance de son nouvel associé, Summer est partagée entre la colère et la plus totale confusion. Car Darius Franklin ne lui est pas inconnu. Sept ans plus tôt en effet, elle a passé l'une des nuits les plus magiques de son existence entre ses bras. Avant de découvrir que pour lui, il ne s'agissait que d'un jeu...

Passions n°252

De brûlantes retrouvailles - Robyn Grady

Lorsque Devlin Stone lui propose de venir passer un week-end avec lui sur une île paradisiaque au large de Sydney, Eden est folle de rage. Comment ce goujat ose-t-il lui faire une telle proposition après ce qui s'est passé entre eux deux ans plus tôt ? Jamais, elle s'en fait la promesse, elle n'acceptera de retomber dans le piège de ce don Juan invétéré...

Pour l'amour d'un inconnu - Cindy Kirk

De Jack Snow, Lexi ne sait rien, sinon qu'il a été retrouvé quelques jours plus tôt, blessé et amnésique, sur une piste de ski. Pourtant, il suffit de quelques moments passés en sa compagnie pour qu'elle succombe à son charme à la fois troublant et ténébreux. Mais n'est-il pas très risqué de s'attacher à cet inconnu ? Et s'il était déjà marié à une autre ?

Passions n°253

La saison des promesses - Maxine Sullivan

En acceptant de devenir la gouvernante du richissime Kirk Deverill, Vanessa n'a qu'une idée en tête : trouver un emploi stable qui lui permettra d'élever son petit garçon de quelques mois dans de bonnes conditions. Mais dès le premier jour elle se heurte à cet homme arrogant dont l'attitude froide et autoritaire la révolte...

Une scandaleuse rencontre - Natalie Anderson

Incapable de résister au violent désir que lui inspire Alex Carlisle, son nouveau patron, Danielle échange avec lui un baiser torride. Une attitude scandaleuse qui ne lui ressemble pas et qu'elle s'empresse immédiatement d'oublier. Mais hélas, Alex ne l'entend pas de cette oreille...

Passions n°254

La maîtresse de Zane Foley - Crystal Green

En dépit d'un premier contact plutôt difficile, Melanie ne tarde pas à s'apercevoir que Zane Foley, son patron, est un homme aussi fascinant que séduisant. Une attirance réciproque, à laquelle elle n'a pourtant pas le droit de céder. Car que se passera-t-il quand Zane découvrira son terrible secret ?

Une tendre passion - Judy Duarte

En dépit de la puissante attraction qui semble les pousser l'un vers l'autre, Samantha fait tout pour garder ses distances avec son nouveau voisin, Hector Gaza. Car elle sait bien que rien ne sera possible entre eux alors même qu'elle attend l'enfant d'un autre...

Passions n°255

Un ennemi à séduire - Paula Roe

Lorsqu'elle découvre l'identité de son nouveau client, Yelena sent son cœur se glacer. En effet, il est évident qu'Alex Rush ne l'a pas choisie pour ses qualités professionnelles, mais parce qu'il souhaite se venger de l'affront que lui a infligé sa famille...

Le secret d'une liaison - Sandra Hyatt

Gabe Masters n'a jamais oublié la manière dont Chastity l'a trahi, quelques années plus tôt, en lui préférant son frère cadet. Pourtant, lorsque à la mort accidentelle de ce dernier, Chastity vient le trouver pour lui annoncer sa grossesse, il n'a d'autres choix que de lui proposer son aide...

A paraître le 1er janvier

Best-Sellers n°448 • thriller

Mortel Parfum - Lisa Jackson

Quand il ouvre les yeux dans sa chambre d'hôpital à La Nouvelle-Orléans, l'inspecteur Rick Bentz croît reconnaître un parfum familier – celui de Jennifer, sa première épouse. Jennifer qu'il aperçoit ensuite, dans l'embrasure de la porte, d'où elle lui envoie un baiser avant de disparaître. Or tout cela ne peut être réel, il le sait, car Jennifer est morte dans un accident, douze ans auparavant. Pourtant, à peine sorti de l'hôpital, Bentz continue de la voir partout, même si elle s'évanouit dès qu'il essaie de s'approcher d'elle. Est-il en train de devenir fou ? Mais voilà qu'il reçoit bientôt de Los Angeles une photo récente de Jennifer et son certificat de décès barré de rouge. Un envoi qui, pour Bentz, remet tout en question. Car si Jennifer est encore vivante, alors qui était la femme qu'il a identifiée après l'accident ? Saisi d'effroi, Bentz décide de dissiper au plus vite ce terrible doute et se rend en Californie. Mais à peine est-il arrivé qu'une série de meurtres s'enclenche et le suit, tel un sillage mortel. Des meurtres dont chacune des victimes a jadis été une personne proche de Jennifer.

Best-Sellers n°449 • suspense

Le voile de la trahison - Laura Caldwell

En quelques heures à peine, la vie d'Izzy McNeil, une pétulante avocate de Chicago, s'effondre brutalement : non seulement Forester Pickett, un client qu'elle aime comme un père, est mystérieusement assassiné, mais Sam, son fiancé, se volatilise à quelques semaines de leur mariage. Et dire qu'Izzy pensait tout savoir de son futur époux ! Comment a-elle pu être naïve à ce point ? Certes, elle avait des doutes quant au bien-fondé de leur mariage. Mais elle aimait profondément Sam et ne pouvait imaginer pareille trahison. Partagée entre la colère et l'incompréhension, Izzy décide alors de tout entreprendre pour retrouver Sam et démasquer le meurtrier de Forester. Sans savoir que les ennuis ne font que commencer pour elle, et que mensonges et tromperies sèment son chemin de pièges…

Best-Sellers n°450 • suspense

Les nuits du bayou - Stella Cameron

En s'installant dans la jolie petite ville de Toussaint, en Louisiane, où elle vient tenir un restaurant plein de charme, Annie Duhon rêve de couler des jours paisibles et heureux. Mais au cœur de l'été, dans le bayou écrasé de chaleur, ce sont de terribles visions de meurtres qui hantent ses nuits. Désemparée, elle envisage de confier son secret à Max Savage, un chirurgien, lui aussi nouvel arrivant à Toussaint et pour qui elle éprouve une attirance spontanée. Mais de sinistres rumeurs se répandent bientôt sur Max et sur la disparition de plusieurs de ses ex-compagnes. Pis encore : certains éléments de ces rumeurs corroborent les pires visions d'Annie, donnant à ses cauchemars une dimension atrocement réelle …

Best-Sellers n°451 • roman

Sur les rives du bonheur - Sherryl Woods

Lassée de sa carrière de femme d'affaires, Gracie MacDougal quitte Cannes et le monde fastueux qu'elle a toujours connu pour se ressourcer dans une pittoresque bourgade de Virginie. Dès son arrivée, elle tombe sous le charme d'une ancienne demeure victorienne en bordure de fleuve et elle se prend à rêver : et si elle redonnait vie à ces vieilles pierres pour transformer ce lieu en chambres d'hôtes raffinées et chaleureuses ? Mais à peine ses idées prennent-elles forme qu'un obstacle se dresse entre Gracie et son rêve… un obstacle inamovible. Car Kevin Daniels, le neveu de la propriétaire, un séduisant sudiste à l'allure nonchalante, n'a pas du tout l'intention de la laisser acheter cette maison. Qui plus est, il tente effrontément de la séduire, par simple jeu. Résolue à ne pas se laisser impressionner, Gracie décide de réaliser son projet coûte que coûte – et, surtout, de chasser de son esprit cette étrange fascination que Kevin exerce sur elle depuis le premier instant.

Best-Sellers n°452 • paranormal

La vengeance de la nuit - Rachel Vincent

Depuis que son père l'a convaincue de quitter le monde des humains pour rejoindre sa caste de félins et se former au combat, Faythe Sanders n'a pas l'esprit tranquille. Aurait-t-elle commis la pire erreur de sa vie en renonçant à son indépendance et à sa liberté ? Malgré ses doutes, Faythe sait que cette expérience parmi les siens est nécessaire pour comprendre qui elle est vraiment. Et surtout, c'est le seul moyen de venger la mort tragique de son amie d'enfance. Une mort qui l'a ébranlée au plus profond d'elle-même et qui a fait voler en éclat ses convictions les plus intimes – au point de la pousser aujourd'hui à relever les défis les plus audacieux. Dans cette quête, il lui reste aussi à prouver à Marc Ramos, un félin au regard d'émeraude qui la protège depuis toujours, qu'elle est capable de prendre elle-même en main sa destinée.

Best-Sellers n°453 • suspense

Sombre présage - Heather Graham

Voilà deux mois, Genevieve O'Brien a été sauvée de justesse des griffes d'un tueur grâce au détective privé Joe Connolly. Mais à peine est-elle tirée d'affaire qu'elle replonge dans l'angoisse, car tout la porte à croire que sa propre mère, Eileen, est elle aussi en danger. En effet, un meurtrier s'en prend aux membres de l'association des Corbeaux, tous fans du célèbre écrivain Edgar Poe. Une association dont Eileen fait partie, et dont le président vient d'être assassiné par un mystérieux tueur qui a signé son crime de cette note manuscrite : *Meurs, dit le Corbeau*. Un crime dont chacun des membres de l'association pourrait être l'auteur… Alors que la police enquête, Genevieve, elle, décide de faire appel à Joe pour mener avec lui leurs propres investigations. Les indices sont rares, et l'enquête piétine, jusqu'au moment où d'étranges signes leur parviennent : des visions, mais aussi des voix venues d'outre-tombe, qui semblent vouloir les aider. Et les prévenir du terrible danger qui les menace…

Best-Sellers n°454 • historique

La maîtresse de Clarewood - Brenda Joyce

Angleterre, Régence

Après le décès de sa mère, Alexandra Bolton a abandonné sa vie insouciante de jeune fille pour se consacrer entièrement à l'éducation de ses sœurs. Une tâche d'autant plus ardue que son propre père préfère, lui, noyer son chagrin dans l'alcool et dilapider le peu d'argent qui leur reste dans les salles de jeu. Pour Alexandra, bientôt, le seul moyen de sauver les siens de la ruine est d'accepter la demande en mariage d'un vieil aristocrate fortuné. Un sacrifice auquel elle consent sans ciller… jusqu'à sa rencontre avec Stephen Mowbray, le très convoité duc de Clarewood. Dès le premier instant, en effet, celui-ci ne cache pas son désir de faire d'elle sa maîtresse, une parmi tant d'autres. Mais, si Alexandra ne peut nier la passion que le duc éveille en elle, elle refuse toutefois de céder à ses avances car aujourd'hui, l'honneur de sa famille passe avant tout. Hélas, Stephen, habitué à obtenir ce qu'il veut, ne renonce jamais…

Composé et édité par les
éditions Harlequin
Achevé d'imprimer en France (Malesherbes)
par Maury-Imprimeur
en janvier 2011

Dépôt légal en février 2011
N° d'imprimeur : 160795 — N° d'éditeur : 15497